Bruno Bettelheim

童話的魅力

布魯諾・貝特罕——著

王翎——譯

The Uses *of* Enchantment

◆

The Meaning and Importance of Fairy Tales

編輯體例說明：

1．本書註釋部分，若無特別標示譯註者，皆為原書註，包括隨頁註（＊）與出處註（〔阿拉伯數字〕）兩種，註釋號碼與註文位置比照原書。

2．本書內文的各篇引言、小標、強調線，則為中文版編輯所加。

謝辭

創造童話故事需要集眾許多人的心力，而本書的撰寫過程同樣得力於許多人的貢獻。孩童居功厥偉，他們的回應讓我意識到童話故事在他們人生中的重要性；還有精神分析讓我得以參透故事的深層涵義，同樣貢獻良多。感謝家母帶我進入童話故事的神奇天地，如果沒有她的影響，這本書也不會問世。寫作期間，我受到諸多友人的建議，衷心感激諸位惠賜意見：謝謝Marjorie及Al Flarsheim夫婦、Frances Gitelson、Elizabeth Goldner、Robert Gottlieb、Joyce Jack、Paul Kramer、Ruth Marquis、Jacqui Sanders、Linnea Vacca，以及其他許許多多的人。

謝謝Joyce Jack修潤初稿，多虧她的細心敏銳和耐心付出，這本書才能呈現如今的樣貌。我也有幸能和Robert Gottlieb合作，他的細微體察最能激勵人心，兼且評點批判精準周到，是任何作者都夢寐以求、萬中挑一的編輯人選。

最後提到但謝意不減：我想向史賓賽基金會（Spencer Foundation）致上感激之情，謝謝他們讓我有機會撰寫本書。謝謝基金會主席H. Thomas James的真摯友誼和理解體諒，在寫書過程中帶給我莫大的鼓舞，我衷心感謝。

【導讀】

魔法的用途：貝特罕、童話復興、與兒童文學

文／古佳艷（童話研究學者）

貝特罕是誰？這個名字對一般人來說或許陌生，但他可是造就二十世紀「童話復興」（fairy-tale revival）與「精神分析通俗化」的關鍵人物。我們如果想了解，二次大戰之後，西方經典童話如何從奄奄一息轉為生生不息，繼而飄洋過海在地球各個角落生根，甚至一度與兒童文學幾乎畫上等號，並在影視與玩具市場成為創造超級明星的沃土，就必須認識這位大幅扭轉童話命運的人物，以及讓他在有生之年聲望扶搖直上、過世之後還持續引發議論的作品——《童話的魅力》。

❖從猶太難民到名利雙收的精神分析專家

一九〇三年出生於奧地利維也納的貝特罕來自猶太家庭，曾因政治立場被押入納粹集中營。數月之後，經友人搭救，以難民身分於一九三九年抵達美國。一無所有的年輕貝特罕，自稱是維也納大學的心理學博士，曾追隨佛洛伊德，熟悉當時美國學界非常有興趣的精神分析。（但近年

資料顯示，他的學位是藝術史與哲學博士，只修過幾門心理學相關課程，而且根本沒有和佛洛伊德見過面。）除了誇大與謊報學經歷，貝特罕努力自學，盼望融入新的環境，還在期刊上發表了〈極端條件下的個體與群體行為〉（Individual and Mass Behavior in Extreme Situations, 1943）一文，宣稱曾在德國最大的兩個集中營訪談一千五百位囚犯。此後，貝特罕陸續發表其他論文，建立了世人眼中的精神分析專家形象。一九四四年，貝特罕獲得美國籍，旋即接受芝加哥大學的延攬，成為該校心理學教授，並主持附屬於該校的兒童心理治療所（Sonia Shankman Orthogenic School for Disturbed Children）。二十世紀中葉的醫學界對於兒童自閉症的認識才剛起步，一度以為自閉症肇因於父母親的冷漠態度（這樣的看法已經被推翻）。貝特罕藉著自己主持兒童心理治療中心的專業身分，投機地援用「冰箱媽媽」（refrigerator mother）的假設，將冷漠親職對孩童的影響，與納粹集中營對人性的摧殘做類比，發表了許多有關自閉症的觀察，成功建立教育專家的權威。靠著出書與無數的訪談，貝特罕名利雙收，甚至登上一九六八年的《時代》雜誌封面。

❖ 扭轉主流文化對童話的偏見

他的著作中，最為一般讀者熟知的就是《童話的魅力》。本書出版時佳評如潮，獲頒一九七六年的「美國國家書評獎」（National Book Critics Circle Award for Criticism），一九七七年的「美國國家圖書獎」（National Book Award），從此暢銷數十年，更在一九九五年被紐約公共圖書館評選為「二十世紀最具影響力的書」之一（共有一百五十九本書上榜）。這本書被翻譯為多國語文版本，讓貝特罕的國際聲望如日中天。

《童話的魅力》的英文書名是The Uses of Enchantment，中文也可以譯為「魔法的用途」，強調充滿幻想的民間故事（fairy tales 或是folk tales）具有療癒的效果。事實上，從德文版書名《兒童需要童話》（*Kinder brauchen Märchen*），或荷文版書名《童話的用途》（*Het nut van sprookjes*）也都看得出貝特罕的寫作重點。他從精神分析的角度，解讀了二十多個故事，強調傳統童話比寫實的童書對兒童更有價值，因為童話所蘊藏的深層內涵，能在兒童遭遇生存困境（例如分離焦慮、伊底帕斯衝突、手足競爭等等）的時候，解救他們。他呼籲家長與教師，應該把童話帶到兒童生活的核心，就像從前好幾個世紀以來，沒有時間與地點背景提示的民間故事，以象徵式的語言，融入我們祖先的生命當中一樣。

在二十世紀的七〇年代，主流文化一片歌頌「童年純真」，普遍認為童話太過黑暗，不適合兒童閱讀，貝特罕的立論顯得相當獨特。他為童話裡那些極端暴力與醜惡怨憤的情節辯護，不避諱談論性事與性聯想（例如：女孩與母親競爭，搶奪父親的關愛），還主張這些內容有助於反映與消解兒童的心理衝突。貝特罕更企圖說服家長與老師，當代理性思維所主導下的寫實童書，提供給孩子的內容，其實是短視膚淺的。反倒是不符合現實邏輯的童話，可以刺激想像力、豐富生命、平復焦慮、滿足渴望，對兒童的幫助更大。

❖引發童話復興浪潮

在《童話的魅力》一書中，我們看到精神分析把童話的詮釋與童年的創傷相連，閱讀童話，就是在培養統合能力與學習應對人生難題的技巧。這是一套使用童話的新方法，嚴肅看待魔法、奇幻與遊戲，把它們當作治療干預，而貝特罕並不是第一個結合精神分析與童話的專家；幾乎每個古典精神分析家都詮釋過童話，而幾乎所有的精神分析個案也都多多少少參照經典童話的情節或典故（佛洛伊德本身與病人的七隻小羊對話，還有「狼人」的個案即是如此）。

精神分析與童話在上個世紀的奇妙連結，帶來了相當多、而且深遠的影響。一方面我們看到，精神分析本身在朝著通俗文化移動的過程中，因著童話的解析與臨床應用而受惠無窮；另一方面，精神分析的論述，使得童書的內容能順理成章地涵括原本視為禁忌的議題，兒童文學研究也在吸納精神分析的新知下，蓄積更多的能量與分量。我們可以說，因為《童話的魅力》的推波助瀾，原本屬於學術圈的議題，成功獲得媒體關注，變成通俗讀者津津樂道的聊天題材；此外，還造就一股童話的出版熱潮。專研德國民間故事的哈佛大學教授塔塔爾（Maria Tatar）就指出，美國當代的童話復興可以追溯到七〇年代，而《童話的魅力》是個里程碑。特別受惠的是格林童話，經由貝特罕的加持，格林童話超越法國的貝侯（Charles Perrault）、義大利的巴斯雷（Giambattista Basile）、英國的蘭格（Andrew Lang）、與北歐童話，成為全球家喻戶曉的作品，擺脫了二次大戰之後的低潮，不再代表過時的德國文化與意識型態。另一個貢獻則是，在貝特罕的鼓吹之下，童話不再是妨礙兒童理性發展的危險幻想，而是有益心理發展的療癒工具。

在這股由《童話的魅力》所引領的童話復興浪潮中，傳統童話的改寫與改編有如雨後春筍。新版本以小說、舞台劇、電影、卡通、圖畫書等等形式出現，成為對古老時代簡樸生活的懷舊嚮往，也是資本主義下流行娛樂的商品，或是暗中對抗權威的抒發管道。

❖ 在局限中找到立論新起點

儘管《童話的魅力》享有極高知名度與眾多擁護者，卻也從來不缺質疑者。貝特罕過度簡化的分析模式，原本就被批評與傳統精神分析迥異。兩本九〇年代出版的傳記，更揭露了貝特罕兒童心理治療王國多處鮮為人知的爭議，幾乎瓦解他的專業形象。美國重要的民俗專家柏克萊加州大學教授丹第斯（Alan Dundes）指責《童話的魅力》抄襲。學者塔塔爾與作家沛祖（Pierre Péju）曾感嘆《童話的魅力》詮釋模式僵固，主題過度限縮，與親子關係（特別是伊底帕斯情結）無關的故事，都被排除在外。而當代最重要的童話學者翟普斯（Jack Zipes）對貝特罕的攻擊尤其猛烈，認為貝特罕的理論一廂情願，對童話的詮釋充滿謬誤，他既不曾說故事給孩子們聽過、不了解兒童的閱讀習慣、沒有接觸過兒童文學研究，也對民間故事研究幾乎一無所知。

誠然，《童話的魅力》如今看來有這麼多的局限與盲點，但是出版至今數十年，無論是童話的通俗閱讀或學術研究，童話對於兒童發展的影響論述，都脫離不了它的巨大影響。或者我們可以說，貝特罕的各領域批評者，多多少少因為這本書，找到了立論的新起點。連對他非常反感的翟普斯都強調，閱讀《童話的魅力》是每個對童話有興趣的人，必須做的事。對貝特罕的童話詮釋無法苟同的女性主義批評家，無可否認也深受《童話的魅力》的啟發。吉爾伯特（Sandra M. Gilbert）與古芭（Susan Gubar）在《閣樓上的瘋女人》（*The Madwoman in the Attic*）一書，重新閱讀〈白雪公主〉，就是個例子。《童話的魅力》的崛起與引發的後續爭議，都已留下無法磨滅的軌跡：點點滴滴持續記錄著人們如何接受經典童話、如何看待《童話的魅力》這本書——在過去、現在、與未來圍繞它，抵抗它，與它對話。

❖如何理解魔法的用途？

既然今日的我們仍需要閱讀《童話的魅力》，就應當謹記它是某個時空背景的產物，才能更深刻地理解它處理童話的方式。由於貝特罕的論述首重核心家庭的親子關係主軸、關心兒童內在的成長，《童話的魅力》遂以民間故事專家看來不可思議的簡化方式對待童話。筆者接下來以遭到嚴重質疑的三點稍做討論：（1）童話「偏食症」，（2）指定閱讀「原版」童話，（3）要以「不介入」的策略說故事給孩子聽。

貝特罕的童話偏食症，來自他對伊底帕斯情結的執著。的確，對於核心家庭與兒童的關注是二十世紀的文化徵象，而二十世紀人類主體的建構，主軸就在孩子與父親、母親的三角關係，精神分析與兒童文學都根據這樣的立論發展。傳統民俗學與人類學對於數量龐大、主題類似、又跨越文化界限的童話，常以鳥瞰式的分類方法處理；相對之下，貝特罕的切入點，造就《童話的魅力》通常能進行單一故事的微觀閱讀。比起傳統民間故事研究的厚重，貝特罕為大眾讀者帶來了不同以往的輕便，讓童話得以更加普及，卻也同時帶來副作用：邊緣化親子關係以外的其他童年經驗；犧牲橫向的人際關係（朋友、同儕、社會階級等等），獨厚垂直的親子關係，限縮了故事的能量與界限。

再者，貝特罕的「原版」童話概念有很大的爭議。他所謂的原版童話，大部分是指一八五七年的格林童話。根據貝特罕，童話具有獨特的療癒和解放的作用，因為經過了數個世紀、甚至千年的口述傳統，故事愈發淬鍊，能夠同時傳達顯性與隱性的意義——同時對著不同層次的性格發聲，而且既對未受教育的兒童心靈發話，也對成熟世故的大人發話。這些說法聽起來與民間故事學者的看法一致（相信兒童文學專家也都同意），但是童話研究一向注重「文本變異」——類似的故事在不同地區流傳的版本，以及情節類似、細節有差異的各種版本。因此，貝特罕堅持某個版本對於心理治療才有效，又顯得自相矛盾，特別是格林兄弟的童話集歷經七次改寫、於一八五七年印行的版本，一般認為已受到兩位中產階級故事採集者，自身的知識分子意識型態介入甚深，距離口述故事的狀態已經很遙遠，與貝特罕的理想童話顯然大不相同。另外，貝特罕所分析的每則童話最後都能消解心理的情結，把療效寄望於童話的「樂觀」（也就是快樂的結局），與格林童話（總計有兩百一十一個故事）以及龐大的童話故事資料庫所顯示的故事本質也不盡然符合。

至於貝特罕宣稱的「不介入」規則，實在難以實行，許多批評家和讀者都無法認同。貝特罕建議說故事的時候，不需要對孩子多做解釋，甚至反對任何文字的或圖像的添加、修飾、解說，認為童話的療效發生在無意識的層次，介入會阻礙兒童的直接理解。這一點和女性主義批評形成強烈對比，後者樂見改寫、互文指涉、對話等等「介入」，而兒童文學裡，成人的介入無所不在，特別是圖畫書與故事書，絕對避免不了改寫與改編。

《童話的魅力》對於兒童文學領域的影響可以說是既深且廣。童話或民間故事在口述傳統中，並不屬於兒童獨有，然而經過貝特罕的強力呼籲，兒童閱讀或聆聽童話變得理所當然。兒童文學的創作者與研究者數十年來大多擁護貝特罕，只是對貝特罕有關插畫、圖畫書、和改寫的批評，盡量視而不見；而對於「性」的指涉，也選擇淡化。性議題與兒童文學界的普遍期待有所牴觸，直到近年仍是禁忌。因為不便對兒童明講，這些深層又重大的意義，通常以暗示和間接的方式呈現：例如插畫裡精心設計的典故，或迂迴晦澀包裹在佛洛伊德式的象徵裡的細節。這種曖昧的姿態，多多少少顯露了現代兒童經典的雙重（兒童／成人）讀者本質。不過，貝特罕所強調的快樂結局，仍是大部分低齡童書的作家創作時的選擇，只是過去三十年崛起的青少年奇幻，有走向開放結尾的傾向，邀請讀者參與意義的探索，並且預留批判空間。回顧從七〇年代《童話的魅力》出版後，這本書以及其作者的評價歷經變遷，許多批評是貝特罕當初未曾預見的。

童話與神話作家華爾納（Marina Warner）說過，「變形」是童話的核心。變形的發生往往違反自然律：切斷的手可以瞬間復原、生鏽的燈竟然是護身寶物、蓬頭垢面的乞丐婆婆是仙女假扮、披著骯髒驢皮的女傭原來是個金髮公主。然而童話的變形，指的不只是故事中的人與物的幻化，還包括口傳敘事中，千千萬萬個似曾相識。它們跨越語言與國族疆界，落地生根成為世代文化傳承的載體，以及茶餘飯後的娛樂，甚而進入個人的生命，為創傷的心靈帶來療癒與重生。貝特罕透過《童話的魅力》告訴讀者，藉由故事的講述與聆聽，童話帶來心靈的蛻變與對未來的盼望。我想像：一九三九年，一無所有的難民青年貝特罕抵達美國之時，必定也曾在精神層面深深倚賴過他所熟悉的故事，才能奮力向前——實現未知的人生，以及他個人關於童話的夢想。

童話的魅力

目錄

第一部 魔法滿囊

A Pocketful of Magic

第二部

童話奇境

IN FAIRY LAND

前言：
為追求意義而努力

Introduction:
The Struggle for Meaning

德國詩人席勒寫道：
「我幼時聽到的童話，
其中意義之深遠，更甚人生教導的真理。」

人生在世，如果不希望只是渾噩度日，而是每時每刻都真正意識到自己的存在，那麼我們最需要的，就是在人生中找到意義，但這卻是最難企及的。我們都很清楚，許多人無意追求有意義的人生，也不再嘗試追索，因為人生的意義對他們來說難以捉摸。一個人對於人生意義的了解，並不是到了某個年紀之後忽然開竅，更不是在生理年齡成熟時就能達到。在不同年齡階段，我們尋索追求，多多少少會獲得相應於當時心理成熟度所能理解的意義，而對於人生意義的理解，正是長期累積的成果。心理年齡成熟的要件，即是能夠確切了解自己人生的意義可能是什麼，或應該是什麼。

在古希臘羅馬神話裡，智慧之神雅典娜從宙斯的頭部誕生時，已經是個完整的成人。但是，人的智慧卻是一點一滴地，從最不理性的起源逐漸累積而來的。一個人唯有成年之後，才能透過在這個世界上的所經所歷，明智地理解自己存在這個世界上的意義。不幸的是，有太多父母冀望孩子的內心，與大人的內心運作方式相同，誤以為孩童對於自己本身和世界的理解，以及對於人生意義的掌握都能速成，不用像身體或智能一樣慢慢發展。

無論過去或現在，教養兒童最重要、也最困難的任務，皆是幫助他們找到人生的意義，而兒童需要許多成長經驗才能達到這目標。在發展的過程中，孩童必須循序漸進地學習了解自己，如此才更能了解其他人，最後就能用可以滿足彼此、而且有意義的方式，與其他人相處互動。

想要找到人生更深層的意義，我們首先必得超脫個人目前的狹隘生存經驗，相信將來有朝一日，自己可以為人生帶來重大貢獻——倘若現在做不到，將來某一天，一定做得到！這樣的觀

感是必要的，如此我們才能夠對自己滿意，也對我們正在做的事覺得滿意。人生變幻無常，我們必須培養內心的資源，才能讓情感、想像力，和智能得以相輔相成、左右逢源。帶著這樣的正面觀感，我們也才得以發展人生的理性，了解唯有「對未來的盼望」，能夠支持我們在一次次的逆境裡存活下去。

❖童話的意義深遠，更甚人生教導

筆者身為嚴重情緒困擾兒童的教育者和治療師，最主要的任務是幫助他們找回人生的意義。由於從事這樣的工作，我得以清楚發現，如果在教養過程中，就讓兒童發現人生蘊含的意義，他們就不會需要專人特別協助。我進而自問：兒童的成長過程中有哪些經驗，最適合用來培養他們為小我找出人生意義，以及為大我賦予更多人生意義？在這項任務中，最重要的莫過於父母和其他照顧者的影響，次之是以正確方式傳承給兒童的文化遺產，而在兒童年紀還小時，最適合的資訊承載媒介，莫過於文學作品。

基於這一點，我對許多以培養兒童心理和人格發展為宗旨的文學作品有著深切不滿，因為兒童需要資源來處理難以解決的心理問題，但閱讀這些作品卻無助於激發或培養處理問題所需要的資源。學校裡指導兒童閱讀的學齡前和學童適讀書籍，以教導必備生活技能為目標，與意義無關。至於所謂「兒童文學」中餘下的大量文本，則以教育、娛樂，或者寓教於樂為宗旨，但大部分內容都太過淺顯，以致從作品中幾乎發掘不出什麼意義。既然一個人必須學習閱讀的讀物，對他的人生來說無足輕重，那麼習得閱讀能力等技能，對他來說也就不再重要。

我們都傾向用做一件事在當下能獲得什麼，來評估這件事未來會帶來的好處。兒童尤其如此，因為他們活在當下的感受比成人更為強烈。他們對於未來懷著焦慮，但對於未來可能需要什麼，或者是什麼樣子，卻僅有極為模糊的認知。如果孩童當下聽到或讀到的故事很空泛，那麼當我們告訴他，學習閱讀可以讓往後的人生更豐富，他感受到的就只會是空洞的承諾。這些兒童讀物最大的缺點，是奪走了孩童在閱讀文學作品時應得的收穫；他們無法從中接觸更深層的意義，也得不到在他們的發展階段富有意義的事物。

一個故事要真正抓住孩童的注意力，就必須讓他覺得好玩，並且引起他的好奇心。但是如果要讓孩童的人生更豐富，就必須刺激他的想像力，幫助他發展智能，以及認清自己的情緒，呼應他的焦慮和渴求，完全認可他遭遇的困難，同時為那些困擾他的問題提供解決方法。簡單地說，故事必須同時照顧到孩童人格的所有面向——絕不藐視孩童所處的困境，完全信賴並且嚴肅看待，同時培養孩童對於自己和未來的信心。

考量種種層面，在整個「兒童文學」裡，除了極少數例外，最能同時滿足兒童和成人、讓他們的人生更豐富的，莫過於民間的童話故事。誠然，童話從表面上看來，幾乎沒辦法傳授現代社會中特定人生情境的課題，畢竟童話故事早在現代社會成形之前就已長久流傳。但是童話可以教給我們的，無論是關於人類的心理問題，或在任何社會中處於困境的正確解決方法，都遠遠超過孩童在同樣年齡能夠理解的其他故事類型。孩童在人生中的每時每刻，都與他所生活的社會直接接觸，因此只要他的內在資源許可，他自然能夠學習應對所處社會中的情境。

正因為孩童在人生中常常會覺得困惑，但他又必須學著和這個複雜的世界打交道，所以他也就更需要有機會，去理解身處這個複雜世界中的自己。為此，我們必須幫助兒童在他自己的混亂感覺中理出頭緒。他需要一些想法，教他如何在內心深處找回秩序，有了這樣的基礎，他才能進而在人生中建立秩序。他需要接受道德教育（歷史發展至今，幾乎毋須特別強調此點），但只能透過幽微細膩的方式，來了解道德行為的好處，並且是經由看似正確、可以掌握，因此對他來說具有意義的事物，而非透過抽象的倫理概念。

在童話故事裡，兒童就能找到這種意義。這一點其實和許多現代心理學創見一樣，早在許久之前就為詩人所預見。德國詩人席勒寫道：「我幼時聽到的童話，其中意義之深遠，更甚人生教導的真理。」（《皮柯洛米尼父子》〔*The Piccolomini*〕，第三幕第四場）

數百年甚至千年以來，在口耳相傳的過程中，童話變得更加細膩，演變成可以同時傳達顯性（overt）和隱性（covert）的意義，能夠同時向人格的各層面發聲，這種表達方式，同時適用於未受教化的兒童與通曉世故的成人。套用精神分析中的人格模型來看，童話替意識、前意識（the preconscious）和無意識帶來重要訊息，無論當下是哪個部分正在活躍運作。童話處理普世的人類問題，尤其是以兒童為主的心理困擾，它們向萌芽中的「自我」（ego）發話，並鼓勵它發展，同時減輕前意識和無意識所感受的壓力。隨著情節開展，童話認可「本我」（id）承受的壓力，並具體表現出來，接著提出既滿足「本我」，又符合「自我」和「超我」（superego）要求的處理方法。

但我對童話如此關注，並不是基於從理論上分析其優點。我只是根據親身經驗自問，為何無論心理健全程度、才智高低，所有的孩童都覺得民間童話比其他兒童讀物更令他們滿足。

我愈是試圖了解，為什麼這些童話故事成功地豐富了孩童的心靈，愈能明瞭這些故事是在更深層的意義上，從孩童真正的心理和情感存在狀態出發。童話中討論嚴肅內在壓力的方式，是孩童在無意識上可以理解的，而且童話並未小看成長過程中無可避免的嚴重內在掙扎，並且針對孩童遭遇的迫切難題，提供暫時和永久的解決方法。

我有幸獲得史賓賽基金會提供的研究獎助金，探究精神分析可以為兒童教育帶來哪些貢獻。閱聽故事正好是教育中的重要方法，我想似乎很適合利用這個機會，深入且詳細地探索民間童話之於教養為何如此寶貴。我希望當家長和老師真正理解童話的獨特優點後，可以讓童話故事重新肩負起過去幾百年來，它們曾在兒童生命中扮演的重要角色。

❖ 童話故事與生存困境

為了克服或擺脫成長過程中的心理問題，舉凡自戀挫折、伊底帕斯情結、手足競爭和童年的依賴性，並且建立自我、找到自我價值與道德感，孩童必須理解有意識的自我是如何運作，才能處理無意識中的運作。要能理解、並進而具備處理無意識的能力，靠的不是理性地了解無意識

的本質和內容，而是藉由編織白日夢來熟悉無意識，亦即透過反覆思量、重組和幻想適合的故事元素，來回應無意識的壓力。孩童藉由這麼做，讓無意識的內容進入有意識的幻想，如此他才得以處理無意識的內容。童話無比珍貴的價值正是在此展現，因為童話為孩童的想像，提供了他只靠自己無法發現的新面向。更重要的是，童話的形式和架構為孩童提供了想像的素材，讓他能夠藉以建構自己的白日夢，並為他指出更好的人生方向。

無論兒童或成人，行為都受到無意識的強力支配。當一個人的無意識遭到抑制（repressed），其內容無法進入意識，他的意識最後就會有一部分遭受這些無意識元素的衍生物淹沒，或者他被迫以強制且機械性的方式，去抑制這些無意識內容，最後可能導致人格產生嚴重殘缺。但是，當無意識的念頭在某種程度上**確實**獲准進入意識，並經過運作而進入想像，對自己或他人造成傷害的可能性就會降低不少，有些來自無意識的推力甚至可以導向正途。然而，父母親普遍認為，必須讓兒童分心不去注意那些最令他們困擾的問題：那些無形無狀、無以名之的焦慮，以及混亂、憤怒甚至狂暴的幻想。很多父母相信，應該只讓孩子看可意識到的現實，或賞心悅目、願望實現的畫面，認為讓孩子看到事物陽光正向的一面就好。但是一面倒的呈現，只能偏頗片面地滋養內心，而現實人生卻不會永遠陽光普照。

家長多半不願孩童得知，人生中大部分問題其實都肇因於我們的本性——每個人都有可能因為憤怒和焦慮，做出具侵略性、自我中心或自私的行為。我們想要孩子相信人性本善，但是兒童知道，**他們**並不是一直都是好孩子；而就算他們是，他們往往寧可不當好孩子。這和父母教他們的互相矛盾，因此兒童成了他自己眼中的怪物。

主流文化想要假裝人性中的黑暗面並不存在，尤其牽涉到兒童時更是如此，並且佯稱信奉樂觀正面的向善主義。精神分析本身，則被視為以讓人生更輕鬆好過為目的，但這並不是創始者的企圖。佛洛伊德（Sigmund Freud）首創精神分析，是為了讓人能夠接受人生的本質，但又不會因此被擊敗，或是屈從於逃避主義。他開出的解方是，人唯有在看似極端不利的形勢下勇敢搏鬥，才能成功地從存在中掙得意義。

而這正是童話藉由意義繁複多層的形式，要傳達給孩童的訊息：人生中無可避免會遭遇嚴苛的困境，而在困境中掙扎抵抗，是人類存在的本質——當一個人面臨出乎預料、甚至往往是不公不義的艱難考驗，如果能堅毅面對，不膽怯逃避，就能克服一切障礙，最終獲得勝利。

人類存在的課題，對於我們所有人來說都至關緊要，但現代兒童讀物卻大多避談這些課題。而孩童尤其需要獲得以象徵形式提供的建議，才知道要如何處理這些課題，並且平安長大成熟。「打安全牌」的故事，不提及人類存在所受的衰老和死亡等限制，也不祈願永生不死。而童話正好相反，童話將人類最基本的困境，直接了當地呈現在孩童面前。

舉例來說，很多童話故事以母親或父親的死亡作為開場；在這些故事中，雙親之一的死成為最令孩童苦痛的問題，造成的影響和在現實生活中遭遇（或對這件事將在現實中發生的恐懼）無異。另外一些故事則講述老邁的父親或母親，決定要讓新一代接手，但在交接之前，繼承者必須證明自己有能力而且值得信賴。格林童話裡的〈三根羽毛〉如此開場：「從前有一個國王，他有三個兒子……國王慢慢年老力衰，他想到自己終將走向人生盡頭，但是不知道應該讓哪一個兒子繼承他的王國。」為了判斷哪個兒子最適合，國王交給三個兒子一項困難的任務，並告訴他們，表現最好的兒子「將在我去世之後成為國王。」

童話的典型特色之一，就是簡明扼要地點出存在的困境。比較複雜的情節可能會讓孩童產生困擾，而童話則呈現問題最根本的樣貌讓孩童去應對。童話將所有情況簡化，人物描繪簡潔，細節除了極重要的之外全都略去不提。其中所有角色都是典型，不具獨特性。

❖ 邪惡與善良的道德抉擇

童話還有一點和很多現代兒童故事不同，童話裡的邪惡和善良一樣無所不在。幾乎所有童話裡都有正派和反派角色分別行善或作惡，就像人生中的善與惡無所不在，而每個人的內心也同時向善和向惡。正是因為這樣的二元性，造成了必須歷經掙扎才能化解的道德問題。

邪惡並非毫無吸引力，而故事中象徵邪惡的無敵巨人、惡龍、法力高強的巫婆，或〈白雪公主〉裡的狡詐母后，往往暫時取得上風。在很多童話裡，篡位者竊占應當屬於主角的地位，但成功只是一時的——就像是〈灰姑娘〉裡壞心的姊姊們。童話可作為道德教育的媒介，原因之一固然是作惡者在故事結尾受到懲罰，但卻不是主因。在童話中，一如在真實生活裡，懲罰，或對於懲罰的恐懼，在嚇阻犯罪上的效果有限。讓人相信犯罪會得不償失，才能更有效嚇阻犯罪，這就是為什麼童話裡的壞人最後必然期望落空。促進道德發展的，不是善良最後獲勝的事實，而是因為孩童最受主角吸引，進而對主角的所有掙扎感同身受。由於孩童認同童話中的主角，他會想像自己和主角一起歷經考驗和難關，並且和主角一起慶祝邪不勝正。孩童完全靠自己達到這樣的認同，而道德教訓也經由主角經歷的內心和外在掙扎，在他心中烙下印記。

童話中沒有矛盾雙重的角色——不像真實生活中的我們既是好人，也是壞人。而二元對立觀既然主宰了孩童的思維，也就主宰了童話世界。一個人若非好人，就是壞人，沒有中間地帶。兩兄弟裡一個笨，另一個聰明。姊妹裡一個善良勤勞，其他惡毒懶惰。一個貌美，其他醜陋。雙親中一個慈愛，另一個邪惡。童話中將對立的角色並置，不像在警世故事（cautionary tale）裡，是為了強調正確的行為。（在一些非關道德的童話故事裡，角色的好壞美醜完全不重要。）當角色以二元對立的方式呈現，孩童可以很容易地理解兩者之間的差異，但是角色如果描繪得比較寫實，像真實世界的人們一樣複雜，孩童就沒辦法一下就理解。所以，我們必須等到孩童藉由正面認同，建構出相對穩定的人格之後，再介紹角色呈現上比較曖昧不明的故事。這時孩童已經有了基本認知，可以進一步去理解人與人之間有很大的差異，因此必須選擇自己要當什麼樣的人。這種基本抉擇正是由童話的二元對立觀所推動，也為孩童往後的人格發展奠定基礎。

再者，比起誰對誰錯，孩童的抉擇根據其實更偏向是誰激發他的同情心，而誰又令他反感憎惡。故事中好人的形象愈簡單直接，孩童愈容易認同好人並且拒斥壞人。孩童認同是好人的主角，不是因為主角的善，而是因為主角的情況對他來說具有強大的正向吸引力。孩童面臨的問題不是「我想當好人嗎？」而是「我想要像誰？」孩童全心將自己投射在某個角色上，再據此做出決定。如果這個童話角色是大好人，那麼孩童就決定自己也要當好人。

❖ 提供人生成功的希望與保證

非關道德的童話裡，不會出現二元對立，也不會將好人和壞人並列，因為它們要達到的目的截然不同。這種故事或類型角色，包括偷走巨人寶物的傑克，和〈穿靴子的貓〉裡使詐用計幫主角得到榮華富貴的貓，它們不是要讓孩童在善惡之間做出選擇，以形塑其人格，而是提供孩童希望，相信即使最卑微的人也能成功。畢竟，一個人如果覺得自己無比渺小，害怕自己永遠不會有任何成就，那麼選擇當好人又有什麼用呢？這類故事關注的不是道德議題，而是一定能夠出人頭地的確定感。而面對人生，不管是相信可以克服所有難關，或是預期將會失敗認輸，都是關於存在的重大課題。

有許多現代兒童文學作品，避談源自原始驅力與激烈情緒的深層內在衝突，所以也無法幫忙孩童處理這些衝突。但是孩童承受寂寞和孤立帶來的絕望感，而且常常經歷嚴重的焦慮。這些感覺，孩童多半無法用言語表達，或者只能用間接的方式表達：怕黑、怕某種動物，或對自己的身體感到焦慮。由於承認孩子出現這樣的情緒會讓父母不安，父母往往予以忽視，或者出於自己的焦慮，就不把孩子說出口的恐懼當真，以為這樣就能將孩子的恐懼掩蓋過去。

相對地，童話嚴肅地看待，並且直接處理和回應這些關於生存的焦慮和困境；包括：需要被愛、害怕被認為一無是處、對生命的熱愛，以及對死亡的恐懼。童話更以符合孩童心理發展和理解程度的方式，提供解決之道。舉例來說，童話藉由偶爾出現的結語：「如果他們沒有死，現在還會活在世上」，來呈現希望長生不老的困境。另一種結局「他們從此過著幸福快樂的日子」，其實從沒有讓兒童誤以為人有可能長生不老，但確實指出，人若要不為有限的俗世生命而感到苦痛，唯一的方法，就是與他人建立真正令人滿足的連結。童話告訴我們，如果一個人能做到這一點，就能獲得存在上的終極安全感，並且達到人與人之間所能維繫最恆久不變的關係；只要做到這樣，就能驅散對於死亡的恐懼。童話也告訴我們，一個人如果找到真正的成熟愛情，就不需要祈願長生不老，正如另一種故事結局所暗示：「他們後來活了很長的一段時間，過著幸福美好的日子。」

有些人認為，童話故事的這種結局，呈現了與外在現實不符的願望實現，這種粗淺的觀點完全忽視了童話要傳達的重要訊息。這些故事告訴孩童，透過建立真正的人際關係，就能擺脫不斷困擾他的分離焦慮（很多童話故事皆以分離焦慮為核心課題，但在故事結尾總是能加以解決）。除此之外，故事也告訴孩童，結局並不像他所祈願和相信的，只要永遠攀附在母親身上就能達成。如果我們在絕望中想藉由緊緊抓住父母，來擺脫分離焦慮和死亡焦慮，最後只會落得被父母冷酷地趕出門的下場，就像漢賽爾和葛麗特。

童話故事的主角（兒童）唯有離家走入外面的世界，才能在世界上真正成為自己；在他這麼做的時候，也會找到另一個能和他一起從此過著幸福快樂日子的人；換言之，他以後再也不必經歷分離焦慮。童話著眼於未來，以孩童的意識和無意識皆能理解的說法，指引他放棄像嬰兒般依賴的願望，並且過著滿足感更高的獨立人生。

時至今日，兒童不再像從前，在能夠提供安全感的大家庭或緊密融洽的社群中長大。因此，與在童話形成的時代出生的兒童相比，現代的兒童反而更需要透過故事，接收必須獨自闖蕩世界的主角形象，這種故事主角雖然起初不知世事，但最終能夠保持內心深處的自信，依循正確的道路，在世界上找到安身立命之處。

童話主角有一段時間是孤獨的，正如現代兒童也常常感到孤獨。主角藉由接觸原始之物，例如樹、動物和自然獲得幫助，正如同兒童會比成人更容易受它們觸動。故事主角的遭遇讓兒童相信，他就像他們一樣，覺得自己在世界上孤苦無依，必須在黑暗中獨自摸索，但是他也同樣會在人生過程中，一步一步得蒙引導，在需要時獲得幫助。與過去的時代相比，現代的孩童更需要孤獨的主角形象提供再保證（reassurance），體會儘管主角孑然一身，仍然能夠和周遭世界建立起有意義、且能帶來豐富收穫的關係。

❖ 童話故事：一種獨特的藝術形式

童話不僅為兒童提供娛樂，同時也啟發兒童對於自身的了解，促進他的人格發展。童話提供了不同層次的意義，以各種方式豐富兒童的人生，童話對兒童生活的眾多貢獻，難以盡數。

本書企圖闡述，童話如何以想像的形式，呈現健全的人格發展過程，以及童話如何吸引孩童注意這樣的歷程、進而參與。孩童的成長過程，始於抗拒雙親和害怕長大，結束於真正長大成熟；也就是在心理上達到獨立、道德上達到成熟，不再將異性視為威脅或惡魔，並且能和異性建立正面關係。簡單來說，本書旨在說明，童話為什麼在心理層面上，提供兒童內在的成長如此重大且正面的助益。

當我們回應童話時，所感受到的快樂和迷人魔力，其主要來源並不是故事在心理層面的意義（雖然也有些助益），而是故事的文學性，也就是說因為故事是藝術品。童話故事本身如果不是藝術，對於孩童的心理就無法產生任何影響力。

童話故事很獨特，不僅因為它是文學的一種形式，也因為它是孩童唯一能夠完全理解的藝術品。對於每個人來說，偉大藝術作品最深層的意義都不一樣，在一生中的不同階段也有所差異，童話故事也是如此。孩童會根據他當下的興趣和需求，從同樣的故事裡發掘不同的意義。在他準備好將先前找到的意義延伸擴大，或是以新發現的意義來取代時，一有機會，他就再次受到吸引。

本書專門探討童話故事在心理層面上的意義和影響力，然而童話本身就是一種藝術形式，因此仍有許多面向值得探索。舉例來說，童話展現了我們的文化傳承，並薰陶兒童的心靈。＊本

＊有一例可以說明：在《格林童話》中〈七隻烏鴉〉的故事裡，七兄弟在妹妹誕生時，因為沒能從井裡打來一罐為妹妹洗

書中僅稍微提出童話對兒童道德教育的獨特貢獻，更詳細深入的部分，還需專書討論。

民俗學家從民俗學的角度研究童話，語言學家和文學批評家也探討童話的意義，但出發點各自不同。有一點很有意思，例如你可以觀察到一些學者將〈小紅帽〉故事裡，小紅帽被狼吞下肚的母題，與黑夜吞噬白日、日遭月蝕、冬天取代溫暖季節，以及神吞下獻給祂的犧牲者等主題加以連結。這些詮釋固然有趣，但對於父母親或教育工作者而言，似乎幫不上什麼忙，因為他們想要知道的是，童話對於兒童而言可能有什麼意義，而這些根據自然或神祇所做出對世界的詮釋，和兒童的成長經驗離得畢竟太遠。

童話故事中也充滿與宗教相關的母題，許多聖經故事的本質也和童話故事雷同。童話在聽者的意識和無意識中所能召喚的，取決於聽者自己的整體參考架構，和個人關注的事物。因此有宗教信仰的聽者，會在童話中找到許多重要意義，但這就不在本書的討論範圍。

大部分童話的起源，都可追溯自宗教在生活中舉足輕重的年代，因此童話免不了或直接、

禮的水而變成烏鴉，在遺失水罐的悲劇發生之後，故事便由此展開。洗禮儀式昭示了基督教的開端，因此我們可以將七兄弟視為象徵在基督教創立之前的異教徒世界，代表古典時期神祇的七顆星球，而新生的女娃就是新的宗教，只有在舊的信仰不干擾其發展時才能順利誕生。基督教出現之後，代表異教的七兄弟從此歸屬黑暗，變成烏鴉的他們住在世界盡頭的一座山裡，暗示他們仍舊存在於不屬於意識層面的地下世界。而他們能夠變回人形，全是因為妹妹犧牲了其中一根指頭，這也符合基督教精神，即在必要的情況下，唯有願意犧牲阻礙自己臻至完美的那一部分身軀，方得以進入天堂。故事暗喻了基督教這個新的宗教，甚至能夠解放那些一開始就淪為異教的人們。（編按：本書內文出現的註釋，若無標示譯註，皆為原書作者註。）

或間接地處理宗教主題。《一千零一夜》的故事中，就有多處指涉伊斯蘭教，西方有許多童話故事的內容也涉及宗教，但其中大多數至今已不再受重視、而且罕為人知；對很多人來說，這類宗教主題不再能激發普世共通，或提供與個人切身相關、又有意義的聯想。〈聖母的孩子〉就是很好的例子，這個故事堪稱《格林童話》中最優美的故事之一，但是今日卻沒沒無聞。故事開頭與〈漢賽爾和葛麗特〉完全相同：「在一片廣大的森林附近，住了一個樵夫和他的妻子。」這對夫婦也與漢賽爾和葛麗特的父母一樣，因為太過窮苦，無法養活自己和三歲的女兒。聖母瑪利亞為他們的淒慘景況所感動，向他們顯靈，告知會將小女孩帶到天堂代為照顧。小女孩在天堂裡過著幸福美好的日子，直到她滿十四歲，接下來的情節就與另一則截然不同的故事〈藍鬍子〉十分相似：聖母把可以分別開啟十三扇門的鑰匙串託付給女孩，告訴她可以打開前十二扇門，但絕不能打開第十三扇。女孩無法抗拒誘惑，她撒了謊，結果必須回到人間，而且成了啞巴。她經歷了數次嚴酷考驗，甚至被處以火刑。當她被綁在木樁上即將受刑，一心只想著告解認罪，這時她終於又能開口說話，並且蒙聖母恩賜「終生幸福快樂」。這個故事的教訓是：用來說謊的嗓音，只會將我們帶向沉淪，還不如像主角一樣被剝奪嗓音，但是用來懺悔、認錯和陳述真相的嗓音，卻能為我們帶來救贖。

《格林童話》裡有好幾則在開頭或情節之中都引用了宗教典故，例如〈返老還童的老人〉如此開頭：「在我們的主仍在世間行走之時，有一天祂和聖彼得在一個鐵匠家裡歇腳……」。在另一個故事〈窮人和富人〉裡，神和其他故事裡的主角一樣疲於奔走，故事是這樣開始的：「比較久

以前，當我們的主仍然習於在人間行走，有一天祂剛好走得累了，來不及趕在夜色降臨之前找到投宿的旅店。就在祂前面的道路上，矗立著兩棟前門相對的房子……」故事中的這些宗教面向，雖然有其重要性和吸引力，但已經超出本書的範圍和主旨，故不會納入討論。

❖ 對不同年齡性別的讀者都意義非凡

本書的目的，是指出童話對兒童來說意義非凡，因為它們能夠幫助兒童處理成長過程中的心理問題，並促進人格的統合發展。然而這樣的主旨相對有所局限，無可避免會受到一些重大限制。

首先我們必須認清，現今大眾耳熟能詳的童話故事只剩下少數幾則。如果能夠引用幾則比較冷僻的故事，或許就能更生動地說明論點。這些故事一度為人熟知，但現在幾乎已失傳，要引用就必須重述故事內容，最後印成的書可能厚重到無法搬動。因此，筆者決定將重點放在幾則至今流行不墜的童話故事，說明其中隱含的意義，以及它們如何和兒童成長時遇到的問題，及對於自我及世界的理解相互連結。而本書的第二部分，筆者不求提供對於童話鉅細靡遺的討論，而是仔細檢視幾則廣受歡迎的經典故事，剖析兒童可能從中獲得的意義和樂趣。

如果本書專門討論一或兩則故事，或許可以兼顧更多層面，但即使如此，也不可能將故事的深層意義研究透徹，因為每則故事都有多層次的涵義。對孩子來說，哪個故事在他多大年紀時

會更重要，完全取決於他的心理發展階段，以及當下對他來說最迫切的問題。書中討論將重點放在故事的中心意義看似合理，但也有所不足，因為忽略了其他面向。某些面向可能和孩童當下努力要解決的問題有關，因此對他來說更有意義，這也就成為本書另一項難以避免的局限。

例如在〈漢賽爾和葛麗特〉的討論中，述及年紀到了應該獨自面對世界的兒童，還試圖繼續依附雙親的努力受挫，以及他必須超脫對糖果屋的著迷所象徵的原始口欲。因此，這則故事對於準備好要踏入世界的幼童來說看似最具意義，因為故事將他的焦慮具體化，而且能夠幫助消弭恐懼。故事告訴兒童，即使是形式誇張到像是被吃掉的焦慮，其實都是毫無根據的：孩童最後獲勝，而巫婆這個最具威脅性的敵人被徹底擊敗。藉由這個優良範例可說明，這則故事對於四、五歲左右的兒童，也就是童話開始發揮正面影響力的年紀，產生的吸引力和效益都最大。

但是因為害怕遭到拋棄而產生的分離焦慮，以及包括貪婪口欲在內的飢餓恐懼，都不限於特定的發展階段。無論在任何年齡階段，這樣的恐懼都可能在無意識中生成，所以即使是年紀比較大的孩子來看這個故事，讀了還是會受到鼓舞並且在故事中找到意義。事實上，年紀愈大的兒童可能會發現，要有意識地承認自己害怕遭到父母拋棄，或面對貪婪的口欲，其實比年紀更小時要困難多了。他有更充分的理由，讓童話向他的無意識發聲，將無意識的焦慮具體化、再加以釋放，如此焦慮就能完全不進入意識。

待孩子年紀稍長，同一則故事的其他情節，仍有可能提供他非常需要的再保證與指引。例如一名邁入青春期初期的女孩，她非常著迷於〈漢賽爾和葛麗特〉，藉由反覆重讀，並且幻想故

事情節獲得莫大的安慰。這名少女童年時期常受年紀稍長的哥哥指揮，哥哥指點少女該怎麼做，某方面來說就像漢賽爾預先留下鵝卵石，為兄妹倆指出回家的路。妹妹長成少女之後仍然很依賴哥哥，而故事中的這個情節讓她覺得安心。但她也同時痛恨哥哥的霸道，只是自己當下並未意識到，而她尋求獨立的努力，就以漢賽爾這個角色為中心。少女的無意識從故事接收到的訊息是，在漢賽爾的領導之下，她不但不會向前走，反而會走回頭路。而漢賽爾在故事開始時是主導者，但結尾卻是葛麗特幫兩人爭取到自由和獨立的情節，在少女看來也是有意義的，因為打敗巫婆的是妹妹。由少女長成的女人於是領悟，這則童話幫助她不再依賴哥哥，也讓她相信年幼時依賴哥哥，並不會影響她長大之後獨立自主。同樣的一則故事，在她的童年和青少年階段都有意義，原因卻截然不同。

〈白雪公主〉的中心母題，是青春期女孩在各方面都贏過邪惡繼母，而繼母出於嫉妒，拒絕認可女孩的獨立人生，在故事中則以繼母試圖毀滅白雪公主來呈現。然而對於一個五歲孩童來說，故事最深層的意義，卻和青春期的問題無關。在五歲女孩的眼中，母親如此冷漠疏離，讓她感到無所適從。而故事情節向她保證不需要感到絕望：白雪公主雖然被繼母出賣，但會先後被小矮人和王子等男性角色拯救。而小女孩也一樣，她不需要為了被母親拋棄感到絕望，只需相信男性會來解救她。在故事的指引之下，小女孩轉向父親求助，而父親會給予令她滿意的回應。童話故事的圓滿結局，讓女孩得以在母親對她冷淡而造成的人生困局中，找到皆大歡喜的解決方法。所以，講述同一個故事，對於五歲女童和十三歲少女都有重要意義，但女童和少女分別從故事裡找到的意義，卻可能很不一樣。

在〈萵苣姑娘〉裡，我們知道萵苣姑娘從小就被女巫鎖在高塔裡，一直到她十二歲大。因此這則故事和青春期女孩的故事雷同，一樣有青少女會遭遇到諸如，母親嫉妒心作祟、試圖困住女兒不讓她獨立的典型問題，但等到萵苣姑娘和王子團聚，問題就有了圓滿的解決方案。但換成一個五歲男童來讀這則故事，得到的再保證卻大不相同。這個男童沒有父親，母親整日忙於工作，平常主要由祖母照顧，當他知道祖母病重必須住院，他要求大人唸〈萵苣姑娘〉的故事給他聽。在男童人生中的這個關鍵時刻，故事裡有兩個元素對他來說意義重大。第一，替代母親的人會收留孩童，確保他的安全、不讓他受任何傷害的情節，對於那時的他有很大的吸引力。所以說，一般狀況下被視為負面、自私的行為，在特殊狀況下也可能具有比較正面的意義，可以為兒童提供再保證。對男童來說更重要的，是另一個中心母題：萵苣姑娘在自己的身上找到脫困的方法——她讓王子藉由她的長髮辮爬上高塔進入房間。在自己身上找到一線生機的故事情節告訴男童，必要的時候，他也可以在自己身上找到安全感。由此可知，童話以最具想像力的形式，處理最扼要的人生問題，所以就算主角是少女，男童讀來同樣可以有莫大收穫。

如果有人以為本書只著重討論故事主要母題，那麼這些例子或許可以平衡一下，也能佐證不論故事主角的年紀或性別，童話對於不同年紀和性別的兒童來說都意義非凡。兒童會在故事中，找到與個人相關的豐富意義，因為孩童每次處理不同問題時，故事會幫助他們更輕鬆地改變認同。以活在兄長陰影之下的那名青少女而言，她幼時認同樂於接受漢賽爾指揮的葛麗特，略長後認同打倒巫婆的葛麗特，就會讓她覺得長大獨立更有收穫和安全感。對於男童來說，因為他一開始從安穩待在高塔裡的情節找到安全感，之後也就能夠領悟，在自己身上就能找到一線生機，進而獲得更穩固的安全感。

❖讓孩童自己體驗童話，而不點破箇中共鳴

我們無法得知對孩子來說，哪則故事在哪個年紀的時候最重要，因此我們也不能自行決定應該在什麼時候，或因為什麼原因，選哪一則故事講給孩子聽。這個決定只有孩子能做，而且是透過故事在他的意識和無意識激發的反應強度來表現。父母親一開始，自然會先講或唸自己小時候或當下最關注的故事，如果孩子不受故事吸引，表示故事的母題或主題在他的人生當下，並不能引起任何有意義的回應。那麼隔天晚上，最好改講另一個故事給他聽。孩子很快就會讓父母知道他覺得哪個故事重要，可能是透過立即的反應，或是要求爸媽不斷重唸同一則故事。如果一切順利，孩子對故事的熱衷也會感染到父母，讓父母也覺得這則故事很重要，主要理由自然是孩子覺得這則故事很有意義。到了某個時間點，當孩子覺得，他偏愛的故事已經提供他一切可獲得的，或是最初讓他產生共鳴的問題已經被新問題取代，但另有其他故事以更適切的方式表現新問題，他可能會對這則故事暫時失去興趣，轉而沉迷於其他故事。在講故事的時候，最好的方式就是永遠讓孩子來主導。

即使父母可能猜中孩子為什麼在情感上對某則故事特別有共鳴，最好還是心照不宣。幼童最重要的經驗和反應，大半屬於下意識（subconscious，亦常譯為潛意識），在他的年齡和理解力都更加成熟之前，都必須保持在下意識。去詮釋一個人無意識的念頭，讓他意識到自己希望保持在前意識的欲望是一種侵略，而當事人是兒童時尤其如此。就兒童的福祉而言，由孩子來決定何時向父母透露自己的私密念頭，就和父母親透過共讀故事，讓他感覺到父母親對他的情緒感同身受一樣重要。如果父母對孩子表示，自己已經知道他的念頭，那就剝奪了孩子可以獻給父母的最珍貴禮物，即和父母分享自己最私密的心思。此外，由於父母的權力遠大於孩童，如果父母似乎可以在孩子自己都還未意識到之前，就看穿他的私密念頭，知曉他最幽微的情感，父母對孩子的宰制，不僅有可能無限擴張，甚至會破壞性地壓倒一切。

再者，向孩子解釋，為什麼某則故事會對他那麼有吸引力，反而會讓故事的魔力失效。孩子會對故事著迷，主因在於他不太清楚自己為什麼愛讀這則故事。一語道破的後果，不只是讓故事失去吸引力，原本故事幫助孩子獨自奮鬥，全力去解決問題的潛力也消失了；然而正是因為問題的存在，故事對孩子才具有意義。孩童原本有機會藉由反覆聆聽和思量故事情節，相信靠自己就能成功解決困境，但成人如果擅自解說故事，就算解讀再怎麼正確，都將剝奪孩童的成長契機。我們成長，在人生中找到意義，在自己身上找到安全感，是藉由靠自己理解和解決個人問題來達成，不是靠其他人向我們說明。

童話故事的母題並非精神官能症的症狀，後者最好理性地了解就好，便不用親身體驗。但童話母題給孩童的體驗是神奇的，因為故事讓孩童覺得，自己那些深層的情感、希望和焦慮，可以獲得理解和重視，不用被拖到刺眼聚光燈下，接受超出他理解範圍的理性檢驗。童話故事能夠豐富孩童的人生，為其施加魔法，正是因為孩童還不太清楚童話的魔力是如何在他身上運作。

寫作本書的用意是幫助成人，特別是有小孩要照顧的成人，幫助他們更清楚地理解童話故事的重要性。正如先前所提，除了書中討論到的，還有無數種解讀方式都可能適用。童話故事就像所有真正的藝術傑作，其豐富和深度都是多方面的，再徹底的論述檢視，也不可能完整剖析。本書中的討論應視為拋磚引玉的範例說明，相信讀者若能受到激勵，以自己的方式穿透字面深入故事，就能找出更切身且多元的意義，之後再講故事給孩童聽，故事涵義也會因此變得更為豐富。

然而，在此必須申明一項格外重要的限制條件：要發掘童話真正的意義和影響力、體驗童話的迷人之處，就必須接觸原始形式的童話。就讀者的整體感受而言，單純描述故事的重要情節，就跟欣賞一首詩卻只列出詩中提到的事件一樣。但是本書篇幅有限，無法重印完整故事，因此只能描述主要情節。由於大部分童話都很容易取得，希望讀者在閱讀本書的同時，也能重讀文中討論到的故事。*不管是〈小紅帽〉、〈灰姑娘〉或其他故事，只有接觸故事本身，才能感受其文學特質，再透過這些特質，理解故事如何滋養敏銳的心靈。

* 本書討論所用的故事版本加註於書末。

第一部
魔法滿囊
A Pocketful of Magic

由內參悟的人生

Life Divined from the Inside

童話透過故事角色和情節再現，
讓讀者能夠理解內心活動的過程。
從中找到脫困的方法，也能找到發現自我的方法。

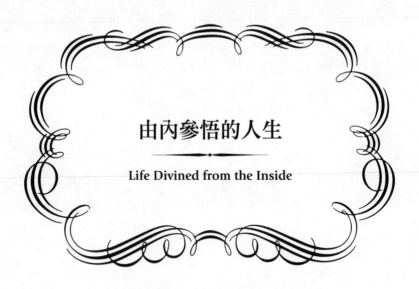

「小紅帽是我的初戀。我覺得自己如果娶小紅帽為妻，就能從此幸福美滿。」查爾斯・狄更斯（Charles Dickens）的這段話，透露了他和古往今來世界各地的無數孩童一樣，深受童話故事吸引。即使成了世界知名的大作家，狄更斯也不諱言，童話裡的神奇角色和事件，深遠地形塑了他本人和他的寫作才思。狄更斯多次表示輕視某些人，他們受到無知、褊狹的理性主義驅使，堅持要把童話故事的內容加以合理化、刪改，甚至查禁，讓兒童無法受益於童話。狄更斯明白，童話故事裡的意象，最能幫助兒童面對人生中最艱鉅，卻也至關重要、可獲得最大滿足感的任務：發展出更成熟的意識，馴化來自無意識的混沌壓力。[1]

從古至今，無論富有創意的孩子還是普通的孩子，他們都能受到童話故事的啟發，領略人生中更高層次的事物，而且他們很容易地從童話故事進一步去欣賞偉大的文學和藝術作品。愛爾蘭詩人路易斯・麥克尼斯（Louis MacNeice）曾說：「真正的童話故事對我個人一直有著無比重大的意義，即使在讀公學時承認這點會讓我丟臉。和很多人到現在還抱持的看法不同，童話故事，至少是經典民間故事那一類，比起普通的自然主義小說更加貼近生活；自然主義小說描繪的現實，和報紙的奇聞軼事差不了多少。我從小讀民間故事和文學性強的童話故事長大，安徒生童話、北歐神話、『愛麗絲二書』和《水孩兒》全都讀過，到了大約十二歲的時候，晉級到讀史賓塞的《仙后》。」[2]評論家如柴斯特頓（G. K. Chesterton）和C・S・路易斯（C. S. Lewis）皆認為童話故事是「精神上的探索」，因此「最為生動逼真」，因為它們揭露了「由內所觀、所感，或所參悟的人生。」[3]

❖ 童話指引兒童建立認同並找到天職

不同於其他形式的文學作品，童話指引兒童建立身分認同、並找到自己的天職，也暗示了人格進一步發展所需要的經驗。童話隱約透露，即使面臨逆境，收穫豐富的好日子仍舊伸手可及，唯一的前提是，不逃離險境而且願意奮鬥，因為只有這樣，才能真正建立自我認同。這些故事向孩童保證，如果他能大膽展開辛苦又可怕的尋覓過程，他將受到仁善的力量幫助，最後也能成功。故事更提出警告，畏首畏尾而且心胸狹窄的人，最後會發現自己必須認命，接受永遠平庸乏味的人生，甚至可能面臨更悲慘的下場。

從麥克尼斯的例子可知，過去數個世代的孩子深愛童話，也深知童話的重要性，而他們頂多只要忍受一些老學究的輕蔑譏刺。今天，我們的孩子面臨更嚴峻的狀況，因為他們連真正認識童話的機會都遭到剝奪。如今大部分兒童接觸的童話故事都經過簡化和美化，例如電影和電視上的版本，限縮了故事的意義，使故事失去了深刻的意涵，童話淪為空洞膚淺的娛樂。

自古以來，陶冶兒童心智發展的除了家庭中切身的生活經驗，還有代代相傳的神話、宗教故事和童話故事。這些文學作品滋養了兒童的想像力，激發天馬行空的幻想，它們既回應了兒童的大哉問，也是引導孩童社會化的主要媒介之一。神話和與其密切相關的宗教傳說，提供了兒童素材，幫助他們形塑世界起源和人生目的的概念，以及提供兒童可以仿效的社會典範。這些表率包括百戰百勝的英雄阿基里斯、機智狡黠的奧德修斯，還有大力士海克力斯（他的生平事蹟告訴我們，最強大的勇士即使去清理最汙穢的馬廄，他的尊嚴也不會有絲毫減損），以及宗教傳說中，將外袍割成兩半分給乞丐保暖的聖馬丁。早在佛洛伊德之前，我們就借用伊底帕斯的神話，來理解一個歷久彌新的問題：我們為何對父母懷抱著愛恨交織的複雜情感。佛洛伊德引用了這則久遠的故事讓我們明白，每個孩子到了某個年紀都難逃鼎沸的情緒，必須用他自己的方式來處理。

傳頌兩千多年的印度兩大史詩之一，《羅摩衍那》（*Ramayana*）講述國王羅摩和王妃悉多的故事，沉著勇敢的兩人對彼此忠貞不渝，他們的故事就是愛情和婚姻的原型。印度文化更鼓勵每個男人和女人，試著在自己的人生中活出這段神話；在印度每個新娘都稱為悉多，部分婚禮儀式就是由新娘演出神話裡的某些橋段。

童話透過故事角色和情節再現，讓讀者能夠理解內心活動的過程。這也就是為什麼在印度的傳統療法中，開給心理異常病人的冥想處方，是一則能呈現病人特定問題的故事，希望讓病人透過思量這個故事，能夠在引導之下看清讓他受苦的人生困境的本質，以及可能的解決方法。病人看了特定故事所反映人的絕望、希望，以及克服難關的方法之後，不僅能夠從中找到脫困的方法，也能和故事主角一樣，找到發現自我的方法。

然而對於成長中的個人，童話的重要性並不在於教導正確的為人處世之道，這種人生智慧在宗教信仰、神話和寓言裡就已取之不竭。童話故事不曾假裝成要描述現實世界，也不會建議讀者應該怎麼做。如果故事真的是這樣，那就意謂印度的病人是被迫遵循某種強加的行為模式，這樣的治療不僅效果不佳，甚至會造成反效果。童話之所以具有療效，是因為病人藉由思量故事中與個人，以及與人生當下內在衝突之間似乎相關的暗示，從中找到屬於他**自己**的解決方法。所選故事的內容，和病人在現實中的生活通常毫無關係，但是和他內心那些乍看難懂、也似乎無法解決的問題卻大有關聯。童話雖然開頭可能相當寫實，也織入了日常生活的細節，但很明顯地並不指涉現實世界。不符現實的本質（正是一些心胸狹隘的理性主義者所反對的），是童話很重要的文學手法，因為它昭示了童話主要關注的，不是關於現實世界的實用資訊，而是一個人當下的內心活動過程。

❖ 童話是「愛的禮物」

在許多文化中，神話和民間故事或童話之間，沒有很明顯的界線，它們都是尚無文字的原始社會中口傳文學的一部分。北歐諸語言中只用「saga」一字來加以統稱，德文裡保留「Sage」一字來指稱神話，而童話則稱為「Märchen」。英文和法文中分別以「fairy tale」和「conte de fées」來描述這類故事，可惜這樣的稱謂都太強調仙子的角色，畢竟大多數故事裡根本沒有仙子。神話和童話故事都一樣，形式只有在書寫之後才會固定下來，不再持續演變。但這些故事在形諸筆墨之前，經歷了幾百年的口耳相傳，情節在輾轉傳述中，遭到縮減或大肆渲染，也有些故事和其他故事融合為一。說故事者會依據他認為最能吸引聽眾的方式、關注的議題，或當代的特定問題來改編故事。

有些童話和民間故事是從神話演變而來，也有些被納入神話故事。人類希望記住前人的智慧並且傳給子孫，所有形式的故事都具體呈現了社會中世代累積的經驗。這些故事為一代又一代的人們提供了深刻洞見，支撐他們度過變幻莫測的漫長人生，對於孩童而言，無疑是形式最簡單直接、且最平易可親的寶貴文化遺產。

神話和童話有許多共通點。但是神話故事的主角，往往以文化中視為楷模的英雄形象出現，這種手法在童話中就沒有那麼常見。

神話和童話一樣，會用象徵手法表現內在衝突，並且暗示可能的解決方法，但未必會以此為故事重點。神話以隆重盛大的方式呈現主題，故事中會出現超自然力量，還有神祇會以超凡英雄之姿，向凡夫俗子提出無止境的要求。血肉之軀如我等，也許可以努力模仿這些英雄，但是再怎麼奮鬥，還是永遠輸他們一截。

童話裡的角色和事件，也將內在衝突以擬人化的方式呈現，但是用非常細緻的手法暗示可以如何解決這些衝突，朝更高的人性發展的下一步可能是什麼。童話呈現的方式簡單親切，不會對聽者提出要求。即使最幼小的孩童，也不會覺得被迫採取特定行動，而且從來不會覺得自己矮人一截。童話不僅不會提出要求，反而會提供再保證和對未來的希望，並且承諾會給予圓滿的結局。所以路易斯・卡洛爾（Lewis Carroll）會稱童話為「愛的禮物」，但這樣的稱呼在神話上卻幾乎不適用。*

當然，不是所有「童話故事集」裡的故事都符合上述標準，其中許多可能只是警世故事、寓言，或娛樂性的小故事。寓言會藉由看似神奇的話語、行動或事件，來告訴讀者該怎麼做，夾帶道德教訓的寓言會提出要求和威嚇讀者，也有些寓言單純只是為了搏君一笑。要判斷一則故事是否符合童話特質，只要問自己這則故事適不適合當成愛的禮物贈送給孩童，這樣的分類方法應該不算太糟。

❖ 有力的盼望，讓我們強大

要理解兒童如何看待童話，我們可以舉多則小孩與巨人的故事為例：在這些故事裡，孩子打敗讓他害怕，甚至對他造成生命威脅的巨人。從一個五歲孩子對故事的立即反應可知，孩童很直覺地明白這些「巨人」代表什麼。

關於童話對於兒童的重要性的討論，鼓舞了一位母親，不再猶豫是否該唸「可怕又有威脅性」

---

*純真孩童雙眉無憂舒展，／眼中如夢似幻盡是奇妙！
光陰倏忽，你我年歲相減／恰是半輩子不多不少，
贈上愛的禮物童話一篇／必能搏得你甜蜜一粲。
——查爾斯・道奇生（路易斯・卡洛爾），《愛麗絲鏡中奇緣》

的故事給兒子聽。她與兒子多次對話之後明白，原來兒子早就有了吃掉別人、和有人被吃掉的幻想，於是她講〈巨人殺手傑克〉的故事給他聽。[4]孩子聽了故事結局的反應是：「世界上根本沒有巨人這種東西，對不對？」母親打算要向他保證世界上沒有巨人，而她並不知道這樣的回覆會將故事的價值摧毀殆盡。不過她的話才到嘴邊，孩子又繼續說：「但是有大人這種東西，他們就像巨人。」他以五歲的老成年紀，聽懂了故事中的勵志訊息：雖然遇見的大人就像可怕的巨人，但是聰明機靈的小男孩還是可以勝過他們。

這段評論透露了大人不願講童話故事給小孩聽的一個原因：在孩子眼裡，我們偶爾就像是具有威脅性的巨人，這念頭讓我們不太自在，儘管我們確實像可怕的巨人。我們也不想承認，原來孩子覺得我們很好欺騙或愚弄，或者想到這樣的念頭就興高采烈。但上述小男孩的例子證明，不管我們唸不唸童話故事給小孩聽，我們在他們眼中，確實像是自私的巨人，只想永遠獨占賦予我們力量的神奇寶物。童話故事向孩童再保證，他們最後終將打敗巨人——換言之，他們也能長成巨人、而且獲得同樣的力量，這就是丁尼生（A. Tennyson）所言：「有力的盼望，讓我們強大。」[5]

最重要的是，身為父母親的我們，如果講這樣的故事給孩子聽，就是提供他們最重要的再保證：我們同意他們繼續繞著打敗巨人的念頭打轉。孩子是自己讀故事或聽大人講故事，在這裡就有了差異。孩子如果是獨自看故事，他可能會覺得是某個陌生人，也許是寫故事或給他書的人，同意他與巨人鬥智，而且將他打倒。但如果是爸媽親自唸故事給他聽，孩子就可以確定，爸媽同意他幻想對大人支配一切造成的威脅還以顏色。

〈漁夫與精靈〉：
童話和寓言的比較

"The Fisherman and the Jinny": Fairy Tale Compared to Fable

童話之所以有說服力，
在於它對想像的吸引力，
以及讓我們深陷其中的迷人結局。

《天方夜譚》（或《一千零一夜》）中的一則故事〈漁夫與精靈〉，幾乎完整地呈現了普通人與巨人之間衝突的童話母題。【6】雖然形式可能不同，但幾乎所有文化裡都有類似主題，因為世界各地的兒童都對高高在上的成人權威既懼怕又厭惡（在西方世界最為人熟知的故事形式，當屬《格林童話》中的〈瓶中精靈〉）。小孩都知道，除了聽話照做，只有一種方法可以安全躲過大人的怒氣，那就是智取。

〈漁夫與精靈〉講述一名窮苦的漁夫四次朝海中撒網，第一次撈到一隻死驢，第二次撈到裝滿泥沙的水壺，第三次的收穫比第二次的還糟，是一堆破陶片和碎玻璃，等到第四次拉起漁網時，裡面有一個銅壺。漁夫打開銅壺，壺中冒出的一大片雲霧聚結起來，形成無比巨大的精靈。精靈威脅要殺死漁夫，而且無視對方百般討饒。然而漁夫運用機智救了自己：他大聲地自言自語，故意懷疑這麼高大的精靈怎麼可能擠得進小小的壺裡，精靈在漁夫挑釁之下，就回到壺裡證明自己的能耐，漁夫很快蓋上壺口並重新封緊，再將銅壺丟回海裡。

在其他文化裡，同樣的母題可能以不同面貌出現，例如邪惡的角色會以凶猛巨獸的形貌現身，同樣威脅要吃掉主角，而主角雖然聰明機靈，論力氣就絕不是巨獸的對手。主角接著就會大聲喃喃自語，揣測說這麼厲害的邪靈要幻化成大動物當然很容易，但大概沒辦法變成像老鼠或小鳥之類的小動物。而邪靈一旦好勝心作祟，就註定在劫難逃。為了證明自己沒有什麼辦不到的，邪靈會搖身一變成為小動物，接著就被主角輕鬆消滅。【7】

與其他母題相同、但面貌不同的故事相比，〈漁夫與精靈〉有著許多意義深遠、而且在其他版本裡不常見的細節，蘊含的訊息也更加豐富。故事的其中一個特點，是敘述精靈如何變得殘忍無情，甚至許願要殺死讓他重獲自由的人；另一特點是漁夫試了三次都不成功，但第四次終於有所收穫。

從成人的道德觀念來看，囚禁的時間愈長，囚犯應該會愈感激最後放他出來的人。但故事裡的精靈卻不這麼想：在他坐困壺裡的第一個百年，他「在心裡告訴自己：『如果有人放我出去，我要讓他永遠富足。』但是一百年過去了，沒有人放我出來，在囚禁生活的第二個百年，我發誓：『如果有人放我出去，我要送他全天下的寶藏。』還是沒有人放我出去，四百年就這麼過去，於是我發誓：『如果有人放我出去，我將為他實現三個願望。』但還是沒有人來釋放我。最後我的怒火愈燒愈旺，我告訴自己：『從現在開始，誰放我出來，我就殺了他……』」

這完全是年幼孩童覺得自己「被拋棄」時的反應。一開始孩子會想，等媽媽回到他身邊的時候，他會有多開心啊；或是當孩子被要求回自己房間，他會想說等獲准再次出來時他會有多開心，而且該怎麼獎賞母親。但是隨著時間過去，孩子愈來愈生氣，他幻想著要對那些將他禁足的大人展開可怕的報復。孩子在媽媽回來或獲准出房間之後，也許一時之間很開心，但即使如此，對於那些讓他不愉快的人，孩子照樣決定要從獎賞轉為報復他們。故事中精靈念頭轉變的過程，對孩童來說，即呈現了心理真實。

以下藉由一個父母出國數週的三歲男孩案例，來說明兒童情感的轉變。在父母出發之前，男孩的語言能力良好，在父母出國期間，男孩和照顧他的女士和其他人之間的對話也一切正常。

但在他的父母回家之後，他卻長達兩週拒絕和爸媽或其他人講話。根據男孩之前告訴照顧者的話可知，父母離家之後，男孩在一開始的幾天滿心期待爸媽歸來。但是父母不在一週之後，他開始講到爸媽離開這件事讓他多麼生氣，還有他要怎麼在爸媽回來時報復他們。又過一週之後，男孩甚至不肯講到自己的爸媽，而且聽到任何人提到爸媽都會大發脾氣。等男孩的父母終於回到家，他只是靜靜地避開他們。雖然父母想了很多方法逗他，男孩還是冷漠地拒絕和爸媽互動。父母費盡心思去理解男孩的困境，努力數週之後，男孩才回復以前的樣子。從這個例子，我們很清楚地看到，隨著時間拉長，孩子的怒氣也不斷累積，終至狂暴和壓倒一切的程度，孩子對此心生恐懼，覺得一旦放任怒氣爆發，就會毀滅父母或是反過來遭到毀滅。而拒絕說話就是他的防衛手段，是為了保護自己和父母免於受高漲怒氣造成的後果所害。

❖ 童話透過意象向孩童的無意識發話

我們無從得知在原始版〈漁夫與精靈〉所用的語言裡，是不是有類似英文裡將感覺「封在壺罐裡」(bottled-up）的說法，不過悶在瓶子裡的意象，從以前到現在都再傳神不過。每個孩子都和上述三歲男孩有著類似經驗，形式可能不同，而且通常不會那麼極端，反應也沒有那麼明顯。就孩子本身而言，他不知道發生了什麼事——只知道他**必須**這麼做。試圖幫助孩子以理性的方式理解，不僅不能打動孩子的心，還會讓孩子感到挫敗，因為他還未開始用理性的方式思考。

如果你告訴孩子，一個小男孩因為生爸媽的氣，所以兩星期都不跟他們說話，孩子的反應會是：「好蠢哦！」如果你試著解釋小男孩為什麼兩星期都不說話，孩子聽了會更覺得這麼做很蠢，不只是因為他覺得不說話這件事很蠢，也是因為這樣的解釋對他來說沒有意義。

在意識上，孩子沒辦法接受怒氣可能會讓他講不出話，或是可能會讓他想要毀滅那些自己賴以生存的人。要理解這些就表示，他必須接受自己情緒的威力可能會大到失控——這是非常可怕的想法。自己內在可能隱藏著一發不可收拾的力量，這個念頭的威脅性，強大到連成人都無法承受，遑論兒童。*

孩童以行動取代理解，而他的感覺愈是強烈就愈是如此。孩童在大人引導之下，可能會學到以不同方式說出來，但是他實際眼見的卻非如此。他只看到有人哭泣，看不出他們是因為難過所以哭泣；他只看到人們拳打腳踢、破壞東西，或是拒絕講話，看不出他們是因為生氣才做這些事。孩童可能會學到，如果能說類似「我這麼做是因為我生氣」，來解釋自己的行為，就能安撫大人，但事實是孩童感受的憤怒不是憤怒，而是拳打腳踢、破壞東西或閉口不語的衝動。我們要一直等到青春期，才會開始認知到情緒本身，而不是一有情緒就想要立刻採取行動或直接行動。

---

*對孩子來說，想到在自己完全不知情之下，內在有威力無比的心理過程在運作，是很令人不安的事。從一名七歲男孩的案例可以清楚看到：男孩的父母試著向他解釋，是他的情緒讓他做出一些父母親甚至他自己都強烈反對的事情，男孩的反應是：「你們是說在我的身體裡有一台機器一直在倒數計時，隨時會讓我爆炸？」自此之後，男孩有一段時間都活在即將自我毀滅的恐懼中。

只有透過能夠直接向孩童的無意識發話的意象，孩童才能清楚自己的無意識過程，而童話喚起的意象就能完成這項工作。孩子想的不是「媽媽回來的時候，我會很開心」，而是「我會給她一些東西」，所以精靈告訴自己的是「如果有人放我出去，我要讓他永遠富足。」孩子想的也不是「我氣到想要殺了這個人」，而是「我看到他的時候要殺了他」，所以精靈說：「誰放我出來，我就殺了他。」如果故事說的是一個**真人**這麼想或說話，會引起過多焦慮，反而阻礙孩子理解。但是孩童知道精靈是想像的角色，所以他能容許自己去認知精靈是被什麼驅使，不需要被迫直接將精靈所說所想套用在自己身上。

等到孩童以故事為中心發展幻想，故事就能發揮最大的影響力。隨著孩童浮想聯翩，他逐漸熟悉精靈如何回應挫折和被囚的境遇，這是他開始熟悉自己的相似反應前很重要的一步。由於這只是一則來自童話天地的故事，其中呈現了關於行為舉止的意象，所以孩子心中可以來回擺盪於「是真的，我們就是這樣行動和反應」和「不是真的，只是故事而已」之間，取決於他是否準備好認知自己也有類似的無意識過程。

最重要的是，童話保證會有圓滿的結局，所以孩童不必害怕讓自己的無意識浮現出來與故事內容一致，因為他知道無論最後發現什麼，他都能「從此過著幸福快樂的日子。」

比起較為寫實的狀況如雙親之一不在家，故事裡誇張的奇幻情節如「封在壺罐裡」好幾百年，會讓孩童在反應上有比較大的彈性，也比較能接受自己的反應。對孩童而言，父母親不在的時間就和永遠一樣久，即使母親誠心解釋自己只離開半小時，孩子還是感覺難受。童話故事因為誇張的奇幻情節而蘊含了心理真實——而寫實的解釋再怎麼貼近事實，卻無法符合心理真實。

〈漁夫與精靈〉也說明了，為什麼童話故事經過簡化刪節後會價值全失。只看故事表面，會覺得似乎沒有必要呈現精靈改變主意的過程，從想要獎賞放他出來的人，轉變為決定懲罰對方。何不直接將故事講成，是一個邪惡的精靈想要殺死釋放自己的人，而放他出來的雖然只是弱小的人類，還是以巧智取勝法力強大的精靈。然而，簡化的版本就只是一個有著快樂結局的可怕故事，不帶有任何心理真實。孩童聽了這則故事會有共鳴，正是因為精靈由許諾獎賞到立誓懲罰的轉變。故事如實地描述了精靈心裡在想什麼，漁夫可能可以打敗精靈的想法，也因此具備可信度。如果刪除了這類看似不重要的元素，就會讓故事失去更深層的涵義，對孩童來說也就不再有趣。

孩童在自己不曾意識到的狀況下，因為看到故事裡警告了那些有權力將自己「封在壺罐裡」的人而興高采烈。現代兒童文學中，就有不少作品描繪小孩智取大人。但這些故事太過直接，要不是無法讓孩子在想像中，從大人鋪天蓋地的權威獲得解放，就是讓孩子感到懼怕，因為孩子的安全感，終究來自更有成就、而且可以保護他的大人。

相較於打敗大人的情節，以機智打敗精靈或巨人的情節價值就在於此。如果孩子聽到他可以打敗像父母的人，他確實會覺得很歡快，但是這個念頭同時也會讓他焦慮，因為如果這樣的事有可能發生，那就表示這種人容易上當，沒辦法好好保護自己。由於巨人是想像的角色，孩童可以想像自己打敗巨人，甚至壓制和摧毀巨人，但在真實生活中，自己還是受到成人保護。

比起傑克系列中其他故事如〈巨人殺手傑克〉和〈傑克與魔豆〉，〈漁夫與精靈〉有幾項優勢。

根據故事內容，漁夫不只是大人，還已經為人父，所以孩童也會從故事間接得知，他的父母也可能受到比自己更強大的力量威脅，但是靠著聰明機智打敗對方。根據這個故事，孩童確實能夠享受雙重優勢：他可以將自己投射成漁夫的角色，想像自己打敗巨人；或者他可以將父母投射成漁夫的角色，想像自己是足以威脅父母的精靈，同時又獲得故事向他保證父母親最後會勝利。

〈漁夫與精靈〉裡還有一個看似無足輕重、卻很有意義的細節，就是漁夫必須經歷三次失敗，等第四次才撈到囚禁精靈的壺罐。雖然故事一開始就讓漁夫撈到關鍵的壺罐會比較單純，但有了這個元素，不用說教也可以向孩童傳達：事情絕對不是自己想像或期許的那麼容易達成，不能期望只試一次甚至兩次、三次就成功。對一個容易放棄的人來說，看到漁夫前三次撈魚就會覺得該放棄了，因為再次嘗試只落得愈來愈糟。許多寓言和童話故事中，都傳達了即使開頭失敗也**絕對不能**放棄，這個對兒童來說非常重要的訊息。只要不是以說教或要求的方式，而是以輕鬆隨意的方式來傳達人生就是如此，訊息就會產生效果。再者，贏過巨大精靈的神奇事件是靠機智達成，並非不勞而獲或投機取巧。不管將會面對什麼樣的任務，這些都是教人要頭腦靈活、努力不懈的好理由。

故事裡還有一個細節，同樣看似毫無意義，但刪除之後，會削弱故事的影響力：即漁夫經過四次努力終於成功，和精靈的怒氣經過四個階段發展之間的相互呼應。這個細節將父母－漁夫的成熟和精靈的不成熟並置，並且試圖處理每個人在人生初期就面臨的扼要問題：要讓情緒或是理性主宰一切。

如果以精神分析的術語來解釋這個衝突，那麼衝突就象徵所有人都要面對的艱苦掙扎：我們究竟應該屈服於快感原則，一有欲望就追求立即的滿足，一受挫折就以暴力來報復、甚至波及無辜，或者應該克制衝動、安於由現實原則主宰的人生，為了獲得最後的獎賞，心甘情願接受許多挫折？漁夫選擇了現實原則，不受前幾次令人失望的結果阻撓，依舊持之以恆，終於獲得成功。

❖童話的傳達沒有直接的質問與要求

關於快感原則的抉擇極為重要，也有許多童話和神話故事加以探討。藉由海克力斯的神話故事，我們可以做個比較：神話對於這個重大抉擇採取直接、說教式的處理手法，相較之下，童話的傳達方式較為溫和委婉、不直接要求，也因此在心理上成效更佳。【8】

在海克力斯的神話故事裡，我們知道：「時候已到，他最後將運用天賦為善或為惡的結果即將揭曉。海克力斯離開牧羊人，前往一個僻靜的地方，去思考自己應該走上什麼樣的人生路途。在他靜坐沉思的時候，他看到兩名身材高大的女子朝他走來。一名容貌美麗、高雅端莊，另一名豐滿誘人、態度高傲。」故事繼續往下發展，兩名女子是美德和歡愉，她們分別告訴海克力斯，只要選擇她建議的人生路途，就能獲得她所提供的禮物。

走到人生十字路口的海克力斯是很典型的意象，因為我們都和他一樣，受到永恆享樂的願景吸引，正如「偽裝成永遠幸福的虛無歡愉」所承諾，我們「將坐享他人的勞動成果，對任何利益來者不拒。」但是我們同時也受到美德和「通往滿足的艱辛漫長路途」感召，得知「世界上沒有不勞而獲」，還有「想贏得全城的尊敬，須先獻身服務；要怎麼收穫，先那麼栽。」

神話和童話之間的最大差異，在於神話直接告訴我們，和海克力斯講話的兩名女子分別是「虛無歡愉」和「美德」。這兩個女子和童話中的角色相似，都代表了互相矛盾的內在傾向和主角的念頭。即使神話將兩者描述成都可考慮的選項，但其實不是如此，神話很清楚地暗示了在虛無歡愉和美德之間，我們必須選擇後者。童話從來不會直接地質問，或明白地告訴我們必須如何選擇，而是藉由故事裡隱藏的涵義，讓孩童心生渴望、想達到心靈的更高境界。童話之所以有說服力，在於它對想像的吸引力，以及讓我們深陷其中的迷人結局。

童話和神話的比較：
樂觀主義與悲觀主義

Fairy Tale versus Myth:
Optimism versus Pessimism

神話投射出的，
是根據「超我」要求來運作的理想人格，
而童話故事描繪的，
則是容許適度滿足「本我」欲望的「自我」統合過程。

許多當代父母希望孩子只接觸「真實」人群和日常事務；相較之下，柏拉圖可能更了解心靈是由什麼形塑而成。柏拉圖很清楚，智識上的經驗之於理想人性的重要性。柏拉圖認為，在他的理想國裡，未來公民的人文教育都應該從聽神話故事開始，而不是只學事實或所謂的理性訓誨；就連推崇純粹理性的大師亞里斯多德都曾說：「智慧之友也是神話之友。」

很多現代思想家從哲學或心理學的角度研讀神話和童話之後，無論原本的想法為何，都作了同樣的結論。宗教史學家默西亞·埃里亞德（Mircea Eliade）即為一例，他形容故事是「人類行為的模範，而且正是因為如此，故事賦予了人生意義和價值。」埃里亞德與其他學者引用人類學研究中相呼應的例子，指出神話和童話的來源，可追溯自啟蒙禮儀或其他成長儀式，或以象徵的方式呈現這類儀式，例如不適切的舊自我必須經歷象徵性的死亡，才能在更高的人生境界重生。埃里亞德認為，這就是為什麼這些故事能夠強烈吸引讀者，並且承載了如此深奧的涵義。【9】*

以深蘊心理學（depth-psychology）為導向的研究者，則強調神話和童話故事中的神奇情節，

---

*埃里亞德在這方面的看法，受法國民間故事研究者艾彌爾·努里（Émile Nourry，筆名P. Saintyves）影響，他寫道：「我們絕對無法否認，童話故事中男女主角經歷的考驗和冒險，幾乎都能解讀為啟蒙儀式。在我看來最重要的一點是：從久遠到無從判定，童話故事最初成形的年代開始，無論野蠻或文明的人類，都一直熱愛聽故事，即使反覆重聽也樂在其中。因此我們可以說，所有啟蒙場景，包括童話中那些經過偽裝的，都是在搬演一齣回應人類深層需求的心理劇。每個人都想要經歷特定的苦難境遇，接受非比尋常的考驗，從而進入他者世界——而人正是藉由聽或讀童話故事，在想像生活的層次上經歷一切。」

與成人的夢和白日夢之間的相似性，包括願望實現、打敗所有競爭者、摧毀敵人等等。他們認為這類作品之所以吸引人，原因之一是它們表現了平常遭抑制而不會進入意識的內容。【10】

當然，童話和夢之間有著極為重大的差異。例如，夢裡的願望實現往往經過偽裝，而童話裡的願望實現大多直接呈現。夢在相當程度上，是人們內在壓力無法抒發，或遭遇無法解決的問題而受困擾，但問題在夢中也是無解。童話故事和夢正好相反：它展現的是所有壓力得到抒發，童話不僅提供解決問題的方法，更保證最後會有「幸福圓滿」的結局。

我們無法控制夢境。雖然我們的內在審查機制會影響夢境可能出現什麼，但對夢的控管實際上是在無意識進行。相較之下，童話可說是人們共有的意識和無意識內容，經過有意識地形塑而成的產物；因此，童話不是某個特定人士的主導下產生，而是許多人對於哪些是普世人類問題，以及大家公認偏好的解決方法所形成的共識。一個童話故事裡如果沒有上述所有元素，就不會經過一代又一代口耳相傳。只有符合多數人意識和無意識要求的故事，人們才會反覆傳述，而且聽得津津有味。個人的夢除非像《聖經》中約瑟解讀法老的夢一樣編入神話傳說，否則不會引起廣大而且持久的興趣。

學者普遍認同，神話和童話向我們發話時所用的語言，充滿了指涉無意識內容的象徵。這些象徵同時吸引著我們的意識和無意識，及人格結構的三個層面：「本我」、「自我」和「超我」，並且呼應理想「自我」的需求，因此非常有效。而故事的內容，則以象徵的形式呈現內在的心理現象。

佛洛伊德精神分析學派的研究者主要探討的，是找出神話和童話故事裡潛藏了哪些受到抑制或其他作用的無意識內容，以及它們與夢和白日夢之間有著什麼樣的關聯。[11]

榮格精神分析學派則進一步強調，這些故事裡的角色和事件符合原型的心理現象，因此代表了原型心理現象，它們以象徵的方式，暗示人需要達到更高境界的自我狀態，而這樣的內在更新，必須在人得以運用個人和族群的無意識力量時才能完成。[12]

❖ 樂觀與悲觀的本質差異

神話與童話之間固然有些根本上的相似，但也有些本質上的差異。雖然兩者呈現的事件同樣神奇，而且可以找到同樣具代表性的角色和狀況，但在表現方式上卻有著極為關鍵的不同。簡單地說，神話傳達的主要感覺是：這件事是獨一無二的，不可能發生在其他任何人身上，或是出現在其他任何場景裡；這樣的事件是偉大莊嚴、令人敬畏的，不可能發生在你我這樣的凡夫俗子身上。原因其實不在於發生的事本身很神奇，而是被描述得無比神奇。童話和神話剛好形成對比，雖然童話裡發生的事往往非比尋常而且幾乎不可能，但一定以平凡無奇的方式呈現，是在你我或隔壁鄰居在森林散步時就可能發生的事。在童話故事裡，即使最獨特驚人的際遇，也是隨意平常地講述出來。

神話與童話之間還有一個更重大的差異是結局。神話故事幾乎全以悲劇收場，而童話故事全都有著幸福圓滿的結局。基於這個理由，童話故事集裡一些家喻戶曉的故事，嚴格來說並不屬於這個類型。例如《安徒生童話》裡的〈賣火柴的小女孩〉和〈堅定的小錫兵〉，兩則故事都極為淒美動人，但是結局並未傳達一般童話帶給讀者的撫慰感；安徒生的〈冰雪女王〉卻算是相當接近真正的童話故事。

神話是悲觀的，而童話無論其中情節有多麼嚴肅嚇人，都是樂觀的。圓滿結局可能是因為主角心懷仁德、機緣巧合，或有超自然力量介入所促成，但童話正是由於這個決定性的差異，而與其他同樣描繪神奇事件的故事有所區隔。

神話所處理的，通常是「超我」的要求與「本我」驅動的行為，以及與「自我」想要自我保存的欲望之間的衝突。呈現在故事中，就是血肉凡軀太過脆弱，根本無法滿足眾神的要求。巴里斯王子遵從了由信使漢密斯傳達的宙斯要求，也依循三位女神的要求，選出可以獲得金蘋果的女神，卻因為全都照辦而遭毀滅，一如其他難以數計的凡人，面臨命定抉擇的下場。

神話中的眾神代表的即是「超我」，我們凡人不管再怎麼努力，永遠不可能完全達到「超我」的要求。我們愈是試著取悅它，它的要求就愈難以滿足。即使主角不知道自己是屈服於「本我」的驅策，他還是被迫飽受折磨。當凡人沒有做錯任何事、卻還是引來天神不悅，他就會被這些至高無上的「超我」代表毀滅。精神分析論述中的經典神話當屬伊底帕斯的悲劇，就是神話中悲觀主義的絕佳例子。

伊底帕斯神話能夠激起成人在理智和情感上的強烈反應，而搬上舞台的精采演出達到的效果又更好，讓觀眾得以經歷一番淨化。如亞里斯多德曾說，所有悲劇都能提供同樣的淨化體驗。看了伊底帕斯的悲劇之後，觀者可能會揣想他為什麼深受感動，而在對自己情感上的反應做出回應，同時，他也可能思索神話故事裡的事件和對他而言的意義，進而釐清自己的念頭和感覺。在這樣的過程中，久遠事件所導致的內在壓力，可能獲得紓解，先前無意識的內容就能進入意識，讓意識能夠去處理。上述狀況發生的前提，是觀者看了神話之後能在情感上深受感動，同時在理智上產生去理解神話的強烈動機。

當成人對伊底帕斯的遭遇感同身受，包括同理他的作為和承受的苦痛，他就可能運用成熟的心靈，去理解那些仍顯得孩子氣的焦慮；那些焦慮在無意識之中，以初生形式完整地保存著。但這個可能性之所以存在，是因為神話指涉的事件發生在久遠以前，就如同成人的伊底帕斯欲望和焦慮，也屬於他的人生中最晦暗的過去。如果將神話中潛藏的意義明白揭示，並且以一般人有意識的生命中可能發生的事件來呈現，反而就會大幅加劇往昔的焦慮，導致焦慮受到更深的抑制。

伊底帕斯情結是孩童時期的關鍵問題，除非他們固著於口腔期或其他更早的發展階段，停滯不前。年幼的孩童會完全陷入伊底帕斯式的衝突之中，那是人生中難以逃避的現實狀況。等到大約五歲以後，孩童會努力試著從這樣的衝突抽身，他會抑制一部分衝突，透過與父母以外的其他人建立情感連結來消解一部分衝突，以及將一部分衝突昇華。這個階段的孩童最不需要的，就是因為接觸類似神話而啟發伊底帕斯式的衝突。假設孩童仍舊積極冀望擺脫雙親之一、以便獨占另一人，或幾乎不曾抑制那樣的欲望，假設他不巧接觸了那樣的想法，即使只是以象徵的形式，

因此知道可以謀殺雙親之一、並與另一人結婚，那麼原本只存在於孩童幻想中的，就成了嚴峻的現實。接觸這種想法的後果，只會讓孩童對自身和對世界更焦慮。

孩童不僅會夢想自己和父親或母親結婚，甚至會主動編織以此為中心的幻想。伊底帕斯神話講述了夢想成真會發生什麼事，但是孩童還沒辦法放棄有朝一日和父親或母親結婚那種一廂情願的幻想。聽了伊底帕斯的故事之後，孩童心裡只會得出結論，自己也會落得同樣可怕的下場：喪父或喪母，而自己終生傷殘。

從四歲之後一直到青春期之前，孩童最需要接觸的意象，就是以象徵形式向他保證，只要自己慢慢摸索，他的伊底帕斯困境就會有完善解法，即使他自己可能覺得很難相信。孩童必須先獲得會有圓滿結局的保證，才會具有勇氣和信心，努力讓自己從伊底帕斯困境脫身。

在人生所有階段裡，以童年時期最能強烈感受到一切皆流變。但如果能夠看到某個明確肯定的結局，不論現實中這種情況發生的可能性有多高，孩童內心就能獲得相當程度的安全感，也得以處理艱難的心理困境。童話故事提供的奇幻情節，以象徵的形式向孩童暗示，要達到自我實現必須經歷什麼樣的戰役，並且保證會有圓滿的結局。

神話提供了「超我」如何發展的絕佳意象，但是體現出來的要求卻太過嚴厲，反而讓剛開始嘗試發展完整人格，起步還未穩健的孩童感到挫折。神話的主角進入天界，得到永生並且蛻變神化，而童話的主角在芸芸眾生之間過著永遠幸福快樂的日子。有些童話故事最後會告訴我們，要是主角還沒去世，或許就活在某個地方。所以童話預示的是，在正常成長過程中經歷重重考驗和磨難之後，最後的結局是幸福但平凡的人生。

❖ 童話是平凡你我的故事

確實，童話將成長過程中的心理社會危機，利用想像和象徵手法，織就成遇見仙子、女巫、凶猛動物，或機智或狡黠過人角色的情節，但是無論主角的際遇多麼離奇，故事最後還是會藉由提醒主角終有一死，來確認主角的凡俗本質。童話故事的主角，無論經歷什麼樣的神奇事件，都還是凡人，不會跟神話故事主角一樣超乎常人。由於童話傳達真正的凡俗本質，因此孩童會明白，不管故事情節為何，其實都是他的責任、希望和恐懼，只是以充滿幻想和故意誇張的方式呈現。

童話所提供解決問題的方法，雖然是神奇的象徵式意象，呈現的問題卻很尋常，例如：像灰姑娘一樣遭到手足的嫉妒和歧視對待，或是像《格林童話》的〈瓶中精靈〉裡的兒子和其他故事主角一樣，被父母視為窩囊廢。而且，童話故事的主角是在凡塵俗世就克服這些問題，不是借助在天界獲得的獎賞解決問題。

世代累積的心理智慧，解釋了為什麼每個神話故事都是某位特定英雄人物的故事，主角可能是翟修斯、海克力斯、貝奧武夫或女武神布琳希德。這些神話角色不僅有名字，故事也告訴我們他們父母親的名字，以及神話中其他重要角色的名字。翟修斯的故事不會只叫做〈殺死公牛的男人〉，妮歐碧的故事也不可能取名為〈有七女七子的母親〉。

童話正好相反，童話很清楚地表明要講的是普通人，像你我一樣的凡人。典型的童話故事標題像是「美女與野獸」和「傻小子離家學恐懼」，甚至近期所寫的童話也依循同樣模式，例如：「小王子」、「醜小鴨」和「堅定的小錫兵」。童話故事的主角可能單純稱為「女孩」或「最小的兒子」，如果提到名字，讀者也清楚知道不是真名，而是通俗常見或描述特色的名字。故事告訴我們：「因為她老是滿身爐灰，看起來髒兮兮的，所以她們喊她灰姑娘」，或是：「紅色兜帽斗篷實在太適合她了，所以人們從此都叫她『小紅帽』。」即使是主角有名字的童話，例如傑克系列或是〈漢賽爾與葛麗特〉，仍是採用很常見的名字，可以泛指任何男孩或女孩。

從童話裡其他人都沒有名字，也能進一步佐證此點。例如主角的父母向來沒有名字，或許會出現類似「貧窮的漁夫」或「窮苦的樵夫」等描述，但都只稱為「父親」、「母親」或「後母」。如果兩位角色分別是「國王」和「王后」，那就是略微偽裝後的父親和母親，正如同「王子」和「公主」分別是指男孩和女孩。至於仙子、女巫、巨人和神仙教母也都沒有名字，讓讀者更容易在心理上投射和認同。

神話中的主角有一些方面明顯超越普通人，這個特點有助於讓孩童更容易接受故事，否則當孩童在自己的人生裡效法主角，故事中暗示的要求，會讓孩子毫無招架之力。神話只對形塑「超我」有幫助，但無助於形塑完整人格。孩童知道自己在德行或事蹟上，都不可能與神話英雄並駕齊驅，他能期待自己做到的，只是在很小的程度上仿效英雄，如此他才不會因為遠大理想和渺小自身之間，有著懸殊差異而被擊倒。

然而歷史上真實存在的英雄，其實也是凡夫俗子，當孩童將自己與英雄相比，就會深刻感受到自己的平庸渺小。如果激勵和引導自己的，是常人無法完全企及的理想，至少不會令孩童感到大受打擊，但是試圖仿效真實的傑出人物做出偉大壯舉，對於孩童來說似乎全無可能，反而讓他產生自卑感：一來因為他知道自己做不到，二來因為他害怕別人可能做得到。

神話投射出的，是根據「超我」要求來運作的理想人格，而童話故事描繪的，則是容許適度滿足「本我」欲望的「自我」統合過程。這個差異解釋了瀰漫悲觀主義的神話，與本質為樂觀主義的童話之間，如何形成強烈對比。

〈三隻小豬〉：快感原則或現實原則

"The Three Little Pigs": Pleasure Principle versus Reality Principle

三隻小豬都是「小」豬，
也就是還不成熟，就如同孩童本身。
孩童會輪流認同每隻小豬，
並且認知到人格認同的演進。

海克力斯神話處理的，是人生要依循快感原則或現實原則而活的抉擇，而〈三隻小豬〉童話也處理同樣的主題。【13】

孩童往往偏愛類似〈三隻小豬〉的故事，勝過「符合現實」的故事，尤其是當講故事的人投入情感，親身演出大野狼呼哧呵哧朝著小豬的家門吹氣，包準孩子們聽得如痴如醉。〈三隻小豬〉以最歡樂且戲劇化的方式告訴學齡前幼童，我們要是懶散隨便，就可能遭遇不幸。但要是能具備先見之明，運用聰明才智預先計畫，再加上刻苦耐勞，即使面對最凶猛的敵人大野狼，也能克敵制勝！故事呈現了長大成熟的優勢，最聰明的第三隻小豬，在故事中通常被描述成三隻裡體型最大、最年長的一隻。（譯註：參考原書註13）

三隻小豬分別蓋的房子，象徵著人類在歷史上的演進：從只有單坡屋頂的小屋到木造房屋，最後進展到牢固的磚造房。三隻小豬行為的內在涵義，則呈現出由「本我」支配的人格，進展到受「超我」影響、但基本上仍由「自我」控制的人格。

最小的小豬以最輕率的態度用稻草蓋房子，第二隻小豬用樹枝，兩隻小豬都盡可能用最快、最省力的方法蓋房子，這樣剩下來的時間才能玩耍。雖然老二試著蓋了比老三家更堅實一點的房子，似乎多少有點長進，但較小的兩隻小豬依循的仍是快感原則，牠們追求立即的滿足，毫不擔憂未來和現實世界可能的風險。

只有年紀最大的第三隻小豬學會遵循現實原則行事，牠能夠延遲想玩的欲望，也因為預見了可能的危機而未雨綢繆。即使面對大野狼，這一個試圖引誘和困住牠的敵人（或牠內心世界的陌生人），牠也能正確預測對方的行為，並擊敗這股比自己更強大且凶猛的力量。野蠻而且具破壞性的大野狼代表的，是所有自私的、吞噬一切的無意識力量，人必須學會與之對抗以求自保，並透過堅強的「自我」來擊敗大野狼。

❖與〈螞蟻和蚱蜢〉的比較

伊索寓言裡有一則〈螞蟻和蚱蜢〉，和〈三隻小豬〉主題相似，但道德說教意味太過濃厚，因此留給孩童的印象反而不如〈三隻小豬〉深刻。在這則寓言裡，有一隻蚱蜢冬天時挨餓，牠懇求螞蟻分給牠一點夏天時勤勞搜集的食物，螞蟻於是問蚱蜢夏天在做什麼。蚱蜢說牠夏天除了唱歌，什麼工作都沒做，螞蟻聽了就拒絕蚱蜢的請求，牠說，「既然你可以整個夏天只唱歌，那也可以整個冬天只跳舞。」這是寓言中相當典型的結局。

寓言和民間故事同樣經過代代相傳，塞繆爾・約翰生（Samuel Johnson）曾言：「寓言最真實的狀態，似乎是為了達到道德訓誨的目的，讓不理性、甚至無生命的角色，假裝成和人類具備相同的興趣和情感，並依此行事和說話。」寓言多半正氣凜然，有時則詼諧逗趣，但必然昭示某種道德真理，沒有隱藏的意義，也不會留給讀者想像的空間。

童話正好相反。童話完全讓我們自己決定，包括自己是否想做任何決定。我們究竟想不想將某一段故事情節套用在人生裡，或是單純享受沉浸在神奇故事的樂趣，決定權都在我們自己。

受到故事的樂趣吸引，我們會按照自己的時程和步調，回應故事裡那些隱藏的意義，而它們和我們的人生經驗，和當下的人格發展狀態可能有所關聯。

比較〈三隻小豬〉和〈蚱蜢和螞蟻〉，正好可以凸顯童話和寓言之間的差異。蚱蜢和小豬與孩子很像，都一樣貪玩，幾乎不關心未來。兩則故事的動物主角都會讓孩童認同（自以為正義的偽君子才會認同討厭的螞蟻，也只有心理偏頗的孩童會認同大野狼），但根據故事情節，孩童認同蚱蜢以後卻不會有任何希望。蚱蜢由於受到快感原則驅使，等待牠的只有悲慘命運；在這樣「二選一」的狀況中，一次抉擇就決定了往後的一切。

但是透過對小豬的認同，孩童會學到有些發展，或者說從快感原則進展到現實原則的可能性，終究只是將前者加以調整而已。三隻小豬的故事，暗示了一種能夠保留大部分快感的改變，因為情況變成在追求滿足的同時，還認真遵守了現實的要求。聰明愛玩的第三隻小豬，好幾次利用機智贏過大野狼；大野狼三次試圖引起小豬的口腹之欲，提議去牠們都能找到美味食物的地方，想將小豬從安全的房子裡引出來，第一次牠建議一起去偷摘蕪菁，第二次是採蘋果，最後一次是去園遊會。

大野狼是在多次努力都徒勞無功之後，才準備直接動手宰了小豬。但是牠必須先進到小豬家裡抓住牠，這次小豬再度勝出，因為大野狼從煙囪掉進一鍋沸水，成了小豬的盤中肉。報復式正義於是獲得伸張：大野狼吃掉兩隻小豬之後還想吃第三隻，最後卻進了第三隻小豬的肚子裡。

在閱讀與聆聽的過程中，孩童受故事之邀認同其中一名主角，他從故事得到的不是希望，而是得知藉由發展智力，甚至能夠打敗比自己強大很多的對手。

既然從原始的（也是孩子的）正義感來看，只有做了真正壞事的人才會遭到摧毀，那麼寓言傳達的訊息似乎是，把握夏天這樣的美好時光享受人生是錯的。更糟的是，寓言裡的螞蟻很討厭，牠一點都不同情受苦的蚱蜢，卻是寓言提供給孩童的榜樣。

童話裡正好相反，大野狼很明顯是大壞蛋，因為牠想要摧毀一切。但大野狼的惡，剛好是幼童會在自己內心裡找到的：牠吞噬一切的欲望，以及這麼做的後果——對於自己也有可能慘遭同樣命運的焦慮。所以大野狼就是孩童心中之惡的外化（externalization）或投射（projection），而故事告訴孩童，如何用有建設性的方式來處理它。

故事裡有一段，講述年紀最大的小豬幾次出門用妙計取得食物，這段情節常被忽略，卻意義重大，因為它點出了在進食和吞噬之間有著巨大的差異。孩童下意識會將這個差異理解為，不受控制的快感原則和現實原則之間的差異，前者是不顧後果一次全部吞吃入腹，而後者是運用巧智四處覓食。成熟的小豬大清早就起床，趕在大野狼出現之前就將美味食物帶回家，因此讓大野狼的奸計無法得逞。還有什麼比這更能說明現實原則的內涵，以及依照現實原則行事的寶貴價值呢？

在童話故事裡，最小的孩子雖然一開始常遭人輕視或譏嘲，但最後通常也是他獲得勝利。〈三隻小豬〉並未依循這樣的模式，因為故事裡年紀最大的小豬一直都勝過比較小的兩隻小豬。我們可以這麼解釋：三隻小豬都是「小」豬，也就是還不成熟，就如同孩童本身。孩童會輪流認同每隻小豬，並且認知到人格認同的演進。〈三隻小豬〉是一則童話故事，因為它的結局是圓滿的，而且大野狼受到報應。

寓言故事中可憐的蚱蜢沒有做壞事卻必須挨餓，會讓孩童感覺有違他的正義感，但童話故事中大野狼受到懲罰，卻能滿足他心中的公平正義。三隻小豬代表人格發展的各個階段，而第一和第二隻小豬消失並不會造成心理創傷，因為孩童下意識能夠理解，如果我們想要進展到更高境界，就必須蛻去舊有的生命形式。〈三隻小豬〉故事帶給我們的經驗，只有看到大野狼得到報應和最年長的小豬以巧智取勝之後的歡樂，不會為了兩隻小豬的淒慘命運而悲傷。即使是年幼的孩童，似乎也能理解三隻小豬其實是處在不同階段的同一隻小豬，提示之一在於牠們回答大野狼的字句完全一樣：「不行，不行，我以下巴的鬍鬚發誓，絕對不行！」如果我們存活的唯一方法就是達到更高層次的身分認同，這個故事呈現的正是生命的應然。

〈三隻小豬〉為孩童對自己人格發展的思量提供了指引，但並未直接說出應該是什麼方式，而是讓孩童自己得出結論。經由這樣的過程，孩童才能真正成熟長大，畢竟告訴孩童該做什麼，只是讓他受到的束縛，從本身的不成熟，換成對於成人權威的屈從。

孩童需要魔法

The Child's Need for Magic

只要孩童無法確定，當下的人類環境會保護他，
他就需要相信有守護天使之類的超凡力量在看顧他，
而且所處世界和他在其中的地位都無比重要。

神話和童話回答著那些永恆的疑問，諸如：世界到底是什麼樣子？我要怎麼在世界上過活？我要如何真正成為自己？神話給予的答案很確切，而童話給予的答案則是暗示性的；童話傳達的訊息中可能暗示了解決方法，但從不直接挑明。童話讓孩童自己在幻想中決定，那些故事所揭露，關於人生和人類本性的內容，是否要套用在自己身上，又該如何運用。

童話進行的方式，與孩童思考和體驗世界的方式相符，這解釋了為什麼童話對孩童來說如此具有說服力。童話故事能夠帶給孩童的撫慰，遠勝於任何試圖用成人的說理和觀點能帶來的安慰。孩童信任童話告訴他的，因為童話的世界觀和他的一致。

不論在什麼年紀，只有那些符合我們思考過程背後原則的故事，才能說服我們。我們成人已經懂得，理解世界的參考架構不只一種，要我們使用不是自己的參考架構來思考並非不可能，實際要做到還是很困難。如果成人尚且如此，兒童就更不必說了。他們的思維是泛靈論的。

❖ 兒童的泛靈論

和許多史前及已有文字的古代民族一樣，孩童相信萬物有靈，「他認為他和無生命世界之間的關係，與他和有生命的人類世界之間的關係沒什麼不同：他親暱地撫觸所有討他喜歡的漂亮東西，一如他撫觸自己的母親，他也會大力搥打當著他的面重重關上的門板。」[14]在此應補充說明，他會這麼做，因為他相信漂亮東西跟他自己一樣喜歡受到撫觸，而他懲罰門板，是因為他認為門一定是居心叵測、故意重重關上的。

如皮亞傑（Jean Piaget）指出，兒童會一直相信萬物有靈，直到青春期來臨。孩童的父母和師長會告訴他，東西既不會動，也沒有感覺，儘管孩童可能會為了取悅大人，或避免受到嘲笑而假裝相信這種說法，但他在心裡自有想法。孩童受制於其他人的理性教誨，只能將他的「真知」埋在靈魂深處，與理性完全隔絕開來，但這樣的「真知」，卻可以藉由童話傳遞的訊息來形塑和引導。

根據皮亞傑的研究結果，對八歲孩童來說，太陽是活的，因為太陽會發光（或者還可以加上，它這麼做是因為它想）。對抱持泛靈觀的孩童來說，石頭是活的，因為它會動，比如它可以滾下山坡。甚至十二歲半的孩子，也深信河流是活的，而且有自己的意志，因為河水不斷流動。孩童相信太陽、石頭和河流裡都住著很像人的精靈，所以它們也像人一樣會動，而且有感覺。[15]

對孩童來說，沒有明確的界線可以區分無生命的物體和有生命的活物，而且只要是活物，它們的生命都和人類很相像。如果我們不理解岩石、樹木和動物要告訴我們的事，是因為我們對它們的感應不夠靈敏。對於試圖理解世界的孩童而言，期待那些讓他好奇的物體提供答案，似乎也很合理。由於孩童的思考以自我為中心，他會期待動物說起他覺得有意義的事物，正如童話故事裡的動物所做，也像是孩童自己對養的動物或動物玩偶說話。孩童堅信動物理解他、而且能夠感同身受，只是動物不會公開表現出來。

既然動物在世界各地自在遊走，那麼童話裡的動物，能夠在主角前往遙遠地點探尋時提供指引，也就再自然不過了。只要會動的就都是活的，那麼孩童也會相信風可以說話和載著主角去任何要去的地方，就如同〈太陽之東，月亮之西〉的情節。【16】根據泛靈觀，不僅動物會像人類一樣思考和感覺，連石頭都是活著的，所以被變成石頭，只是表示必須有一段時間保持安靜不動。按照同樣的思維，即使先前沉默無聲的物體開始說話、提供建議，並跟隨主角四處遊歷，也是完全可信的。由於世間萬物都住著某種和所有其他靈相似的靈（換言之，即孩童將自己的靈投射在萬物上而成的靈），因此萬物都具備內在的同一性，於是就像在〈美女與野獸〉和〈青蛙國王〉裡，人可以變成其他動物，反之亦然。【17】既然活物和死物之間沒有明顯的界線，那麼死物自然也有可能變成活物。

當孩童像偉大的哲學家一樣，試圖解答那些最初、也是最終的問題：「我是誰？我應該怎麼處理人生的問題？我該成為什麼？」他對答案的追尋，是以泛靈觀為基礎。但孩童實在不確定自己的生命究竟由什麼構成，因此他最先要面對、也最重大的問題就是：「我是誰？」

孩童一開始四處遊走和探索，就會開始思索關於認同的問題。當他瞥見自己的鏡中倒影，他會揣想自己看見的，真的是他自己，或者只是有個和他很像的孩子站在玻璃牆後。他試著探索，想知道另一個孩子是不是真的和他一模一樣。他扮鬼臉、扭來轉去，走幾步遠離鏡子之後又跳回鏡子前面，想確定對方已經走開或留在原地。雖然只是三歲稚童，但他已經面臨最艱難的個人認同問題。

孩童會自問：「我是誰？我從哪裡來？世界是怎麼形成的？誰創造了人類和所有動物？生命

的目的是什麼？」確實，他不是抽象地去思索這些大哉問，主要是從與自己相關的角度來思索。他擔心的不是每個人的公平正義，而是**他自己**是否能獲得公正對待。他會揣想，什麼人或東西會讓他陷入困境，又有什麼可以拯救他免於落難。除了父母親之外，還有其他仁善的力量嗎？他的父母親是仁善的力量嗎？他應該如何形塑自己，又為什麼這樣做？他可能已經做錯事了，那他還有希望嗎？為什麼這一切會發生在他身上？對他的未來意味著什麼？童話故事為這些迫切的問題提供了解答，而其中許多問題，都要等孩童隨著故事情節逐漸開展才會有所認知。

❖ 兒童只能以主觀方式體驗世界

從成人觀點以及現代科學的角度來看，童話提供的解答是幻想而非真實。事實上，由於很多成人已經距離兒童的體驗十分遙遠，所以這些解答看在他們眼裡實在太不正確，以至於他們反對讓孩童接收這些「有誤」資訊。然而，孩童通常無法理解符合外在現實的解釋，因為他們缺乏理解這些解釋所需的抽象思維。成人以為提供孩童科學上正確的解答，就足以向他們釐清一切，但這樣的解釋其實讓兒童感到困惑、渺小無力，而且在智識上大受挫敗。孩童內心安全感的來源，絕不是會帶來**新的**不確定性的事實，而是深信現在的自己理解了從前令他困擾的信念。即使孩童當下接受了成人給的答案，他也會開始懷疑，自己提出的是不是對的問題。如果某個解釋對他來說沒有意義，那想必是要解答另一個未知的問題，而不是他提出的問題。

因此，我們必須記住很重要的一點，只有孩童在既有知識和情感關注上能理解的陳述，對他來說才有說服力。你如果告訴孩子，飄浮在太空中的地球因為重力吸引繞著太陽轉，但是地球卻不會像孩子跌在地上一樣落在太陽上，對此孩子會無比困惑。孩子根據自己的經驗得知，萬物都必須落在某個東西上，或是由某個東西支撐。所以只有根據這個認知做出的解釋，才能讓孩子更進一步了解在太空中的地球。而更重要的，為了在地球上活得踏實，孩子必須相信這個世界是穩固不動的。於是他在神話裡找到了更好的解釋，神話告訴他地球被一隻烏龜托在背上，或是由巨人撐托起來。

如果孩子認為父母告訴他的是真的，相信地球是被重力穩住才不會落在太陽上，那麼孩子就只能將重力想像成一條線。這樣一來，父母的解釋還是沒辦法幫助他更加理解地球，或是獲得更多安全感。我們生活的地球（周圍最堅固的東西，所有東西都建立其上），是以不可思議的速度，繞著一根看不見的中軸旋轉；它同時還繞著太陽轉，甚至正與整個太陽系一起疾速穿越太空，即使如此，生活還是可以穩定安全——要理解這點，需要一定程度的成熟智識。目前為止，我還不曾遇過未滿青春期就能理解這一切運行活動的孩子，儘管我知道很多孩子能夠複述這個資訊。如果以孩子自己對世界的體驗為準，那他們鸚鵡學舌般說出的解釋只是謊言，但是他們卻必須相信是真的，因為成人是這麼告訴他們的。結果就是孩子開始懷疑自己的體驗，因此也懷疑自己，懷疑思考能為自己帶來什麼。

一九七三年秋天，科胡特克彗星再現，引起媒體爭相報導。當時一名出色的自然科教師向幾名資優的二、三年級小學生解釋彗星的原理，所有學童都細心地用紙剪出一個圓，在上面畫出行星繞著太陽運轉的路線，另外還做了一張撕出細縫的橢圓形紙片，夾在剪出的圓上，代表彗星的行進路線。孩子們示範給我看，彗星如何以某個角度朝行星移動，當我開口詢問他們手上拿的是什麼，他們指著橢圓紙片說是彗星。我再問他們，拿在手上的彗星怎麼會也在天上，孩子們全都不知所措。

困惑的他們轉頭望向老師，於是老師很慎重地向他們解釋，他們之前努力設計、當下拿在手上的，只是那些星球和彗星的模型。孩子們表示同意和理解，如果再被問到，也會給出同樣的答案。但他們原本很自豪地望著手中的圓上又有橢圓的模型，現在卻顯得興趣全失。有些孩子將紙揉皺，還有人將模型扔進廢紙簍。紙片還是彗星的時候，他們都打算帶回家展示給父母看，但現在紙片對他們來說已經沒有意義。

當家長試著讓孩子接受科學上正確的解釋，往往輕忽了探索兒童內心如何運作的研究發現。皮亞傑及其他學者對於兒童心智發展的研究極具說服力，他們發現，孩童沒辦法理解兩種重要的抽象概念：一是量的守恆，例如等量的水在狹窄容器裡的水位較高，在寬闊容器的水位較低；一是可逆性，例如減法會逆轉加法過程。在理解類似的抽象概念之前，兒童只能以主觀的方式體驗世界。【18】

但是要理解科學解釋，必須具備客觀思考。理論研究和實驗探索都證明，沒有任何學齡前兒童能夠真正掌握這兩種概念，也因此不可能進行抽象思考。在年紀尚幼、大約八或十歲之前，兒童對於自己所體驗到的，只能發展出高度個人化的概念。由於生長在大地上的植物滋養他，一如他的母親以胸脯哺育他，因此在他的思維裡，將大地視為母親、女神，或至少是她的居所，也是很自然的。

即使是幼童，也多少知道自己是由父母創造的。所以對他來說，認為所有人類和他們的住處就跟他一樣，都是由和父母差不多的超凡人物，例如某個男神或女神創造的，也是完全合理的。由於父母親會照料孩童，並且在家裡滿足他所有的需求，孩童自然也會相信，有什麼像父母親一樣看顧這個世界，只是更強大、睿智而且可靠。

孩童所體驗到的世界構成，便以父母親的形象和家庭運作的方式為模範。古埃及人的世界觀就和兒童一樣，他們將穹蒼和天空視為具有母親形象的天空女神努特，她俯身保護大地，將大地和古埃及人都納入她的恬靜懷抱。【19】這樣的觀點，不僅不會阻礙人們日後發展出關於世界更理性的解釋，還能適時適所給予人們需要的安全感。正是這樣的安全感，讓人們能在時機成熟時，發展出真正理性的世界觀。對兒童來說，活在一個周圍只有無垠空間的渺小星球，似乎寂寞冷清得可怕，和他所知人生應該有的樣貌天差地遠。所以古埃及人需要包容一切的母親形象，才能感覺獲得庇護和溫暖。如果成人輕視這樣具有保護性質的意象，斥為不成熟心理的幼稚投射，就會剝奪孩童所需要的某種穩定的安全感和撫慰。

確實，如果長期沉溺於有天空母神庇護一切的認知，可能讓心理發展受到局限。無論是嬰幼兒的投射，或是對想像的守護神（在孩童入睡後或母親不在時，看顧他的守護天使）的依賴，

都不能提供真正的安全感。但孩童若是還不能自己找到充分的安全感，寧可依靠想像和投射，也勝過完全沒有安全感。體驗了這種（部分源自想像的）安全感，持續一段夠長的時間之後，孩童就能藉此發展出對人生的信心，這就是達到自信的必備要素。也只有具備自信的孩童，才能進而培養理性能力，學習解決人生問題。孩童最終會認知到，他原本信以為真的天空或大地母神，只是個象徵。

舉例來說，如果孩童在閱讀童話之後，學會相信一開始看似具威脅性的可怕角色，可能神奇地變成他最得力的朋友，他自然會相信，自己遇上的陌生孩子，也能從一名威脅者變成迷人的同伴。相信童話裡的「真實」，讓孩童能夠鼓起勇氣，不會因為對方一開始的陌生樣貌而退縮。當孩童回想起許多故事裡的主角，都因為勇敢結交乍看不討喜的人物，而在人生中獲得成功，他會相信同樣的魔法也能發生在自己身上。

筆者已知有許多案例，特別是進入青青期後半的少年，長年相信魔法，以補償自己在童年時期太早就被迫接受嚴峻的現實，剝奪了他們對魔法的信念。這些青少年的表現，就好像覺得這是彌補人生經驗中嚴重匱乏的最後機會，或者好像如果不曾經歷一段相信魔法的時期，他們就沒辦法面對成年人生中的艱困難關。如今，許多年輕人突然藉由吸毒陷入夢境、拜在某位人生導師門下、相信占星術、練習「黑魔法」等方式逃避現實，或者以其他方式沉溺於與魔法體驗有關的白日夢，希望藉此改善生活，那都是因為他們在還未成熟之前，就被迫以成人的觀點面對現實世界。他們試圖用這樣的方法逃避現實，追根究柢，問題出在他們的早期成長經驗，無助於他們發展出這樣的信念：人生可以用符合現實的方式去掌控。

❖ 回應人格黑暗面提出的問題

對於個人來說比較理想的，或許是在人生中，重複體驗人類過去發展出科學思考的歷程。歷史上有很長一段時間，人們利用神祇之類、源自不成熟的希望，和焦慮的情感投射，來解釋人類、社會和宇宙，從中獲得安全感。慢慢地，人類透過社會、科學和科技上的進步，擺脫了對於生命本身的恆常恐懼。他不僅覺得自己生在世間更有安全感，他的內心也開始能夠質疑過去用來解釋的意象是否有效。從此以後，人類那些「孩子氣的」投射消解了，取而代之的是更理性的解釋。然而，這樣的過程絕非恆久不變：偶爾遇上物資匱乏或生存壓力激增的時期，人類又會再次在「孩子氣的」念頭中尋求撫慰，以為自己和所居之處就是宇宙的中心。

如果用人類行為來說明，一個人在世界上愈有安全感，他就愈不需要留戀於「嬰兒期」的投射，比如神話式的解釋，或童話對於人生中永恆問題的解答，也愈能勇敢尋求理性解釋。一個人內心愈有安全感，就愈能接受所處世界在宇宙中並不重要的解釋。當人們真的感受到在人類環境中找到意義，就不會在意所處星球在宇宙中的重要性。反過來說，一個人內心裡，和對自己在世界上的地位愈沒有安全感，他就愈容易因為恐懼而退縮，並且自絕於外在世界；或者與此相反，完全向外擴張、為征服而征服。這樣的行動，和出於安全感、能夠自由發揮好奇心的向外探索，完全背道而馳。

基於同樣的理由，只要孩童無法確定，當下的人類環境會保護他，他就需要相信有守護天使之類的超凡力量在看顧他，而且所處世界和他在其中的地位都無比重要。這也就是為什麼，家庭能否提供兒童基本的安全感，會影響到他在成長過程中是否易於投入理性探索。

假如父母完全相信，聖經故事解開了人類生命和人生目的之謎，就很容易提供孩子安全感。在信徒的心目中，聖經裡包含所有迫切問題的答案：《聖經》告訴人們理解世界所需的全部知識，包括世界如何形成，以及在世界上應如何行事。在西方世界裡，《聖經》也為人們的想像提供了原型。儘管聖經裡包含無數個故事，在人們最虔誠的時代，這些故事依然無法滿足人們所有的心靈需求。

部分原因在於，雖然《舊約》、《新約》和聖人的故事，解答了如何活出善的人生的重大問題，卻沒有回應那些由我們人格的黑暗面提出的問題。對於無意識的自私面向，聖經故事本質上只提出了一種解決方法：抑制這些（不被接受的）企圖。但是孩童的「本我」還不受意識控制，他們需要的故事，是至少能讓他們在幻想中滿足「邪惡」意圖，並提供特定模範幫助他們超脫當下。

聖經以明示和寓意傳達神對人的要求。當我們聽到一個罪人悔改，比無須悔改的義人帶給天上更多喜樂，我們得到的訊息仍是應活出善的人生，而不是去對我們憎恨的人施加冷酷報復。正如該隱與亞伯的故事所示，《聖經》裡對於手足競爭帶來的苦痛並未表示憐憫，只是警告付諸實行將會招致毀滅性的後果。

但是，當孩童因為嫉妒手足而陷入困擾，他最需要的，就是允許他覺得自己的感受是正當的，是他當下所處的狀況造成的。孩童飽受妒羨之情的錐心痛苦，他需要鼓勵，需要幻想未來可扳回一城，如此當下的他才支撐得下去，因為他找到了對未來的信念：只要長大成熟、認真努力，總有一天能獲得勝利。而最重要的是，這個信念仍然十分脆弱，需要獲得支持。如果當下的苦厄磨難，在未來都將獲得獎賞，那孩童就不需要跟該隱一樣，依循當下的嫉妒心來行事。

幾乎從人類存在以來，童話就和聖經故事及神話一樣，都是教化人心的作品，啟迪的對象年齡不拘。撇除以神為中心這一點，很多聖經故事其實可視為和童話頗為相似。例如在約拿與鯨魚的故事裡，約拿試圖逃避「超我」（良心）要他對抗尼尼微人之惡的要求。就像很多童話故事裡的情節，這個考驗道德品行的難關，就是一趟險阻重重的旅程，而他必須在旅程中證明自己。

約拿在渡海途中被一隻大魚吞進肚中，他在危難中展現更高尚的品行和自我，於是奇蹟般地重生，準備好面對「超我」的艱鉅要求。但僅是重生，仍然沒辦法讓他形成真正的人格：不論是受「本我」和快感原則奴役（面對艱困任務時試圖逃避），或是受「超我」支配（想要摧毀邪惡的城市），都不是真正的自由，也無法達到更崇高的自我。只有等約拿不再受人格結構的任一部分役使，拒絕盲從「本我」和「超我」，不依據「超我」的僵化結構來論斷尼尼微人，而是根據人性的脆弱，並在過程中認知到神的智慧，他才算是獲致完整的人格。

「替代式滿足」與「有意識的認知」

Vicarious Satisfaction Versus Conscious Recognition

只要孩童不知道它們在心理上代表什麼意義，
就對孩童有益、而且能確實發揮效益，
甚至能夠讓原本艱苦難熬的人生也值得活下去。

正如所有偉大的藝術作品，童話故事寓教於樂，而它們最特出之處，是用直接向孩童發話的方式來達成。在童話對孩童來說最有意義的年紀裡，孩童的主要問題，是如何為自己混沌的內心世界引入某種秩序，藉此更了解自己——這正是個人的所知所覺與外在世界之間，要達成某種一致的必經階段。

關於「現實」世界的「真實」故事，可能會提供一些有趣且多半有用的資訊。但這些故事的情節開展方式，與前青春期兒童內心的運作方式格格不入，就好比大人的成熟心智會覺得童話的超自然內容荒誕無稽。

這些故事固然符合外在現實，卻與孩童的內在經驗相悖。孩童聽了這些故事之後，或許會有一些收穫，但是沒辦法從中找到什麼超脫字面、切身相關的意義。這些故事提供知識，卻無法滋養心靈，不幸的是，學校裡教授的課業大多也是如此。人格整體要從事實型知識受惠，就必須將其轉換成「個人知識」。*然而，禁止孩童閱讀符合現實的故事，就和禁讀童話故事一樣愚蠢，因為兩種故事在孩童的人生中都具有重要地位。如果只以符合現實的故事作為精神糧食，孩童將一無所獲。若是能夠結合符合現實的故事，與大量符合孩童內心運作的童話故事，那麼孩童萌發中的人格，包括理性面及感性面，兩方面都能接收到資訊。

*「致知的行動都包含著某種鑑定」，並且牽涉到「形塑所有事實型知識的個人係數」，哲學家邁可．博藍尼（Michael Polanyi）如此寫道。如果連傑出的科學家都必須在相當程度上依賴「個人知識」，那麼很顯而易見，除非孩童能夠先藉由引入個人係數來形塑知識，否則他們就無法獲得真正具有意義的知識。[20]

童話包含一些與夢相似的特質，但相較於孩童的夢，這些特質其實與青少年或成人夢中出現的更為相近。成人的夢或許可怖難解，但所有細節經過分析之後，都能找出意義，讓作夢的人能夠明白有什麼盤據在自己的無意識中。藉由分析夢境，人可以理解內心世界中遭忽略、扭曲，因拒認而排除在外的層面，進而更了解自己。無意識的欲望、需求、壓力和焦慮，在人們的行為舉止之中扮演了重要角色，因此藉由解析夢境，人們可以獲得對自我的新穎洞見，進而更成功地經營人生。

孩童的夢很簡單：願望獲得實現，焦慮則被賦予具體形象。舉例來說，孩子會夢見一隻動物將他打敗，或吃掉了某個人。在孩童的造夢過程中，幾乎不會有比較高層級的心理活動涉入，而在夢裡出現的無意識內容，幾乎全都未曾受他的「自我」形塑。是故，孩童沒辦法、也不應該分析自己的夢境，因為他的「自我」仍處於建構過程之中，還相當柔弱。特別是學齡前兒童，他身處一場對抗無意識的各種力量的戰役，即使落敗居多，他還是必須不停努力搏鬥，才能防止自己的整體人格被欲望造成的壓力完全征服。

我們終其一生，其實都不斷在和無意識搏鬥，而這場戰役直到青春期仍難分勝負，即使年歲漸長，也必須對抗「超我」的不理性意圖。當我們慢慢成熟，「本我」、「自我」和「超我」這三個人格結構的不同層面，各自的表現會更加清晰，彼此的區隔也更為明顯，在無意識不壓過意識的情況下，每一層面都能和其他兩者互動。「自我」用來與「本我」和「超我」互動的手段方式變得更加多元，而在正常的狀況下，心智健全的人能夠有效控制「自我」與「本我」和「超我」之間的互動。

然而對孩童來說，每當他的無意識內容浮現，就會立刻全面壓過他的整體人格。孩童的「自我」認知到混沌的無意識內容之後，不但無法變得更堅強，反而因為直接接觸無意識而被壓倒與弱化。姑且不談要控制內心的活動過程，孩童即使只想要勉強掌握，都必須將它們外化。孩童必須以某種方式和無意識內容保持距離，並視為是自己以外的，才有可能去主宰無意識內容。

❖ 孩童透過扮演將故事「付諸行動」，呼應私下的幻想

在平常的遊戲中，人形娃娃和動物玩偶等物品，是孩童用來體現人格中那些太過複雜矛盾、自己無法接受和處理的層面。於是，孩童的「自我」得以在某種程度上主宰這些元素，但如果是受到環境要求或強迫，孩童不得不認知到這些元素是他自己內在過程的投射，那他就沒辦法加以主宰。

孩童內心的某些無意識的壓力，可以透過遊戲紓解。但還有很多壓力太過複雜矛盾，或是太危險而不被社會所認可，因此難以透過遊戲來處理。例如先前討論過，被封在壺罐裡的精靈，他的感覺太過矛盾與激烈，而且可能具有毀滅性，是孩子沒辦法獨自在遊戲裡透過「付諸行動」（acting out，或「行動化」）所宣洩的，不僅因為他對這些感覺的理解還不夠充分，以致無法透過遊戲將它們外化，也因為後果可能太過危險。在這個方面，童話故事可以提供孩童重要的幫助；

我們看到孩童會將故事情節付諸行動，這點就能充分證明。但孩童只有在熟悉故事之後才能辨到，因為他們無法自己編造這樣的情節。

舉例來說，絕大多數孩童都喜歡用扮演遊戲將〈灰姑娘〉的故事付諸行動，但必須等到故事情節成為他們想像世界的一部分才有可能，尤其是手足之間激烈競爭、最後獲得圓滿結局的情節。孩童不可能自己幻想出獲得拯救，也無法幻想出那些輕視自己、而且有權支配自己的人，最後會反過來承認他的地位其實更高。很多女孩在某個時期堅信可惡的母親（繼母）就是所有煩惱的來源，她們如果只憑一己之力，不可能想像得到一切會忽然發生變化。但是〈灰姑娘〉的故事呈現了這個念頭，她們就能相信，好心的仙女（教母）可能會隨時伸出援手，因為童話故事極有說服力地告訴她們事情會是這樣。

孩童能將深沉的欲望化為具體的行為。例如，想要和父親或母親生孩子的伊底帕斯欲望，透過把某個玩偶或小動物當成嬰兒來照顧，間接地得到實現。透過這種行為，孩童得以將自己的欲望外化，滿足深切感受到的需求。如果對孩童解釋，使他意識到娃娃或玩偶對他所代表的意義，還有他在扮演照顧角色之中表達了什麼願望（就如同以精神分析法解析成人的夢），會讓孩童深陷在他的年齡還不該有的困惑。原因在於，孩童還未發展出穩定的身分認同。在孩童建立好男性或女性認同之前，就認知到與穩定的自我身分相互矛盾，那些複雜、具破壞性，或與伊底帕斯情結有關的欲望，將會動搖，甚至摧毀他的身分認同。

透過和娃娃或動物玩，孩童對於生育和照顧小寶寶的欲望獲得替代式的滿足，而且男孩和女孩皆然。但是，與女孩不同的是，男孩只有在不被引導去認識他是滿足了什麼樣的無意識欲望的情況下，才能從照顧娃娃的遊戲中獲得撫慰。

有人或許要爭辯，讓男孩有意識地認識到這是生小孩的欲望，對他是好的。筆者認為，男孩藉由和娃娃玩將無意識欲望付諸行動，這對他來說是好的，也應該予以肯定接納。無意識壓力的外化有其價值，但若是孩童還不夠成熟，在他還無法將現實中不能滿足的欲望昇華的年紀，就意識到自己行為的無意識涵義，這也可能變得很危險。

很多年齡大一點的女孩對於馬匹十分熱衷，她們玩玩具馬，並編織出以馬為要角的繁複幻想。等她們年紀更大，而且獲得機會時，她們的生活似乎繞著真正的馬匹轉：將馬兒照顧得無微不至，一刻也離不開牠們。精神分析研究發現，對馬投入過多情感和精力，可能代表女孩正試著滿足許多不同的情感需求。例如，藉由操控一隻孔武有力的動物，女孩能夠感覺自己可駕馭內心的男性面（或動物般的性愛衝動）。試想，假如讓女孩意識到自己在騎馬時表達了什麼欲望，這會對騎馬帶給她的樂趣和她的自尊，造成什麼樣的影響呢？她會大受打擊，原本無害且帶來樂趣的欲望昇華遭到剝奪，還會認為自己非常糟糕。同時，她會面臨強大的壓力，必須找到另一種同樣適合抒發的管道，反而因此沒辦法適切掌控這些內在壓力。

回到童話故事，我們或許可以說，如果孩童不曾接觸過童話，可能會淪落到和前述女孩一樣的下場：急於藉由騎馬或照顧馬匹來抒發內在壓力，卻被剝奪了無邪樂趣。讓孩童認識童話裡的角色在他的內心代表什麼，將會剝奪他迫切需要的抒發管道，而且因為不得已了解到自己內心肆虐的欲望、焦慮，和強烈的報復心，孩童會大受打擊。童話和馬匹一樣，只要孩童不知道它們在心理上代表什麼意義，就對孩童有益、而且能確實發揮效益，甚至能夠讓原本艱苦難熬的人生也值得活下去。

儘管童話可能包含很多夢境一般的特質，但相較於夢，童話的優勢在於結構一致，有確切的開頭，情節發展到最後，會以令人滿足的解決方法收場。與個人幻想相比，童話還有其他的重要優點。其中之一是，無論故事內容為何，都可以公開談論。童話的情節，可能呼應孩童私下的幻想，也許是與父親或母親結婚、報復式的虐待，或是蔑視雙親之一。孩童不需要隱藏自己對於故事情節的感受，或是對於沉浸在這樣的念頭裡懷抱罪惡感。

童話故事的主角擁有一副能夠完成神奇行動的身軀。藉由認同主角，每個自覺身體不夠完美的孩童，都能在幻想中獲得補償，不管是真的不完美或只是想像。孩童可以幻想自己和主角一樣，能夠攀爬上天、打敗巨人、改變容貌、成為最強大或最美麗的人：簡言之，讓自己的身軀變得神通廣大，能夠成為任何人和做到任何事。等到最偉大不凡的欲望都在幻想中獲得滿足，孩童就比較能接受自己在現實世界裡的身體。童話甚至為孩童投射出對現實的滿足，因為隨著情節進展，在主角神奇地變化形貌之後，等到歷險結束，他又會變回普通人。故事到了尾聲的時候，不再提及主角的絕世美貌或驚天力量。這與神話故事主角從頭到尾都保持超凡的特質截然不同：童話的主角一旦在結局找回真正身分（以及關於自己、身體、人生，和社會地位的內在安全感），他就會安於現狀，在任何方面都不再與眾不同。

要讓童話達到有益的外化效果，必須讓孩童將童話提供的解決方法納為己用，而且他不自知這麼做是在回應來自無意識的壓力。

童話故事從孩童當下的生活境遇開始。如果沒有童話的幫助，他會一直困在那裡，感覺受到忽略、拒絕和輕視。於是，故事透過孩童自己的內心活動過程（可能與成人的理性認識相違背），開啟了大好榮景，讓孩童得以克服短暫出現的徹底絕望感。為了讓孩童相信故事所說，並且將其中的樂觀看法納入自己對世界的體驗，他需要反覆聆聽故事。如果他還能進一步將情節付諸行動，那麼故事就會變得更「真實」和「符合現實」。

❖ 故事需要反覆聆聽

孩童**感覺**得出來，眾多故事裡的哪一則，最符合自己當下（靠一己之力無法處理）的內在狀況，也感覺得到故事的哪個部分，為他提供了理解和處理難題的方法。但孩童通常沒辦法在第一次聽故事時就立刻辨認出來，因為故事裡有些元素太過古怪陌生，畢竟要以這種方式呈現，才能向隱藏在內心深處的情感發話。

只有反覆聆聽同一則故事，而且有足夠的時間和機會思量玩味，孩童才能夠從故事所提供的，關於理解自己和他對世界的體驗的訊息中充分受益。只有在這時候，孩童針對故事的自由聯想，才能得出故事與個人最切身相關的意義，藉此幫助他應付那些困擾他的難題。例如，孩童

第一次聽到某則故事時，無法立刻和不同性別的角色產生共鳴。女孩聽到〈傑克與魔豆〉或男孩聽到〈萵苣姑娘〉，都必須經過一段幻想演繹的時間，並且和故事內容保持距離，才能夠認同主角。*

我認識一些父母，他們看孩子聽完一則故事的反應是說「我喜歡」，之後就繼續講另一則故事，以為多講其他故事會讓孩子更開心。然而孩子對故事的評語，很可能只是表達一種模糊的感覺，覺得故事似乎告訴他某件重要的事，他需要反覆重聽故事、並且有時間消化，才能夠確切掌握那到底是什麼事。太早將孩子的念頭導向另一則故事，可能會抹煞前一則故事的影響力，然而等時機成熟時再這麼做，反而能夠加強前一則故事的效果。

---

* 在此可以再次比較童話與夢，不過必須格外小心、並注意許多條件限制，夢是無意識和個人經驗最私人的表現，而童話是故事經過世代之間口耳相傳，將或多或少共通的人類問題呈現出來。

如果夢的內容超出了最直接的欲望滿足，那麼我們幾乎不可能在第一次回想時就完全理解其意義。夢是複雜內心活動的結果，需要反覆思量，才有可能理解它的潛隱意義。要在乍看毫無意義、或相當簡單的夢中找到深層意義，必須透過三不五時、好整以暇地玩味夢的所有細節，以和初次回想時不同的順序重新排列組合，改為強調不同重點，以及其他許多方法才能達成。只有在反覆思量同樣的材料之後，我們才有可能在一度看似偏離主題、枝微末節、謎樣難解，或根本無意義的細節中，發現理解夢的內容所需的重要線索。要找出一個夢更深層的意義，往往必須借助其他想像的材料來豐富我們的理解。例如佛洛伊德為了解析闡明「狼人」的夢，便求助於童話故事。[21]

在精神分析領域，要尋找各個細節可能代表的意義時，自由聯想是提供額外線索的方法之一。孩童讀童話時也一樣，需要透過聯想，才能在故事中找到切身相關的重要意義。而孩童曾聽過的其他故事，則提供了額外的幻想材料，他們同樣可以在其中發掘意義。

孩子不管在課堂上，或在圖書館說故事時間聽到童話故事，似乎都非常著迷。但是他們多半沒機會去思考，或用其他方式回應聽到的故事情節。因為整群孩童不是立刻被趕去進行其他活動，就是馬上接著聽另一則不同類型的故事，童話留在他們腦海裡的印象，也因此淡化甚至遭到破壞。在類似上述的狀況發生之後，和孩子談話會發現，講了故事的結果似乎和沒講差不多，孩童並未有所收穫。但是說故事的人如果讓孩子們聽完以後，有足夠的時間去反思，去沉浸於故事在他們內心營造出的氣氛，之後再鼓勵他們去聊故事，從後續對話就會發現，至少對一些孩子來說，童話讓他們在情感上和理智上都受益良多。

正如同印度的病人在大夫要求之下，會去深思一則童話，以求找到破除蒙蔽心靈的內在黑暗的出路，孩童也應該有機會，透過引發、帶入自己的聯想，將聽到的一則童話慢慢變成屬於自己的。

順帶提到，這就是為什麼圖畫書即使深受現代無數大人小孩喜愛，卻不是最符合孩童需求的選項。圖畫不僅無助於孩童，還會讓他們分心。根據對於附插圖初級讀本的研究，插圖會影響孩童自己體驗故事時生出的想像，會干擾、而非促進學習過程。孩童聽故事時，本來只會加諸自己的視覺聯想，看到插畫之後卻會改為加諸插畫者的視覺聯想，故事所能帶給孩童諸多與個人切身相關的意涵，也因此遭到剝奪。[22]

托爾金（J. R. R. Tolkien）也認為：「插畫無論本身多麼出色，對於童話故事幾乎沒有任何幫助……假設一則故事描述：『他爬上一座山丘，看見下方的山谷裡有一條河，』繪者可能會精確

勾勒或大略描摹出他自己想像中的場景，但是每個聽到這句話的人，腦海中都會浮現自己的想像，畫面是由各人一生中曾看過的山丘、河流和山谷所構成，特別是那些讓他第一次體會何謂『山丘』、『河流』和『山谷』的景緻。」[23]這就是為什麼當童話裡的角色和事件，不是透過孩童的想像，而是透過插畫者的想像來具象顯現，故事就會失去大部分與個人相關的意涵。當聽故事的人在腦海中勾勒出畫面，其中的獨特細節源自個人的人生經歷，也讓聽故事成為更個人的體驗。大人和小孩一樣，偏好讓別人去做想像故事場景的辛苦差事，自己樂得輕鬆。但是我們如果讓繪者決定我們的想像，想像出來的就不完全屬於我們自己，而故事也喪失了大部分之於個人的重要意義。

例如，問孩子他們在故事裡聽過的怪獸長什麼樣子，可能會得到千奇百怪的答案：巨大的人形怪獸、動物模樣的怪獸、兼具人形和動物特徵的怪物等等。每個細節對於在心中創造出特定怪獸形象的孩子來說，都有深遠的涵義。但在另一方面，當我們看到出自藝術家想像、以特定手法描繪出來的怪獸，比我們自己所想像的，模糊且不斷變動的形象完整很多，當我們依循了藝術家的想像，也就無從發現自己想像出來的形象的涵義。之後我們想到怪獸，可能會覺得興趣缺缺，無法從中獲得任何重要訊息，甚至會覺得驚嚇，但除了焦慮之外，無法引發任何深層意義。

外化的重要性：幻想的角色與事件

The Importance of Externalization: Fantasy Figures and Events

童話故事告訴孩童，
他可以如何藉由某個角色體現他想毀滅一切的欲望，
藉由另一個角色獲得想要的滿足。

幼童腦海中匯集了各種想法，它們往往很混亂、還未完全統合，而且數量不停增長；有些是正確地看到現實世界的部分層面，但更多的想法是完全受幻想主宰的。幻想填補了兒童對於世界的理解的巨大缺漏，這些缺漏是因為他們的思想還不成熟，掌握的相關資訊不足。還有一些曲解，則是孩童迫於內在壓力，對所感知的事物做出錯誤解讀。

正常孩童的幻想，是從他觀察到的、多少具有正確性的片面現實出發，這些現實可能引發太過強烈的需求或焦慮，導致孩童被幻想牽著走。孩童會發現內心一片混亂，根本沒辦法釐清解決。他必須找到某種秩序，才能在不受挫敗的狀況下結束遁入幻想中的旅程，帶著更強大的力量回到現實世界。

❖離開平凡具體的現實世界

童話故事的進展方式與孩童心理活動相同，正好可以幫助孩童。它們向孩童示範，如何透過幻想達到更高境界的清明。這些故事的開場就像孩童自己的想像，通常相當符合現實：母親要女兒獨自出門探望外婆（〈小紅帽〉）；家境貧困、難以餵飽兒女的夫妻（〈漢賽爾和葛麗特〉）；漁夫出門捕魚卻一無所獲（〈漁夫與精靈〉）。也就是說，故事一開始的情境符合現實，而且發生了待解決的問題。

當孩童遇上令他苦惱的日常問題和事件，基於過去的學習經驗，他會去理解狀況的前因後果，試圖找出解決方法。但由於他的理性還不能很好地控制住無意識，於是在情緒和尚未解決的衝突所造成的壓力之下，他的想像力也隨著失控。焦慮、希望、恐懼、欲望和愛恨，很快就完全壓過孩童才萌發不久的理性思考，被織入孩童先前的所有念頭。

童話故事的開始，雖然可能是孩童的心理狀態，例如像灰姑娘一樣因為與手足比較而有被拒斥的感覺，但絕不會從孩童的現實生活開始。不會有孩子必須像灰姑娘一樣坐在爐灰裡，或者像漢賽爾和葛麗特兄妹遭人故意拋棄在密林裡，因為與現實近似的情境對孩童來說太可怕，而且「直逼心房要害」令孩童不安，反而無法發揮童話故事的撫慰功效。

熟悉童話的孩童可以理解，故事是以象徵的語言向他發話，不是日常現實的語言。故事從開場、情節發展到結局，都在傳遞一則訊息：故事裡講述的絕不是具體事實或真人實地。只有當孩童把這些真實的人事物賦予象徵意義，或在其中找到了象徵意義，真實事件才顯示出重要性。

「很久很久以前」、「在某個國度」、「在一千年或是更久以前」、「在動物還會說話的時候」、「很久以前在一座茂密的大森林裡，有一座古老的城堡」——這樣的開場暗示了接下來發生的事，和我們所知的現時現地毫不相干。童話故事刻意模糊的開場，象徵著我們正要離開平凡具體的現實世界。古老城堡、幽暗洞窟、與世隔絕的森林和禁止進入的上鎖密室，全都暗示著故事將要揭露某種平常隱而不宣的事物，而「很久以前」暗示了我們，就要了解到年代最為久遠的事件。

童話最具說服力的開場句，莫過於格林兄弟童話第一則故事〈青蛙國王〉的開頭：「很久以前，在願望還會實現的年代，有一位國王，他的女兒個個美麗動人。尤其是最小的女兒，她的美貌比太陽還耀眼，連見多識廣的太陽，每次將陽光灑落在她的臉龐時都感到震驚。」故事一開始，就將背景設定在獨特的童話時間：那個我們都相信許願之力或許無法移山倒海，但卻足以改變命運的久遠年代，那時候萬物有靈，太陽會注意到我們，對世間發生的事也有所反應。小公主的稀世美貌、許願的效力和太陽的震驚之情，在在表示這件事是如此獨一無二。這些都是為故事定位的座標，將故事定位在保有童心者的心理狀態，而非外在現實中的時空。由於童話被放置在這樣的背景之下，因此比任何文學作品更有利於培養童心。

隨著故事開展，很快會發生一些暗示邏輯和因果關係都暫時無效的事件，就如同在我們的無意識過程裡，最古老、最獨特和最驚人的事件都會發生。無意識的內容最隱密也最熟悉，最幽暗也最迫切，而且帶來最激烈的焦慮以及最遠大的希望。無意識不受特定的時間或地點局限，也不受由理性定義的事件發生合理順序所約束。在我們不知情的狀況下，無意識將我們帶回人生中最久遠的時期。童話故事中講述的那些地點怪異陌生、最為古老遙遠，同時也最熟悉親切，暗示了這趟旅程是將我們帶往內心深處，進入未知和無意識的境域。

童話於是從最平凡單純的開場，發展出不可思議的神奇事件。但是無論多麼曲折離奇，情節進展絕不會像夢或孩童的懵懂心靈一般迷失方向。故事將孩童帶入神奇天地一遊，最後又以最為撫慰人心的方式，將孩童送回現實世界。這趟旅程告訴孩童，他在當下的發展階段最需要知道的：讓自己暫時被幻想帶著走並不會造成傷害，前提是他不會永遠陷在幻想裡面。故事主角在最後回到現實世界——沒有魔法，但是幸福快樂的現實世界。

就如同我們從夢中幡然醒轉，更能面對現實中的各種任務，童話故事也以主角回到或被送回現實世界，更能主宰自己的人生作結。關於夢的最新研究顯示，無法作夢的人雖然還是能照常入睡，他處理現實的能力卻會有所缺損，這樣的人會有情緒困擾，因為他沒辦法在夢中解決令他煩擾的無意識問題。[24]或許有一天，我們也可以提出實驗結果證明：無法接觸童話故事的兒童過得比較不如意，因為故事能夠幫助兒童抒發幻想中的無意識壓力。

❖ 童話幫助孩子在內心建立秩序並找出意義

如果孩童的夢和正常的、有理智的成人的夢一樣複雜，潛隱內容會在夢中經過大幅演繹，那麼孩童對於童話的需求就不會那麼強烈。反過來說，如果成人童年時期不曾接觸那麼多童話故事，他的夢的內容和意義可能會比較貧乏，而透過作夢修復主宰人生能力的效果也可能較差。

與成人相比，孩童更缺乏安全感；他需要更多再保證才能確認，無論需要投入幻想，或是投入之後無法自拔，都不是缺陷。藉由講童話故事給孩子聽，父母可以讓孩子知道，爸爸媽媽認為童話所表現的孩童內在經驗是值得認可、合情合理，甚至「真實」的。這能讓孩子感覺，既然爸媽接受自己的內在經驗很真實而且重要，那也就意味著他們認為自己很真實而且重要。等到孩子日後長大，他就會和柴斯特頓懷著類似的感覺，「我堅信不移的最初和最後的人生哲學，是在嬰兒房裡學到的……我當時最相信的事物，以及我現在最相信的事物，稱為童話故事。」柴斯特頓或每個孩童能夠從童話中汲取的人生哲學就是：「人生不只是快感，也是一種怪異的特權。」這樣的人生觀和「符合現實」的故事要傳達的大相逕庭，卻是我們在人生中遭逢困厄時，比較有可能支持我們繼續勇往直前的人生觀。

前段引言出自《回到正統》（*Orthodoxy*）中〈精靈國度的倫理學〉（The Ethics of Elfland）的一章，柴斯特頓在此章強調童話故事隱含的道德觀：「〈巨人殺手傑克〉的啟示充滿俠義精神，就是巨人應該被殺，因為他們無比巨大。故事教訓主要是對於這種驕傲的反抗。……〈灰姑娘〉的啟示和《聖母讚主曲》相同——『主叫謙卑的人升高』（*exaltavit humiles*）。還有〈美女與野獸〉的珍貴啟示，告訴我們必先被愛才能去愛。……我關注的，是童話故事在我內心滋養出來的一種特定人生觀。」當柴斯特頓描述童話故事是「完全理性」的，他是將它們視為經驗，視為鏡面映照出內在經驗而非現實，而孩童正是如此理解童話故事。[25]

在大約五歲之後，孩童真正感受到童話故事帶來意義，正常的孩子都不會認為這些故事和外在現實一樣真實。小女孩會想像自己是住在城堡裡的公主，並且編織出各種天馬行空的幻想，但是當她聽到媽媽喊她去吃晚餐，她知道自己不是公主。孩子在公園裡遊玩的時候，偶爾會把洞穴當成藏著各種祕密的幽暗密林，但孩子知道那其實只是洞穴，就好像小女孩即使對洋娃娃自稱媽媽，而且像照顧孩子一樣和洋娃娃玩，但她知道娃娃並不是她的小孩。

有一些比較貼近現實世界的故事，開頭的場景是住家的起居室或後院，不是貧苦樵夫位在大片森林附近的小屋，裡頭的角色也很像孩童的父母親，不是飢寒交迫的樵夫夫婦或是國王和皇后，情節中則揉雜了符合現實的元素，願望實現及不可思議的片段。這樣的故事很容易讓孩童混淆對於什麼是真、什麼不是的認知。這類故事或許符合外在現實，但卻不符合孩童的內在現實，甚至會拉大孩童內在經驗與外在經驗之間的差異。它們也會讓孩童感覺和父母疏離，因為孩童會感覺到自己和父母住在不同的精神世界裡；雖然孩童和父母在「真實」的空間裡距離很近，但在情感上卻似乎暫時分住在兩塊不同的大陸。於是兩代之間出現隔閡，父母和孩子都會感到痛苦。

如果父母講給孩子聽的全都是「符合現實世界」的故事（這意味著與他的內在現實的重要部分不符），那麼孩子可能會做出結論，認為自己的內在現實中，大部分是不為雙親所接受的。許多孩童於是疏遠自己的內心世界，心靈也從此空虛。結果，等他成為青少年，情感上不再受父母影響之後，他就會開始憎恨理性世界，並且完全躲入幻想世界，就好像在彌補童年時期曾失去的。到了更年長時，這樣的狀況可能是與現實嚴重脫節的預兆，對於個體和社會都會造成危險。或者，情況沒有那麼嚴重，但他可能終生都將內在自我束縛起來，在世上一輩子從來不覺得完全滿足，原因就在於他的無意識過程遭到隔絕，因此無法利用它來豐富現實人生。這樣的人生於是既無「快感」，也無法成為「一種怪異的特權」。在意識與無意識分離的狀態下，現實世界中發生的一切，無法適切滿足無意識需求，結果就是他永遠覺得人生不完整。

當孩童不被內心活動完全壓倒，而且在各個重要層面都受到妥善照顧，這時候，他就能以符合他年齡的方式來生活，並且在遭遇問題時找出解決方法。然而，看著在遊戲區玩耍的幼童，我們就會發現這樣的時期有多麼短暫。

比較常見的情況，是孩童的內在壓力壓倒一切，這時候他唯一有可能在某種程度上控制內在壓力的方式，就是將它們外化。但問題就在於，如何將內在壓力外化，又不受外化過程宰制。對於孩童來說，要清楚釐清外在經驗的各個面向是很困難的，除非孩童獲得幫助，否則等到他的外在經驗與內在經驗混雜在一起，就根本不可能做到。光憑一己之力，孩童無法為內心活動建立秩序並找出意義。童話故事提供的角色，讓孩童用可控制的方式將內心活動外化。童話故事告訴孩童，他可以如何藉由某個角色體現他想毀滅一切的欲望，藉由另一個角色獲得想要的滿足，認同第三個角色，與第四個角色建立理想的依附關係等等，端看當下的需求來決定。

等到孩童藉由善良仙女體現了他的所有願望，藉由邪惡巫婆體現了他的毀滅性欲望，藉由貪婪的大野狼展現所有的恐懼，藉由冒險途中遇到的智者體現了自己良心的要求，藉由啄走宿敵眼珠的動物體現了自己的妒火，他就終於能夠開始釐清自己相互矛盾的意圖。一旦孩童開始釐清，他就能逐漸從鋪天蓋地、無從控管的混沌中脫身。

搖身一變：關於邪惡後母的幻想

Transformations: The Fantasy of the Wicked Stepmother

母親好的特質，在救援者身上誇大呈現，

母親壞的特質也在巫婆身上放大。

幼童所經驗的世界就是如此：

要麼至善極樂有如天堂，要麼是不折不扣的地獄。

不同成長經歷需要在適當的時間體驗，而童年正是學習銜接內在經驗和外在現實之間巨大差距的階段。對於那些童年時期沒有機會接觸童話故事和幻想，或抑制了相關記憶的成人來說，童話故事乍看似乎毫無意義、不可思議、恐怖嚇人，而且完全不可信。過往無法讓現實世界和想像世界達到統合的成人，對於童話故事興趣缺缺。但是，在人生中能夠成功地統合理性秩序和沒有邏輯可言的無意識，這樣的成人就會熱切回應童話的統合手法。在兒童眼中，還有像蘇格拉底一樣，知道最睿智者皆保有赤子之心的成人眼中，童話揭露了關於全人類和個人自身的真相。

❖ 童話幫助孩童處理相互矛盾的情感

在〈小紅帽〉裡，慈祥的外婆突然被貪婪的大野狼取代，牠威脅要吞噬孩子。客觀來看，這樣的變化多麼愚蠢，但又多麼可怕——我們可能會認為搖身一變的情節，不必刻畫得這麼可怕，在現實中根本不可能發生。但是從孩童經驗的觀點來看，慈祥的外婆因為看到他尿溼褲子，就忽然搖身一變，成了羞辱他、威脅他最根本自我的人物，這種可怕程度和童話故事相比，豈不是有過之而無不及嗎？在孩子眼中，這一刻的外婆和前一刻的外婆不再是同樣的人，她已經成了食人巨魔。原本那麼親切和藹的外婆，不但會帶禮物來，還比媽媽對他更體諒包容，從不呵斥責罵，怎麼可能好像完全變了個人？

孩子無法在外婆截然不同的表現之間找到任何一致處，所以在他的經驗中，就真的將外婆當成兩個不同的個體——滿懷慈愛的和具威脅性的。她確實是外婆，但**也是**大野狼。或者可以說，孩子藉由將外婆的形象一分為二，來保存心目中好外婆的形象。如果外婆變成狼，那當然很可怕，但是這樣一來就不至於抹煞外婆在他心目中的好。而且無論如何，就如故事告訴他的，以狼的形象現身只是片刻的事，外婆很快就會凱旋歸來。

同樣的，雖然母親通常是任孩子予取予求的保護者，但她如果邪惡到拒絕給予孩子他想要的，她也可能搖身一變成為冷酷的後母。

很多孩子面對難以處理或理解的關係時，常運用的解決方法就是將人物形象一分為二，以保持好的一面不受玷汙的方法，這也絕不是只有童話會採用的手法。有了這樣的手法，所有矛盾都能迎刃而解，正如以下這個案例中，一名大學生對於她幼時的一個偶發事件的印象所說明的。

女孩當時還不到五歲，有一天她和母親一起去超市，在超市裡母親對她大發脾氣。母親竟然如此對待她，讓她覺得大受打擊。在走路回家途中，母親仍舊怒氣沖沖地斥責她，說她一無是處。女孩於是認為這個邪惡的人只是**看起來**像她媽媽，而它雖然偽裝成她媽媽，但其實是個邪惡的火星人、長得很像的冒牌貨，它帶走了她媽媽、並且扮成她的樣子。從那時候開始，女孩在許多不同的場合裡，都認為這個火星人綁架了她媽媽，並且取而代之，對她施以真正的母親絕對下不了手的折磨。

火星人偽裝成母親的幻想持續了幾年，直到女孩七歲時，她鼓起勇氣設下陷阱打算捉住火星人。當火星人再次偽裝成母親，又要用極為邪惡的方式折磨她，她機智地質問對方，問起幾件曾發生在真正的母親和她自己之間的事。令她驚奇的是，火星人竟然全都答對，女孩一開始認為，這證明了火星人非常狡猾。但再試探兩、三次之後，女孩開始起疑，於是她向媽媽問起發生在她和火星人之間的事。等到女孩發現，很明顯地媽媽也很清楚這些事，火星人冒充媽媽的幻想便隨之破滅。

在女孩的安全感來自於母親總是慈祥和藹，從不發怒或拒絕自己的時期，女孩重新編排現實世界，才能滿足自己的需求。當女孩逐漸長大，更有安全感以後，母親的怒氣或是嚴厲批評，就不會再讓她大受打擊。由於女孩自己的人格統合已經建立，所以她不再需要確保安全感的火星人幻想，可以藉由測試幻想的真實度，將母親的雙重形象重新合而為一。

幼童總有些時候，需要將父母的形象分開成滿懷慈愛的和有威脅性的兩方面，才能感覺完全受到前者的庇護；但是，大多數孩童沒辦法像前述案例中的女孩，以有意識而且很機智的方式進行。面對母親忽然搖身一變，成了「長得很像的冒牌貨」的困境，大多數孩子無法自己找到解決方法。而童話裡因為有會突然現身幫助孩子找到幸福的好心仙女，所以儘管出現了「冒牌貨」或是「後母」，孩子還是能夠倖免於難。童話故事暗示著，好心的神仙教母隱身在某處，看顧著孩子的命運，隨時準備在危急時刻展現她的力量。童話故事告訴孩童，「雖然有巫婆，但千萬不要忘記，永遠都有好心的仙女，而且她們的力量更加強大。」同樣的故事也向孩童保證，窮凶極惡的大巨人永遠會被機智的小個子打敗，而小個子看似軟弱無力，就和孩童對自己的感覺一樣。幻想有火星人的女孩，很有可能就是看了某個小孩智取邪靈的故事，才鼓起勇氣試圖揭穿火星人的真面目。

在精神分析領域，這類普遍的幻想被稱為青春期孩子的「家世幻想」（family romance）[26]，這是正常青少年約略知道不是真的，但某種程度上仍然相信的幻想或白日夢。這類幻想的中心概念，是自己的親生父母另有其人，而且是地位崇高的大人物，自己是因為遭逢不幸，才會淪落到和聲稱是自己父母的平民百姓一起生活。這些幻想或白日夢呈現多種不同形式，常見的類型是，雙親中只有一方被認為是假冒的——此種形式和童話故事裡常出現的情境類似，即雙親中有一方是親生，但另一方則是後母或後父。孩童則抱持一廂情願的期待，希望有一天，無論是偶然或經過設計，真正的母親或父親就會出現，而自己也會光明正大地回復崇高地位，從此過著幸福快樂的日子。

這些幻想對於孩童是有助益的，它們讓孩子能夠真的對偽裝成媽媽的火星人或「冒牌父母」發怒，卻不會有罪惡感。孩童開始出現這類幻想的時候，通常是在罪惡感已經成為孩童人格構成的一部分，而孩童對父母生氣甚至瞧不起父母，感覺心中的罪惡感開始蔓延失控。所以，童話故事中將母親一分為二，成為好母親（通常已逝）和邪惡後母的典型作法，對於孩童而言就很好用。這種方法不僅讓孩童在現實世界的母親不是盡善盡美的時候，還能在心目中保存好母親，還容許孩童對壞「後母」發怒，卻不會傷害真的母親的好，因為真的母親和「後母」，在孩童的認知裡是兩個不同的人。於是，童話故事暗示了孩童可以如何處理相互矛盾的情感，不至於在幾乎還無法統合矛盾情感的階段就被完全壓倒。孩童關於邪惡後母的幻想，不僅讓好母親得以完整保存，也讓孩童無須為了對母親發怒的念頭和欲望而產生罪惡感，更可避免讓這樣的罪惡感，嚴重影響孩童和母親之間的良好關係。

好母親的形象，因為壞後母出現的幻想而得以保全，而童話故事也幫助孩童不至於因為經驗中遇到壞母親而大受打擊。只要母親一恢復和顏悅色，女孩幻想中的火星人就會立刻消失，同樣的，好心仙女也能在一瞬間就平復彌補壞心仙女做出的所有壞事。母親好的特質，在童話裡救援者身上誇大呈現，而母親壞的特質同樣也在巫婆身上放大。幼童所經驗的世界就是如此：要麼至善極樂有如天堂，要麼是不折不扣的地獄。

當孩童經驗到這樣的情感需求，他不但會將父母分成兩個形象，還會將自己也一分為二，並且一廂情願地相信這兩個人之間沒有任何共通之處。筆者認識幾個孩子，他們可以順利度過白天，卻會在夜裡尿床，而且他們醒來之後會一臉厭惡走到角落，信誓旦旦地說：「是別人在我的床上尿尿。」父母親一直都知道是孩子自己尿床，所以可能會以為孩子這麼說，是為了將過錯推給別人。實則不然，孩子口中那個尿床的「別人」，就是他自己的一部分，只是他們現在已經分道揚鑣，因此他的人格的這個面向，就真的成了他眼中的陌生人。如果向孩子堅稱尿床的就是**孩子自己**，便是在孩子還不夠成熟的時候，就將人格完整性的概念強加在孩子身上，而堅持這麼做，事實上會導致孩子的人格發展遲緩。為了發展出對自我的安全感，孩童需要在一段時間之內，將自我限縮成自己完全認可而且喜愛的面貌。等到一個讓他確信感到自豪的自我出現之後，孩童才能慢慢開始接受，自我裡也可能包含本質比較曖昧不明的面向。

正如童話裡的父母親會一分為二，分別代表滿懷慈愛和具威脅性兩種相反的情感，孩童也會將所有太過可怕、無法認可屬於自我一部分的壞行為外化，並且投射在「別人」身上。

❖ 許願故事的習題

對於母親有時候會被視為邪惡後母，童話也沒有忽略這點在本質上是有問題的，並且以獨特的方式警告人們不該任憑怒火沖昏頭。孩子很容易對親近的人產生厭惡之情，或是在不斷的等待中變得不耐煩，他通常會隱忍怒氣，激動地暗自許願，完全不考慮願望要是成真會帶來什麼後果。許多童話故事描繪了人們因為太想要某個東西，或是等不及想要的東西適時出現，在衝動之下魯莽許願的悲慘結局。兩種狀況都是兒童的典型心境，或許可以用《格林童話》裡的兩則故事來舉例說明。

在〈刺蝟漢斯〉裡，一個男人很渴望能有小孩，但卻因為妻子一直無法懷孕而十分挫折，最後他在情緒失控之下大吼：「我想要小孩，就算是刺蝟也沒關係。」願望成真了：他的妻子生了一個孩子，他的上半身是刺蝟，下半身是男孩。*

＊求子心切的雙親遭到懲罰、生下半人半獸怪嬰的母題由來已久，而且廣為流傳。例如在土耳其的一則故事中，所羅門王施法讓一個孩子恢復完整的人形。在這些故事中，父母親如果以無比的愛心和耐心照料外表怪異的孩子，孩子最終將回復迷人的外貌。

在〈七隻烏鴉〉裡，父親太過關心即將誕生的嬰兒，以至於將怒氣全部發洩在另外七個孩子身上。他派其中一個兒子去取幫女嬰洗禮用的水，其他六兄弟也陪同前往。父親因為等得不耐煩而發怒，他大喊：「希望這些兒子全都變成烏鴉！」——願望立刻實現了。

這些講述憤怒時所許願望實現的故事，如果到這裡就結束，那就只是警世故事，警告我們不要任憑自己的負面情緒失控，而這剛好是孩童無法避免的。但是童話比較睿智，不會期待孩童完成不可能的事，或是讓孩童為了忍不住在憤怒時許下願望而感到焦慮。童話只是務實地提出警告：因為憤怒或不耐煩失控會造成麻煩，童話也向孩童再保證，失控的下場只是暫時的，善心或善行，能夠將惡意願望造成的所有傷害一筆勾銷。刺蝟漢斯向一位在森林裡迷路的國王伸出援手，幫他順利返家。國王於是承諾，不管他回家途中第一個遇到什麼，都會送給漢斯作為獎賞，而國王第一個遇到的，是他的獨生女。公主不顧漢斯的外貌，還是嫁給他以實現父王的承諾。結

這些故事中蘊藏的心理智慧值得注意：無法控制情緒的父母，將生出不正常的怪嬰。在童話和夢裡，形體上的變異往往代表不正常的心理發展。在這些故事中，孩子的腰部以上到頭通常是獸形，而腰部以下則和常人無異。這意味著有問題的是頭腦，也就是心理，而非身體。故事也講述如果父母親保持足夠的耐心和毅力，能夠讓孩子完全沉浸在正面情緒裡，就有可能彌補孩子因為父母的負面情緒失控所受的傷害。憤怒的父母生下的孩子，其行為往往很像刺蝟或豪豬，看起來好像彷彿全身是刺，所以孩子半人半刺蝟的形象再貼切不過。

也有其他則警世故事提出如下警告：不要在怒火中燒時懷孕；不要以憤怒不耐迎接剛誕生的嬰孩。但就像所有優良的童話故事，這些故事也指示了彌補傷害的解方，而所用方法與今日最出色的心理學見解異曲同工。

婚之後，漢斯終於在新房床上變成完整的人形，最後他也繼承了王位。＊〈七隻烏鴉〉裡的么妹在不知情的狀況下害哥哥們變成烏鴉，她走遍天涯海角，做出很大的犧牲，終於解開他們身上的咒語。烏鴉全都恢復人形，全家人也回復幸福的生活。

這些故事告訴讀者，儘管惡意願望招致惡果，但只要抱持善心和努力不懈，一切就能重回正軌。也有其他故事更進一步告訴孩童，許下這種願望也不用怕，因為雖然短時間內會有不好的下場，但是長遠來看一切都不會變：在所有願望都實現之後，一切都和許願之前毫無分別。這類故事在世界各地都有很多變形版本。

在西方世界以許願為母題的故事裡，〈三個願望〉很可能是最為人所熟知的一則。這類故事中最簡單的形式，是一個男人或女人，因為好心幫助陌生人或動物而獲得獎賞，可以實現幾個願望，通常是三個。在〈三個願望〉裡，一個男人有幸得到許願的機會，但是他毫不珍惜。男人回家之後，妻子端出每天晚餐喝的湯，「他看了就說：『又喝湯，真希望能換成黑血腸。』黑血腸馬上就出現了。」妻子質問他究竟是怎麼一回事，他說出當天的經歷。妻子想到他竟然將願望浪費在這種小事，氣得大喊：「我希望黑血腸跑到你頭上。」這個願望也立刻實現。「『用掉兩個願望了！我希望頭上的黑血腸消失。』男人說。於是三個願望都用完了。」[27]

這些故事一方面警告孩童，魯莽許願可能造成的不幸後果，同時另一方面又向孩童保證，

＊這是動物新郎系列故事的典型結局，將在後續與此類型故事一併討論（見頁四〇八及以後）。

只要真心誠意地想要彌補惡果、並做出努力，這種願望最後幾乎不會造成太大的影響。或許更重要的是，就我所知，所有在憤怒時許願而遭遇不幸後果的故事中，許願者都是大人，沒有一個是孩童。這個事實暗示了，成人要為自己的怒氣或愚行負起責任，但是兒童不用。童話故事裡的孩子如果許願，他們只會許願讓好事發生，他們會在因緣際會，或是好心的仙子精靈相助之下實現願望，而且結果往往比他們原本滿心期待的更加美好。

這就好像童話故事雖然承認發怒是人的本性，但只期待成人能夠充分掌控自我，不讓自己的負面情緒失控，因為他們在勃然大怒之下許的願都會成真。但是童話中也強調，如果孩童抱持**正面**的心願或想法，那麼將會帶來美好的結果。童話裡的孩子不會因為境遇悲慘就許願報復，即使他有充分的理由希望壞事發生在那些迫害他的人身上，他也只會祈求美好的事物。白雪公主從未有過任何詛咒邪惡皇后的惡念；灰姑娘完全有理由希望兩個繼姊為了她們的惡行遭到懲罰，但她卻祈願她們能夠參加舞會。

❖ 童話鼓勵孩童相信自己小小的真實成就

即使只是落單幾小時，孩童也可能覺得遭到殘酷的虐待，彷彿這輩子都被人忽視和拒絕。但接著，當他看到媽媽滿面笑容出現在門口，可能還帶了要送他的小禮物，他的人生又會突然變得無比幸福。還有什麼事能比這更神奇呢？如果不是魔法，他的人生怎麼可能因為這麼簡單的一

件事就改變呢？

儘管**我們**感受不到孩童的知覺，孩童確實在生活中的各方面，都會經歷事物本質的劇烈變化。想想看孩童和無生命物體的互動，有些物品像是鞋帶或玩具，會讓孩童極度受挫，甚至到讓孩童覺得自己是大傻瓜的程度。但下一個時刻，物品就像被施了魔法一樣，變得很聽話而且任憑孩童指揮，於是孩童又從世界上最沮喪挫敗的人，變成世界上最快樂的人了。這難道不能證明物品具有魔力的特質嗎？有不少童話故事講述主角的人生，如何因為找到魔法物品而改變，有了魔法物品，連最傻的么弟也能變得比原本受寵的兄長們更聰明，而覺得自己像醜小鴨的孩子無須絕望，因為有朝一日他會長成美麗的天鵝。

年幼的孩子能夠獨力做到的極為有限，他會因此覺得失望，甚至絕望到自暴自棄。童話故事極力預防這樣的狀況，即使是最微不足道的成就，也特別予以讚頌，並且暗示最美好的結果可能就是由此而生。日常生活中可能發生的小事，諸如找到壺罐或瓶子（例如在《格林童話》裡的〈瓶中精靈〉）、友善對待動物或是受到動物幫助（〈穿長靴的貓〉）、和陌生人分享麵包（《格林童話》裡的另一則故事〈金鵝〉），都可能成就大事。童話便是這樣鼓勵孩童，讓他相信自己小小的真實成就很重要，即使他當下可能還未領悟。

我們必須培養孩童對於這些可能性抱持信念，孩童才能接受幻滅，但又不至於被徹底擊潰。此外，孩童也可能面臨另一項挑戰：如何對於離家之後的人生抱持信心。童話中的例子為孩童提供了保證，告訴孩童他在外頭的世界奮鬥時會受到幫助，只要他持續努力，最終就能獲得成功。

同時，童話強調這些事件都是很久很久以前，在很遙遠的地方發生的，並且表明它提供的是希望的養分，而非關於今時今地的世界的寫實記述。

孩童能夠直覺地了解，雖然這些故事**不符現實**，但並非**不真實**的。他知道故事內容在現實生活不會發生，但必定會在人格發展過程中成為內在經驗；也知道童話透過想像和象徵的方式，描繪成長和達到獨立自主的關鍵階段。

童話故事毫無例外地指出通往更美好未來之道，但是故事聚焦於改變的過程，而非描繪最後獲得的幸福的精確細節。故事從孩童當下所在出發，暗示了他必須去的地方——重點則放在過程本身。童話甚至能夠告訴孩童，如何披荊斬棘穿越最多刺難行的灌木叢：伊底帕斯時期。

將秩序帶入混沌

Bringing Order into Chaos

童話指出的，不僅僅是將孩童經驗中，
相異且令人困惑的層面，隔絕區分成對立的二元，
更將它們投射於不同的角色。

在進入伊底帕斯情結時期的前後，差不多三歲到六或七歲之間，孩童所經驗的世界是混沌無序的，但這只是從成人的觀點出發所見，因為混沌暗示著孩童知曉事情的狀況。如果孩童只能以「混沌」的方式經驗世界，那麼他就會接受世界便是一片混沌。

聖經的語言表達了人類內心最深處的感覺和最透徹的洞見，其中描述最初的世界「空虛混沌」，而聖經也揭示了破除混沌之道，即神「把光暗分開了」。在伊底帕斯時期，孩童為了對父母愛恨交織的情結而受困掙扎，外在世界對他來說於是蘊含了更多意義，他也開始試著去理解。對於以混沌無序觀看世界，孩童不再認為是理所當然，也不相信那是唯一可能、而且適合的方式。他開始將秩序帶入自己的世界觀，而採用的方法就是將一切區分成對立的二元。

在伊底帕斯時期後期及之後的時期，這樣的二元對立法會延伸到孩童自身。孩童和我們一樣，任何時刻都處在揉雜成一團的矛盾情感之中。成人已經學會如何加以統合，孩童卻完全無力抵抗這些相互衝突的情感。在他的心中愛與恨交纏、欲望和恐懼相混，而他經驗到的就只是無以名狀的混沌。他沒辦法處理既是好和服從，同時也是壞和反抗的情感，即使他自己就是如此。由於孩童還無法理解兩個極端之間，存在著強度不等的中間過程，所以他眼中的事物不是完全光明，就是完全黑暗。人不是勇敢無畏，就是滿懷恐懼；只有最快樂或最悲慘，最美麗或最醜陋，最聰明或最愚蠢；愛恨分明，沒有任何中間地帶。

童話故事也是這樣描繪世界：角色若非窮凶極惡，就是無私至善；出現的動物可能只想吃掉主角，抑或全力幫忙。每個角色本質上都只有單一面向，讓孩童能夠輕鬆理解其行為和反應。

透過簡單直接的意象，童話幫助孩童理清複雜矛盾的情感，於是這些情感之間開始有所區隔，而非全部纏混成一團。

孩童聆聽童話故事時，開始有了這樣的想法：如何能在內在生活的混沌中創造秩序。童話指出的，不僅僅是將孩童經驗中，相異且令人困惑的層面，隔絕區分成對立的二元，更將它們投射於不同的角色。想要理解我們內心裡共存的那些不可思議的矛盾情感，佛洛伊德找到的最佳解方，就是為人格的各個層面創造不同象徵。他將這些象徵命名為「本我」、「自我」和「超我」。如果連我們成人都必須訴諸創造不同的實體，才能為混沌的內在經驗帶入某種理性秩序，那麼可以想像孩童對此的需求會有多麼強烈！今日成人利用「本我」、「自我」、「超我」和「自我理想」（ego-ideal）等概念，去區隔內在經驗，並得以對這些概念有更深入的了解。不幸的是，我們在這麼做的同時，反倒遺忘了童話隱含的意旨：這些外化都是虛構的，只有在理清和了解內心活動時有用。＊

＊將內心活動分別稱為「本我」、「自我」和「超我」，就讓它們成為具備獨特傾向的不同實體。當我們考慮到對於大部分人來說，這些抽象的精神分析術語，如何具備情感上的隱含意義，我們就會發現這些抽象概念，和童話故事裡的擬人化意象，其實並沒有太大的差異。當我們論及自私、不理性的「本我」指使虛弱的「自我」，或是「自我」聽從「超我」的指揮，這些很學術的明喻，其實和童話裡的寓言並沒有太大的不同。在童話裡，貧窮弱小的孩子面對的，是法力強大，而且所作所為只受一己欲望驅動、毫不考慮後果的巫婆。在《格林童話》中〈勇敢的小裁縫〉裡，弱小的裁縫試著藉由唆使兩個強大的巨人互鬥來打敗他們，難道不像是虛弱的自我在做的嗎：讓「本我」和「超我」相互對抗，讓打對台的兩者能量互相抵銷，再藉機以理性控制兩股不理性的力量？

有些童話的主角是年紀最小的孩子，或者在故事開始時特別被叫做「傻瓜」或「蠢蛋」。這是童話的一種處理手法，用來呈現「自我」剛開始與內在世界的各種驅力搏鬥，以及面對外在世界的種種難題時，虛弱無力的原始狀態。

童話中常常將「本我」以某種動物的形態呈現，代表人類的動物性，與精神分析的觀察不謀而合。童話裡的動物可以分成兩種形態：一種危險而且具毀滅性，像是〈小紅帽〉裡的大野狼，或是《格林童話》中〈兩兄弟〉裡威脅每年都要將一名處女獻祭給牠，否則就摧毀整個王國的惡龍；另一種睿智而且熱心助人，為主角提供指引和救助，例如〈兩兄弟〉裡有一群動物幫忙讓主角起死回生，並且讓他獲得應得的獎賞：迎娶公主和繼承王國。不管是危險或熱心的動物，都代表我們的動物性、發自本能的驅力。危險的動物象徵未受馴化的「本我」，蓄積了滿滿的危險能量，還未屈從於「自我」和「超我」的控制。熱心助人的動物象徵我們的自然能量，仍然是「本我」，但會用來為整體人格的最佳利益服務。童話中還有一些動物象徵「超我」，通常是鴿子之類的白色鳥兒。

如果現代人能夠隨時察知，這些抽象概念不過是便利的工具，用來操縱不經過外化就難以理解的意念，那麼或許就能避免對於理解心理活動產生種種謬誤。當然，這些意念實際上是不可分離的，就好像心靈和肉體也不可能真正分離。

〈女王蜂〉：人格統合的境界

"The Queen Bee": Achieving Integration

當我們的人格達到統合，我們就能完成奇蹟般的成就。
童話傳達的，絕不是動物性受到「自我」或「超我」馴服，
而是揭示每個元素都必須適得其所。

如果將最複雜的內心過程外化投射，形成的意象將無比豐富，任何一則童話故事都無法完整呈現。但是《格林童話》中鮮為人知的〈女王蜂〉，卻運用象徵手法，充分呈現人格進行統合與陷入混亂瓦解之間的掙扎。以蜜蜂來代表我們本性中相反的兩個層面格外適切，因為孩子都知道，蜜蜂既能製造甜美的蜂蜜，也會螫人帶來痛苦。孩子也知道，蜜蜂辛勤工作，採集花蜜並製造蜂蜜，這是牠們正面積極的面向。

在〈女王蜂〉裡，國王的長子和次子出外闖蕩，他們過著荒唐放縱的生活，出門許久不曾回家。簡言之，他們過著由「本我」宰制的人生，毫不在意現實環境的需求或「超我」的正當要求和批評。第三個、也是最小的兒子，是別人口中的「呆頭」，他出發尋找兄長，不屈不撓之下尋人成功。但是哥哥們嘲笑他，認為他們比他聰明多了，但腦袋簡單的他竟然以為可以過著比他們更好的生活。表面上看來，哥哥們的話是對的：隨著故事進行，三兄弟全都沒辦法完成受指派的艱難任務，意味著呆頭和哥哥們一樣無法主宰人生——唯一的例外，是弟弟能夠向自己的內在資源尋求支援，在故事裡就是以熱心的動物作為代表。

三兄弟跋山涉水，來到一座蟻丘。兩個哥哥只是想看螞蟻驚慌奔逃，就想摧毀蟻丘，但是呆頭不同意，他說：「讓動物平靜生活吧，我不准你們打擾牠們。」接著他們來到一座有鴨子悠游的湖邊，哥哥們滿腦子只想找樂子和滿足自己的口腹之欲，想要抓幾隻鴨子烤來吃，也被弟弟勸阻了。三兄弟繼續前進，走近一個蜂窩，哥哥們為了取得蜂蜜，就想放火燒掉蜂窩所在的樹木。弟弟再次阻攔他們，他仍然堅持不應該打擾或殺害動物。

三兄弟最後走到一座城堡，所有人和物都變成石頭，或者彷彿死去一般沉眠，只有一個灰色的小矮人例外，他領三兄弟進城堡，給他們食物，並且備好床鋪讓他們過夜。隔天早上，小矮人交給大哥三個任務，每個任務限一天之內完成，以解除城堡和所有人和物身上的咒語。第一個任務是收集散落隱匿在森林裡苔蘚層中的一千顆珍珠，小矮人警告大哥，如果他失敗了，就會變成石頭。大哥挑戰失敗，二哥也遭遇同樣的命運。

輪到呆頭的時候，他發現自己的能力也不足以完成任務。挫敗的他坐倒在地，大哭起來，這時候五千隻曾受他救命之恩的螞蟻趕來幫忙，為他收集到所有珍珠。第二個任務是從湖裡取出國王女兒臥房房門的鑰匙，這次來的是呆頭救過的鴨群，牠們潛入湖中找出鑰匙後交給呆頭。最後一個任務是從三位沉睡的公主裡，辨認出最年輕可愛的一位。三位公主看起來幾乎完全一樣，因為呆頭才平安無事的蜂窩女王蜂前來幫忙，她停在小公主的嘴唇上向呆頭示意。呆頭完成三個任務之後，咒語解除，石化魔法隨之失效。所有被施法石化或沉睡的都恢復正常，包括呆頭的兩個哥哥。呆頭娶小公主為妻，最後繼承了王位。

兩個哥哥不回應人格統合的需求，因此也無法完成現實環境交付的任務。他們只對「本我」的驅策有感，對其他都毫無反應，因此變成石頭。和許多其他童話故事一樣，石化並不代表死亡，只是象徵缺乏真正的人性，無能回應更高境界的價值。換言之，一個人如果對人生中最具正面意義的一切，都不理不應如槁木死灰，就跟變成石頭沒有兩樣。呆頭（代表「自我」）儘管具有仁德之心，他也服從「超我」告訴他，擾亂動物或無故殺生是不對的，但他和他的兄長一樣，都無法符合現實世界的要求（以必須完成的三個任務來代表）。唯有等到動物性被友善對待，其重要性獲得認可，並且與「自我」、「超我」和諧共處，動物性才能施展力量供整體人格運用。於是當我們的人格達到統合，我們就能完成奇蹟般的成就。

童話傳達的，絕不是動物性受到「自我」或「超我」馴服，而是揭示每個元素都必須適得其所。呆頭如果沒有本著良心（即「超我」）保護動物，這些「本我」的代表也絕對不會前來救援。三種動物剛好也代表不同的元素：螞蟻代表大地，在水裡游的鴨子代表水，飛在空中的蜜蜂代表空氣。只有當三個元素，或者說人類本性中的所有層面，合作無間，才能獲致成功。當呆頭順利完成三個任務，象徵著完全達到統合；而成為國王，就是以童話語彙表示他從此主宰自己的命運。

〈小弟弟和小姊姊〉：人類本性中的二元統合

"Brother and Sister": Unifying Our Dual Nature

只有擺脫了自私、毀滅傾向、和不公不義，
我們人格中的不同層面，才能達到統合；
而且，還需要我們完全成熟長大。

在《格林童話》的這則故事裡，就像許多以兩個手足的歷險為主軸的故事，主角分別代表「本我」、「自我」和「超我」的迥異本質，而故事的主要訊息就是，這三者必須達到統合才能邁向幸福人生。這類故事同樣呈現人格達到統合的必要性，但方式和〈女王蜂〉不同。在這則故事裡，手足之一因為「邪惡魔法」而變成動物，另一人則保持人形。以這樣的意象來呈現我們的矛盾特質，確實精確生動又富說服力，畢竟連最早期的哲學家，也將人視為兼具動物和人類的本性。

在人生中大部分的時間，只要我們還未成功達到或維持心理統合的時候，內心世界的這兩個層面就會互相交戰。年幼的時候，無論當下感覺到什麼，都會延續到我們完整的一生。當孩童意識到，自己對於某件事會同時抱持兩種不同的感覺，例如他既想伸手拿餅乾，又想聽媽媽的話不去拿，他會感到困惑。要理解這樣的二元性，就必須對心理活動有所認識，描繪人類本性中的二元本質的童話故事，正能夠提供極大幫助。

❖ 達到自我實現的探索之旅

這類故事剛開場的時候，兩個手足之間並無差異：他們同住一處，所思所感也相同，簡言之，他們是不可分離的。但接著，在成長過程中的某個時刻，其中一人變成動物，而另一人維持人形。在故事最後，變成動物的又恢復人形，兩人團聚，從此不再分離。童話便是如此以象徵的方式，處理人格發展的扼要步驟：孩童的人格起初處於毫無區隔的階段，接著開始有所區分，發展出「本我」、「自我」和「超我」。在長大成熟的過程中，這三者儘管互斥相抗，但必須達到統合。〈小弟弟和小姊姊〉的故事講道：「小弟弟牽著小姊姊的手，他說……『來吧，我們一起出發前往廣大的世界』」，他們要逃離不再幸福的家。「他們走了一整天，橫越草原、田野和大片岩地；下起雨的時候，小姊姊說：『老天和我們的心都在落淚。』」

這裡的情節和很多故事一樣，被趕出家門代表必須自立自強。要達到自我實現就必須離開家的軌道，這個經驗萬分痛苦，而且充斥各式各樣的心理危機。但這樣的發展過程無可避免，所受的痛苦則以孩子對於被迫離家感到不快來代表。這則童話故事也不例外，以主角在旅程中遭遇的重重險阻，來象徵過程中的心理危機。在這則故事中，小弟弟是本質上無可分割的整體之中，遭遇危險的那部分，而小姊姊則是拯救者，象徵一個人與家隔絕之後受到的母性關愛。

童話告訴孩子，因為我們必須找到個人的身分認同，所以要忍受痛苦並且冒險嘗試。這一點毫無疑問，而且儘管困難重重，最終保證可以獲得幸福快樂。雖然不是每個孩子都能夠、或將會繼承王國，但是孩子只要理解童話的訊息，並且為訊息賦予個人意義，就能為內在自我找到真正的家。藉由理解自己的心靈，他將主宰內心世界的廣大疆域，並因此受益良多。

再回到〈小弟弟和小姊姊〉的故事：小姊弟次日在野外遊逛時來到一座泉水旁，弟弟想要取泉水來喝，但是姊姊不受「本我」（發自本能的壓力）驅使，她聽到泉水正在低語：「喝了我的人會變成老虎。」在姊姊的請求下，弟弟儘管口渴難耐，還是忍住沒有去喝泉水。

弟弟被「本我」宰制，已經準備好放任自己不顧任何代價，要追求（喝水）欲望的立即滿足，而姊姊代表人格結構中更高的層次（「自我」和「超我」），她向弟弟提出警告。但弟弟假如屈從於「本我」施加的壓力，他就會變得自私、狂暴有如猛虎。

姊弟經過另一座泉水，這座泉水的魔力是將喝水者變成狼。代表「自我」和「超我」的姊姊再次認知到追求欲望立即滿足的危險，說服弟弟忍住口渴。最後他們來到第三座泉水旁，泉水喃喃訴說，若是屈服於「本我」欲望，獲得的懲罰就是變成鹿。鹿是比較溫和的動物，由此，可看到延遲欲望所達到的成效。延遲就是在某個程度上，服從我們內心機制的種種約束。但隨著「本我」施加的壓力（弟弟口渴的感覺）增強，它終於凌駕於「自我」和「超我」的約束：姊姊的勸誡無法再發揮控制力，弟弟喝下泉水，變成一隻小鹿。＊【28】

姊姊發誓絕對不會離開變成小鹿的弟弟，她象徵著「自我」控制，她雖然也很渴，卻能約束自己不喝泉水。她解下金色襪帶套在小鹿頸上，又摘了一些燈心草編成柔軟繩帶拴住小鹿。金色襪帶代表非常正面的私人牽繫，唯有它能讓我們放棄屈從於自私的欲望，達到更高層次的人性。

小姊姊和小鹿繼續前進，在穿過森林途中，她們來到一座很多童話裡常見的林中廢棄小屋。小屋為他們遮風擋雨，一人一鹿就住了下來。姊姊用樹葉和苔蘚為鹿鋪了一張床，每天早上她出

＊比較〈小弟弟和小姊姊〉和〈漁夫與精靈〉兩則故事可知，孩童必須反覆聆聽和消化大量的童話故事，才能充分吸收其中的豐富涵義。精靈完全受制於「本我」的壓力，想要毀滅拯救他的人，結果就是回到壺裡永遭禁錮，而〈小弟弟和小姊姊〉則呈現了能夠控制「本我」壓力的益處。動物的凶猛程度由老虎、狼到鹿逐漸遞減，象徵著在孩童還無法完全控制「本我」的時期，即使只是很有限地約束「本我」，都能朝更高的人性邁進。

門採集食物，她自己吃植物的根和莓果，餵小鹿吃嫩草：這意味「自我」負責提供個人所需。只要「本我」照著「自我」的要求行事，一切都會很順利。「要是弟弟還是原本的人形，這樣的生活就再美好不過了。」

❖姊弟兩人面臨的三次考驗

但在人格達到完全統合之前，「本我」（發自本能的壓力、我們的動物性）與「自我」（我們的理性）終究無法和平共處。童話告訴我們，當動物性受到強烈擾動，原本的理性控制就失去了約束力。姊姊和小鹿弟弟一起在森林裡過了一段快樂的日子之後，碰上當地國王舉行的盛大狩獵活動。小鹿聽見號角響聲、獵犬狂吠和獵人興奮的高喊，他跟姊姊說：「讓我出門加入狩獵吧，我實在忍不住了。」弟弟苦苦哀求，最後姊姊同意了。

狩獵第一天一切順利，小鹿在入夜時回到安全的小屋待在姊姊身邊。次日早上，他又聽見誘惑力十足的打獵喧鬧聲，他焦躁不安，再次懇求姊姊讓他出門。那天傍晚，他的一腿受了輕傷，但他一拐一拐地勉強走回小屋。然而這次，一名獵人注意到他頸上的金色襪帶，便向國王報告。國王意會到襪帶的意義，於是下令隔天追捕這隻鹿，但是不能傷害到牠。

在小屋裡，姊姊幫弟弟敷藥包紮。隔天，儘管姊姊聲淚俱下地哀求，小鹿還是強行離家。晚上小鹿回到小屋，卻將國王也引來了。國王對貌美的姊姊一見鍾情，要求娶她為妻，姊姊答應了，唯一的條件是小鹿要和他們同住。

後來很長的一段時間，他們一起過著幸福快樂的生活。但就像童話裡常發生的，同樣的考驗重複三次（小鹿連續三天出外遭人獵捕），還不足以達到最終結局。弟弟已經通過考驗，受到啟蒙來到更高的人生境界，但是姊姊還沒有。

一切平靜如常，直到有一天國王出外打獵*，已成為王后的姊姊誕下一子。

王后在國王不在時產子，暗示在人生中最大奇蹟這樣的過渡階段，即使親如丈夫能幫上的忙也很有限。生產代表由女孩成為母親的內在變化，和所有重大的變化一樣，過程中危機重重。現在這些危機主要是心理上的，但在古代，女人的性命在生產時可說危在旦夕，很多產婦都在生產當下或之後喪命。這些危機在故事中以巫婆繼母的形象具現。這個巫婆是小姊弟的繼母，她在王后產子之後，偽裝成侍女進入王宮。巫婆引誘產後病弱的王后去盆中沐浴，伺機悶死她，之後讓親生的醜女兒躺到寢宮的床上偽裝成王后。

午夜時分，王后的鬼魂再次出現在嬰兒房，她將嬰孩抱在懷中為他哺乳，也不忘照顧小鹿。照顧嬰孩的保姆全都看在眼裡，但她暫時隱忍，並未告訴任何人。又過了一陣子，王后在午夜回來探望孩子時開口說話了：

---

*童話故事裡的打獵不應理解為濫殺動物，而是象徵親近自然及與自然和諧共處的人生，一種與更原始的存有一致的生存狀態。在很多故事如〈小紅帽〉裡，獵人都是熱心助人的角色。儘管如此，這則故事中國王外出打獵，表示他屈從於更原始的傾向。

吾兒你可安在？吾鹿你可安在？
只剩最後兩次，從此不再回來。

保姆向國王和盤托出，第二天晚上國王整夜未睡，終於親眼見到同樣的事情發生，只是王后這次說只剩最後一次探訪了。到了第三個晚上，當王后說出她再也不會回來，國王再也按捺不住，向她喊道她是他最親愛的妻子，王后聽了便死而復生。

正如弟弟三次試著想喝泉水，變成小鹿之後三次跑出小屋參加狩獵，死去的王后也三次在探訪孩子時說出詩句。然而，雖然王后起死回生並與國王團聚，但她的弟弟還是保持鹿形。要等到巫婆被燒成灰、正義獲得伸張，小鹿才終於回復人形，「姊弟從此幸福快樂地生活在一起，直到人生盡頭。」

故事末尾對於王后和國王或和兒子一起的生活隻字未提，因為兩者都不重要。〈小弟弟和小姊姊〉真正關注的，是人最終能否擺脫鹿所代表人類本性中的動物性，以及巫婆代表的自私傾向，讓人性特質能夠充分發展。姊姊還是人形而弟弟卻變成小鹿，意味著人性本質中的歧異，等到弟弟恢復人形和姊姊團聚，表示歧異的二元透過人格統合為一。

故事最末結合了兩股思路：只有擺脫了自私、毀滅傾向、和不公不義，我們人格中的不同層面，才能達到統合；而且，還需要我們完全成熟長大，在故事中，是以姊姊產下一子和發展出母性關愛來象徵。故事中也暗示了人生中的兩次劇變：離開原生家庭，以及創建自己的家庭。在這兩個階段裡，我們最有可能遭遇瓦解的危機，因為都必須放棄舊的生活方式，才能順利建立新的生活方式。在故事中的第一個轉捩點，弟弟暫時完全無力抵抗，而在第二個轉捩點則換成姊姊。

故事雖未明白點出內心的轉變演進，但卻暗示了其本質：為我們帶來救贖、讓我們恢復人性的，就是對於所愛之人的關懷。王后半夜來訪時，並不是要滿足自己的任何欲望，只因擔憂那些依賴她的人，即她的孩子和小鹿。這意味著她已經成功地從妻子轉換成母親，因此得以在更高的人生境界重生。弟弟屈從於本能欲望的驅使，反觀姊姊則在「自我」和「超我」驅動之下，全心關注自己對於他人的責任義務，兩者之間形成的對比，清楚呈現為了達到人格統合而奮鬥，以及最終獲勝的意義所在。

〈水手辛巴達與搬運工辛巴達〉：幻想與現實之爭

"Sindbad the Seaman and Sindbad the Porter": Fancy versus Reality

人生一方面在現實生活中辛勤度日，

一方面經歷多采多姿的冒險，

就好像兩個辛巴達既相同又不同。

童話故事中的不同角色，常常是人格中迥異層面的投射，例如《一千零一夜》裡〈水手辛巴達與搬運工辛巴達〉中的兩個角色。[29]這個故事常簡稱為〈水手辛巴達〉，偶爾也被稱為〈辛巴達歷險記〉，由此可知，如果不知道故事真正的標題，對於故事的核心涵義也就難免一知半解。經過簡化或更動的標題強調了故事驚奇的面向，但大大抹煞了它在心理層面的意義。真正的標題卻讓人立刻聯想到，故事要講的是同一個人人性中相反的兩個層面：一個層面催促他遁入處處是冒險和驚奇的遠方世界，另一個層面則把他綁在日常俗務之間；前者是依循快感原則的「本我」，後者是展現現實原則的「自我」。

故事一開始，貧窮的搬運工辛巴達在一間美輪美奐的屋宅前休息。想著自己的境遇，他自言自語：「這裡的主人享盡榮華富貴，嚐遍山珍海味、好肉美酒……而其他人卻受盡勞役折磨……就像我這樣。」這句話將為了享樂盡歡而活的人生，與為了生存所需而活的人生並置。為了確保聽故事者明白，這段話指涉的是同一人的兩個不同面向，辛巴達如此評論他自己和身分未明的豪宅主人：「我與你同源，我的來處即你的來處。」

在我們了解，這兩個角色其實是同一個人的不同形式之後，搬運工受邀進入豪宅，接下來七天，主人接連講述七趟充滿驚奇的航海歷險。他在航程中遭遇常人難以想像的苦難，但都奇蹟般地獲救，最後帶著大筆財富回到家鄉。在關於冒險的敘述中，為了進一步強調貧窮搬運工和富有水手其實是同一人，主人提到：「搬運工啊，須知你的名字與我相同」，還有「你便是我的兄弟」。水手將驅使自己追尋冒險的動力稱為「我內心的老壞蛋」，和「肉欲之人……其本心偏向邪惡」，都恰如其分地勾勒出一個人受到「本我」驅使的形象。

這則故事為什麼包含七個部分，故事裡的兩個主角又為什麼要每天分開、隔天重聚呢？七是一週包含的天數，七這個數字在童話裡往往代表一週的每一天，也象徵一生中的每一天。所以這個故事似乎告訴我們，只要我們活著，人生就會有兩個不同的層面，一方面在現實生活中辛勤度日，一方面經歷多采多姿的冒險，就好像兩個辛巴達既相同又不同。另一個解讀方式，是將兩種完全不同的人生，視為人生的日景與夜景，視為清醒與夢境，現實與幻想，或心靈中的意識與無意識疆域。如此看來，辛巴達的故事主要講述了，從「自我」和「本我」這兩個截然不同的角度，看到的人生會有多大的差異。

❖「自我」和「本我」的統合

故事開場時敘述，搬運工辛巴達「背上的貨物沉重，疲累不堪的他被熱氣和重擔壓得喘不過氣。」他想到自己一生困厄，不禁悲從中來，想像有錢人都過著什麼樣的好日子。水手辛巴達的故事，可視為窮苦搬運工為了逃避艱辛人生而沉迷其中的幻想，就好像為了實行種種任務而累壞的「自我」，放任自己受「本我」宰制。「本我」與依從現實原則的「自我」相反，剛好是我們最狂野的願望所在，這些願望可能帶來滿足，也能導致極端險境，水手辛巴達的七趟航程便是它們的具象呈現。水手辛巴達在自己口中「內心的老壞蛋」支使之下，追求驚奇冒險，陷入夢魘般的險境：遇上將人類做成肉串烤來吃的巨人，被邪惡生物當馬騎，威脅要將他生吞的大蛇，還有巨鳥載他飛過天際。最後實現願望的幻想，勝過呈現焦慮的幻想，辛巴達獲救，帶著大批財寶回家過著閒適安逸的生活。但人每天還是要達到現實世界的要求，「本我」我行我素了一段時間之後，「自我」重占上風，搬運工辛巴達又回歸刻苦的日常生活。

故事中將人格中矛盾雙重的兩面隔離開來，分別投射在不同的角色上，藉此幫助我們更了解自己。當發自本能的「本我」壓力，被投射成單獨生還、且帶回稀有寶藏致富的大膽水手，而符合現實原則的「自我」傾向，卻以辛苦的貧窮搬運工形象來呈現，我們就更容易想見人格矛盾雙重的特質。搬運工辛巴達（代表「自我」）所欠缺的，無論是想像力或高瞻遠矚的能力，都剛好是水手辛巴達擁有太多的，後者曾說他無法滿足於「輕鬆舒適且恬靜」的正常生活。

當故事暗示，這兩個截然不同的角色其實「骨子裡是兄弟」，就是引導孩童在前意識的層面認識，這兩個角色其實是同一個人的「本我」和「自我」，是人格中不可或缺的兩個部分。這則故事的優點之一，在於水手辛巴達和搬運工辛巴達兩個角色同樣迷人，這意味著，我們本性中的兩個層面仍保持各自的魅力、重要性和真實性。

我們心中種種複雜的心理傾向，如果無法在某種程度上加以區分，我們就不能理解對於自身的困惑是從何而來，也不能理解我們是如何受到完全相反的情感拉扯，但又需要將這些情感統合。要達到統合，我們就必須先理解人格具有哪些互相矛盾的層面。〈水手辛巴達與搬運工辛巴達〉既暗示了我們內心世界相互衝突的層面是各自孤立的，也提醒了它們無法分割，必須經過統合，所以兩個辛巴達每天分開，但是每次分離之後都會團聚。

如果單獨看這則故事，會發現它的結局相對不足，因為故事最後並沒有以象徵手法，呈現將人格中迥異的層面加以統合的必要性。故事中將人格的不同層面分別投射在兩個辛巴達身上，如果是西方世界的童話故事，會以兩個辛巴達從此一起過著幸福快樂的日子作結。但故事結尾卻是兩兄弟每天分開又再相聚，不但讓聽者有點失望，甚至會疑惑兩兄弟為什麼要這麼做。表面上看來，結局如果是兩個人決定住在一起，過著和樂融融的生活，似乎比較合理，因為這象徵著主角成功達到內心統合。

但故事如果這樣結束，就沒有什麼理由鋪陳隔天晚上再講另一個故事的情節。辛巴達的故事是《一千零一夜》裡的一部分。*根據《一千零一夜》的情節安排，水手辛巴達其實花了三十個夜晚才講完他的七次冒險。

---

*《一千零一夜》故事集又名《天方夜譚》（*The Arabian Nights' Entertainments*），英譯本由伯頓（Richard Burton）翻譯，其中收錄的故事源自印度和波斯文化，故事來源最早可追溯至第十世紀。「一千零一」這個數字不應取其字面上的意思，「千」在阿拉伯文中可指「無數」，所以「一千零一」意指不計其數。後來的編者和譯者將「一千零一」當成確切數字，便在編譯時增減故事數量，湊出包含一千零一則故事的選輯。[30]

《一千零一夜》的框架故事

The Frame Story of *"Thousand and One Nights"*

藉由講故事死裡逃生，是啟動這一系列故事的母題。
這個母題在系列故事中反覆出現，
最後也作為結局。

既然辛巴達的故事只是系列故事集的一部分，那麼最後的大結局，也就是人格的最終統合，就必須出現在《一千零一夜》終篇。所以我們必須探討這個框架故事，也就是一系列故事的開場和結尾。[31] 框架故事一開始，國王沙亞爾發現自己的王后背著他和黑奴私通，於是對女人徹底死心，心中憤恨難平。更令他氣憤的是，自己的兄弟國王沙茲曼也同樣遭妻子背叛，就連最強大狡詐的精靈，也屢次被一名它以為已遭嚴密囚禁的女子出賣。

沙亞爾是因為兄弟沙茲曼的提示，才發現到自己也被妻子背叛。故事中如此描述沙茲曼：「他無法忘懷妻子的不貞，心中的悲傷愈積愈深，他的氣色愈來愈差，身體愈來愈虛弱。」當沙亞爾問起他為何如此衰弱，沙茲曼回答：「哦我的兄弟，我的心受了傷。」沙茲曼可視為沙亞爾的雙重自我，因此我們可以假定沙亞爾也為心傷所苦：他深信再也沒有人會真心愛他。

國王沙亞爾不再相信他人，為了不要再讓任何女人有機會背叛他，他決定從此過著荒淫的生活。他下令每晚召一名處女侍寢，隔天早上就將她處死。最後全國的適婚少女都被殺光，只剩下宰相的女兒莎赫札德。宰相不願讓女兒犧牲，但是莎赫札德希望捨身成就「救贖之法」，堅持前往王宮。她的計策是每晚講一個故事給國王聽，國王聽得如痴如醉，為了隔夜還能聽到故事的後續，就不會下令將她處死，如此連續過了一千個夜晚。

藉由講故事死裡逃生，是啟動這一系列故事的母題。這個母題在系列故事中反覆出現，最後也作為結局。例如一千零一個故事中的第一則、〈三個族長〉裡，精靈威脅要殺死商人，卻因為大受商人所講的故事感動，饒了商人一命。在系列故事的最後，國王將他對莎赫札德的信任與愛昭告天下，因為莎赫札德的愛，他從此不再憎恨女人，他們攜手度過幸福的後半輩子，或至少故事是這麼告訴我們的。

❖國王與莎赫札德的人生課題

根據這個框架故事，性別不同的兩名主角在遭遇人生中的重大危機時相遇：國王憎惡人生、痛恨女性，而莎赫札德的性命垂危，但她決心讓國王和自己都獲得救贖。要達到目標，她必須講述許多童話故事。只講一則故事是沒辦法成功的，因為我們面對的心理問題太過複雜難解，必須靠著各種不同類型的故事，才能獲得淨化的力量。為了幫助國王擺脫深度情緒困擾，莎赫札德花了將近三年的時間，每晚講故事給他聽，終於治好他的心傷。換言之，國王必須連續一千個夜晚專心聽故事，人格完全分離的部分才能重新統合。（此處應該再次提起印度醫術中的故事療法，開給心理異常患者的解方是一則童話故事，讓患者藉由反思故事內容來擺脫情緒困擾，而《一千零一夜》系列故事的源頭之一，就是印度和波斯文化。）

童話故事具有多個不同層次的意義。在另一個意義層次上，故事裡的兩名主角代表我們心中相互爭鬥的傾向，如果我們無法將它們統合，最後終將遭到毀滅。國王象徵一個人完全受到「本我」支配，因為他的「自我」在遭遇人生中的重大挫折之後，已經完全無力約束「本我」。畢竟「自我」的任務，就是保護我們不會受到致命打擊，而這種打擊，在故事中是以國王遭到妻子背叛來代表；如果「自我」無法提供保護，它就失去了主導人生的力量。

框架故事裡的另一個主角是莎赫札德，她代表「自我」，故事中的這個細節就是很明顯的暗示：「她蒐羅了一千冊古聖先賢和已逝詩人的編年史，此外她還閱讀科學和醫學書籍，不管是詩篇、故事、民間傳奇或諸王先賢語錄，她都能琅琅上口，而她本人則聰慧機智、端莊謹慎、教養良好」——以上種種，道盡了「自我」的特質。於是在漫長的歷程中，不受控制的「本我」（國王），最後在「自我」化身的影響力之下受到馴服。但這個「自我」深深受到「超我」的主宰，讓莎赫札德完全不顧性命危險而這麼做。她說：「或許我將能成為所有穆斯林女兒的救贖，讓她們免遭殺戮，或者我將和其他已腐朽的人同樣喪命腐朽。」她的父親百般勸阻，並警告她：「莫要冒著生命危險！」但她絲毫不為所動，堅持原本的目標：「我必須如此。」

在莎赫札德身上，我們看到的是受「超我」主宰的「自我」，它和自私的「本我」之間的連結已經斷絕，為了實踐道德義務，甚至已經準備好犧牲生命。而在國王身上，我們看到的是與「自我」和「超我」完全斷絕的「本我」。作為如此強勢的「自我」，莎赫札德有計畫地實行這項道德任務：在她的安排之下，她會講述非常引人入勝的故事給國王聽，讓他想要聽完剩下的故事，如此一來，國王就會饒她一命。確實，當曙光初現時，她停住不再講下去，國王自言自語道：「我要等聽完故事再處死她！」然而莎赫札德的故事讓國王陶醉不已，處死她的日期也一天延過一天。莎赫札德想達到的是「救贖」，所以她要做的不只是講故事而已。

只有當一個人的「自我」，學會吸收「本我」的正向能量，並用在有建設性的用途上，才能去控制和馴化「本我」的凶殘傾向。所以莎赫札德講故事必須是出於對國王的愛，也就是說「超我」（想要「成為所有穆斯林女兒的救贖」的願望）和「本我」（對國王的愛，希望讓國王從憎恨和抑鬱中解脫）都為「自我」效力，莎赫札德的人格才能達到完整統合。根據框架故事，這樣的人方能為自己和暗黑他者找到幸福，同時拯救世界免受邪惡席捲。當她向國王表達愛意，國王也向她示愛。最能見證童話故事具有改變人格的力量，莫過於《一千零一夜》框架故事的結尾：將致命的恨意化為永恆的愛情。

❖ 克服伊底帕斯情結的國王

《一千零一夜》框架故事中，還有一個元素也值得留意。莎赫札德從一開始就表示，希望講故事能夠幫助她「讓國王放下屠刀」，但她需要杜雅札德的幫助才能做到。她交代妹妹這麼做：「當我面見蘇丹時，會要求召妳進宮。等妳前來看到國王已經和我圓房，妳就這麼對我說：『哦姊姊，妳別睡著，講幾個最精采的故事給我們聽，好度過這不眠長夜。』」所以我們可以說，國王和莎赫札德是夫妻，而杜雅札德就像他們的小孩，她說出要聽故事的願望，在國王和莎赫札德之間建立了第一道連繫。在系列故事的結尾，杜雅札德的角色被國王和莎赫札德的兒子取代，莎赫札德將兒子帶到國王面前，並告訴國王她很愛他。於是，國王的人格統合過程以他成為父親作結。

《一千零一夜》結局裡，國王這個角色的轉變，代表的是人格達到成熟統合。但在人格成功統合之前，我們還必須經歷許多危機，其中有兩個最難克服的危機，它們彼此之間緊密相連。

第一個危機聚焦在人格統合的問題：我究竟是誰？內心的許多傾向相互矛盾，我應該回應哪一個？童話故事和精神分析提供了相同的解答：為了避免因為矛盾雙重的情感而無所適從，嚴重的話甚至可能被撕裂，我們必須將它們加以統合。只有這樣，我們才能發展出統合一致的人格，在具有安全感的狀態下，成功克服人生中的困境。人格統合絕非一蹴可幾，而是一生中都要持續承擔的重任，雖然出現的形式和艱困程度可能有所不同。童話故事呈現出的統合任務，不會是個必須終生努力的課題，因為這樣會讓孩童感到無比挫折；對他們來說，即使只是暫時統合自己矛盾雙重的情感都極為困難。每則故事在「幸福圓滿」結局投射出的，反而是某種內在衝突成功達到統合。由於系列故事中包含無數則故事，每一則分別以某個基本衝突的不同形式作為主題，結合在一起就告訴我們，人生中會遭遇許多衝突，而我們必須在適當的時機逐一克服它們。

第二個人格發展的重大危機是伊底帕斯衝突，牽涉到一連串令孩童困惑又痛苦的經驗，而孩童必須透過這些經驗成功地和父母分離，才能真正找到自我。要做到這點，他必須擺脫父母對他的操控力量，更困難的是，他還必須收回由於需要依賴父母和出於焦慮，給予父母支配自己的力量，以及父母應該永遠屬於他，就如同他覺得自己也應該永遠屬於父母的欲望。

本書第一部討論的大部分故事，都投射出對於人格統合的需求，而第二部也論及伊底帕斯情結。為了探討這兩個課題，我們將從東方世界最著名的童話故事集，轉往西方戲劇的發源悲劇，照佛洛伊德的說法，也是我們人類群體的人生悲劇。

兩兄弟的故事

Tales of Two Brothers

兩兄弟代表內心活動過程的不同層面，
它們必須和諧運作，人才得以生存；
魔法物件的毀壞或腐朽就意味著人格無法統合，
甚或人格的不同層面難以協調運作。

許多童話故事以兩兄弟為主角，它們與〈小弟弟和小姊姊〉不同的地方在於，兄弟倆代表的是人格中看似無法相容的層面，故事一開始，兩兄弟通常是在一起共同生活的，之後分開、並各有不同的際遇。雖然這些故事現在已經少有人注意，卻是屬於最古老、流傳也最廣的故事。留在家和外出冒險的兄弟之間會借助魔法保持聯絡，當出外冒險的兄弟因為屈服於欲望，不顧自身危險而陷入死劫，他的兄弟會前去救援，營救成功之後，兩兄弟從此就會一起過著快樂的日子。每個故事的細節略有不同，也有以兩姊妹或兩兄妹為主角的，但不多見。這些故事的共通點，就是以細節暗示兩個主角的共同性：其中一人理性戒慎，但是願意犧牲自己、挽救因愚蠢而陷入危難的手足；還有一些魔法物件，通常是象徵生命的信物，當出外冒險的兄弟死去時，信物就會碎裂解體，向在家的兄弟發出該動身救人的訊號。

兩兄弟的母題是許多最古老童話故事的主軸，早在西元前一千兩百五十年的一張埃及莎草紙上就能看到。[32]三千多年來陸續出現了許多變形版本。有研究列舉了七百七十個不同的版本，但很可能不只這些。[33]不同版本中強調的意義會有所差異。所以，要完整體會故事的涵義，只是反覆去講或聽同一個版本還不夠；這樣只可能發現剛開始忽略的一些細節，或是不同的理解角度。要充分領略一則故事，最好還要熟悉呈現同樣母題的不同版本。

在所有的版本中，兩名主角都象徵人格中對立的層面，它們驅使我們做出自相矛盾的事。在〈小弟弟和小姊姊〉裡，人面臨的抉擇是要依從動物本性的驅策，或是為了人性而去約束身體欲望的表現。故事中的角色和情節，以形象具體呈現出的，是我們在考慮要走上哪一條路時進行

的內在對話。

而「兩兄弟」母題的各種變形版故事，又為「本我」、「自我」和「超我」之間的內在對話，加入了另一組二元對立：爭取獨立和肯定自己的努力，以及與之相對、想要依附父母安全待在家的傾向。從最早的版本開始，這些故事強調我們心中同時存在這兩種欲望，無論失去哪一種，我們都無法存活：一方面希望和過去保持連繫，另一方面又渴望開始全新的未來。隨著情節逐漸開展，故事往往會告訴我們，完全斷絕與過去的連繫會帶來災難，但是只為過去而活又會阻礙成長，這麼做很安全，卻讓人無法獲得自己的人生。這些傾向互相矛盾，唯有將它們統合，才有可能獲致成功的人生。

❖ 古埃及的兩兄弟故事

「兩兄弟」母題的故事中，大多是離家的兄弟遇到麻煩，由待在家的兄弟出面拯救，但也有些版本，包括最古老的那則埃及故事，強調的反而是待在家的兄弟的淪亡。這些故事似乎要告訴我們，不展翅離巢是因為伊底帕斯情結作祟，最後只會毀了自己。伊底帕斯情結和手足競爭的本質是破壞性的，也就是說，人必須和童年時期的家分離，並達到獨立自主，而古埃及那則故事的發展似乎偏離了這個中心母題。要找到圓滿的解決方法，兩兄弟必須擺脫伊底帕斯情結和對彼此的嫉妒之情，並且互相扶持。

在這則古埃及故事中，未婚的弟弟拒絕了嫂嫂的色誘，嫂嫂害怕小叔會去告狀，於是向丈夫誣指弟弟試圖勾引她。＊滿腔妒火的哥哥企圖殺死弟弟，但在眾神介入之下，弟弟得以洗雪冤情，一切也真相大白，但這時弟弟已經避走他鄉。後來哥哥喝入口的飲料全都壞掉變味，他知道是弟弟死了，於是出發尋找弟弟，希望能救回弟弟的性命。

這則故事包含「做賊的喊抓賊」元素：嫂嫂勾引小叔不成，卻反過來指控小叔勾引她。這段情節反映出的，是人無法接受自己的某個心理傾向，於是投射在其他人身上，由此可知這樣的投射與人類的歷史一樣悠久。由於故事是從兩兄弟的角度來敘述，所以也有可能是弟弟將自己的欲望投射在嫂嫂身上，控訴她做出他自己想做卻沒膽做的事。

故事中已婚的哥哥是大家庭的家長，弟弟也住在一起，在某種意義上，嫂嫂就是大家庭裡包括弟弟在內所有年輕成員的「母親」。所以我們可以如此解讀這則故事：一個具有母親形象的角色，屈服於伊底帕斯式欲望，戀上了具有兒子形象的年輕人，或者是：一個具有兒子形象的人物，對具有母親形象的人物懷有伊底帕斯式欲望，卻反過來指控這個母親。

就算如此，故事還是明白指出，為了弟弟好，以及避免伊底帕斯情結帶來的問題（無論是兒子這方的問題還是母親這方的問題），到了人生的這個時候，就是年輕成員離家的好時機。

這則古代版的「兩兄弟」故事，是以哥哥向弟弟尋仇，後來卻發現是自己的妻子惡意誣陷弟

＊《聖經》裡有一則約瑟和波提乏之妻的故事，場景同樣是在埃及，其情節很可能便源自這則古埃及故事。

弟，之後深自後悔的形式來呈現，但故事中幾乎不探討需要哪些內心轉變，才能圓滿解決衝突。以這種形式呈現的版本，基本上算是警世故事，警告我們擺脫伊底帕斯情結的必要性，並且指出成功擺脫的方法，就是離開原生家庭開創獨立的人生。故事中凸顯的另一重要母題，就是手足競爭：長兄的第一個衝動，就是在嫉妒心作祟之下要殺死幼弟，但他的良心與原始衝動起了衝突，最後良心勝出。

❖ 近代版的〈兩兄弟〉

在「兩兄弟」類型的故事裡，主角的形象描繪符合我們所謂的青春期。在人生的這個階段裡，前青春期孩童原本相對平靜的情緒，會因為心理上的新發展，而被青春期的壓力和煎熬取代。當孩童聽到這樣的故事，他會理解（至少下意識中）雖然故事裡講的是青春期的心理衝突，但在人格發展過程，由一個階段進展到下一個階段時，我們都會遭遇這種典型的困境。不管是處於伊底帕斯期的孩童、或是青少年，都會面臨同樣的衝突：他們必須抉擇，是否發展更能區分自己與他人的心境和人格，但要做到這一點，就必須在建立新的連繫之前，放掉舊有的連繫。

在比較近代的版本如《格林童話》的〈兩兄弟〉裡，兄弟之間一開始並沒有分別。「雙胞胎兄弟一起去森林，他們互相詢問意見，並且達成共識。傍晚坐下來吃東西的時候，他們告訴養父：『除非你答應我們的要求，不然我們不會去碰食物，連一口都不會咬。』他們的要求是：『我們必須到外頭的世界試試自己的能耐，請准許我們外出遊歷。』」他們前往森林，決定在那裡擁有自己的人生；森林象徵著人們遭遇並且應對內心的黑暗，擺脫對於自己是誰的不確定感，以及開始了解自己想要成為什麼樣的人。

大多數故事裡，其中一個兄弟就像水手辛巴達，急著闖蕩天下尋求冒險，而另一個兄弟就像搬運工辛巴達，就只是待在家裡。在多則歐洲童話裡，離家的兄弟很快就會走進一片陰暗幽深的森林，他會感到迷茫失落，因為他放棄了原生家庭給予的人生架構，但又還沒有累積多少靠自己主宰的人生經驗，無法據此發展出新的內在結構。自古以來，讓人迷失其中、幾乎無法穿越的森林，就象徵著幽暗隱祕、深不可測的無意識世界。我們失去了為過去人生提供架構的框架，必須自己找出成為自我的路途，而還未發展成熟的人格又進入了這片荒野，那麼當我們成功找到出路，我們也就發展出了更成熟的人格。*

在這座幽暗森林中，童話故事主人公往往會遇見自身欲望和焦慮的化身，也就是巫婆，而格林兄弟筆下〈兩兄弟〉故事的主角也不例外。誰不想要擁有巫婆、仙女或魔法師的力量，用來滿足自己的所有願望，獲得想要的一切好東西，還有懲罰每個敵人呢？但是如果其他人擁有這樣的力量，而且可能用來對付自己，誰又不對此害怕呢？巫婆、仙女和魔法師，都是我們用想像力

* 這個古老意象在但丁的《神曲》一開始即可看到：「我在人生旅程中行至半途，發現自己身處一片幽暗森林，眼前的筆直道路已然消失。」敘事者但丁也在林中遇見「有魔力」的幫助者維吉爾，他在維吉爾的引導之下展開一段流傳千古的旅程，行經地獄和煉獄，在旅程最後抵達天堂。

創造出來、並且賦予魔力而成的，特別是巫婆，她代表兩個對立的面向，一面是嬰兒時期好母親的化身，另一面則是陷入伊底帕斯危機時期的壞母親。但她不再被半真半假地視為，任憑孩子予取予求的慈愛母親，或是與此相對的，拒絕給予、百般刁難的繼母。她已經被看作是完全超出現實的人物，可能施予非比尋常的獎賞，或是帶來毫無人性的毀壞。

主角於森林中迷路的童話故事裡，清楚勾勒出巫婆的這兩個面向：主角會遇到令人難以抗拒的迷人巫婆，她在和主角的互動關係中，一開始滿足了主角的所有願望，這就是我們都希望在人生中能夠再次遇見的，嬰兒時期的好母親。在前意識或無意識之中，我們都還抱著能夠在某處再找到她的希望，讓我們有了離家的力量。童話以獨特方式讓我們明白，引誘我們繼續向前的往往是虛假的希望，而我們卻一廂情願地認為，自己是在尋求獨立的人生。

在巫婆幫助離家冒險的主角實現所有願望之後，在某個時間點，通常是當主角拒絕巫婆請求的時候，她會轉而與他為敵，用魔法將他變成動物或石頭，也就是說，她剝奪了他所有的人性。在這些故事裡，巫婆的形象就和孩童眼中前伊底帕斯時期的母親一樣：只要孩子不堅持己意，而且和她維持母子相繫共生的狀態，她就任他予取予求，滿足他的所有欲望。但是等到孩子的自我感愈來愈強烈，我行我素的時候愈來愈多，母親說「不行」的次數自然會增加。原本全心全意信任母親這個女人、將自己的命運完全繫在她身上（或這麼覺得）的孩子，如今經歷了最深刻的幻滅，原先施予麵包的人竟成了鐵石心腸，或者看似如此。

無論細節為何，「兩兄弟」類型故事中總會出現這樣的時刻，兩兄弟之間開始有所區分，就如同每個孩童都必須脫離人我不分的階段。接下來發生的，不僅象徵必須放棄原先的生存形式，才能達到更高的人生境界，也充分象徵我們的內在衝突（透過兩兄弟的不同行為來呈現）。我們在一生中的不同時候，必然會在不同程度上面對是否要脫離父母的問題。無論年紀大小，當我們面對這個問題時，總是希望完全脫離父母，也擺脫父母在自己心中代表的一切；另一方面，我們又懷抱完全相反的希望，想要和父母保持緊密的連繫。在學齡前的時期，以及即將畢業離開校園的時期，這樣的狀況更是明顯。前一個時期劃分出嬰兒期和兒童期，而後一個時期則劃分出兒童期和成年期早期。

❖ 掃把匠的雙胞胎兒子故事

格林兄弟版的〈兩兄弟〉故事一開場，就傳達了令人印象深刻的訊息：兩兄弟如果無法團聚，也就意味著人格中歧異的層面無法達到統合，最後就會釀成悲劇。故事如此開始：「很久很久以前有一對兄弟，一個很富有，一個很窮困。富有的是金匠，他很壞心，窮困的靠做掃把過活，他既好心又誠實。窮困的掃把匠有兩個兒子，他們是雙胞胎，看起來就像兩滴水一樣毫無分別。」

好心的掃把匠找到一隻金鳥，經過一段迂迴曲折的情節之後，雙胞胎兒子將鳥的心和肝吃掉了，之後兩人的枕頭下方每天早上都會出現一塊黃金。壞心的金匠眼紅不已，說服了雙胞胎的爸爸說這是惡魔在作祟，要得救就必須將雙胞胎趕出家門。掃把匠聽了壞心兄弟的話一時糊塗，真的將兒子趕走。雙胞胎兄弟離家後剛好遇上一名獵人，被獵人收為養子。雙胞胎長大之後，他們進入森林，認為一定要出外闖蕩一番。養父認同他們，並在他們離開前，給了他們一把刀，也就是這則故事中的魔法物件。

一開始討論「兩兄弟」母題時就曾提及，這類故事的典型特色之一，就是會有個象徵兩人其實是一體兩面的魔法物件，它會在其中一人性命垂危時向另一人示警，啟動救援行動。如果像先前所說，兩兄弟代表內心活動過程的不同層面，它們必須和諧運作，人才得以生存；那麼魔法物件的毀壞或腐朽，也就是分裂解體，就意味著人格無法統合，甚或人格的不同層面難以協調運作。〈兩兄弟〉故事裡的魔法物件，是養父在雙胞胎出發前送給他們的「一把亮晃晃的刀子」，他告訴他們：「如果你們哪一天要分頭走，就將刀插在分開的岔路口旁邊的樹上。不管是誰回來，看到刀子就知道另一人過得如何。只要另一人還活著，刀刃靠他離去方向的那一邊就會光亮如新；要是他死了，刀刃那一邊就會生鏽。」

雙胞胎聽從養父的話，將刀子插在樹上才分道揚鑣，各自活出不同的人生。經歷許多冒險之後，其中一人被巫婆變成石頭，另一人剛巧經過當時的那棵樹，看到代表兄弟命運的那側刀刃生鏽了。他心知兄弟遭遇不測，於是前去營救，成功地救活兄弟。兩兄弟團聚之後便過著快樂圓滿的生活，而他們的相聚象徵我們內心互不協調的傾向達到統合一致。

故事中藉由將好心掃把匠和壞心金匠兄弟，以及下一代雙胞胎的際遇並置，強調如果人格中相互矛盾的層面一直涇渭分明，那麼結果註定是悲劇：即使好心掃把匠的人生也會以失敗告終。他會失去兩個兒子，是因為無法理解兄弟所代表人性中的邪惡傾向，因此無法避免悲慘的後果。雙胞胎兄弟卻不然，他們在過了一段截然不同的人生之後，還能互相救助，象徵達到內在的統合，所以能夠過著「快樂圓滿」的生活。*

---

*故事中反覆強調雙胞胎其實是一體兩面，不過都採用象徵的手法。例如雙胞胎陸續遇見野兔、狐狸、狼、熊，最後遇見獅子，他們並未傷害這些動物，而動物為了報答他們，各自送給他們兩隻幼獸。當兄弟分開的時候，一人帶走兩隻幼獸中的一隻，而這些幼獸一直是兩兄弟的忠實夥伴。野兔、狐狸、狼、熊和獅子這些差異極大的動物屢次通力合作，幫助主人安然度過難關，就是再次以童話故事的方式來呈現，成功的人生需要人格中截然不同的層面統合協作。

〈三種語言〉：達成統合

"The Three Languages": Building Integration

故事中的兒子前往遠地，
向三位大師學習關於世界和自己的知識：
三位大師代表的，
就是關於世界和他自身的未知的層面。

想要理解真正的自我，就必須熟悉內心的活動過程。想要人格達到良好運作，就必須將人性中與生俱來互不協調的傾向加以統合。童話故事中將這些傾向分隔出來，然後分別投射在不同的角色上，例如〈小弟弟和小姊姊〉和〈兩兄弟〉中所刻畫的，是讓我們能夠以具象的方式認識、並進一步理解內心運作。

為了呈現人格達成統合的必要性，童話採用的另一種方法，是象徵性地描繪故事主角分別遇見不同傾向的化身，將它們分別內建在自己的人格，最後不同傾向達到統合，主角也發展出完全獨立的成熟人格。《格林童話》中有一則〈三種語言〉就屬於這個類型，故事源頭可以追溯到久遠以前，在歐洲和亞洲很多國家都可以找到變形版本。儘管源遠流長，這則故事卻歷久彌新，讀起來似乎也很像是描述現今與父母起衝突的青少年，或是無能理解如何說動青春期子女的父母。

❖ 被逐出家門的青少年

故事是這麼開始的：「從前在瑞士住著一位年邁的伯爵，他只有一個兒子，但這個獨生子很笨，什麼都學不會。於是父親說，『兒子你聽著，不管我怎麼努力，都沒辦法在你腦袋裡塞進任何東西。你得離開家了，我會將你送到一位有名的大師那裡，讓他試著教你看看。』」[34]兒子在大師門下修習一年之後回家，告訴父親他唯一學到的是「狗兒汪汪在吠什麼」。父親氣急敗壞，再將他送往另一位大師門下修業一年，這次兒子回家告訴父親他只學到「鳥兒吱喳在說什麼」。

父親勃然大怒，認為兒子又在虛耗光陰，於是出言威脅：「我會將你送去第三位大師那裡，但你要是仍然什麼都學不會，我就和你斷絕父子關係。」第三年結束之後，父親問兒子學到什麼，兒子的回答是「青蛙嘓嘓在叫什麼」。父親在盛怒之下將兒子逐出家門，他命令僕人將兒子帶到森林之後了結他的性命。但是僕人很同情兒子，讓兒子獨自留在森林裡。

很多童話故事都以孩童被逐出家門開場，這個事件常以兩種基本形式呈現：一種是尚未進入青春期的孩童被迫離家獨立（〈小弟弟和小姊姊〉），或被遺棄在一個他們沒辦法找到路回家的地方（〈漢賽爾和葛麗特〉）；另一種則是進入青春期的少年被交到僕從手上，僕從收到處死他們的命令，因為心生憐憫而放過他們，只是假裝成已經殺了主角（〈三種語言〉、〈白雪公主〉）。第一種形式體現了孩童對於遭到遺棄的恐懼，而第二種形式體現的，則是孩童對於遭受報復的恐懼。

孩童在無意識中經歷到的「被逐出家門」，可能是他希望擺脫父母，或者他相信父母想要擺脫他。孩童被送到外面的世界或被遺棄在森林裡，既象徵父母希望孩童變得獨立，也象徵孩童對於達到獨立的欲望或焦慮。

這類型故事中的孩童遭到遺棄（像漢賽爾和葛麗特一樣），單純只是因為，青春期之前的孩童的焦慮就是：「如果我不是聽話的乖小孩，如果我為爸媽帶來麻煩，他們就不會再照顧我，甚至有可能拋棄我。」而進入青春期的孩童會比較有自信，相信自己能夠照顧好自己，對於遭到拋棄比較沒那麼焦慮，也更有勇氣違逆父母。在孩童被交由僕從處死的故事裡，孩童對父母的主宰或自尊造成威脅，例如白雪公主就因為容貌更美而威脅到皇后。在〈三種語言〉裡，兒子沒有依照父親期望學到東西，讓伯爵身為父親的威嚴岌岌可危。

由於故事中的父母親並沒有親自做出謀殺孩童的惡行，而是讓僕人代勞，也由於僕人放走了孩童，這樣的情節安排在某個層次上暗示，衝突並不會在孩童和所有成人之間發生，只出現在孩童和自己的父母親之間。其他成人只要能夠鼓起勇氣，都能在不和父母親的權威直接衝突的狀況下，提供孩童援助。而在另一個層次上也暗示著，儘管青少年對於父母主宰他的人生感到焦慮，但實際情況並非如此，因為不管父母再怎麼憤怒，都沒有將怒火直接發洩在孩童身上，而是透過像僕人這樣的中介。由於父母的計謀一直沒有實現，這代表了當父母試圖濫用權威時，他的權威根本起不了作用。

如果有更多青少年是聽童話故事長大，他們就會（在無意識中）了解，他們並不是與成人世界或整個社會相衝突，而只是與他們的父母之間發生衝突。再者，即使他們的父母有時候似乎極具威脅，但長久而言永遠是孩子勝出、父母落敗，就如同所有童話故事的結局所昭示。孩子不僅逃過父母的掌控，甚至勝過他們一籌。當青少年的無意識裡建置了這樣的信念，儘管在人格發展過程中遭遇令他苦痛的困境，他也能保有安全感，因為他有自信未來終將獲勝。

當然，如果有更多成人像孩童一樣接收到童話故事的訊息，身為成人的他們也有可能仍保留某個模糊的印象，知道為人父母者，如果自以為知道孩子應該對學習什麼有興趣，發現孩子在這方面違抗他的意思就覺得受到威脅，就是無比愚蠢的父母。〈三種語言〉中有一個特別諷刺的轉折：父親自己挑選大師、並且將兒子送去拜師，但他卻對大師們傳授給兒子的內容大發脾氣。

由此可知，現代那些將小孩送去唸大學，又因為小孩所學會的知識不是他們所預料的，或因為小孩有所改變而大為光火的父母，在歷史上早有先例。

孩子一方面希望父母不願接受他努力尋求獨立，而且要進行報復，另一方面卻又對此感到恐懼。他這麼希望，因為這樣表示父母無法放手，證明自己在父母心中還是很重要。青春期之前的孩童不會想到，長大成人其實意味著不再是小孩，但青少年卻會明白這一點。如果孩子希望看到父母不再擁有支配他的權威，在他的無意識中，也會覺得自己已經、或將要摧毀父母（因為孩子想要剝奪父母的權力）。所以孩子自然而然地認定父母想要展開報復。

〈三種語言〉裡的兒子屢次違逆父親，藉此確立自己的地位，同時他也透過自己的行動摧毀了父親擁有的家長權力。所以，他恐懼父親可能會將自己摧毀。

於是〈三種語言〉的主角到外頭的世界闖蕩，他在漫遊途中首先來到一個陷入災禍的地方，原來是野狗群的憤怒咆哮讓當地人難以安寧，更可怕的是，每過幾小時就必須交出一個人供狗群大快朵頤。由於主角通曉狗語，所以狗群和他交談，告訴他為什麼牠們如此憤怒，必須做什麼事才能安撫牠們。等這件事完成之後，狗群便平和離去，主角便暫時在當地落腳。

過了幾年，主角也年長了幾歲，他決定前往羅馬。在路上有嘓嘓叫的青蛙預言了他的未來，他腦中轉過無數思緒。主角抵達羅馬之後發現教宗才剛去世，而樞機主教們還無法決定新任教宗的人選。正當主教們決議要等待奇蹟來指出未來的教宗，兩隻雪白的鴿子停在主角雙肩，於是主教們詢問主角願不願意擔任教宗。主角不知道自己是否適任，但是鴿子建議他接任，於是他將自己奉獻給神，正如青蛙所預言。主角上任後要唱彌撒曲，但他不知道如何頌唱，於是一直停在他雙肩的鴿子在他耳邊指導他唱出所有字句。

❖ 年輕人的自我追尋

這個故事講述一名青少年的需求不被父親理解，被父親認為蠢笨不已。兒子不願意按照父親的期望成長，只是固執地堅持學習**他自己**認為有價值的事物。為了達到完全的自我實現，這個年輕人首先必須了解自己的內在世界，這是連他的父親都無法主導的歷程。即便年輕人的父親理解這個歷程的重要性，也不可能加以指揮，更何況，他的父親對此根本毫不了解。

故事中的兒子是一位尋找自我的青年，他前往遠地，向三位大師學習關於世界和自己的知識：三位大師代表的，就是他要去探索的，關於世界和他自身的未知的層面。但只要主角和原生家庭的連繫還太過緊密，他就無法進行探索。

為什麼主角最先學狗語，再學鳥語，最後學蛙語呢？此處我們看到「三」這個重要數字的另一個層面。水、大地、空氣是讓生命在其中發展的三個元素，人是生於大地的動物，狗也是。狗是和人最親近的動物，也是孩童眼中最像人的動物，但牠們也代表本能上的自由——隨意咬人，隨地大小便，毫無節制的性需求，同時牠們也象徵更高尚的價值，例如忠實和友誼。狗在被馴化之後就不會隨意咬人，經過訓練之後也能控制自己的大小便。所以首先學習最容易的狗語，似乎是很自然的事，看起來狗代表的應該是人的「自我」，也就是人格中最接近心靈表層的部分，因為「自我」的功用是規範自身和其他人以及周遭世界的關係。從史前時代起，狗就多少具備這樣的功用，牠們一方面幫助人類抵禦外敵，另一方面又向人類展示與野獸和其他動物建立關係的新方法。

鳥能在高空飛翔，牠們象徵另一種截然不同的自由——靈魂高飛的自由，似乎得以擺脫凡俗生活加諸的束縛、進而向上提升的自由，而凡塵俗世由狗和蛙來代表再適切不過了。鳥在故事中代表「超我」，展現出「超我」所懷抱的遠大目標和理想、天馬行空的幻想，和想像的完美境界。

如果鳥代表「超我」，狗代表「自我」，那麼蛙就象徵著人格中最原初的部分：「本我」。在遠古時代，動物從原本的水生，遷移到大地上成為陸生動物，將青蛙與這樣的進化過程連結在一起看似有些牽強。但即使是今日，我們的生命依舊在水元素的環繞中誕生，等到呱呱墜地時才離開水。青蛙最早是以蝌蚪的形態生活在水中，牠們在水中慢慢褪去舊有形態，變化成能夠同時生活在水中和地上。在動物演化史上，青蛙是比狗和鳥都更早發展出來的生命形態，而「本我」正是人格中早於「自我」和「超我」之前就已存在的部分。

因此，在最深奧的層次上，青蛙可說是象徵我們最原初的生存狀態，而在比較淺顯的層次上，則代表我們由生命的較低等階段進入較高等階段的能力。如果我們進一步發揮想像力，可以說學會狗語和鳥語，是獲得最重要能力的先決條件，最重要的能力則是由較低等的生存狀態，發展成較高等的生存狀態。青蛙或許象徵我們的生命中最低等、原始、早先的階段，以及由低等到高等階段的發展過程。這樣的發展過程，類似受到原始欲力驅動尋求最基本滿足，轉變成能夠盡情利用地球上豐富資源的成熟「自我」。

這則故事也暗示了，只是理解世界的所有層面（大地、空氣、水），和我們在其中的生存狀態，以及我們的人格結構（「本我」、「自我」、「超我」），對我們還是毫無助益。想要以有意義的方式自這樣的理解中受惠，我們還必須將這一切理解，應用在為人處事上。會講狗語還不夠，我們必須也能應對狗所象徵的。主角必須先學會狗語才能達到更高境界的人格，而凶猛的狗象徵人內心裡暴力、具侵略性和破壞性的欲力。如果將這些欲力隔離，那麼它們有可能像狗群噬人一樣將我們毀滅。

狗群和源自肛門期的占有欲有密切的關聯，因為牠們看守大量寶藏，這也解釋了牠們為何極為凶狠。只要主角能夠和狗群對話，理解這種表現殘暴的壓力（以主角學會狗語來象徵），主角就能馴服狗群，並且獲得立即的好處：狗群死命保護的寶藏就成為主角的了。這意味著，如果能和無意識成為朋友，並且給予它應得的（主角帶食物給狗群），那麼原本必須瘋狂隱藏以免導致毀滅、遭到抑制的內容，就成為可取用而且有益的。

在學會狗語之後，接下來自然是學鳥語。鳥象徵「超我」和「自我理想」的更崇高志向。於是在主角馴服凶猛的「本我」、克服源自肛門期的占有欲之後，他的「超我」於是成形（學會鳥語），主角也準備好面對古老原始的兩棲類。學會蛙語在童話故事的語言中，也暗示主角能夠主導性事（童話故事中以青蛙和蟾蜍來代表性事的課題，將於後續探究〈青蛙國王〉時討論）。青

蛙在本身的生命週期中，由較低等的形態進化到較高等的形態，因此，由青蛙預言主角即將搖身一變成為教宗、邁入人生的更高境界，也是合理的安排。

白鴿在基督教裡是聖靈的象徵，牠們啟發了主角，並且讓他能夠獲得世上最崇高的地位，而主角能夠做到，因為他學會聽懂鴿語，並且遵從牠們的指示。於是主角成功地達到人格統合：他學會理解和主宰「本我」（凶猛狗群），聽從「超我」（鳥兒）但又不完全服從鳥兒指揮，也留意性（青蛙）能夠帶給他的寶貴資訊。

在我看來，這則童話故事以最為精確扼要的方式，呈現出青少年於內心和外在世界都達到完整自我實現的過程。主角成功達到人格統合，無疑是擔任世上最崇高職務的適當人選。

〈三根羽毛〉：傻瓜老么

"The Three Feathers": The Youngest Child as Simpleton

孩童認為其他人都瞧不起自己，

而且擔憂他永遠沒辦法達到任何成就，

故事卻呈現出，他其實已經展開發揮自己潛力的歷程。

童話故事裡常出現的數字「三」，似乎多半可以對應精神分析理論中，人格結構的三個層面：「本我」、「自我」和「超我」，而《格林童話》中的〈三根羽毛〉，在某種程度上是很好的佐證。

這則故事不是要談人格的三個部分，而是要凸顯我們有必要熟悉無意識、學習欣賞無意識的力量，並利用其資源。〈三根羽毛〉的主角雖然被大家認為很蠢笨，最後卻獲得勝利，因為他做到了上述這點，而結果證明，他那些自恃「聰明」、而且執著於事物表面的競爭對手，才是笨蛋。與自然本源關係最為密切的主角，被兩個哥哥嘲笑「頭腦簡單」，之後卻贏過他們，暗示著，意識如果和無意識根源背道而馳，將會讓我們走上歧路。

❖ 幼兒最需要的安慰與對未來的希望

老么遭到兄姊排斥欺負，這樣的童話母題自古以來源遠流長，其中又以〈灰姑娘〉故事的形式最為家喻戶曉，但是像〈三種語言〉和〈三根羽毛〉等，以一個傻瓜為主角的故事，要講述的事情完全不同。這類故事中並未提及「傻瓜」孩子遭到家人唾棄的不幸命運，對傻瓜來說，在其他人眼中很蠢笨是理所當然的事，似乎一點也不令他煩惱。有時候讀者會覺得，「傻瓜」並不介意這樣的狀況，反正其他人也不會對他有什麼期望。但是等到傻瓜的平淡生活被某人的要求打斷，例如伯爵要求兒子到外地拜師，故事情節便接著開展。無數的童話故事主角一開始都被描述成傻瓜，在主角還未展現出自己其實比旁人以為的更加優秀，讀者就傾向認同主角，這樣的現象需要進一步解釋。

年幼的孩童無論再怎麼聰穎，面對周遭的複雜世界時，都會覺得自己愚笨又能力不足，而身邊的每個人似乎都比他見多識廣，能力也比他更好。這就是為什麼很多童話故事都以主角是備受輕視的傻瓜開場，這就是孩童對自己的感覺。他會將這樣的感受主要投射在父母和兄姊身上，而不是投射在整個世界中。

即使在〈灰姑娘〉這樣的故事中，主角遭逢不幸之前過著幸福快樂的日子，但故事絕對不會描述主角在這個時期表現得有聲有色。孩童原本過得很快樂，因為他還未承受任何人對他的期望，生活中的一切都有人照料。幼童因為能力不足，而懷著自己是傻瓜的恐懼，但能力不足並不是他的錯。因此，童話故事從不解釋主角為什麼被認為是傻瓜，這點確實符合孩童的心理。

在孩童的意識中，人生最早幾年什麼事都沒有發生，因為在正常的發展過程中，孩童要等到父母開始提出違反他的意願的特定要求，才會記住曾有過內在衝突。在某種程度上，孩童正是因為這些要求，才經歷到與外在世界的衝突。也因為孩童將這些要求內化，促成了他的「超我」的形成，以及對於內在衝突的認知。因此，最早的幾年生活，在孩童記憶中雖然幸福美滿、毫無衝突，但卻是空空如也。在童話中，就以主角過去的生活平淡無事來呈現，直到他意識到那些自己和父母之間，以及自己內心中的衝突。主角是傻瓜，代表的是在發展出「本我」、「自我」和「超我」構成的複雜人格之前，一切混沌不分、無所區隔的人生階段。

在最簡單、也最直接的層次上，以無能老么為主角的故事，為孩童提供他最需要的安慰和對未來的希望。雖然孩童瞧不起自己，並將這個觀點投射在別人身上，認為其他人都瞧不起自己，而且擔憂他永遠沒辦法達到任何成就，故事卻呈現出，他其實已經展開發揮自己潛力的歷程。〈三種語言〉裡的兒子陸續學會狗語、鳥語和蛙語，父親認為這昭示了兒子的蠢笨。但事實上，兒子已經在自我（selfhood）的發展上達到很重大的進展。這類故事的結局告訴孩童，原本自認、或被其他人認為最沒有能力的人，最後終究能勝過其他人。

要讓這樣的訊息成為信念，反覆述說故事是最理想的方法。當孩童第一次聽到以「傻瓜」為主角的故事，即使他覺得自己很笨，可能還是沒辦法承受對主角的認同，因為威脅性太強，與愛護自己的心理嚴重相左。孩童必須藉由反覆聆聽故事，直到完全確認主角證明自己的能力高人一等，才能夠接受從一開始就對主角產生認同。要有這樣的認同作為基礎，孩童才能由故事中得到鼓勵，知道看輕自己是錯的。在認同建立起來之前，故事對於孩童個人來說幾乎毫無意義。但是當孩童認同故事裡呆傻或落魄的主角，知道主角最後終將出人頭地，孩童自己也受到啟蒙，展開發揮潛力的歷程。

安徒生的〈醜小鴨〉講述一隻幼鳥飽受輕視，長大後卻證明自己比其他譏諷嘲笑過牠的鳥兒更加出色。故事甚至包含主角是年幼么兒的細節，因為其他小鴨都比牠更快啄破蛋殼出來闖蕩。這則故事和安徒生的其他童話一樣，雖然迷人，卻更像是給大人看的故事。當然兒童也很愛聽，但這個故事對他們沒有助益，雖然會吸引他們聽得入迷，卻會讓他們在幻想中誤入歧途。孩童如果覺得沒人欣賞或了解自己，可能會希望自己是不同種的生物，但他知道自己不是。他有機會在人生中獲得成功，但**不是**像醜小鴨變天鵝那樣，長成本質完全不同的生命，而是培養更好的特質、表現得超乎他人預期，但仍舊是和父母手足本質相同的生命。在真正的童話故事裡，我們看到主角無論經歷多少次變形，不管是被施法變成動物甚至石頭，最後他還是會恢復人形，一如他最初的面貌。

不管孩童再怎麼熱衷於想像自己是不同種的生物，鼓勵這種想法，有可能將他帶往與童話故事所傳達訊息相反的方向。童話故事提示孩童，要證明自己比別人優秀就必須做到一些事，主角的所作所為會改變他的人生。〈醜小鴨〉傳達的卻是不需要完成任何事，不管主角是否採取行動，一切都是天註定，該發生的都會陸續發生。

〈醜小鴨〉雖然有著美好結局，但卻和以悲劇收場的〈賣火柴的小女孩〉一樣，清楚傳達了命數已定這種悲觀的世界觀。〈賣火柴的小女孩〉固然動人心弦，卻很難算是適合孩童認同的故事。覺得自己命運悲慘的孩童可能會認同女主角，但若真是如此，只會導致徹底的悲觀和失敗主義。〈賣火柴的小女孩〉是一則關於世態炎涼的勸世故事，旨在激發人們對於受壓迫者的同情。自覺飽受壓迫的孩童需要的，不是對於處在困境的其他人感同身受，而是能夠逃離噩運的信念。

❖ 數字「三」：孩童和父母的關係

童話故事的主角如果不是獨生子女，而是有其他兄弟姊妹，一開始時又是能力最不足、或最常被欺負的（雖然最後他的成就會遠超過那些一開始勝過他的手足），那他幾乎一定是老三。故事要凸顯的，未必是老么經歷的手足競爭，因為這樣的話就不一定要排行第三，無論長幼，孩子對手足的妒意都同樣強烈。但既然每個孩子都有認為自己在家低人一等的時候，在故事中就以主角年紀最小，或地位最低微，或兩者皆是的方式來呈現。但為什麼主角往往是老三呢？

要了解箇中原因，就必須先知道，「三」這個數字在童話故事裡還具有另一個意義。灰姑娘被繼母的兩個女兒欺負，因此她在家中不僅落到最低微的地位，排行也落到第三，〈三根羽毛〉和其他無數則童話故事的主角也一樣，他們於故事開始時在家中地位都敬陪末座。這些故事還有另一個共通點：主角的另外兩名手足幾乎沒什麼分別，不管是長相或行為都一模一樣。

數字在意識和無意識裡都代表人，或者說家庭狀況和人我關係。我們都會很清楚地意識到，「一」在我們和世界的關係中代表我們自己，正如常聽到的「自我利益擺第一」。「二」象徵一組，就像在愛情或婚姻關係中成雙成對。「二對一」是指競賽有失公平，對手具有壓倒性優勢，而己方甚至毫無勝算。在無意識和夢中，「一」可能和在意識中一樣代表自己，也可能代表主宰一切的父親或母親，對孩童來說後者尤然。對成人來說，「一」也指稱有權支配自己的人，例如老闆。在孩童心中，「二」通常代表雙親，而「三」通常指的是孩童自己和父母的關係，但不會指涉孩童和其他手足的關係。這就是為什麼無論孩童在兄弟姊妹中排行第幾，第三個指的一定是他自己。童話故事裡如果有一個孩子是老三，聽故事者很容易就能對他產生認同，因為在最基本的家庭系統排列中，孩子就是從上往下數起的第三個，不論他在手足中是最年長、排中間或最年幼的。

超越前兩名，在無意識裡意味著表現得比雙親更出色。在與父母親的關係中，孩童覺得自己遭到虐待、輕視和忽略；比起勝過手足，超越父母更能表示孩童終於實現自我。但由於孩童很難接受自己想要超越父母的欲望如此強烈，所以這個欲望在童話中，就包裝成超越兩個輕視自己的手足。

我們必須拿父母親作對比，代表孩童的「老三」，在一開始是個懶惰無能的傻瓜的安排才有意義，也只有以父母親作為對照，孩童長大後的進步神速才會成立。但孩童必須接受年長者的幫助、指導和提攜，才有可能做到這點，就像他唯有接受成人師長的指教，才有可能達到或超越父母親的成就。〈三種語言〉裡在遙遠異地的三名大師為主角提供教導，〈三根羽毛〉裡幫助老么的，則是一隻很像老祖母的老蟾蜍。

❖〈三根羽毛〉的故事

〈三根羽毛〉如此開場：「從前有一個國王，他有三個兒子。其中兩個聰明機伶，但是老三單純老實又不太說話，大家乾脆喊他傻瓜。國王逐漸年邁衰弱，他想到自己大限將至，但不知道該讓哪個兒子繼承王位。於是他告訴他們：『誰能找到世界上最華美的毯墊帶回來，就能在我死後成為國王。』為了避免三個兒子互相爭鬥，國王領著兒子們到了城堡外面，朝空中吹出三根羽毛然後說：『羽毛往哪裡飛，你們就往哪裡去。』一根羽毛飛向東，另一根飛向西，另一根直直向前飛，但沒有飛多遠就落在地上。一個兒子向右走，另一個向左走，他們齊聲嘲笑傻瓜，因為他得待在第三根羽毛落下的地方。傻瓜很難過地坐在地上，接著他注意到在羽毛旁邊有扇暗門，他拉起門板，發現一道階梯，於是走下梯去……」

無法決定要朝哪個方向前進的時候，將羽毛吹向空中然後跟著走，是德國的古老風俗。這個故事還有許多不同變形版，在希臘、斯拉夫、芬蘭和印度的版本裡，三兄弟分別前進的方向是用射向空中的三根箭來決定。[35]

故事中國王決定王位繼承權的依據，是看哪個兒子帶回最華美的毯墊。以現代眼光看來或許會覺得不太合理，但以前將大部分最精緻的織品統稱為「毯墊」，而人的命運就是由命運三女神編織出的成品，所以國王的話在某種意義上，就是交給命運來決定的意思。

向下走入黑暗的地底，即走入亡者的世界。傻瓜的兩個哥哥在地面晃蕩，而傻瓜自己則展開深入地下的旅程，因此將故事看成傻瓜探索自己的無意識並不牽強。早在故事一開始，就能看出可作如此解讀的暗示：相對於兩個哥哥的聰明，傻瓜卻單純寡言。無意識是以意象而非字句向我們發話，與心智產物相比之下也很單純。而就如同傻瓜一樣，無意識與「自我」和「超我」相較，被人們視為內心世界中最低下的層面，但若能妥善運用，無意識是人格中能夠提供我們最強大能力的部分。

傻瓜走下階梯，來到另一扇門前，門自動打開。他走進一個房間，裡面坐著一隻肥大的蟾蜍，牠周圍還環繞著許多小蟾蜍。大蟾蜍問他想要什麼，傻瓜回答他想要最美麗的毯墊，於是蟾蜍實現了他的心願。在其他版本裡，幫助傻瓜的是其他動物，但提供幫助的一直是動物，暗示讓傻瓜得以勝出的，正是他的動物本性，也就是內在最單純原始的力量。蟾蜍給人的感覺是粗鄙野蠻的動物，一般人不會期待牠能提供任何精美物品。但傻瓜的質樸本性若能妥善運用，就能達成更崇高的目標，證明這樣的本性，遠勝過兩個哥哥流於膚淺的聰明：他們只在事物表面下功夫，選擇容易的路。

就如同這類故事中常見的，兩個哥哥之間幾乎全無分別，他們的言行太過相似，讓人忍不住揣想為什麼故事裡一定要安排兩個兄弟。兄弟兩人無所區別這點很重要，因為這象徵了他們的人格也無所區別。為了讓聽故事者留下深刻印象，所以需要兩個兄弟。兩個哥哥只能依賴幾乎耗盡的「自我」來行事，因為他們的「自我」徹底脫離了能夠為它提供力量與養分的「本我」。他們也沒有「超我」，因為他們完全不理解更高層次的事物，只滿足於比較容易的路。故事告訴我們：「但兩個哥哥認為弟弟這麼蠢，一定什麼都找不到，『我們又何必辛苦尋找呢？』他們說，然後拿走最先遇到的一群牧羊人妻子的粗糙毯墊，就回去見國王了。」

同時老三也帶著美麗的毯墊回來了，國王大吃一驚，他說照理王位應該由傻瓜繼承。兩個哥哥反對，並要求進行第二次考驗，這次要看誰能帶回最精緻的戒指。國王再次吹出三根羽毛，羽毛也再次分別飛往同樣的方向。「兩個哥哥再次嘲笑傻瓜怎麼可能找到金戒指，他們一點都不想花力氣，只是將老舊馬車上的環圈拆下來，拔掉釘子就帶去見國王」，而傻瓜帶回蟾蜍給的一只美麗戒指，再次獲勝。

兩個哥哥不停纏著國王，最後國王終於答應再進行第三次考驗，要讓帶回最美麗女子的人繼承王位。兩個哥哥的經歷和前兩次一樣，但傻瓜這次的經歷卻不太一樣。他像先前一樣走下階梯去找大蟾蜍，說他得帶一位最美麗的女子回去。這次大蟾蜍不像之前直接將要求的物品交給他，而是給了他一顆由六隻老鼠拉著、挖空的黃蕪菁。傻瓜很難過，他問拿了蕪菁能做什麼，大蟾蜍回答：「在我這裡任選一隻小蟾蜍放進去。」傻瓜在周圍的小蟾蜍裡選了一隻，將牠放進黃蕪菁裡。小蟾蜍才坐進黃蕪菁，忽然搖身一變成了無比美麗的少女，蕪菁變成馬車，老鼠全都變成駿馬。傻瓜抱了抱少女，將少女連人帶馬車都領回家見國王。「他的哥哥們也來了。他們完全不費心力，將在路上最先遇見的兩名農婦帶了回來。國王看到他們之後便宣布：『在我死後，由最年輕的兒子繼承我的王國。』」

兩個哥哥再次反對，他們看傻瓜帶回來的少女優雅文靜，便提議要帶回的三個女子分別跳過掛在大廳裡的一個大環，認為少女肯定做不到。兩名農婦笨手笨腳，沒跳過還摔斷了骨頭，而蟾蜍送給傻瓜的美麗少女卻輕鬆跳過。兩個哥哥終於啞口無言，傻瓜「繼承王位，在位的很長一段時間都以大智慧治國。」

兩個在地面晃蕩的哥哥儘管有些小聰明，卻只能找到粗劣的東西，這意味著，人的智識如果沒有無意識作為根基支撐，失去「本我」和「超我」所提供的力量，那麼終究有所局限。

❖ 從精神分析理論看藝術創作

先前我們已討論過，數字「三」在童話故事中出現的頻率高得出奇，以及可能代表的意義。而這則故事又比其他故事更強調數字「三」，有三根羽毛、三兄弟和三次考驗（加上有些變化的第四次考驗）。筆者已經提出毯墊可能代表的涵義，而故事中描述傻瓜帶回的毯墊「如此華美精緻，絕不是在凡間織出來的」，而戒指「鑲滿珠寶、如此美麗，絕不是凡間金匠打造得出來的。」於是我們可知，傻瓜收到的不是普通物品，而是偉大的藝術傑作。

我們可再次仰賴精神分析理論的洞見，得出無意識是藝術的源頭，是催生創作的主要動力，而「超我」的思想觀念負責形塑藝術；「自我」則發揮力量去實現無意識和意識的念頭，形成藝術創作的內在核心。因此，藝術作品某方面來說也象徵人格的統合。兩個聰明哥哥帶回家的物和人的粗劣，相形之下，更凸顯了傻瓜付出心力完成任務所展現的藝術性。

省思這則故事的孩童一定會忍不住想，為什麼兩個哥哥明明在第一次考驗結束時看到傻瓜的能力不可小覷，在第二和第三次考驗卻不多努力一點。孩童很快就會明白，兩個哥哥雖然聰明，卻無法從經驗中學習。他們與無意識斷絕連繫，沒辦法成長，沒辦法欣賞人生中更精巧的事物，也沒辦法區辨品質優劣。他們的選擇，就和他們兩人一樣無所區別。他們聰明、卻無法在下一次考驗進步，象徵他們將會一直停留在表面，無法找到任何真正有價值的人事物。

故事中，大蟾蜍兩次交給傻瓜他需要的東西。傻瓜向下進入無意識之後，帶著找到的東西回到上層，勝過哥哥們停留在表面，但還不夠，所以需要第三次考驗。我們必須熟悉無意識，熟悉隱藏在表面之下的內在幽暗力量，但做到這樣還不夠，還必須將洞見付諸實行，意味著無意識的內容必須經過美化和昇華。這也就是為什麼在第三次，也是最後一次考驗中，傻瓜要自己選出其中一隻小蟾蜍，並且由他親手讓蕪菁變馬車、老鼠變馬匹。而且就像許多其他故事，當主角擁抱蟾蜍，代表去愛蟾蜍，牠就變成美麗的女孩。分析到最後所得的結論，是愛將醜陋的事物變得美麗，而也只有我們自己，能夠將蕪菁、老鼠、蟾蜍，這些無意識中粗鄙原始、最為平凡的內容，變成最巧奪天工的創作品。

故事最後提示我們，即使有一些變化，一再重複同樣事物也是不夠的。所以在三次類似考驗之後（以朝不同方向飄去的三根羽毛開始，代表機運在人生中所扮演角色），還需要一次截然不同，而且不靠機運就達到的全新成就。跳過大環依靠的是天賦，那是一個人靠自己就能夠做到，不假外求的。只是盡可能地滋養人格，或者讓「自我」運用無意識的必要資源仍不足夠，人必須有技巧、有目的，而且姿態優雅地運用自己的能力。順利跳過大環的美麗少女不過是傻瓜的另一個面向，就好像粗陋笨拙的農婦只是兩個哥哥的不同面向。這一點從故事中對少女並未多加描述就可看出，傻瓜並未娶少女為妻，至少故事裡並未如此描述。故事的最後一段話，將傻瓜治國時的大智慧，與開場時哥哥們的小聰明相對比。聰明或許是與生俱來的禮物，卻與人格發展較無關聯。智慧才是由深層內涵和豐富人生、意義深遠的經驗醞釀而成，反映了受到豐厚滋養且完全統合的人格。

孩童想要達到完全統合的人格，剛開始的幾步，就是試著擺脫與父母之間愛恨交雜的深厚連繫，也就是伊底帕斯情結造成的困境。就這方面而言，童話故事能夠幫助孩童更加理解所處困境的本質，提供想法使他有勇氣在困境中奮鬥，並讓他對於成功找到解決方法，懷抱強烈的希望。

伊底帕斯衝突及解決方法：救難騎士與落難少女

Oedipal Conflicts and Resolutions: The Knight in Shining Armor and the Damsel in Distress

在幻想中，女孩會贏過母親（繼母），
讓母親阻撓她和王子獲得幸福的所有計畫失敗；
男孩會殺死怪物，並且在遙遠的國度獲得他冀望的一切。

在伊底帕斯情結折磨之下，年輕男孩痛恨父親阻撓他獨占母親所有的注意力，他想要母親崇拜他、將**他**視為世界上最偉大的英雄，這表示他必須想辦法將父親除掉。然而，這個念頭在孩子內心引發焦慮：沒有父親來保護和照顧他們，全家會不會出什麼事？要是父親發現男孩想要將他除掉……他會不會展開最可怕的報復？

我們可以一再告訴小男孩，有一天他會長大，會像爸爸一樣結婚成家，但這樣做是徒勞無功的。這種建議雖然符合現實，但是無法紓緩孩子當下感受到的壓力。而童話故事告訴孩童該如何和內心衝突共處，並提供了孩童靠自己絕對無法描繪出的幻想。

❖ 男孩與女孩的不同解決之道

例如，有的童話故事講述沒沒無聞的小男孩，到外頭的世界闖蕩並且功成名就。不同故事的細節或許有所差異，但是基本情節都是一樣的：看似不起眼的英雄成功斬殺惡龍、解開謎團，並且展現智慧和善良，證明了自己的能力，最後終於解救美麗的公主並和她成婚，從此過著幸福快樂的日子。

所有男孩都會想像自己身為第一男主角，而故事意味著：讓你無法獨占母親的，不是妒火中燒的父親，而是一隻惡龍——你真正想做的是殺死惡龍。再者，故事證實了男孩的感覺，世上最迷人的女性遭邪惡角色囚禁，也暗示孩童想要獨占的不是母親，而是一個他還沒遇到、但未來一定會遇見的完美女性。故事講述了更多男孩想要聽到和相信的內容：這個完美女性（即母親），是被迫跟著這個邪惡的男性角色。要是可以自由選擇，她一定會更想和（像男孩一樣的）年輕英雄在一起。屠龍英雄一定要和孩童一樣，年輕而且天真無邪。孩童認同英雄，而英雄的天真無邪，也因為孩童的天真無邪而間接獲得證明，因此孩童完全無須為了這些幻想感到罪惡，可以自豪地想像自己就是英雄的化身。

這類故事有個共通特色，就是一旦惡龍伏誅，或者遭囚禁的美麗公主因為英雄採取的任何行動獲救，而英雄和心愛的人相聚，故事就結束了，沒有透露任何關於他們後來生活的細節，我們只知道他們過著「幸福快樂的日子」。如果故事提到他們生兒育女，通常是後人續寫，認為要加上這樣的資訊，故事才會更討喜或符合現實。然而，無論是誰在故事結尾加上生養小孩的情節，都表示他幾乎完全不理解小男孩關於幸福人生的想像。孩童無法想像身為丈夫和父親究竟是什麼意思，也不想去想像。舉例來說，身為丈夫和父親意味著，他每天大部分時間都必須離開母親在外工作，但是伊底帕斯幻想中的場景，卻是和母親一刻也不分離。小男孩肯定不想要母親忙於家事或照顧其他小孩，他也不會想要和母親發生性關係，因為就算他在相當程度上意識到性，性對他來說還是充滿衝突的疆域。就像大多數童話故事所刻畫，小男孩的理想是只有他和公主（母親）相守，兩人所有的需求和希望都能獲得滿足，生活中只有彼此，也永遠為彼此而活。

女孩面對的伊底帕斯衝突和男孩的不同，所以能幫助她處理伊底帕斯情結的童話故事也屬於不同類型。對於處在伊底帕斯時期的女孩來說，阻撓她和父親幸福相守的，是一名壞心的年長女性（即母親）。但是小女孩也很想要繼續享受母親的疼愛和照顧，所以在童話故事中會提到，在過去或背景設定裡有一位慈愛的女性，即使她在故事中無所作為，但這個角色卻保存了與母親相處的美好回憶。小女孩會想要化身類似公主的美麗少女，遭到邪惡自私的男性角色囚禁，所以和意中人分隔兩地。故事中描述落難公主的親生父親心地善良，但是對於拯救愛女無能為力。〈萵苣姑娘〉裡的父親受制於自己許下的誓言，〈灰姑娘〉和〈白雪公主〉裡的父親面對無所不能的繼母，則似乎完全身不由己。

處在伊底帕斯時期的男孩覺得受到父親威脅，因為他希望取代父親在母親心中的地位，於是他將父親投射成深具威脅的怪物角色。對男孩來說，這似乎也證明了自己對父親而言是多麼危險的對手，因為只有這樣，才能解釋父親角色為何會如此具有威脅性。由於英雄心愛的女子遭到年老惡龍囚禁，小男孩就能相信，是因為有凶暴力量從中作梗，才讓可愛少女（母親）沒辦法和真正中意的人，也就是自己這個年輕英雄相聚。在幫助女孩了解伊底帕斯情結，並且找到替代式滿足的童話故事中，是妒火中燒的母親（繼母）或巫婆從中阻撓，王子才找不到公主。年長女性的嫉妒之情證明了，她知道年輕女孩條件更好、更惹人憐愛，也比她更值得被愛。

同樣是伊底帕斯衝突，男孩想要母親完全屬於他，不想要其他孩子來打擾他們，但是女孩的情況則不同。女孩會想為父親生個孩子，作為愛的禮物，但我們很難判定，這是必須與母親在生育方面競爭而有的表現，或是隱約預示即將萌發的母性。想要為父親生小孩，並不表示想要和父親發生性關係——小女孩和小男孩一樣，不會以這麼具體的方式來設想。小女孩只是知道，孩子會為女性帶來與男性之間更強烈的連繫。這就是為什麼，有些處理女孩的伊底帕斯欲望、問題和困境的故事，講述的美滿結局會提到主角生了孩子。

格林兄弟版本的〈萵苣姑娘〉告訴我們，四處流浪的王子「最後來到一片沙漠，在那裡遇見萵苣姑娘，她帶著雙胞胎兒女在沙漠中過著孤苦無依的生活。」不過在此之前，卻沒有提到萵苣姑娘生小孩的事。當萵苣姑娘擁抱王子，她流下的兩滴眼淚沾溼了王子的雙眼，王子原本被荊棘刺瞎的雙眼因此重獲光明。於是「王子帶著他們回到自己的王國，受到熱烈歡迎，他們在那裡一起生活了很久，過著幸福快樂的日子。」等他們團聚之後，故事就不再提到孩子。故事中的孩子只是在萵苣姑娘和王子分開時，作為他們之間情感連繫的象徵。由於故事並未提及萵苣姑娘和王子結婚的事，也未曾以任何形式暗示兩人曾發生性關係，因此故事中提及孩子一節，證明兩人不用發生關係也能生孩子，孩子只是他們相愛的結果。

❖ 童話裡母親與父親缺席的差別

在一般的家庭生活裡，父親多半長時間不在家，而母親在生下孩子並親餵母乳之後，仍持續擔任兒女的主要照顧者。所以，男孩可以很輕易地假裝父親在他的人生中不怎麼重要（然而女孩就沒辦法很輕易地想像自己可以不需要母親照顧）。這就是為什麼童話中很常出現邪惡繼母，但卻鮮少出現代替「好」父親的壞心繼父。父親對孩子的關注通常比較少，因此當父親開始阻撓孩子隨心所欲，或是要求孩子做到什麼事，孩子不會感到像對母親那樣的極端失望。所以妨礙男孩的伊底帕斯欲望的父親，在男孩眼中既不會是家裡的邪惡角色，也不會像母親一樣被分成一好一壞兩個角色，男孩投射挫折和焦慮的對象，會是巨人、怪物或惡龍。

在女孩的伊底帕斯幻想中，母親被分裂為兩個角色：前伊底帕斯時期的完美好母親，和伊底帕斯時期的壞繼母。（有些以男孩為主角的童話故事中會出現壞繼母，例如〈漢賽爾和葛麗特〉，但是這類故事主要處理伊底帕斯情結以外的其他問題。）女孩的幻想是這麼發展的，好母親絕不會嫉妒她，或是阻撓她和王子（父親）一起過著快樂的生活。所以對處在伊底帕斯時期的女孩來說，相信前伊底帕斯時期的母親的好，信賴她並對她極為忠實，通常能夠減輕女孩對於詛咒壞心繼母出事的罪惡感。

於是，拜童話故事之賜，受伊底帕斯情結所困的男孩和女孩，可說是魚與熊掌兼得：他們在幻想中充分實現伊底帕斯式的欲望，在現實中也仍然和父母親保持良好關係。

對於男孩來說，如果母親讓他失望，在他的內心深處還有童話故事的公主，這個完美女人會在未來補償他現在所受的苦難，想到她就比較容易熬過困厄。而對女孩來說，如果父親對自己的關注不符合**她**的預期，她也能在這樣的困境堅持下去，因為未來會出現一個王子，他會無視其他競爭者，獨鍾於她。既然一切都發生在童話世界，孩童對於將父親投射成惡龍或邪惡巨人的角色，或將母親投射成可恨繼母或巫婆，就不需要感到罪惡或焦慮。小女孩甚至可以更愛她的父親，因為她原本憎恨父親無法愛她勝過他愛母親，如今卻有了解釋：父親不幸地對一切無能為力

（就像其他童話故事中的父親），是因為更強大的外力所導致，所以不該責怪他，此外，這也不妨礙小女孩得到王子。女孩也能更愛母親，因為她將所有怒氣發洩在罪有應得的母親兼競爭者角色上，例如白雪公主的繼母被迫「穿上熱燙紅鞋，不停跳舞直到倒地死去」，而白雪公主（以及小女孩）不需要有罪惡感，因為她對在繼母之前就出現的真正母親的愛從未止息。男孩在透過幻想殺死惡龍或邪惡巨人發洩怒氣之後，也能更愛他真正的父親。

大多數孩童很難憑著一己之力，建構出這麼完整而且令他滿足的幻想，但童話故事幫助他編織想像，足以在克服伊底帕斯衝突帶來的煎熬時提供莫大助力。

關於幫助孩童解決伊底帕斯衝突，童話故事還展現了其他無與倫比的可貴價值。小男孩想要除掉父親、迎娶母親，這是母親沒辦法接受的。但是小男孩想像自己是贏得美麗公主的屠龍騎士，卻是母親可以開心參與的。母親也可以放心鼓勵女孩幻想有一天會和英俊王子相聚，幫助女孩相信即使現在失望受挫，未來還是能找到圓滿的解決方式。因此，女孩不但不會因為對父親懷有伊底帕斯情結而失去母親，還會明白母親不僅認可這些經過偽裝的願望，甚至希望它們實現。藉由童話故事，父母親可以和孩子一起展開各種幻想旅程，同時，在現實生活中也能善盡親職教養之責。

孩童在幻想和現實中都能得其所哉，正是要長大成為有安全感的成人所需要的。在幻想中，女孩會贏過母親（繼母），讓母親阻撓她和王子獲得幸福的所有計畫失敗；男孩會殺死怪物，並且在遙遠的國度獲得他冀望的一切。同時，女孩和男孩在家裡都有著會保護全家的真正父親，和會照料一切、滿足孩童所有需要的真正母親。由於一切一直都很清楚，無論屠龍以及和遭囚禁的公主結婚，或是被王子發現真實身分以及懲罰邪惡的巫婆，都是發生在久遠以前的遙遠國度，正常的孩童絕對不會將幻想和現實生活搞混。

❖ 鼓勵孩童踏出核心家庭

童話故事中有一個大類，其主旨是吸引孩童對核心家庭以外世界的興趣，處理伊底帕斯衝突的故事是其中的典型。要長大成為成熟的個體，最初的幾步就是開始探索家庭之外更大的世界。如果孩童在現實和想像中探索家門以外世界的時候，都沒有獲得父母親的支持，那就有可能導致人格的發展過程貧乏無力。

想要用長篇大論鼓勵孩童擴展視野，或在他探索世界的時候指揮他只能走多遠，或給予確切指示教他如何釐清對父母的矛盾情感，都是不智的作法。如果父母使用「成熟」這種明確字眼，來鼓勵孩童在心理或地理空間上向外移動，孩童會解讀成「他們想要擺脫我」。結果適得其反。對於當下覺得自己渺小卑微、沒有人要的孩童來說，這種感覺將嚴重地危害他發展應對廣大世界的能力。

孩童要學的功課，正是如何決定按照自己的步調，獨力向外移動，進入他自己選擇的生活區域。童話故事在這個階段會有助益，因為童話只暗示，從不建議、要求或說教。故事中的一切，都以隱晦暗指和象徵形式傳達：人在當下的年紀有哪些任務；如何處理對於父母親的矛盾情感；如何完全掌握這些五味雜陳的情感。童話故事也警告孩童，可能會遭遇哪些暗藏的危機，而這些危機或許是他可以避開的，而故事也總是向孩童承諾，最後一定會有圓滿的結局。

對幻想的恐懼：
童話故事為何遭禁？

Fear of Fantasy:
Why Were Fairy Tales Outlawed?

有些父母害怕孩子的幻想可能會失控，
害怕他們接觸太多童話故事就會開始相信魔法，
因此疏忽了要學習面對現實世界。
事實上剛好相反。

許多學養豐富的現代中產階級父母，費盡心思只為了讓孩子快樂地成長發展，但他們卻不認為童話故事有任何價值，讓孩子沒有機會領受童話的助益。其實即使是在道德觀強烈、生活拘謹古板的維多利亞時代，家長也容許、甚至鼓勵孩童閱聽童話故事，享受其中的聯翩幻想和驚奇刺激。我們大可指責理性主義狹隘無知以至於禁讀童話故事，這樣的歸因很容易，但事實上並非如此。

❖童話故事的「真實」

有些人聲稱，童話故事並未「如實」刻畫人生樣貌，所以是不健康的，但他們不曾想到，孩童人生中的「真實」，和成人人生中的可能並不相同。他們不理解童話並未試著描繪外在世界和「現實」，也沒有認知到，正常的孩童絕不會誤以為這些故事是用符合現實的方式描繪世界。

有些父母會害怕，如果將童話中的奇幻事件講給孩子聽，就是在對孩子「撒謊」。當孩子發問：「是真的嗎？」他們的擔憂又更添幾分。其實在孩子有機會發問之前，很多童話故事就已經在最開始的地方提供了答案。例如〈阿里巴巴與四十大盜〉的開場：「久遠以前，在一段如潮水般早已流逝的歲月……」《格林童話》中〈青蛙國王〉如此開場：「從前從前，在許願還會成真的時候……」這樣的開場清楚表明，這些故事是發生在和日常「現實」非常不同的時空。有些故事的開頭確實相當符合現實：「從前有一對夫婦，他們想要生小孩想了很久，但希望一直落空。」

但是熟悉童話的孩童，在心中總能將久遠以前，延伸解讀成等同「在幻想的國度……」這一點也說明了，只是反覆講同一個故事而忽略其他故事，不但減弱童話對孩童的價值，還會陷入麻煩，但這些狀況只要熟悉不同故事就可以化解。

童話故事的「真實」是我們想像中的真實，不是平常因果關係中的真實。托爾金在回答「是真的嗎？」這個問題時表示：「這個問題不能輕率或無憑無據就回答」，並補充說明孩童真正關切的是這個問題：「『他是好人？還是壞人？』也就是說，〔孩子〕更關心怎麼清楚分辨是非善惡。」

孩童在能夠充分掌握現實世界之前，必須先採用某種參考架構來評估世界。當他問故事是不是真的，他想知道的是，故事對他的理解是否提供了重要資訊，對於當下**他**最關切的問題，有沒有什麼意義重大的啟示。

在此要再次引用托爾金的話：「當孩子問：『是真的嗎？』他們的意思往往是『我喜歡這個故事，那是現在發生的事嗎？我在床上安全嗎？』而他們想聽到的答案不過是『英國現在當然沒有龍囉』。」「童話故事，」托爾金繼續說道，「要講的重點很明顯不是可能性，而是可欲性。」孩童很明顯認知到這點，因為對他來說，最「真實」的莫過於他欲求的。

托爾金回憶童年時自述：「我不想要有像《愛麗絲》故事那樣的夢境或冒險，故事裡的敘述我讀來簡直索然無味。我對尋覓寶藏或對抗海盜幾乎毫無興趣，看完《金銀島》只覺意興闌珊。但是梅林和亞瑟王的國度就有趣多了，最精采的則是屬於群龍之王、沃爾松族之西格德的無名北境，這些國度明顯更為引人入勝。我從未將龍和馬同等看待，龍身上明明白白寫著『屬於奇境』

的註冊商標，無論牠處在何種世界，必然是異世界……我想得到龍，發自內心地渴望。當然，膽怯如我，並不冀望牠們近在咫尺，以免侵入我這相對安全的世界。」[36]

要回應童話故事是否真實的問題，答案不應該放在就事實而言的真實上，而應該放在孩童當下關切的議題，或許是他對於自己可能容易中了魔法的恐懼，或者因為伊底帕斯情結而感受到的競爭。至於其他問題，只要解釋這些故事並不是發生在此時此地，而是在遙遠的童話國度，幾乎就足夠了。父母親本身如果在過去的童年經驗中就相信童話的價值，那要回答孩子的問題可說輕而易舉；但要是成人自己認為童話只是連篇謊言，最好不要講給孩子聽，因為抱著這樣的心態講出的故事，完全沒辦法讓孩童的人生更加豐富。

❖ 孩童的幻想就是思考

有些父母害怕孩子的幻想可能會失控，害怕他們接觸太多童話故事就會開始相信魔法。所有的孩子都相信魔法，但長大之後就不會再相信（也有些孩童例外，他們對現實世界太過失望，甚至沒辦法相信魔法會帶給他們獎賞）。筆者知道一些情緒困擾兒童的案例，他們從未聽過童話故事，但是他們為一台電風扇或馬達賦予的魔力，就和童話故事中曾出現過最強大的邪惡角色一樣破壞力驚人。[37]

也有些父母害怕孩子腦袋裡裝了太多童話中的幻想情節，以至於疏忽了要學習面對現實世界。事實上剛好相反。我們都很複雜——愛恨交織、矛盾雙重、自相矛盾，但是人格不能分隔開來。無論什麼樣的經歷，都會同時影響人格的所有層面。而人格整體為了要能處理日常生活的事務，必須要有豐富的幻想，結合堅定的意識和對於現實世界的充分理解作為後盾。

當人格的任一部分（不論是「本我」、「自我」或「超我」，意識或無意識）壓倒了其他部分，消耗了整體人格的專屬資源，人格就會往錯誤的方向發展。由於一些人會抽離現實世界，大部分時間沉溺在自己想像的境域，因此造成大眾誤解，以為過度豐富的幻想世界，讓我們無法順利面對現實世界。實情剛好相反：完全沉溺在自己幻想裡的人，是陷入關於一些狹隘刻板議題的強迫性反思無法自拔。他們的幻想世界不但一點也不豐富，而且還被禁錮在同一個焦慮、或願望實現的白日夢裡，甚至無法脫困。而天馬行空的幻想，其實在想像形式上涵括各種在現實世界會遭遇的議題，能夠為「自我」提供加工用的豐富材料。豐富多元的幻想世界，正是童話可以帶給孩童，有助於預防孩童因為專注於僅有的幾個課題，而導致想像力糾結受困於幾個狹隘的焦慮或願望實現的白日夢。

佛洛伊德說，思考是對於可能性的探索，並且避開了實際進行實驗隱含的各種危險。思考只需耗費一點點精力，如此一來，思索過獲得成功的機會和最佳方法並做出決定之後，我們就有足夠的精力採取行動。對成人來說是這樣沒錯，例如科學家會先「略微考慮各種想法」，之後才開始更有系統地探索。但是孩童的思考過程，不像成人的這麼有秩序——孩童的幻想就是思考。當孩童試著理解自己和他人，或是明瞭某個行動可能造成什麼特別的後果，他會以這些課題為主軸編織幻想，這是他「略微考慮各種想法」的方式。要孩童將理性思考當成釐清情感和理解世界的主要工具，只會讓他困惑而且受限。

即使當孩童似乎想要獲得事實時也是如此，皮亞傑曾描述一個不到四歲的女孩問他大象有沒有翅膀。他回答說大象不會飛，女孩聽了之後堅稱：「牠們會飛，我看過。」皮亞傑回應，她一定是在開玩笑。[38]從這個例子可以看到孩童幻想的局限。小女孩很明顯正為某個問題所困擾，而根據事實的解釋一點都幫不上忙，因為這些解釋都不是在回應她的問題。

如果皮亞傑當時詢問女孩，大象這麼匆忙是要飛去哪裡，或是大象是在試圖逃離什麼樣的危險，那麼讓女孩困擾的課題，或許會在對話中浮現，因為女孩可以感受到對方願意接受她探索問題的方式。皮亞傑是根據自己的理性參考架構，去理解女孩的內心如何運作，而女孩試圖理解世界的基礎卻是她自己的理解：根據**她**看到的現實所編織出的幻想。

❖禁絕童話，就是壓抑「本我」與無意識

太專注於所謂「兒童心理學」的悲劇就在於此：很多研究的發現正確無誤，也很重要，但對於兒童沒有太大助益。心理學研究幫助成人從他們的參考架構去理解兒童，但是這樣對於兒童心理活動的理解，往往加深了成人和兒童之間的隔閡——兩方似乎是從南轅北轍的觀點來看同樣的現象，以致看到了截然不同的東西。如果成人堅持他的看法是正確的（很有可能，因為他旁觀者

清而且握有知識），孩童會有種絕望感，覺得根本不用試圖達成共識。孩童知道是誰握有權力，他為了避免麻煩求個清靜，會說他同意成人的看法，然後被迫獨自承擔責任。

隨著精神分析和兒童心理學的新研究出爐，揭露兒童的想像竟然如此暴力、焦慮、具破壞力，甚至十足虐待狂，童話也遭到嚴詞批評。比如，我們現在知道幼童不但對於父母親懷抱無比濃烈的愛意，同時也憎恨他們。知道這一點，大眾本來應該更加承認，童話是在對孩童的內心世界發話，但是，抱持疑義者卻聲稱，這些故事誘發了、或至少大力助長這些令人困擾的情感。

那些將民間流傳的傳統童話故事列為禁書的人認為，孩子聽的故事裡如果有怪物，怪物全都要很友善，但是他們疏忽了一點——孩子最熟悉、也最關切的怪物，是他覺得或害怕自己就是的那個怪物，而且這個怪物不時會迫害他。如果成人刻意不提孩童內心的怪物，讓它繼續隱藏在孩童的無意識裡，反而會讓孩童無法利用所知的童話意象，編織出與怪物有關的幻想。沒有了這些幻想，孩童就無法更了解內心的怪物，也無法獲得任何關於如何控制這隻怪物的建議，結果是孩童對於最讓他感到焦慮的依舊束手無策。假如孩童聽過童話故事，他的無助感反而不會那麼強烈，因為童話不僅為他的焦慮賦予形體，也指引了打敗這些怪物的方法。如果對於遭到吞噬的恐懼，是以巫婆的具體形象呈現，那要擺脫恐懼就很簡單，將巫婆推進烤爐就行了！但是禁止童話故事的人，並沒有想到這些。

這些成人期待孩童去接受成人世界和人生唯一的正確面貌，只不過是成人世界和人生在奇特的限制之下、片面的模樣。他們禁絕孩童的想像力，以為藉此可以消滅童話裡的巨人和食人妖怪，亦即住在無意識中的暗黑怪物，避免怪物阻撓孩童發展理性。他們期待孩童理性的「自我」，從嬰兒期就開始稱霸！但這個目標不是要藉由「自我」征服「本我」的黑暗力量來達到，而是不讓孩童將注意力放在無意識，或聽到會對無意識發話的故事。簡言之，他們認為孩童應該壓抑不愉快的幻想，只編織愉快的幻想。＊

然而，壓抑「本我」的理論是行不通的。我們可以用一個極端的案例，說明孩童被迫壓抑無意識的內容時可能會發生的情況。案例中的男孩在潛伏期最後忽然無法言語，經過長期治療之後，他開口解釋自己為何成了啞巴：「我媽媽用肥皂洗我的嘴巴，因為我說了很多不好的話，我承認，那些話真的很不好。但她不知道，她洗掉所有不好的話的時候，也把所有好的話洗掉了。」透過治療，所有不好的話獲得解放，同時好的話也重新出現。男孩先前的人生中，有很多其他事情也出了差錯，媽媽用肥皂洗他的嘴巴不是他變啞巴的主因，但卻是肇因之一。

無意識是心理活動的原始材料來源，以及「自我」建立人格宏構的基礎。在這個明喻中，幻想就是供應和形塑原始材料的天然資源，為「自我」提供人格建構工程所需的有用材料。如果這

＊佛洛伊德曾言：「『本我』所在之處，『自我』必隨之而行。」這句關於人格朝向更高境界發展的箴言，在此似乎被扭曲成完全相反的：「『本我』所在之處，『本我』必絲毫不存。」佛洛伊德很明顯地暗示，「自我」如果要形塑無意識傾向，並且以有建設性的方式加以運用，所需的能量只有「本我」能夠提供。雖然比較近期的精神分析理論指出，「自我」生成之際就帶有本身的能量，但是一個「自我」如果無法另外吸收「本我」所具有更豐沛的能量，會非常虛弱。再者，一個「自我」如果被迫將有限的能量消耗在壓抑「本我」的能量，無異雙重耗損。

項天然資源遭到剝奪，我們的人生就會一直受到局限：沒有幻想帶來的希望，我們就不會有面對人生困厄的力量。童年正是這些幻想需要受到滋養澆灌的時間。

成人確實鼓勵孩童幻想，大人要孩子想畫什麼就畫什麼，或者任憑孩子編故事。但是沒有民間童話這個共通幻想遺產的餵養，孩童沒辦法自行編造出能夠幫助他應對人生難題的故事。所有他能編出的故事，都只是在表達自身的欲望和焦慮。孩童依靠自己僅有的資源能夠想像出來的，都只是他當下所處境況的延伸，因為他無從得知他應該去哪裡，或是要如何前往。這時候，童話就能提供孩童最需要的：故事正是從孩童情感上的處境開展，指出他必須前往哪裡，以及該怎麼做。但童話是以暗示的方式，透過幻想材料的形式來講述，讓孩童自行選擇最適合的來吸收，並且，經由各種意象，孩童很容易理解什麼對於自己來說才是最為重要、必須明白的。

❖ 家長忽略童話讓孩童安心的層面

儘管精神分析研究讓大眾更了解無意識，但是堅持繼續禁止童話流傳的一方為了合理化其作法，仍提出各種不同的說詞。當他們無法再否認孩童飽受深度衝突、焦慮、狂暴的欲望所苦，而且無助地承受各種不理性的內心活動拉扯，便做出結論，孩童害怕的事物已經太多，所以不應該讓他接觸任何看起來很可怕的東西。有些孩童確實可能因為聽了某一則故事而焦慮，但是只要他們逐漸熟悉其他童話故事，那些讓他們害怕的層面似乎都會消失，而讓他們安心的層面，將會逐漸占據主導地位。**原本焦慮帶來的不快，便轉變成因成功面對、並且克服焦慮而生的莫大快感。**

有些父母想要否認孩子有致人於死，以及想將物品、甚至是人撕成碎片的欲望，他們認為必須防止孩子萌生這樣的念頭（好像以為這是有可能做到的）。但是禁止孩童接觸那些暗示其他人也抱著同樣幻想的故事，會讓孩童覺得只有他自己有那樣的想像，而且讓他的幻想更加可怕。反過來說，如果得知其他人也有同樣或類似的幻想，孩童反而會覺得原來大家都是平常人，減緩了對於自己竟然抱持超出社會常規的破壞狂念頭的恐懼。

受過良好教育的家長禁止小孩接觸童話的時間點，差不多就在精神分析研究揭露幼童絕非天真無知，而是充滿焦慮、憤怒和破壞一切的想像，這件事可說是個異常的矛盾。＊還有一點也很值得注意，這些家長想方設法要避免增加孩子的焦慮，但卻完全無視童話中讓孩童安心的訊息。

謎底或許在於精神分析研究還揭露了另一件事：孩童對於父母懷有雙重矛盾的情感。要理

＊童話故事和很多其他的經驗一樣，能夠激發孩童的幻想。既然家長反對童話故事的理由，多半是故事中有暴力或可怕的情節，我們或許可以提出一項以五年級學童為實驗對象的研究結果作為反證。該項研究發現，如果是受到童話故事激發、幻想豐富多元的學童，接觸過類似童話故事中所呈現具侵略性的幻想材料（實驗中是一部內容具侵略性的影片）的時候，他的攻擊行為顯著減少；但在沒有侵略性的幻想的學童身上，並未觀察到侵略行為減少（Ephraim Biblow, "Imaginative Play and the Control of Aggressive Behavior," in Jerome L. Singer, *The Child's World of Make-Believe*〔New York: Academic Press, 1973〕）。

既然童話能夠有效激發孩童的幻想，我們或許可以引用該研究的最後兩句結論：「根據在遊戲中所做觀察得知，幻想貧乏的兒童展現出的，多半是動作導向，在遊戲活動中行動多而思考極少。相對的，幻想豐富的兒童展現出的，是內心高度結構化與具有創造力，其侵略性多半展現在口語上而非行動。」

解孩子內心中不只深愛父母，也對他們懷抱強烈憎恨，這一點會讓父母坐立難安。於是想要讓孩子愛自己的父母就退縮了，他們不讓孩子接觸那些會教唆孩子認為父母親是壞人，或會拒斥兒女的童話故事。

這樣的父母想要一廂情願地相信，假如孩子將自己視為後母、巫婆或巨人，那一定是聽了童話故事的後果，和父母親本身或他們在孩子眼中的形象毫無關聯。這些父母認為，只要不讓孩子接觸到這些角色，他就不會把自己的父母當成這些角色。這些父母幾乎沒有意識到事情完全相反。這些父母誤以為，孩子是因為聽了童話故事，才將父母看成巫婆或妖怪，但事實剛好相反。孩童喜愛童話，並不是因為故事裡的意象符合他的內心活動，而是因為，儘管故事將孩童內心的憤怒或焦慮念頭，以特定形象和內容加以呈現，故事最後總會有圓滿結局，而這是孩童無法自己想像出來的。

借助幻想超脫嬰兒期

Transcending Infancy with the Help of Fantasy

不符合現實的恐懼，只有不符合現實的希望能夠消弭。
符合現實且有限度的承諾帶給孩童的，
只會是深切失望而非安慰。

如果我們相信人類生命暗含宏大設計，就不得不佩服其中蘊藏的智慧，竟能將各種各樣的心理發展事件，安排在適合的時間點上同時發生，並且互相增強，為年幼孩童帶來衝擊，促使他由嬰兒期進入兒童期。在廣大世界的召喚之下，孩童開始受到引誘向外發展，離開只有他自己和父母的狹窄圈子。同時，因伊底帕斯情結而感受到的失望，也會誘使孩童稍微疏遠父母。到目前為止，父母仍是他在生理和心理上所需養分的唯一來源。

在這樣的情況下，孩童開始能夠從近親以外的人獲得情感上的滿足，稍微彌補了他對父母的失望。而下述時間上的巧合，也可以視為宏大設計的一部分：當父母不再迎合孩童的種種嬰兒階段的期望，孩童感受到深刻的幻滅，只能痛苦地放棄依賴父母的幻想，同時他在生理和心理上，也發展到能夠滿足自己的部分需求。除了這樣的變化，許多其他重要的發展，也同時或緊接發生，彼此之間互有關聯、相互連動。

隨著孩童的應變能力增長，他就能和其他人以及更寬廣的外在世界有更多接觸。當孩童自己能做到的事情愈來愈多，父母就會覺得應該對他提出更多要求，也不再事事為他代勞。孩童總是希望無止境地接受關愛，當他與父母的關係出現變化，自然是大失所望。這是孩童在幼年時期最嚴重的幻滅，而讓他分外難受的是，他以為應該無條件照料他的父母，卻正是打擊他這樣信念之人。但是這個事件也有重大作用，包括促使孩童與外在世界建立更有意義的連結，讓他能從外在世界滿足至少某些情感需求，並使他更有能力在小幅度上滿足自己的部分需求。孩童在和外在世界的互動中累積了新的經驗，於是能夠意識到父母「有所局限」，也就是，孩童在對父母的不切實際期望之中，看出了父母的缺點。結果是，孩童對於父母產生強烈反感，寧可冒著風險在其他地方尋求滿足。

進入這個階段之後，孩童擴展的經驗帶來波濤洶湧的新挑戰，可是他達到這些新目標的能力還不足，他想要解決走向獨立自主所出現的問題，機會卻如此渺茫，因此他需要在幻想中獲得滿足，才不至於在絕望中自暴自棄。儘管孩童真正的成就相當可觀，但與他遭受的挫敗相比，這些成就似乎完全不重要了；因為他還不明白實際上什麼是可能的，什麼是不可能的。如果孩童得不到幻想的幫助，前述的幻滅可能會造成孩童內心徹底失望，他甚至有可能放棄一切努力，完全退縮回自己的內心，遠離外在世界。

如果將孩童的各個成長階段獨立看待，我們或許可以說，編織超越當下的幻想的能力，就是讓其他一切成為可能的新成就，因為幻想讓孩童能夠忍受現實世界經歷的挫折。要是我們可以回憶小時候曾有的感受，或是想像當一個幼童遭到玩伴或兄姊暫時排斥，當他的玩伴或兄姊明顯表現得比他好時，或是當成人（最糟的狀況是父母親）似乎取笑或輕視他，幼童會承受什麼樣的挫敗，那我們就知道，為什麼孩童總是覺得自己像是遭到放逐、被人當成「傻瓜」。只有關於未來成就的誇張希望和幻想，能夠讓孩童獲得平衡，得以活下去繼續努力。

孩童遭遇徹底的失敗、無法釋懷時，他所感受到的挫折、失落和絕望感有多麼深，由他大發脾氣的反應即可得知，那是他對於自己無力改變「難以忍受」的人生狀況的一種外露的表達。但只要孩童能夠想像（即幻想）出應對當下困境的有利解方，他就不會再大發脾氣——因為有了對未來的希望，當下的困難就不再難以忍受。孩童以達到某個特定目標（可能是當下或未來）的念頭或行動，取代了尖叫亂踢發洩精力。於是，孩童可以應對當下無解的問題，因為當下的失望感，已經因為未來獲勝的願景而得到紓緩。

如果孩童出於某種原因無法樂觀地想像未來，他的心理發展就會停滯，最極端的例子可見於罹患幼兒自閉症（infantile autism）之孩童的行為。他什麼事都不做，或者情緒會間歇性地失控，但不論哪種狀況，他都會堅持，生活中周遭環境和所有狀況都必須維持原樣。一切都肇因於孩童完全無法想像會有任何改善。有一個這樣的女孩在經歷漫長治療之後，終於從原本的完全退縮自閉走出來，在思索好的父母具有什麼特質時，她說：「他們給你希望。」言下之意是，她的父母不是好的父母，因為他們既沒有對她抱持希望，也沒有讓她對她自己、或對未來在這個世界的人生充滿希望。

我們都知道，一個人對自己愈覺得深切絕望不滿，就愈需要沉浸在樂觀的幻想裡。但是，在這樣的時刻，這些幻想全都遙不可及，所以我們比任何時間都更需要其他人對我們和我們的未來所抱持的希望，從中獲得鼓舞。但是單憑童話還沒辦法為孩童做到這點，正如前述有自閉症狀的女孩所提醒的。首先，孩童需要父母為他們注入希望。父母樂觀看待孩子和孩子未來的方式，是堅固且真實的基礎，讓孩子可以在這樣的基礎上打造空中樓閣，儘管他們隱約知道這些不過是幻想，還是可以從中獲得深刻的再保證。幻想固然**不符合真實**，但是帶給孩童關於自己和未來的美好感覺卻是**真實的**，而這些真實、美好的感覺，正是孩童需要的精神支持。

看到孩子內心失落和絕望，父母的反應不外乎是告訴孩子，情況會好轉的。但是孩童的絕望感鋪天蓋地，因為他的世界非黑即白、沒有中間地帶，他的感受只有最黑暗的地獄和最光明的天堂兩個極端，因此唯有最完美不朽的幸福喜樂，才能抵禦他當下對於徹底挫敗的恐懼。理性的父母都不會向孩子保證，他一定能在現實世界中找到完美的幸福喜樂。然而，父母可以藉由童話，鼓勵孩子先挪用他對未來的神奇盼望，而不會誤導他相信這些想像具有真實性。*

---

* 講述〈灰姑娘〉的故事給孩童聽，讓他幻想自己化身灰姑娘，並且借助故事幻想自己的圓滿結局，和讓孩童將幻想當真，並且自行搬演，是完全不同的兩件事。前者是鼓勵孩童保有盼望，後者則是讓他陷入妄想。

某個實際案例中的父親基於自己的情感需求，加上婚姻觸礁，所以企圖透過幻想來逃避。他決定不講童話給女兒聽，認為自己編的故事更好。於是他每晚自編灰姑娘式幻想故事，在故事裡他自己是王子，而女兒是灰姑娘，雖然衣衫襤褸、灰頭土臉，王子還是認定她是世界上最完美的女孩，而女兒也拜父親所賜，才能過著像童話故事裡公主一樣的生活。父親並不是像講述童話故事那樣說出自己編的故事，而是當成現實中就會發生在他們父女身上的事，並且對未來的事做出有效承諾。他並不知道，由於他在女兒面前將現實生活的狀況描述成和灰姑娘一樣，他讓女兒的母親，也就是自己的妻子，在女兒眼中成為背叛親女的惡人。由於在這個床邊故事裡，選擇灰姑娘作為愛侶的，不是遙遠國度的童話王子，而是父親本人，因此讓女兒固著於戀父的伊底帕斯情境。

案例中的父親確實給了女兒「希望」，但卻採取一種極度不符現實的方式。結果是等到女兒年紀再大一點，由於從每晚父親講的幻想故事中得到太多滿足，以至於她不想要受到現實干擾，也拒絕與現實妥協。基於上述和其他相關因素，女孩的心智運作和其年齡並不符合。她接受了精神診療，被診斷為已經與現實脫節。事實上她並不是與現實「脫節」，而是還無法建立與現實的連結，目的就是要保護自己的想像世界。既然父親的行為暗示了不希望她和現實世界打交道，而她也不需要這個世界，於是她就不想和日常世界有任何瓜葛。女兒從早到晚都活在自己的幻想中，於是患了思覺失調症（譯註：舊稱精神分裂症）。這對父女的案例，凸顯了在童話國度編織幻想，與對於現實生活中可能發生的未來懷抱錯誤期望之間的差異。童話給予孩童原本生活在幼兒王國之中，父母似乎對他百依百順、不會對他提出任何要求；但稍後孩童不但必須受到成人支配，王國又遭剝奪，這時感受到的強烈不滿，會讓他忍不住許願想要一個屬於自己的王國。這樣的奢望，絕不是那些「等你長大就能做到」之類符合現實的陳述能夠滿足，甚至相提並論的。

許多童話主角在故事最後贏得的，究竟是什麼樣的王國？這個王國的主要特徵，故事從未透露，甚至國王或王后做什麼也沒提到。除了統治他人而非被人統治之外，當上一國的國王或王后並沒有其他意義。主角在故事末尾成為國王或王后，象徵的是他達到真正**獨立**的狀態，他感到無比快樂、踏實而且滿足，就像嬰兒在他最**依賴**的狀態中，在自成天地的搖籃裡受到完善的照料。

童話故事一開始，主角面對那些輕視他的人毫無招架之力，只能任憑宰割，甚至像白雪公主面對邪惡皇后一般，連生命都遭受威脅。隨著故事開展，主角迫於情勢，往往必須依賴他人的善意援助，如白雪公主依靠在地底活動的矮人，或像灰姑娘仰賴小鳥等有魔力的動物。在故事最後，主角通過所有考驗，而且儘管難關重重仍然忠於自我，或是在成功通過考驗的過程中，達到真正的自我。他成了獨裁者，但卻是有著最正面意義的獨裁者：一個自治者、真正自主的人，不是統治他人者。童話與神話不同，童話故事中的勝利不是勝過別人，而是勝過自己、勝過邪惡

的承諾是一回事，給孩子的希望是另一回事，而兩者都必須以現實為本。我們必須認知到，孩童遭遇的挫折和必須克服的困難，並不比一般人在正常狀況下遭遇的更加嚴苛。但由於在孩童心中，這些困難是他能夠想像得到最困難的課題，所以，他需要幻想的鼓勵。在幻想中，他所認同的主角面臨無比艱困的難關，仍然順利找到出路。

（主要是自己的惡，在故事中投射為主角的敵人）。如果故事告訴我們，關於主角成為國王和王后之後如何統治的細節，那便是國家在他們明智的治理之下一切太平，而且他們過著幸福快樂的生活。這就是成熟應具備的要件：明智地管理自己，並因此過著幸福快樂的生活。

孩童非常清楚這一點。所有孩童都知道，自己未來會主宰的王國別無其他，就是自己的人生。童話故事向他保證，有朝一日這個王國會屬於他，但絕不可能不勞而獲。孩童如何想像這個「王國」，取決於他當下的年紀和心理發展狀態，但他絕不會只從字面意義上去理解這個「王國」。對比較幼小的孩子來說，可能只是意味著沒有人會對他呼來喚去，而且所有的願望都能實現。對於年紀較大的孩子，可能也包含統治的義務，也就是明智地生活和行事。但無論年紀大小，孩童都會將成為國王或王后解讀為長大成熟。

❖ 解謎轉大人

長大成熟，意味著必須找到解決伊底帕斯衝突的有效方法，我們接著就要探討童話故事中的主角如何取得王國。在希臘神話中，伊底帕斯先解出人面獅身獸斯芬克斯的謎語，斯芬克斯因此自盡，之後伊底帕斯殺死父親並娶了母親。要解開斯芬克斯的謎語，必須知道人發展的三個階段各是什麼。對孩童來說，最大的謎就是性究竟是什麼，這是他希望揭露的成人之祕。既然解開斯芬克斯的謎語，讓伊底帕斯得以娶母親為妻，並藉此回到自己的國家，我們或許可以假設，這個謎語和性知識有些關聯，至少在無意識的層面是如此。

很多童話故事裡的主角，也因為解開「謎題」而步入婚姻並得到王位，例如《格林童話》的〈聰明的小裁縫〉（The Clever Little Tailor）裡，只有主角猜中公主頭髮的兩種顏色，因此娶到公主。同樣地，在杜蘭朵公主的故事裡，公主說只有答對她的三道謎題的人能夠成為她的夫君。解開某個女人提出的謎題，代表解開所有女性的謎題，既然答對之後通常是成婚，那麼認為待解的謎與性有關似乎並不牽強：誰能理解異性的祕密就能達到成熟。在伊底帕斯的神話裡，提出謎題但被破解的角色自盡，緊接而來的就是悲劇性的婚事，但在童話故事裡，祕密被揭開以後，卻是出題的人和解謎的人都過著幸福快樂的生活。

伊底帕斯娶了自己的母親，所以很明顯她的年紀比他大上許多。而童話故事的主角不論男女，結婚對象的年紀卻與主角相仿。也就是說，無論童話主角對於父母親可能抱著什麼樣的伊底帕斯情結，他都成功地將情感轉移到最適合自己的、非伊底帕斯情結對象的伴侶。童話故事反覆呈現出，主角與父親或母親之間令人失望沮喪的關係（比如牽涉伊底帕斯情結的親子關係），由主角與其他人的關係取代，就像灰姑娘和軟弱無能的父親之間的關係，由灰姑娘和拯救她的配偶之間的圓滿關係所取代。

這類童話故事中的父母親，不但不會因為孩子超脫對自己的伊底帕斯情結而心懷憎恨，反而會因為孩子這麼做，而且自己也促成有功而欣喜。例如在〈刺蝟漢斯〉和〈美女與野獸〉裡的父親，或有意或被迫地將女兒嫁出去，一方面棄絕與女兒之間的伊底帕斯情感，另一方面也促使女兒放棄對自己的伊底帕斯情感，讓兩人都能獲得圓滿結局。

在童話故事中，絕不會有兒子強搶父親的王位。如果國王退位，那必然是因為年老力衰。即使如此，兒子也必須付出努力，例如〈三根羽毛〉裡的兒子，就是靠著找到最美麗的女子才得以繼位。這則故事清楚表明，取得王國的效力，等同於達到道德發展成熟和性成熟。為了繼承王位，主角首先必須完成一項任務，但在他成功之後，才知道這樣還不夠。同樣的情況再次上演，而第三項任務是找到真命天女並將她帶回家；主角完成任務之後，王國終於歸他所有。是故，故事既沒有投射兒子對父親的嫉妒，也沒有投射父親對兒子在性事上有所歷練的厭憎，而是講述完全相反的情況：當孩子達到適當的年紀和成熟度，父親會希望他在性方面也達到完全獨立自主；事實上，父親只有在兒子做到這點之後，才會認可兒子為稱職的繼承人。

很多童話故事裡的國王將女兒嫁給主角，並且和他共同統治王國，或是指定他未來繼承王位，這當然是孩童一廂情願的幻想。但既然故事向他保證，這確實是未來會發生的事，加上「國王」在無意識中代表他自己的父親，那麼故事所承諾的圓滿人生和王國，其實是孩童能夠想像得到最至高無上的獎賞，獎勵自己經歷千辛萬苦，終於找到解決伊底帕斯衝突的正確方法：將對母親的愛轉移到年齡與自己相當的對象，並認知到父親不是構成威脅的競爭者，反而是善意的保護者，會認可自己兒子長大成人。

父母親全心認可的，是藉著經由愛和婚姻，與最適合、且條件最好的對象結合來贏得王國，這樣的結合，讓壞人以外的所有人獲得幸福，就和達到真正獨立及人格完全統合一樣，都象徵解決伊底帕斯衝突的完美方法。將如此重大的成就比擬為獲得屬於自己的王國，真的一點都不符合現實嗎？

這或許也暗示了，為什麼在「符合現實」的兒童故事中，主角的成就，相比之下往往顯得平凡乏味。這些故事也向孩童保證，他將會解決那些，如成人所定義的，在「真實」生活中遭遇的重大問題。這些故事的作法有其特定的優點，但效益卻很有限。對孩童來說，除了伊底帕斯衝突、人格統合，在包括性在內的各方面達到成熟，了解何謂成熟和如何達到，還有什麼問題是更難掌握、又更加「真實」呢？細述這些課題，會讓孩童感到困惑而且無法招架，因此童話故事利用普世共通的象徵符號，讓孩童得以採取與自己的智識和心理發展狀態相符的方式，去挑選、忽略和解讀故事。無論心理發展到什麼階段，童話故事暗示了孩童可以如何超越，以及在邁向成熟統合的過程中，要達到下一階段可能會牽涉什麼課題。

❖三個案例看童話如何勝出現代故事

比較兩則兒童故事與一則童話故事，或許就可以說明符合現實的現代兒童故事相對不足之處。

現代有很多兒童故事鼓勵孩子相信，只要他夠努力而且絕不放棄，最後就能成功，其中一例就是《小火車做到了！》。[39]一個年輕女子回憶，小時候聽母親唸這個故事時留下了無比深刻的印象，讓她深信態度確實會影響一個人的成就，如果抱著必勝信念去做一件事，就一定會成功。幾天之後，當時小學一年級的她遇到了難度極高的任務：將很多張紙片黏在一起，糊成一間紙房子。但是，她的房子一直倒下來。屢受挫折之下，她開始質疑自己是不是真的能實現搭出一棟紙房子的念頭。但接著她的腦海中浮現《小火車做到了！》的故事，即使事隔二十年，她仍然記得當時她如何唱起那個神奇的句子給自己聽：「我想我行，我想我行，我想我行……」於是她繼續努力黏紙房子，但房子還是一直倒下。這項勞作最後徹底失敗，而小女孩深信其他人都可以和小火車一樣完成任務，只有自己做不到。

由於《小火車做到了！》的故事背景設定為現在，而且以常見的物品如火車頭為主角，小女孩便試著將故事中所教的，直接應用在日常生活中，並未經過任何幻想渲染，而她當時經歷的挫敗感，二十年後仍縈繞不去。

再看另一個案例，是一名受《海角一樂園》影響的小女孩，我們發現兩個故事造成的影響大不相同。這部作品講述瑞士的魯賓遜一家人遭遇船難，在荒島上展開積極向上、恬靜和樂，但也不乏冒險奇遇的生活。這樣的生活與小女孩的人生截然不同，她的父親因故不常在家，母親患了精神疾病而長期待在安養機構，所以女孩輪流投靠姑母和外婆，有需要時才回到自己家。女孩多年來反覆閱讀魯賓遜一家在島上過著幸福生活的故事，因為是座孤島，所以家庭成員永遠不會離開彼此。很多年之後，她回想起只要躺在大枕頭上讀這個故事，就會被一種溫暖窩心的感覺包圍，忘卻當下的所有困境，而一讀到結局，她又會立刻從頭讀起。她在幻想天地和魯賓遜一家共度的快樂時光，讓她能夠不被現實世界帶給她的艱辛困厄擊倒，得以利用想像中獲得的滿足，對抗嚴苛現實的打擊。但這個故事並非童話，因此並未帶給她人生境遇終將好轉的承諾或盼望。

還有一名研究生回憶，自己小時候「沉浸在童話的世界裡，我讀傳統童話，也自己想像故事，但只有〈萵苣姑娘〉始終盤據我的腦海。」這位女士年紀還小時，母親出車禍過世，她的父親對於妻子喪生極為懊惱自責（意外發生時是他開車），陷溺在悲痛之中，更將女兒交給一位保姆全權照顧，但這位保姆對孩子相當冷淡。女孩七歲時父親再婚，據她自己回憶，大約就是在那時，〈萵苣姑娘〉的故事開始在她心中占有重要地位。她的繼母很明顯是故事中的巫婆，她自己就是被鎖在高塔裡的少女。女孩回想自己覺得和萵苣姑娘同病相憐，因為「巫婆強行帶走」嬰兒，就像繼母也想方設法強行進入女孩的人生。女孩覺得自己好像被囚禁在新家裡，因為冷淡的保姆對她要做什麼完全放任不理，她覺得自己和受困高塔、幾乎無法掌控自己人生的萵苣姑娘一樣是受害者。女孩認為萵苣姑娘的長髮是故事中的關鍵，所以想要將頭髮留長，但是繼母將她的頭髮剪短，長髮於是成了她心目中自由和幸福的象徵。她在長大成人之後，才明白自己冀望來到的王子其實是父親。故事說服她相信，王子有一天會前來拯救她，這樣的信念讓她得以支撐下去。每當人生變得太過艱苦，她只需要想像自己是蓄著一頭長髮的萵苣姑娘，而王子會愛上她並且拯救她。她也賦予〈萵苣姑娘〉故事一個圓滿的結局。在故事裡王子一度失明，對她而言，這表示父親曾經被同住的「巫婆」害得眼盲，看不到自己的女兒有多麼迷人，但最後她將被繼母剪短的頭髮留長了，而王子也和她團聚，從此一起過著幸福快樂的日子。

將〈萵苣姑娘〉和《海角一樂園》相比較，就能看出童話能夠帶給孩童的，遠遠超過一個優良的兒童故事。《海角一樂園》裡沒有巫婆，小女孩在幻想中就沒有發洩怒氣的對象，也不能將父親漠視自己怪罪於此。《海角一樂園》提供了幻想，作為逃遁的出口，當女孩反覆閱讀故事，確實暫時忘記人生有多麼艱困，但沒有提供她對未來的特定盼望。另一方面，〈萵苣姑娘〉卻讓女孩有機會看到，原來故事裡的巫婆如此邪惡，相比之下家裡的「巫婆」繼母似乎沒那麼可惡了。童話也向女孩保證，她的救贖會透過她自己的身體來實現，也就是當她的頭髮留長的時候。最重要的是，故事保證「王子」的失明只是一時的，他將會恢復視力，並且拯救他的公主。這個幻想提供的支持雖然力道不再那麼強烈，但仍然支撐著女孩，直到她戀愛並步上紅毯，也就是她不再需要幻想的時候。

假如繼母知道〈萵苣姑娘〉對於繼女的意義，我們就能理解繼母為何第一眼就認定童話故事不是優良兒童讀物。繼母無從得知的是，要是她的繼女無法透過〈萵苣姑娘〉在幻想中獲得滿足，女孩就會試著破壞父親和繼母的婚姻，而且沒有故事帶給她對未來的希望，女孩的人生也很可能步入歧途。

有人認為，如果故事提供不符合現實的希望，那麼孩童勢必會經歷失望、並因此承受更多苦痛。但是孩童對於即將發生在自己在身上的事，以及自己的渴望懷著無比的焦慮，只是提供合理，或者該說有限度而且暫時性的希望，完全無法達到安撫的效果。不符合現實的恐懼，只有不符合現實的希望能夠消弭。與孩童的願望相比，符合現實且有限度的承諾帶給孩童的，只會是深切失望而非安慰，但卻是相對符合現實的故事唯一能夠提供的。

❖ 孩童要沉浸幻想而非壓抑幻想

如果童話故事符合某部分的現實，或者投射出孩童所在現實世界中的事件，那麼它關於圓滿結局的誇大承諾，也可能在現實生活中讓孩童失望與幻滅。畢竟，童話的圓滿結局發生在童話世界，是一個只能在心中造訪的國度。

童話給了孩童希望，讓他相信有一天王國會是他的。既然孩童無法接受願望被打折扣，但也不相信自己能夠獨力贏得王國，童話就告訴他，神奇力量將會幫助他。於是孩童心中再度燃起希望之火，但必須有幻想護持，才不會被嚴苛的現實澆滅。童話故事承諾的勝利，正是孩童所冀望的，自然比其他「符合現實的」故事更具有心理上的說服力。童話鄭重許諾了王國將是孩童的，他當然願意相信故事傳達的其他訊息：諸如必須離家才能找到屬於自己的王國；贏得王國並非一蹴可幾，必須冒險犯難、接受考驗；成功不能只靠一己之力，還需要其他幫手，而為了獲得援助，就必須達到他們的要求。孩童的願望是復仇、並在人生中光榮獲勝，這與童話給予的最終承諾正好相符，因此童話滋養孩童幻想的效果，也是其他兒童故事難以匹敵的。

一些所謂「優良兒童文學作品」的問題在於，這類作品將孩童的想像力局限在某個他已經能夠達到的層級。這樣的故事固然受到孩子歡迎，但是除了一時的閱聽樂趣，能帶給孩子的助益卻微乎其微。孩童在接觸這類故事之後，對於當下遭遇的困境，依舊無法獲得安撫或寬慰，只是藉由故事短暫地逃避。

舉例而言，在一些「符合現實」的故事中，孩子對父母親展開報復。孩童脫離伊底帕斯時期，人生不再完全依賴父母的時候，也就是他想要報復的欲望最為強烈的時候。每個孩童在人生中這個時期都會沉浸於報復幻想，但他在比較清明的時刻，會認知到這樣的幻想極不公平，因為他知道父母親費盡心力提供了他存活所需的一切。報復的念頭必然伴隨著罪惡感，以及對於遭到懲罰的焦慮。一則鼓勵孩子幻想自己真的展開報復的故事，事實上反而讓孩童倍感罪惡和焦慮，而孩童靠一己之力能做的，就是壓抑這樣的念頭。結果往往是等到十幾年之後，孩童長成青少年，便在現實世界中將孩提時期的報復幻想付諸行動。

其實孩童並不需要壓抑報復父母的幻想，他反而應該完全沉浸其中，只要他能在巧妙的引導之下，將報復的矛頭指向與真正父母很接近，但絕不是父母本尊的對象。篡奪父母親地位的角色，也就是童話故事中的繼父母，不正是最適合作為發洩復仇意念的對象嗎？如果將惡意的報復幻想，全都發洩在這樣一名邪惡的篡奪者身上，那麼孩童就沒有理由覺得罪惡或是恐懼懲罰，因為這個篡奪者明顯罪有應得。或許會有人持相反意見，認為報復的念頭是不道德的，兒童不應該產生任何這樣的念頭。但我們必須強調，認為人們不應該有這樣的幻想，不表示真的能阻止人們萌生這樣的幻想，只是將它們逐入無意識，在那裡反而只會對內心造成更加劇烈的破壞。因此，童話其實容許孩童魚與熊掌兼得：他既能完全沉浸在對於故事中繼父母的報復幻想並得到樂趣，面對真正父母又不需要懷著任何罪惡感或恐懼。

❖ 孩童能超越父母嗎？

小熊維尼故事的作者米恩（A. A. Milne）有一首詩題為〈不乖〉，講述三歲的詹姆斯・莫理森警告母親，千萬不可以不帶他就一個人跑去小鎮另一頭，因為她可能找不到回家的路，從此永遠走失，母親在詩裡也真的就此成為失蹤人口。情節發展引人發噱，至少對成人來說。[40]但是，對孩童而言，這首詩具體呈現了遭到遺棄的噩夢，也是最為可怕的焦慮。成人讀來覺得滑稽好笑，因為詩中將監護人和被監護人的角色反轉。就算孩童再怎麼期望角色顛倒的情況發生，他也不會喜歡最後呈現的結局是永遠失去父母。這首詩逗樂孩童的地方，是警告父母絕對不可以不帶他就自己跑走。這樣的狀況確實讓他開心了一下子，但接著他就必須壓抑心中那股更深層、也更嚴重，對於自己將會永久遭受拋棄的焦慮，也就是詩中暗示將會發生的事。

現代有好幾部類似的兒童文學作品，其中的兒童比父母能力更強也更聰明，而故事背景不像童話設定在遙遠時空，而是日常接觸的現實世界。孩童喜歡這樣的故事，因為內容與他想要相信的一致，但最後卻只是導致孩童對於父母的信任瓦解，因為現實和故事傳達的相反：他在日常生活中依舊得依靠父母，而且父母在未來的很長一段時間，依舊遠比他更加傑出優越。

孩童需要知道父母親懂的事情比自己更多，從中獲得安全感，傳統的童話故事都不會去除這個要件；但有一種重要狀況例外：父母一直錯估孩童能力的時候。很多童話故事裡的父母，都會輕視眾兒女中的某一個，這個孩子常被人叫做傻瓜，而他也會隨著故事進展，向父母證明他們對他的評估是錯的。在這裡，童話再度符合心理上的真實。幾乎每個孩子都深信，父母幾乎什麼事都知道得比較多，只有一件事例外：他們不夠了解他的能力。對孩童而言，童話鼓勵這樣的想法對孩子是有益的，因為他會接收到應該培養自己能力的訊息——不是為了贏過父母，而是要修正父母原本小看自己的錯誤評價。

至於超越父母這一點，童話裡時常將父親（或母親）的角色一分為二：一個角色是小看孩子的父母，另一個角色是睿智老人或年輕主角遇見的動物。後者會提供主角如何獲勝的周全建議，去贏過某個受父母偏愛的手足，而不是要贏過父母，因為那樣對主角來說太過可怕。有時候，這個角色也會幫助主角達成幾乎不可能完成的任務，讓主角向父母證明，他們對他的評價是錯的。於是父母親分裂成質疑孩子和支持孩子的層面，而後者勝出。

這種類型的故事有許多不同的形式，在世界各地都可以找到。一開始的場景相當符合現實：年邁的父親必須決定，哪一個孩子最有資格繼承家產或是取代自己的地位，於是要求眾孩兒完成某件任務。接下任務的主角當下的感覺和孩童完全相同：根本是不可能達成的任務。儘管主角這麼認為，故事還是讓我們看到任務是可以達成的，但是必須透過神奇力量的幫助，或是其他人事物的介入。確實，只有最為特殊不凡的成就，才能讓孩童覺得自己比父母更加優越；如果沒有任何成就作為佐證，自信只會淪為空洞的妄自尊大。

〈放鵝女孩〉：達到自主

"The Goose Girl": Achieving Autonomy

孩童常常覺得成人和世界對待自己不公不義，
根據這樣的經驗，他於是想要所有欺騙和輕視他的人，
都受到最嚴厲的懲罰。

《格林童話》中的〈放鵝女孩〉，探討的就是從父母親手中取得自主權；這則故事曾經家喻戶曉，如今卻少有人知。在歐洲幾乎所有國家、甚至其他大洲，都能找到類似的故事，只是版本有些差異。格林兄弟的版本如此開場：「從前有一位老皇后，她的丈夫很多年前就去世了，留下她和美麗的女兒……公主長大到了該出嫁的時候，她必須遠行前往異國。」老皇后賜給她珍貴的珠寶，並且指定一名侍女隨行。公主和侍女各騎一匹馬，而公主騎的馬會說話，牠的名字叫法拉達。【41】分別的時刻即將到來，老母親走進臥室，拿出一把小刀劃破手指，在一條白手帕上滴下三滴鮮血，接著將手帕交給公主並告訴她：「我心愛的孩子啊，好好保存這條手帕，它在路上將會幫妳很大的忙。」公主和侍女便出發了，走了一個小時之後，公主覺得口渴，於是要侍女幫她用金杯從溪流中取些水來。侍女不但拒絕，甚至搶走公主的金杯，叫公主自己趴在溪邊喝水，還說她不會再服侍公主。

之後同樣的情況再度發生，但這次公主彎身喝水的時候，卻不慎將懷中那條滴了三滴鮮血的手帕遺落在溪裡。失去手帕之後，公主變得虛弱無力，於是侍女趁機強迫公主和她交換座騎和衣飾，還逼公主發誓絕不會將交換身分的事告訴王宮裡的任何人。兩人抵達王宮之後，王宮裡所有人都將侍女當成待嫁的公主。老國王問起與侍女同行的女子，侍女就說應該分配差事給她做，於是公主被派去幫忙一個男孩照顧鵝群。不久之後，假公主就要求和公主有婚約的年輕國王幫忙將法拉達的頭砍下，因為她害怕馬兒會揭露她的惡行惡狀。於是法拉達遭到斬首，但由於真公主苦苦哀求，王宮的人將砍下的馬頭釘在一處陰暗的城門上，真公主每天出宮去放鵝的時候都會經過那裡。

每天早晨，當放鵝的男孩和真公主經過城門，公主都會無比哀傷地和法拉達的頭打招呼，而法拉達每次都會回覆：

妳的母親若是知情，

她的心將碎成兩半。

到了野外，公主會讓頭髮披散下來。她的一頭金髮恍若真金，讓男孩忍不住想拔下幾根，但是公主會召喚一陣風將男孩的帽子吹走，讓男孩因為要追回帽子而無法得逞。連續兩天都發生了同樣的事情，男孩大為惱火，就向老國王抱怨。隔天老國王躲在城門旁，將一切都看在眼裡。傍晚時真公主回到城堡，老國王詢問她為何會發生這些事情。已經是放鵝女孩的她回答，她已經發誓不會告訴任何人，經不起老國王一再施壓，她最後答應依照他的建議，對著一座壁爐說出實情。老國王自己則躲在壁爐後面，於是得知放鵝女孩的遭遇。

之後，老國王讓真公主穿上華貴的服裝，並且邀請所有人參加一場盛宴。在老國王的安排之下，真公主和假公主分別坐在年輕國王的兩側。宴會進入尾聲，老國王問假公主，要如何懲處犯下某些惡行的人才是最公正的懲罰，接著描述假公主自己曾經做過的事。假公主還不知道已經形跡敗露，她回答：「『這個人罪有應得，最適合的下場莫過於將她的衣服剝光，關進內側釘滿釘子的木桶裡，讓兩匹白馬拉著木桶遊街，直到她死去為止。』『那個人就是妳，』老國王說，『而妳既然為自己做出判決，就這樣在妳身上執行吧。』在處決完侍女之後，年輕國王迎娶真正的新娘，從此兩人便一同和平睿智地治理王國。」

故事一開始，就把世代傳承的課題，投射於老皇后將女兒遠嫁異國的情節，也就是不再依賴父母，建立自己的人生。即使吃盡苦頭，公主仍然堅守誓言，不向任何人吐露實情，這樣做證明了她的道德情操，最後終於等到惡有惡報的圓滿結局。此處主角必須克服的危機來自內心：她必須抗拒說出祕密的誘惑。不過，這則故事的主題，其實是主角的身分地位遭到冒牌貨篡奪。

❖解決伊底帕斯衝突

同樣的故事和母題，在不同文化中都廣為流傳，究其原因，就在於其中的伊底帕斯式意涵。雖然故事的主角通常是女性，但也有些是以男性為主角，例如最著名的英國版本〈羅斯瓦和莉莉安〉，講的就是主角被送到另一個王國的宮廷接受教育的故事，更清楚點明故事主題就是長大、成熟和達到獨立自主的過程。【42】就像放鵝女孩一樣，羅斯瓦在旅途中被迫和侍從交換身分，到了目的地之後，宮廷成員誤以為侍從是王子，而王子本人雖然成了地位卑下的僕人，卻還是贏得公主的芳心。最後在善心角色的幫助之下，冒牌貨的身分遭到揭穿，王子也回復真實身分。故事中的侍從也企圖冒充王子和公主成婚，因此和〈放鵝女孩〉的情節基本上是相同的，只是主角的性別不同；這正表示主角是男或女並不重要，因為故事要處理的伊底帕斯衝突，是女孩和男孩在人生中都會遭遇的課題。

〈放鵝女孩〉以象徵方式呈現了伊底帕斯情結發展時期兩個完全相反的層面。在較早的階段，孩童相信雙親中同性別的一方，篡奪了他在不同性別的那一方心中的地位，而不同性別的一方其實比較想選自己作為結婚對象。以男童為例，他懷疑父親陰險狡猾（早在孩童出現前就已經存在），要詐騙走了原本屬於自己的長子繼承權，於是他希望能藉由某種更高層次的人事物介入導正一切，而他自己也將成為母親的伴侶。

這則故事也引導孩童從早期伊底帕斯階段，進入接下來更高層次的階段。在這個新階段，孩童對自己在伊底帕斯時期的真正處境，發展出比較正確的看法，取代了原本的一廂情願。隨著孩童逐漸成熟、並且理解得更多，他開始了解，他認為父親霸占本應屬於自己地位的想法並不符合現實，也開始明白是**他自己**企圖篡奪，是**他自己**想要取父親而代之。〈放鵝女孩〉提醒孩童必須放棄這樣的想法，因為篡奪者即使一度成功取代正牌新娘的地位，最後仍會遭受可怕的懲罰。故事的啟示是，不管再怎麼渴望取代雙親中的任一個，最好還是接受身為孩童的地位。

有些人或許會好奇，呈現這個母題的故事大多以女性為主角，這一點對孩童是否會造成不同的影響。但無論孩童的性別為何，這則故事都會留給他強烈的印象，因為孩童在前意識中會明瞭，故事處理的伊底帕斯衝突，基本上就是他自己面臨的衝突。德國詩人海涅（Heinrich Heine）在最著名的詩篇之一〈德國，一個冬天的童話〉中，述及〈放鵝女孩〉在他腦海中烙下的深刻印象：

奶娘故事使我心蕩：昔時國王有一愛女
無人荒野兀自獨坐，滿頭秀髮亮如金縷。
看顧鵝群已成責任，牧鵝女孩每逢入夜
驅趕眾鵝經過城門，思及困厄垂淚以對……[43]

〈放鵝女孩〉也隱含了一個重要訊息：即使父母親像國王或皇后一樣，卻仍然無法保證孩子能夠長大成熟。孩童要達到自主，就必須獨力面對人生中的考驗，不能仰賴父母來收拾他因自身軟弱造成的後果。故事中老皇后為公主準備的珠寶全都沒有派上用場，表示雖然父母親在物質層面能夠給予孩子的援助，但要是孩子不知如何善用，那就對孩子毫無助益。老皇后給公主最後也是最重要的禮物，是一條沾了自己的三滴血的手帕，但公主甚至因為粗心大意而遺失手帕。

關於三滴血象徵達到性成熟，我們之後將連同〈白雪公主〉和〈睡美人〉兩則故事一起做更全面的討論。既然公主離開家鄉是為了成婚，也就是由少女轉變成女人和妻子，她的母親更強調沾了三滴血的手帕比會說話的馬更重要，那麼將白色亞麻布上的血滴，視為性成熟的象徵就不算牽強，是母親為了幫助女兒做好準備在性事上採取主動，建立起的某種特殊連繫。*

母親贈送的信物關係重大，公主本來應該堅持守護，也就能保護自己免於受到篡奪者的惡意陷害，但她卻將手帕遺落，也就意味著在她的內心深處，還未成熟到足以成為女人。公主粗心遺落手帕，或許可以視為「佛洛伊德式失誤」，是藉此逃避她不願受到提醒的那件事：童貞失去在即。成為放鵝女孩之後，她的角色回返為未婚少女，和小男孩一起照顧鵝群，更再次強調她的尚未成熟。但故事也指出，在該成熟的時候卻執意不願成熟，只會為自己和最親近的同伴帶來悲劇，例如忠心耿耿的馬兒法拉達遇害。

傷心的放鵝女孩三次遇見法拉達的頭都表示哀悼：「哦懸在那兒的法拉達啊」，而法拉達每次回應的詩句，與其說是哀嘆女孩的命運，其實更像是要表達母親的悲悽無助。法拉達話中隱含的警惕，是在提示公主別再逆來順受，不只為了她自己，更是為了母親。牠似乎也隱約在控訴，若不是公主的表現那麼不成熟，不僅遺落了手帕，還任憑侍女發號施令，那牠也不至於喪命。所有壞事會發生，都是女孩的錯，因為她無法做到肯定自己。即使是會說話的馬，也沒辦法幫助她脫離困境。

故事強調的是人生旅途上會遭遇的種種難關：為了達到性成熟、獨立自主，和實現自我，

---

*三滴血這個元素在故事中占有極其重要的地位，從源自洛林地區的德文版本以「沾了三滴血的布」為故事標題即可窺知。法文版本中具有魔力的禮物則是金蘋果，讓人聯想到夏娃在伊甸園獲得的那顆象徵性知識的蘋果。[44]

一路上必須克服危難、通過考驗和做出抉擇。但是故事告訴我們，只要保持本心和自己的價值觀，儘管情況可能一度極不樂觀，最後仍然會有圓滿的結局。當然，故事也和解決伊底帕斯衝突之道一致，凸顯出為了一己私欲而篡奪他人地位者，終將自取滅亡。要達到獨立自主唯有一途，就是自立自強。

❖ 童話幫助孩童內心達到自主

〈放鵝女孩〉的故事不到五頁長，我們可以再次將這則故事的深度，與先前提及、廣受歡迎的現代兒童故事《小火車做到了！》相比。《小火車做到了！》同樣鼓勵孩童相信，只要自己夠努力，最後一定會成功。這部現代故事和其他類似作品確實帶給孩童希望，立意良善卻有所局限。它們並未處理孩童更深層的無意識欲望和焦慮，如筆者先前分析過的，孩童在人生中無法信任自己，正是受到這些無意識元素阻礙。這類作品既未直接或間接向孩童揭露他的深層焦慮，也未在這些壓得他喘不過氣的情感層面上提供撫慰。成功本身無法終結內在的困境，這一點和《小火車做到了！》傳達的訊息剛好相反。否則，就不會有那麼多成人一直努力、從未放棄，最後終於獲得外在的成功，但是內在的困境始終沒有因為他們的「成功」而獲得解決。

孩童不是單純地害怕失敗本身，雖然那的確是引起焦慮的原因之一。但那些現代兒童故事的作者這麼相信，或許是因為成人最主要恐懼的，是失敗會實際地帶來各種劣勢。孩童對於失敗的焦慮，主要著眼於，失敗就會遭到拒斥、拋棄和徹底毀滅。所以說，在故事中，要是主角不能展現自己力量強大、足以對抗篡奪者，就應該出現食人妖怪或其他邪惡角色，威脅要將主角毀滅：根據孩童心理對於失敗所招致後果的看法，這樣的故事情節才算是正確合理。

如果潛藏在無意識的焦慮，沒有一併獲得解決，那麼最終的成功對孩童來說毫無意義。在童話故事中，是以消滅惡者來象徵解決焦慮。如果沒有惡人伏誅這一節，主角最後恢復身分地位就不會圓滿收場，因為倘若邪惡依舊存在，就會是永遠的威脅。

大人往往認為，童話故事中以酷刑懲罰惡人，會讓孩童擔驚受怕，是不必要的情節。但事實恰恰相反——罰惡情節向孩童再次保證：罪罰相當。孩童常常覺得成人和世界對待自己不公不義，而且情況似乎不見改善。根據這樣的經驗，他於是想要所有欺騙和輕視他的人，都受到最嚴厲的懲罰，就像故事中欺負公主的侍女一樣。如果惡人未受嚴懲，孩童就會認為沒有人是認真地要保護他。反過來說，惡人受到的懲罰愈嚴厲，他才會愈有安全感。

這裡有一點值得注意，就是篡奪者為自己做出了判決。侍女先是決定冒用公主的身分，後來則決定了毀滅自己的方式，兩者都是惡意造成的結果；基於惡意，她想出了如此殘酷的懲罰，也就是說她受到的懲罰並非來自外界，而是她咎由自取。如此的安排，要傳達的訊息是，任何邪惡企圖，最後都是惡人自作自受。侍女選擇讓兩匹白馬來行刑，暗示了她無意識中對於害死法拉達的罪惡感。法拉達是載送新娘前來的馬，所以我們假設牠是白馬，而白色代表純潔，因此由兩匹白馬來為法拉達報仇也很合情理，孩童也會在前意識認同這樣的安排。

先前提到，在外在世界成功達成任務，並不足以消除內在的焦慮。因此孩童需要獲得提點，得知除了堅毅不屈還需要做到什麼。表面上看來，放鵝女孩似乎沒有做什麼來改變自己的命運，她能恢復身分，完全是因為善意力量介入，或機緣湊巧之下讓老國王發現她才是公主，並且伸出援手。但在成人眼中不值一提或無足輕重之事，孩童卻可能視為是件相當了不起的成就，畢竟孩童在任何時候，都可能藉由做到微不足道的小事，而改變自己的命運。童話故事告訴孩童，那些不太起眼的行為就有效果，但是主角要達到真正的自主，最重要的是必須經歷內在的成長。達到獨立和超脫孩童期，需要的是人格發展成熟，不是更能勝任某件事情，或是對抗外在困境。

前面已討論到，〈放鵝女孩〉故事中投射出伊底帕斯衝突的兩個面向：孩童覺得有篡奪者搶走自己的正統地位，以及之後認知到：其實希望篡奪屬於父母親的地位的人是他自己。故事也強調若是長久沉溺於幼兒的依賴心態，將會帶來危險：主角一開始從依賴母親轉為依賴侍女，她對侍女言聽計從，沒有自己的思考判斷。就像孩童不希望放棄依賴的狀態，公主也無能回應所處環境中的變化，而故事清楚點明，這就是她遭到失敗的原因。保持依賴無法讓她的人格發展到更高境界，如果她要到外頭的世界闖蕩（以離開家鄉到異地贏得她自己的王國來象徵），她就必須獨立自主，而這是公主成為放鵝女孩之後才學到的教訓。

就像侍女在旅途中想支配公主，一起放鵝的男孩也是如此。男孩受到欲望驅使，完全無視公主的自主權。公主在離開家鄉的旅途中，放任侍女搶走她的金杯；稍後，當公主在野外坐下來梳理頭髮（在海涅的詩中「亮如金縷」的秀髮），男孩想要拔她的頭髮，或者可說篡奪她身體的一部分，公主不容許男孩這麼做，而且知道要如何阻止他。之前她太害怕侍女會生氣而不敢反抗，但現在她不會再因為害怕男孩生氣，放任男孩對她為所欲為。故事中刻意強調公主的杯子和頭髮都是金色的，就是提醒聽者注意，公主在相似情況下的反應有所**不同**這個重點。

男孩因為放鵝女孩拒絕聽他的話而氣憤難平，於是向老國王抱怨，這反而讓真相大白。主角人生中的轉捩點，就在於她在被男孩輕視欺負時肯定了自己。公主在被侍女輕視欺負時不敢反抗，但之後學會達到獨立自主，這點從她並未違背誓言就可看出，即使當初是在脅迫之下立的誓。她體認到不應該如此發誓，但既已立誓，就必須守諾。但誓言並未限制她向某個物品吐露祕密，就好像孩童覺得可以自在地向玩具傾吐悲傷。壁爐代表家的神聖不可侵犯，是適合她傾訴悲慘命運的對象。格林兄弟的版本將壁爐改為爐灶，那裡是烹煮食物的地方，所以也象徵基本的安全感。然而最重要的是，公主拒絕讓男孩違反她的意願拔下她的金髮，確立了尊嚴和不容侵犯的身體主權，隨之而來的就是圓滿的解決方法。作惡者只知道企圖冒充或假裝成自己以外的人，而公主學到的是如何成為真正的自己，那其實更加困難。單憑這點，就讓她足以達到真正的自主、進而扭轉命運。

幻想、復原、逃脫與撫慰

Fantasy, Recovery, Escape, and Consolation

童話故事最終極的撫慰，即幸福快樂和圓滿實現；
是「本我」、「自我」和「超我」的統合，
也是永久超越了分離焦慮。

現代童話故事的不足之處，正好凸顯了傳統童話故事中最經得起時間考驗的元素。托爾金指出，一個好的童話故事必須具備的層面包括：幻想（fantasy）、復原（recovery）、逃脫（escape）和撫慰（consolation）。復原是自深沉絕望中振作，逃脫是自極大危險中脫身，但最重要的，是撫慰。至於結局，托爾金強調所有的童話故事都應該有圓滿的結局，是「突如其來的歡欣『轉折』……無論冒險過程如何不可思議或艱險可怖，當『轉折』出現的時候，會令聽到的孩童或成人倒抽一口氣，一顆心撲通雀躍，感動得幾乎（或真的）落淚。」[45]

如果要孩童選出最喜歡的童話，而幾乎沒有聽到他們提到任何現代童話故事，這是完全可以理解的。[46] 許多新創作的童話故事結局都很悲傷，無法提供孩童逃脫和撫慰，但這些卻是孩童在經歷了故事中的可怕事件之後最需要的，因為只有逃脫和撫慰，能夠幫助孩童更堅強地面對人生中的無常變化。少了振奮人心的結局，孩童在聽完故事之後，會覺得陷入人生絕境的自己，真的從此脫困無望。

在傳統童話中，主角獲得獎賞，而惡人得到應受的報應，於是滿足了孩童內心深處對於伸張正義的需求。畢竟孩童常常覺得自己飽受不公對待，如果沒有看到這樣的結局，他如何期待未來會有人替他主持公道？當他受到強烈誘惑，屈服於心中自私的欲望，還有什麼結局，能讓他說服自己必須行為端正？柴斯特頓曾記述自己和孩子們一起觀賞梅特林克（M. Maeterlinck）的兒童劇《青鳥》，有些孩子看完並不滿意，「因為最後沒有審判日，而且男主角和女主角還是不知道狗對他們很忠心、但貓不忠心。這是因為孩子全都天真且熱愛公平正義，但我們成人大多邪惡，而

且很自然地偏好施恩寬恕。」【47】

我們絕對有理由質疑柴斯特頓相信孩童全都天真的觀點，但是他對於成人的觀察卻完全正確；對不公不義抱持寬恕，是成熟心靈的典型特徵，卻會使孩童困惑不已。再者，不僅達到撫慰的要件是伸張正義，撫慰也是伸張正義（或者對成人而言是施恩寬恕）的直接結果。

惡人咎由自取、想陷害主角，卻剛好害到自己的情節，在孩童看來似乎特別適切：像是〈漢賽爾和葛麗特〉裡，巫婆想要將小孩煮熟吃掉，最後卻是自己被推進烤爐裡燒死，或是〈放鵝女孩〉裡篡奪公主身分的侍女，自己說出懲罰方法並承受酷刑。要達到撫慰，就必須讓世界的秩序回到正軌。懲罰作惡者的效果，就等同消滅主角所在世界裡的邪惡，於是主角的人生中再也沒有阻礙，從此就能過著幸福快樂的生活。

❖童話幫助孩童應對分離焦慮

在托爾金列舉的四個元素之外，我們或許可以再加上「威脅」。我認為這個元素在童話故事中至關緊要，可能是對主角人身性命或者道德操守的威脅，例如公主淪為放鵝女孩，對孩童而言就是一種道德困境。如果我們細細思索，會很驚訝故事主角竟然對這樣的威脅逆來順受、毫不質疑，困厄就這麼發生了。〈睡美人〉裡憤怒的仙女說出的詛咒必定會發生，即使可以減緩傷害，但沒有人能夠阻止。白雪公主不曾思考皇后為什麼滿腔妒火，心心念念要置她於死地，小矮人雖然提醒公主要避開皇后，也從沒想過是出了什麼問題。從沒有人質疑，巫婆為什麼要讓萵苣姑娘和親生父母分開，可憐的萵苣姑娘就是會被巫婆帶走。只有少數幾個故事例外，像是〈灰姑娘〉裡的繼母犧牲主角，是為了讓自己的女兒攀上枝頭，但即便如此，故事還是沒有告訴我們，為何灰姑娘的父親默許這樣的情況。

無論如何，只要情節開始發展，主角就會身陷險境。這就是孩童眼中的人生，即使就外在條件而言，他實際上生長在相當優渥的環境。對孩童來說，他的人生似乎是從原本連續的平順時期，忽然之間莫名陷入極大危險而遭打斷。他原本很有安全感，覺得世界上幾乎沒有需要擔心的事，但剎那間一切都變了，友善的世界突然變成危機四伏的夢魘。這就是原本慈愛的父母忽然做出看似不可理喻的要求和可怕威脅時，孩童會有的感受。孩童深信這些事情的發生毫無理由，就只是發生了，這是他無可避免的命運。接著孩童可能因絕望而完全放棄（有些故事主角就是這樣，他會呆坐哭泣，直到有魔力的幫手現身，指引他如何前進和對抗威脅），或者企圖逃離一切，像白雪公主一樣試著逃離被殺的悲慘命運：「這個可憐的孩子逃進廣大的森林，孤單又絕望的她太害怕了……不知道如何是好。於是她拚命跑呀跑，踩過尖銳的石頭，穿過刺人的荊棘。」

人生中最嚴重的威脅，莫過於遭到拋棄，從此孤苦伶仃。精神分析中將人類最大的恐懼稱為分離焦慮，而年紀愈小，被拋棄時感受到的焦慮就愈痛苦煎熬，因為年幼孩童如果沒有受到適切保護和照料，確實會因此喪命。因此，最終極的撫慰，就是永遠不會遭到遺棄。土耳其有一系列的童話故事，講述主角屢次陷入最不可思議的危急狀況，但只要主角交到新朋友，馬上就能逢凶化吉、轉危為安。例如著名童話故事中的主角伊斯坎德，他的母親敵視他，因此強迫丈夫將兒子放入大箱子內，並投入海中任其漂流。一隻青鳥救了伊斯坎德，而伊斯坎德之後多次遭遇更加危急的關頭，青鳥都前來營救，牠每次都向他重申：「記住，你絕不是孤單一人。」[48]而這就是最終極的撫慰，也是童話故事最常見的結局所暗示的：「他們從此過著幸福快樂的日子。」

童話故事最終極的撫慰，即幸福快樂和圓滿實現，具有兩個層次的意義。以王子和公主永結連理為例，象徵的即是人格中迥異層面的統合，用精神分析的語彙來說，就是「本我」、「自我」和「超我」的統合，再者，也象徵了先前分歧的男性本質和女性本質達到和諧一致，這點將在後續與〈灰姑娘〉的結局一併探討。

就道德層面而言，結為連理象徵藉由懲凶除惡，達到最高層次的道德一統；同時，當主角找到理想伴侶，彼此建立了最令人滿意的關係，主角也就永久超脫了分離焦慮。結為連理的外在形式，雖然會因為不同的故事，或主要處理的心理課題或發展階段的不同而有所差異，但內在涵義總是相同。

例如在〈小弟弟和小姊姊〉裡，姊弟大多數時間裡都不分開，他們分別代表人格中的動物性和精神性，兩者雖然一度分離，但最後必須統合，才能獲致幸福圓滿的人生。姊姊後來嫁給國王並產下一子，但身分遭到篡奪，是邁向統合的過程中最重大的威脅。姊姊在遭到謀害之後，仍然每晚回來照顧稚子和鹿弟弟，故事如此描述她的起死回生：「國王……撲到她跟前說：『妳不是別人，就是我親愛的妻子』。於是她回答：『是的，我是你親愛的妻子。』此時由於神的恩典，皇后死而復生，她的面色紅潤，神采奕奕、健康如常。」但要達到最終極的撫慰，必須先消滅邪惡：「巫婆被判處火刑，承受焚身苦楚直到斷氣。當巫婆被燒成灰燼，變成小鹿的弟弟恢復人形，小姊姊和小弟弟終於團聚，從此幸福快樂直到終老。」故事的「圓滿結局」，也就是最終極的撫慰，同時包含人格達到統合和永久關係的建立。

再比較〈漢賽爾和葛麗特〉，故事表面上看來不盡相同：兩兄妹一等巫婆燒死就獲得了金銀財寶，表示人格達到更高的境界。但由於兩人都還未達適婚年齡，因此能夠永久消除分離焦慮的人際關係，不是以婚姻作為象徵，而是改以兩人回家和父親快樂團聚來呈現，而由於母親（另一個邪惡角色）已死，所以「他們從此無憂無慮，過著純然幸福的日子。」

這些童話的結局伸張正義、大快人心，也呈現主角的心理發展歷程。再與很多現代童話比較，會發現後者的主角歷經重重苦難，情節雖然深刻動人，但似乎沒有清楚揭示生命的意義，因為故事結尾並未指向人生終極的圓滿。（王子和公主結婚並繼承王國，從此王國長治久安，這結局看似天真，對孩童來說卻象徵著他人生想像達到的最高境界，因為這就是他渴望得到的：平順成功地統治自己的王國，即自己的人生，並且和絕不會離棄自己的最佳伴侶幸福相守。）

❖ 邪不勝正的撫慰

在現實中的確少有這樣的復原或撫慰，也就難以鼓勵孩童以堅毅不屈的態度面對人生。這種堅毅不屈的態度會讓孩童相信，通過了嚴苛考驗就可以邁向人生的更高境界。傳統童話故事能夠帶給孩童最大的幫助就是撫慰其心：讓他相信儘管面臨種種磨難考驗（例如〈漢賽爾和葛麗特〉中遭雙親拋棄的威脅，〈白雪公主〉和〈灰姑娘〉中母親或手足的妒意，〈傑克與魔豆〉中巨人的噬人怒火，及〈睡美人〉中的邪惡力量），但他不僅最後會成功，而且邪惡力量會被根除，再也無法對他的平和心境造成威脅。

如果孩子拒聽經過美化或刪改的版本，那絕對是正當合理的。灰姑娘的兩個壞姊姊如果沒有受到任何懲罰，甚至因為灰姑娘而跟著飛上枝頭，這樣的情節對孩童來說都不太適當。孩童對寬容大方不會有什麼好印象，即使聽父母親講述好人壞人都有好報的刪改版情節，也不會學到寬恕，其實孩童比大人更清楚他需要聽到的是什麼。以下案例是一名七歲孩童，有大人唸白雪公主的故事給他聽，但是擔心小孩聽了結局會害怕，所以講到白雪公主結婚就結束。可是孩子記得故事情節，他立刻追問：「那用來殺死壞皇后那雙燙得通紅的鞋子呢？」孩子覺得只有惡人最後受到懲罰，天下才會太平，他在世上才會有安全感。

這並不表示童話對於邪惡行為，以及自私行為造成的不幸結果一視同仁，反而是將兩者截然劃分。〈萵苣姑娘〉就是很好的例子。儘管巫婆最後將萵苣姑娘趕走，讓她不得不在荒野裡過著「淒涼悲慘的生活」，巫婆卻沒有因此受到懲罰，而從故事中的事件就會發現理由很清楚。萵苣姑娘名字中的「萵苣」就是解謎的線索（原文「rampion」是指在歐洲常用來製作沙拉的匍匐風鈴草，故泛稱為萵苣），她的母親在懷孕期間，非常渴望吃到巫婆家園圃裡種的萵苣，最後說服丈夫潛入禁地偷摘。丈夫第二次偷摘的時候，被巫婆逮住，巫婆威脅要懲罰他這個偷菜賊。丈夫苦苦哀求，說是因為懷孕的妻子無法控制自己想吃萵苣的欲望。巫婆被他的求情感動，允許他隨意採摘萵苣，但條件是「將你妻子未來生下的小孩交給我，孩子會過得很好，我會像母親一樣呵護她。」丈夫接受了這個條件，於是巫婆獲得萵苣姑娘的撫養權，因為孩子的雙親擅闖私人禁地在先，之後又同意交出孩子。我們可以說巫婆比父母親更想要這個孩子，或者看起來是如此。

日子一切平順，直到萵苣姑娘十二歲。從故事情節就可以猜出，她到了性成熟的年紀，隨之而來的，是她可能離開養母的危機。誠然，巫婆因為自私，想方設法將萵苣姑娘留在身邊，甚至不惜將她獨自關在高塔上無人能進的房間裡。雖然剝奪萵苣姑娘的行動自由是錯誤的行為，但在孩童眼中，巫婆極度渴望將萵苣姑娘留在身邊，似乎不是什麼嚴重的罪行，因為孩童同樣極度渴望雙親將自己留在他們身邊。

巫婆藉著萵苣姑娘的長髮辮爬上高塔看她，萵苣姑娘也藉由同樣的長髮辮和王子建立關係，象徵著與母親的關係轉換到與愛侶的關係。萵苣姑娘必然知道，自己對於巫婆這個代理母親而言有多麼重要，因為故事中出現了童話裡罕見的「佛洛伊德式失誤」。萵苣姑娘很明顯對於瞞著養母和王子幽會懷著罪惡感，和蒙在鼓裡的巫婆對話時說溜了嘴：「妳為什麼比國王的年輕兒子重那麼多啊？」

就連孩童都知道，世間最令人憤怒的，莫過於遭到所愛之人背叛，而萵苣姑娘即使在思念王子的時候，依然知道巫婆是愛她的。雖然自私的愛是不對的，而且最後必定像巫婆對萵苣姑娘的愛一樣期望落空，但孩童還是能夠理解，如果一個人想要獨占對某個人的愛，他就不會想讓其他人也愛這個對象、並影響自己的獨占地位。如此自私又愚蠢的愛是不對的，但並不邪惡。巫婆沒有摧毀王子，她只是在王子發現失去萵苣姑娘之後幸災樂禍，縱然**她自己**也同樣失去了萵苣姑娘。王子的悲慘命運其實是自己造成：他得知萵苣姑娘已經不在，就在絕望中跳下高塔，跌進荊棘叢裡刺瞎了雙眼。巫婆的行為如此自私愚蠢，所以期望落空，但她是因為太愛萵苣姑娘才這麼做，而不是出於邪惡，所以她沒有受到任何傷害。

❖ 強大身體與成熟心靈

先前提過，對孩童而言，以象徵的方式得知，透過自己的身體就能實現願望，會令他感到無比安慰，例如萵苣姑娘用自己的髮辮讓王子爬上高塔。故事的圓滿結局仍舊因為萵苣姑娘自身而得以實現：她的眼淚讓王子恢復視力，他們也因此能夠重獲他們的王國。

〈萵苣姑娘〉是呈現幻想、逃脫、復原與撫慰層面的絕佳範例，當然還有無數的民間童話故事也是很好的例子。隨著故事情節發展，一個行為被另一個行為抵銷，帶著幾何規律般的嚴謹，一個接著一個地發生：萵苣（姑娘）被偷走，會引發萵苣（姑娘）回到原本被帶走的地方；母親強迫丈夫為她偷採萵苣的自私行為，抵銷了巫婆想要獨占萵苣姑娘的自私行為。幻想元素則提供了最後的撫慰：身體的力量在想像中被放大，成了能夠讓人爬上高塔的超長髮辮，以及能夠治癒失明的眼淚。想要回復原初，還有什麼資源比自己的身體更可靠？

萵苣姑娘和王子的行為都很不成熟：王子跟蹤巫婆，他沒有對她公開表達對萵苣姑娘的愛意，而是趁巫婆不在的時候上了高塔；萵苣姑娘也欺騙巫婆，隱瞞自己做過的事，只有說溜嘴那次除外。這就是為什麼即使萵苣姑娘離開高塔，脫離巫婆的掌控，還不會立刻出現圓滿結局。萵苣姑娘和王子就像其他故事的主角一樣，還必須經歷折磨和考驗，讓內心得以成長。

孩童不會意識到自己的內心發展，因此這些過程在童話故事中都是以象徵式的外在行動來呈現；這些行動代表的，其實是內在和外在的掙扎。成長也需要內心的深度專注才能達成，因此童話故事中的典型象徵，就是平淡無奇的數年光陰，暗示沉靜的內在發展。是故，孩童的身體逃脫父母親的支配之後，隨之而來的就是一段漫長的復原階段與漸臻成熟的時期。

故事中萵苣姑娘被巫婆逐入荒野，從此不再受代理母親照顧，而王子也不再受到雙親庇護。兩人現在必須學習，即使處在最艱困的環境，也要照顧好自己。從他們放棄希望，就能得知他們相對還不成熟——不相信未來，其實就意味著不相信自己。這就是為什麼不管是萵苣姑娘或王子，都無法下定決心尋找對方。故事告訴我們，王子「漫無目標地摸索穿過森林，只吃草根和漿果充飢，除了哭泣哀叫之外什麼都不做，因為他失去了他的摯愛。」而萵苣姑娘過的日子也算不上是樂觀正向，她同樣過著悲慘的生活，長吁短嘆怨自己命苦。儘管如此，我們必須假定，這段日子對兩人來說，都是成長、復原和找到自我的時期。最後他們不但準備好拯救彼此，也準備好為彼此營造美滿人生。

關於說故事給孩子聽

On the Telling of Fairy Stories

說故事給孩子聽，最有效的方式，
就是讓說故事成為人與人之間互動交流的活動，
由所有參與說聽故事的大人小孩共同形塑。

為了充分彰顯一則童話故事撫慰人心的特性、象徵意義，以及最重要的人際互動上的意義，我們應該採取說故事，而非唸故事的方式。如果故事是用唸的，也應該要對故事情節和聆聽的孩童投入情感，並應用同理心設想故事對孩子可能產生的意義。說故事優於唸故事，因為前者容許更大的變化空間。

❖說故事是互動交流

先前曾提及，民間童話故事與較近代創作的現代童話故事完全不同，是不同成人分別向形形色色的大人小孩講述，在無數次口耳相傳中，形塑再重塑而得的成果。每個口述者在講故事的時候，都會藉由增刪一些元素，講出對於自己和他熟悉的聽者都更有意義的故事。當大人講故事給孩子聽，大人會根據孩子的反應做出判斷、並有所回應。這意味著，口述者自己在無意識中對於故事的理解，也會受到孩童無意識中對於故事理解的影響。孩童可能提出質疑，或是湊近大人身邊，或直接或間接地表達他的愉快和恐懼，而一個又一個的說故事者就根據孩童的反應改編故事。如果只是一成不變地照著印好的版本唸出來，故事的價值也會因此喪失大半。說故事給孩子聽，最有效的方式，就是讓說故事成為人與人之間互動交流的活動，由所有參與說聽故事的大人小孩共同形塑。

不可諱言，這種方式還是可能有不足之處。父母親如果無法適度調整配合孩子，或是太執

著於自己內心無意識中的內容，就可能根據**自己**而非孩子的需求，來決定要說哪些故事。但就算父母這麼做，孩子還是可能有所收穫。孩子會更理解自己的父母受到什麼影響，能夠認識自己生活中最重要的人有什麼樣的內在動機，對他而言有著莫大的益處和價值。

以下案例就發生了類似的情況：一位父親即將離開能力比他更強的妻子和五歲的兒子，他已有一段時間無力撫養他們母子。他認為妻子是個支配欲很強的人，擔心自己離開之後，兒子會完全受到妻子掌控。某個晚上，兒子要求父親講床邊故事給他聽，父親選了〈漢賽爾和葛麗特〉。講到巫婆將漢賽爾關進籠子裡，準備將他養肥之後吃掉的時候，父親打起呵欠，說他太累了沒辦法繼續講，於是他離開兒子房間，回到臥室床上沉沉入睡。這個父親就這樣讓漢賽爾無助地陷入吃人巫婆的掌控，就好像他認為自己準備讓兒子從此任憑霸道妻子宰制。

案例中的兒子雖然才五歲，但他知道父親將要拋棄他，而且父親認為母親是具有威脅性的人。但即使如此，父親還是想不出辦法保護或拯救自己。兒子當晚可能根本難以安眠，但他下定決心，既然看起來不可能指望父親好好照顧自己，就必須想辦法適應與母親相依為命的局面。隔天他告訴母親發生了什麼事，而且主動補充說，即使父親不跟他們在一起，他知道母親永遠會照顧好他。

很幸運地，孩童不但知道如何消化遭父母親扭曲的童話故事，對於與自己的情感需求背道而馳的故事元素，也有自己的一套應對之策：他們會重新編排故事情節，記住與原本不同的版本，或是自行加油添醋。故事如果是以不可思議的方式發展情節，會吸引孩童將故事即興改編；

但那些否定我們內心有著不理性一面的故事，卻很難衍生出不同的版本。令人驚嘆的是，那些最廣為人知、情節事件大家耳熟能詳的故事，到了各人心中，還是會出現不同的變形版本。

一個男孩將漢賽爾和葛麗特的角色對調，於是在他的版本裡，葛麗特被關進籠子裡，而漢賽爾想出用骨頭代替手指瞞過巫婆的主意，後來又將巫婆推進爐子裡，救了葛麗特。一個女孩希望故事符合個人需求，便以女性的出發點改編童話故事，所以她記得的〈漢賽爾和葛麗特〉版本裡，是父親不顧母親求情，堅持將孩子逐出家門，也是父親背著母親犯下惡行。

在一位年輕女士的記憶中，〈漢賽爾和葛麗特〉這個故事主要描述了葛麗特如何依賴兄長，而她反對其中的「男性沙文主義」角色。她聲稱記得很清楚故事如何發展，是漢賽爾試著靠自己的機智逃生，並將巫婆推進爐子裡，救了葛麗特。她重讀故事之後，非常驚訝自己記憶中的版本竟然如此扭曲，但也醒悟自己童年時很依賴哥哥而且樂在其中，她表示：「我一直不願承認自己也有能力，也不想承擔隨之而來的責任。」至於她在青春期早期對故事的記憶特別扭曲，還有一個原因：那時她的母親去世，而兄長還在國外，所以必須由她安排火葬事宜。即使是成年以後重讀這則故事，她一想到是葛麗特負責將巫婆推進火爐裡燒死就覺得厭惡，因為這會讓她憶起將母親火葬的痛苦往事。她在無意識中充分理解這則故事，尤其了解巫婆在何種程度上就代表壞母親，而我們全都對壞母親懷抱著負面情感，但又因此感到罪惡。還有一個女孩記得特別清楚的，則是灰姑娘如何不顧繼母反對，在父親幫助之下前往舞會的豐富細節。

❖ 故事不是說教的工具

先前已提到，說故事最理想的方式，應該是以人與人之間互動的方式進行，而參與的大人和小孩都是平起平坐的夥伴。但如果是大人唸故事給孩子聽，就絕對不會是這樣的理想狀況。歌德童年時的一段往事，就充分說明了這一點。

早在佛洛伊德提出「本我」和「超我」之前，歌德就從自己的經驗，意會出它們是構成人格的基石。很幸運地，兩者在他的人生中分別由父親和母親代表。「嚴謹追求人生目標與處世準則襲自吾父，快活天性和天馬行空熱愛幻想襲自吾母。」[49]歌德很清楚，要能享受人生，將人生中的辛勤努力化苦為甘，就需要豐富的幻想生活。歌德透過聽母親說故事培養出想像力和自信，他的描述正好佐證父母應該怎麼說童話故事，以及藉由父母和孩子共同參與，童話故事進而在親子之間建立起連繫。歌德的母親在晚年時如此回憶：

「我告訴他水、火、土和空氣都是美麗的公主，於是大自然中的一切都有了更深層的涵義，」她回想。「我們想像群星之間有通道，揣想我們可能遇見哪些偉大的思想家……他望著我的眼神熱切渴望，如果他最喜愛的角色中有人的命運不符合他的期望，我就能看到他眼中燃起怒火，或是努力忍住不放聲大哭。有時候他會開口打斷我：『媽媽，公主才**不會**嫁給裁縫，就算他殺了巨人也一樣，』我聽了之後就會暫停，將這個大災難留到隔天晚上。於是我的想像常被他的取代，到了隔天早上，我根據他的建議重新安排角色命運，然後說：『你猜對了，後來確實是這樣。』

他聽了之後興高采烈，你甚至可以看到他的心口狂跳。」[50]

不是所有家長都像歌德的母親一樣會說故事，她在世時是有口皆碑的說書人。她說故事時，會配合聽者在情感上期盼的方向發展，是一般認為正確的說故事方式。不幸的是，現代很多父母小時候從未聽過自己的父母說故事，不曾體驗過童話故事竟能為孩童帶來極大的樂趣，以及豐富他們的內在生活。由於過去經驗有所不足，因此即使是最棒的父母，也沒辦法無師自通地帶給孩子自己也不曾有過的經驗。如果是這種狀況，父母就必須從理性上去了解，童話故事對孩子具有哪些豐富意義、箇中原因是什麼，以此代替基於自身童年回憶的同感。

談到從理性上了解童話故事的意義，就應特別強調，帶著說教意圖去說故事是行不通的。在本書中多個不同的情境脈絡下，皆提及童話故事幫助孩童理解自己，引導他找出針對當下困擾他的問題的解決方法等等，但這一切都是透過隱喻來傳達的。即使聽故事能讓孩子自行找到解方或達到自我理解，也不是久遠以前編故事的人刻意達到，或那些覆述故事、使之代代相傳的人的意圖。說童話故事的目的，應該是像歌德的母親那樣：享受故事帶來的樂趣並分享這個經驗，儘管兒童和成人感受到的樂趣可能相當不同。當孩童開心沉浸在故事的幻想之中，成人也能因為孩童開心而獲得樂趣：孩童可能很開心，因為他變得更了解自己，而成人說故事的樂趣，可能來自孩童正經歷嶄新認知所帶來的震撼。

❖ 透過說故事認可孩童的情感和反應

童話故事最首要的意義是作為藝術作品。歌德在《浮士德》前言中曾說：「人若施給眾多，則必有眾多獲受些許。」[51] 這暗示了藝術作品的目的，絕不會是刻意要帶給某個特定對象什麼特定意義。我們可以將說故事和闡述其中的意象比擬為播種，其中只有一些種子會深植孩童心中。有一些會立刻進入他的意識中運作，有一些會激發他無意識中的運作過程，還有一些會休眠很長一段時間，直到心理發展到適合它們萌芽的狀態，但還有許多連生根的機會都沒有。但落在適當土壤的種子，終將長成美麗的花朵和結實的樹木，也就是提供洞見、滋養希望、減緩焦慮，以及讓重要的情感具有效力，並藉此在當下和此後豐富孩童的人生。如果說，故事不是為了讓孩童的經驗更豐富，而是為了其他特定目的，那麼童話故事就成了警世故事、寓言，或其他說教意味濃厚的經驗，最好的狀況，也頂多是對孩童的意識發話。如此便枉費了童話故事的價值，因為它的最大優點之一，就是能夠直接向孩童的無意識發話。

父母說故事給孩子聽的方式如果是正確的，就會一方面憶起該則故事對於童年時自己的意義，一方面體悟當下對於自己的不同意義，而產生情感上的共鳴。同時，父母要敏銳地察知孩子在聆聽之中，可能領會一些與個人切身相關意義的原因所在，那麼孩子聽故事的時候，就會覺得不管是自己最溫柔的渴求、最熱切的希望、最嚴重的焦慮和悲慘感受，甚至最高遠的希望，全都獲得理解。由於父母透過某種奇特方式說給他聽的故事，正好讓他了解自己內心中比較黑暗、不理性的層面發生了什麼事。於是孩童知道，他在幻想生活中並不孤單，他最需要、最親愛的人，也和他共享同樣的幻想。童話便是在這樣的有利條件下，巧妙地提供建議，暗示可以如何有建設性地處理內在經驗。童話傳達給孩童的，是在下意識、直覺地去認識孩童自己的本性，以及了解如果他持續發展正向潛力，他的未來將會是什麼樣子。孩童會從故事中感覺到，在這個世界長大成人，必須接受艱難挑戰，但也會有神奇體驗。

我們絕對不能向孩童「解釋」童話的意義。然而，說故事者是否理解童話針對孩童的前意識傳達了什麼訊息，卻很重要。說故事者對於故事不同層次意義的理解如果夠透徹，孩童聽了故事也會更容易從中找到更理解自己的線索。此外，說故事者在挑選故事上的敏感度也會更高，更能選出最適合孩童當下的心理發展狀態，以及針對他當下遭遇的特定心理困境的故事。

童話透過意象和行動來描述心理狀態。如果一個人在哭，孩童就能辨認是悲傷和不幸，所以故事不需要放大一個人的不幸。講到灰姑娘的母親去世時，故事不會描述灰姑娘因為哀悼亡母而悲痛欲絕，感到無比孤寂絕望，只是很簡單地說：「她每天出門到母親墳前默默流淚。」

童話故事裡，內心的活動過程是以視覺意象來呈現。當主角遭遇看似無解的艱困心理問題，故事不會呈現他的心理狀態，而是描述他迷失在一座深不可測的森林裡，不知道該往哪個方向走，因為找不到出路而感到絕望。在幽深森林裡迷路的意象和感覺，必然讓每個聽過童話故事的人都留下難以磨滅的印象。

很可惜的是，現代有些人排斥童話，只因為他們將完全不適切的標準，套用在這樣的文學

作品上。如果有人將這些故事當成對於現實世界的描述，那麼童話的所有面向，舉凡殘酷、虐待等等，確實都令人髮指。但作為心理事件或困境的象徵，這些故事卻相當真實。

這就是為什麼一則童話是讓人覺得枯燥、或是備受珍視，很大部分取決於說故事者對故事懷抱的情感。一個疼愛孩子的老奶奶，為坐在她懷中、全神貫注的孩子講故事，與一個對故事毫無興趣，只是出於責任感而唸給一群年齡差距很大的孩子聽的家長，兩者所說的故事會傳達非常不一樣的訊息。成人在說故事時積極投入，會大大地影響、並豐富孩童的聽故事經驗。在這個特定的共享經驗中，參與的另一方雖然是成人，但他能夠完全認可孩童的情感和反應，孩童因此了解自己的人格獲得肯定。

無論是孩童覺得自己身體表現不符期望，力不從心的自卑感；或是他覺得自己在別人心目中不是最棒時，心中受拒斥的絕望感；或是他在自己或他人期望下必須完成無比艱難的任務時，令人鬱悶的不足感；抑或手足競爭帶來的苦痛；或對於性的「動物性」層面的焦慮；以及如何超脫這一切等等，如果我們說故事的時候，自己心中卻對這些課題無法產生任何共鳴——那麼我們就讓孩童失望了。因為這樣的失敗，我們也就沒辦法讓孩童相信，在做出所有努力之後，會有美好未來等待著他。然而，只有這樣的信念能夠賦予孩童力量，讓他在保持自尊、自信，和充足的安全感之下順利長大。

第二部
童話奇境
In Fairy Land

〈漢賽爾和葛麗特〉

"Hansel and Gretel"

孩童在幼稚的幻想中，基於恐懼誇大危難，
故事則賦予孩童信心，相信自己可以克服，
與同儕合作處理人生課題。

〈漢賽爾和葛麗特〉的開頭很寫實：由於家裡陷入貧窮，父母不知該怎麼繼續照顧孩子，在深夜討論要如何應對。即使從故事的最表層來看，這則民間童話也傳達了很重要、但殘酷的事實：貧窮和匱乏不會讓人的品德更高尚，反而讓人變得更自私，對他人的苦難更無動於衷，也因此更容易為非作歹。

童話透過角色的話語和行動，來表現孩童的恐懼和焦慮。當幼童半夜在一片漆黑中餓醒，他會害怕遭到雙親徹底拒絕和拋棄，而他經驗到的，就是對挨餓的恐懼。幼童也會將焦慮投射在他害怕會和自己斷絕關係的對象，也就是父母親。所以故事講述父母先前可以餵飽漢賽爾兄妹，但在歉收時卻無法做到，而兄妹倆聽到父母親在夜裡討論，就認定父母是在計畫拋棄他們、讓他們餓死！情節發展與孩童因焦慮而產生的幻想一致。

❖ 教導孩童只靠依賴是行不通的

對孩童來說，母親代表所有食物的來源，所以孩童經驗到的，就像是被母親拋棄在荒郊野外。當母親不再願意隨時滿足孩童所有的口欲需求，他會感受到焦慮和深切失望，並認為母親已經變得冷漠自私、拒他於千里之外。孩童知道自己迫切需要父母，在被拋棄之後，會試圖回到家裡。事實上，第一次遭到遺棄時，漢賽爾成功找到從森林回家的路。由於孩童還沒有勇氣展開旅程，去認識世界並達到獨立自主，他只能先回歸被動，在試圖永遠依賴父母獲得滿足的過程中，發展出主動進取的精神。〈漢賽爾和葛麗特〉的故事點明了，長遠來看，一直依賴父母是行不通的。

兩個孩子雖然成功回到家，但家中困境維持不變。他們想當成什麼都沒發生過，像從前一樣生活，但所做的努力全都徒勞無功。挫折持續，而母親擺脫孩子的計謀變得更加縝密。

故事暗示，人生中遇到問題時，試圖以退行（regression）和拒認（denial）來處理，只會造成不良後果，因為這兩種方式都會減弱我們解決問題的能力。第一次在森林裡，漢賽爾適當運用聰明才智，沿路留下白色鵝卵石標記回家的路。到了第二次，他卻沒有像前一次那樣善用才智；他住在一片大森林附近，不該疏忽鳥兒會將麵包屑吃掉，他甚至可以沿路記熟回程時可供辨認的地標。但是漢賽爾的心神都投注在拒認和退行，也就是「回家」一事上，於是失去了進取的動力和清楚思考的能力。對挨餓的焦慮，驅使他走回頭路：一旦面臨要在嚴肅困境中找到出路，他只想得到用食物來解決問題。麵包在此代表所有食物，是人的「一線生機」（life line）；而漢賽爾出於焦慮，將這個意象的字面意思當真。由此可以看出，漢賽爾因為恐懼，固著於比較原始的人格發展階段，反而讓自己受到局限。

幼童懷抱著想要將對象破壞並體內化（incorporative）（譯註：根據佛洛伊德的理論，性心理發展的第一個階段是口欲期，與對象（母親）的關係模式即是幻想將對象「體內化」。體內化有三個面向：愛戀對象，破壞對象，把對象保存在體內並將其性質據為己有，而第三個面向是「內攝」及「認同」的原型。更詳細的解釋參見拉普朗虛、彭大歷斯著，沈志中、王文基譯，《精神分析辭彙》（行人出版），頁二一六及相關詞條。）的口欲期欲望，他們必須學習克服，並昇華這些原始欲望，而〈漢賽爾和葛麗特〉這則童話，就具體呈現出幼童這方面的焦慮和學習任務。孩童必須明白，如果他不自己設法擺脫這些欲望，父母或社會將會不顧他的意願強迫他這麼做，就如同先前母親覺得時機已到，便不再繼續餵養他。這個故事以象徵方式表達這些與母親直接相關的心理經驗，也因此，父親的角色在故事中從頭到尾都顯得模糊不清、可有可無，正如同他在孩童還年幼時展現的形象。而這個時期的母親，無論在慈愛或具威脅性的面向上，都至關緊要。

❖ 原始口欲的誘惑與危險

漢賽爾和葛麗特想依賴食物獲得安全感（用麵包屑標出回家的路），卻以失敗告終，他們在現實世界解決問題的能力也跟著受挫，於是放任自己完全退行到口腔期。故事中的糖果屋，代表依賴最原始的滿足感而活的人生。鳥兒吃光麵包屑，本來會讓他們對於吃光東西有所警惕，但在無法控制的渴望驅使之下，兩個孩子毫不在意地將能提供庇護的糖果屋吞吃入腹。

兩兄妹拆下糖果屋的屋頂和窗戶大快朵頤，表現出他們迫不及待要「把家裡吃空吃盡」，這是他們最恐懼的，也是他們心中所投射、父母拋棄他們的理由。儘管聽見屋內傳來帶有警告意味的問話：「誰在啃我的小房屋？」孩子們還是自欺欺人，認為那只是風聲，然後「毫不遲疑地繼續大吃。」

糖果屋的形象深植人心。那樣的景象多麼美妙誘人，但屈服於誘惑又將冒著多麼可怕的風險。孩童得承認，不管再怎麼危險，他都跟漢賽爾兄妹一樣想吃光糖果屋。糖果屋代表口腹的貪欲，以及口欲令人難以抗拒的誘惑。童話可說是種入門讀本，讓孩童學會透過意象的語言來讀懂自己的心思，而童話用的意象語言，則是孩童在智識達到成熟之前，唯一能夠理解的語言。孩童要成為自己心靈的主人，就必須大量接觸這種語言，並學會如何應對。

故事意象中包含的前意識內容，遠比以下舉的幾個簡單例子所能傳達的更為豐富。以居住的房屋為例，不管在夢裡、幻想或孩童的想像中，都可以象徵身體，而且通常是母親的身體；可以「吃光」的糖果屋，就象徵以自己的身體餵養嬰孩的母親。因此，漢賽爾和葛麗特興高采烈、毫無顧忌大吃大嚼的房屋，在無意識中就代表著好母親，她奉獻身體為孩子提供養分。這是最初那個任孩子予取予求的母親，是每個孩子在媽媽開始規定他什麼該做、什麼不行之後，都想在世上某處重新找回的那個母親。這就是為什麼被希望沖昏頭的漢賽爾兄妹，完全不理會那個呼喚他們、問他們在做什麼的輕柔聲音，那其實是外化的良知在發聲。在貪婪驅使之下，先前口欲無法滿足的焦慮，又完全被滿足之後的愉悅所掩蓋，兩兄妹「覺得自己彷彿置身天堂」。

然而，如故事所呈現，如此毫無節制、屈從貪欲，最後可能會步上毀滅一途。退行到先前「彷彿置身天堂」的存在，也就是在襁褓中吸吮母乳與母親共生的狀態，意味著與父母分離、邁向獨立的個體化發展全都一筆勾銷，甚至會危及個人的生存，正如巫婆一角的食人意圖所體現。

巫婆是口欲毀滅性的擬人化：兩兄妹很想吃光她的糖果屋，她也迫不及待想吃掉兩兄妹。不受控制的貪欲，象徵未受馴化的「本我」衝動，當孩童屈服於這樣的衝動，也就面臨遭到毀滅

的危險。孩子們吃掉的只是象徵母親的糖果屋，但巫婆卻想吃掉孩子們。故事於是教給聽者寶貴的一課：與實際上有所作為相比，以象徵方式處理還是相對安全。從另一個層面來看，孩子們反抗巫婆也有正當理由：孩童的經驗極度不足，還在學習控制自我，不像大人理應更能壓抑自己的本能欲望，所以衡量孩童不應採用和大人相同的標準。是故，巫婆理當受到懲罰，而兩兄妹獲救也理所應當。

巫婆的邪惡盤算最後逼得孩童必須承認，不受限制的口欲和依賴他人將會招致莫大的危險。他如果想生存，就必須積極主動，並認明唯一的活路就是明智地謀定而後動。他必須不再屈從「本我」的壓力，改為採取符合「自我」要求的行動。他不能再沉溺於願望實現的幻想裡，必須機智地評估所處情況，設定好目標並據以採取行動：用骨頭替代手指讓巫婆檢查，還有騙巫婆爬進烤爐。

只有等到孩童認清原始口欲具毀滅性，以及固著於原始口欲可能隱含什麼樣的危險，他的人格發展才會進入更高的境界。故事接著揭露，在毀滅一切的壞母親深處，原來藏著慈愛寬宏的好母親：兩兄妹接收了巫婆屋內的珠寶，等他們再次找到好父親，珠寶就會成為無比珍貴的資產。這裡暗示的是，等孩童超脫了口腔期的焦慮，不再依賴滿足口欲來獲得安全感，就能擺脫具威脅性的母親形象（巫婆），並且重新找回好父母，而好父母的大智慧（獲得的珠寶）會讓全家人受惠。

孩童只要多聽幾遍〈漢賽爾和葛麗特〉的故事，一定會知道是小鳥將麵包屑吃掉，兩兄妹找不到路回家，才會在森林中展開一場大冒險，也是小鳥將兩兄妹帶到糖果屋，而另一隻鳥則幫忙他們順利回家。孩童對於動物的想法和大人有些不同，他們聽了故事之後會思考：這些鳥一定有什麼目的，否則牠們不會先讓兩兄妹回不了家，接著帶他們去找巫婆，最後又幫助他們回家。

很明顯的，既然最後會是皆大歡喜收場，那些鳥兒肯定知道，最好不要讓兩兄妹找到直接從森林回家的路，而是要讓他們冒險面對危機四伏的世界。經歷過與巫婆周旋、生命受威脅的遭遇之後，兩兄妹和雙親從此以後都過得比以前更幸福快樂。不同的鳥為孩子提供了線索，指引他們走上通往豐富收穫的路途。

❖ 原生家庭讓孩子滿足，也讓孩子受挫

大多數孩童在熟悉〈漢賽爾和葛麗特〉的故事之後，至少在無意識上會理解，發生在原生家庭的事，和發生在巫婆屋裡的事，其實只是現實中同一經驗的不同層面。巫婆一開始，是以滿足孩子所有需求的好母親形象現身，故事告訴我們：「她牽起他們的手，帶他們走進她的小房屋。她在他們眼前擺滿好吃的食物，有牛奶跟加了糖、蘋果跟堅果的煎餅。之後她還在兩張漂亮小床上鋪好潔白的床單，漢賽爾和葛麗特躺到床上，覺得自己彷彿置身天堂。」直到隔天早上，這些嬰兒期的幸福美夢猝然幻滅：「老婆婆慈祥的模樣是裝出來的，她其實是邪惡的巫婆……」

這就是孩童進入伊底帕斯時期，飽受愛恨交織、挫折和焦慮重重的打擊，也是他先前對於

母親未能如他所願滿足他一切需求和欲望，大為失望和憤怒的感受。當孩童發覺先前從未意識到的：母親不再對他百依百順，反而對他百般要求，甚至不再優先考慮他的利益，他會感到無比氣憤，於是他想像母親之前餵養他、為他創造一個完全滿足口欲的幸福世界，只是為了愚弄他，就跟故事裡的巫婆一樣。

因此「鄰近一片大森林」的原生家屋，和同一片森林深處的致命小屋，在無意識的層面上只是原生家庭的兩個面向：讓孩子滿足的一面，以及讓孩子受挫的一面。

當孩童暗自回想故事中的細節，他會發現故事的開頭意有所指。所有事情都發生在森林裡，而原生家屋就位在森林的邊緣，暗示接下來發生的事，從一開始便已迫在眉睫。在此，童話再次運用深刻的意象表達想法，引導孩童自行發揮想像力來發掘更深層的涵義。

先前討論到故事中小鳥的行為，象徵整趟冒險是為孩子好而安排的。遠從基督教發展初期開始，白鴿就代表超凡的仁善力量。在故事中，漢賽爾聲稱他回頭是要看停在自家屋頂上的白鴿，想要和牠道別。兩兄妹在森林裡的時候，是一隻渾身雪白、歌聲悅耳的小鳥，指引他們走到糖果屋，然後停在糖果屋的屋頂上，暗示這就是他們要去的地方。孩子們最後要安全回家，還得靠著另一隻白鳥引導：他們回家的路途上有一座「大湖」，只有在一隻白鴨幫助之下才能渡湖。

孩子們進入森林途中並不需要橫越任何湖泊，回程卻必須渡水而過，象徵的是一種過渡，以及如同經過洗禮一般，在更高的人生境界裡的全新開始。注意在渡湖之前，兩個孩子從來沒有分開過。孩童到了學齡以後，應該要意識到自己是獨一無二的個體、具有獨特性，表示他不再什麼東西都和其他人共享，某種程度上必須獨立生存，並且開始發展自己的人生。而在故事中，便是以兩兄妹沒辦法一起渡湖作為象徵。當兄妹倆來到湖邊，漢賽爾看不到可以過湖的橋，但是葛麗特卻瞥見一隻白鴨，問牠能不能幫忙載他們過河。漢賽爾坐到白鴨背上之後要妹妹也坐上來，但妹妹比較懂事，她知道這樣是行不通的。他們必須分開渡湖，也確實這麼做了。

由於在巫婆家的經歷，孩子們對於口欲的固著遭到滌淨，在渡湖抵達對岸之後，他們已經是更成熟的孩子，準備好靠自己的智慧和行動解決人生難題。當他們還只會依賴，就是父母的負擔，但當他們帶著獲得的珠寶回到家，他們就成了家裡的支柱。這些珠寶象徵孩子們在思想上和行為上剛獲得的獨立，這樣的自立自強，與他們被遺棄在森林時的被動和依賴正好相反。

這則故事中的邪惡力量都是女性，包括繼母和巫婆，而葛麗特在兩人脫險過程中扮演的重要角色，向孩童再次保證了女性既可以帶來救贖，也可以帶來毀滅。另一點可能更重要：漢賽爾救了兩人一次，而葛麗特救了兩人兩次。在此要傳達給孩童的是，隨著年歲漸長，他們必須逐漸轉為與同儕相互理解並且互助合作。這個概念再次強調了故事主旨：警告孩童退行會帶來危險，以及鼓勵孩童在心理和智識發展上達到更高的境界。

❖ 只要孩童還相信有巫婆，他們就需要聽故事

〈漢賽爾和葛麗特〉故事到了尾聲，兩兄妹回到一開始離開的原生家屋，在那裡重新過著幸

福快樂的生活。這是一個符合心理正確的結局，因為基於口欲無法滿足，或伊底帕斯衝突被迫出外歷險的幼童，絕不會接受在家以外的地方找到幸福。孩童的人格發展要順利無礙，就必須在依賴父母的同時解決這些問題，也只有和父母維持良好的親子關係，他才可能順利長大成熟進入青春期。

漢賽爾和葛麗特帶著珠寶回家和父親分享，象徵孩童消解了伊底帕斯衝突，擺脫口欲無法滿足的焦慮，現實世界中無法滿足的渴望則得到昇華；孩童學會用明智的行動取代一廂情願的念頭，能夠重新和父母一起幸福快樂地生活。年紀漸長的孩童要能為自己和全家的幸福做出貢獻，不能只期待父母付出。

〈漢賽爾和葛麗特〉的開場十分寫實，故事描述窮苦樵夫一家子入不敷出，而結局也同樣貼近現實。雖然兩兄妹帶回許多珍珠和寶石，但後續完全沒有提到他們家的經濟狀況有任何改變，這一點凸顯了珠寶只是一種象徵。故事如此結尾：「於是他們從此無憂無慮，一起過著幸福喜樂的日子。我的故事結束，那裡有隻老鼠，誰有辦法抓住牠，就做頂新毛帽吧。」故事最後一切都沒變，唯一改變的只有內心的態度，或者更正確的說法是，一切都變了，因為內心的態度改變了。孩子們不再覺得自己遭到驅逐、遺棄，或在幽暗的森林裡迷路，他們也不會再尋找神奇的糖果屋。但他們也不會再遇到巫婆或害怕她，因為他們已經向自己證明，只要同心協力就能以智取勝。對於勉力奮鬥、克服伊底帕斯衝突的學齡孩童來說，美德和真正的成就是善用巧智，即使是不好用的材料，也能做成好東西（例如發揮巧智將老鼠的毛皮做成毛帽）。

除了〈漢賽爾和葛麗特〉，還有許多其他故事也描述手足之間相互合作，因為同心協力而能彼此救援並獲得成功。這些故事指引還不夠成熟的孩童擺脫對父母的依賴，朝人格發展中更高的境界邁進。故事引導孩童學會珍惜同儕的幫助，而與同儕合作處理人生課題的作法，最終將取代對父母的完全依賴。學齡孩童往往沒辦法相信，不依靠父母怎麼可能面對這個世界，因此即使已經沒有必要，他還是會想抓住父母不放。但他必須學會相信，即使他因為恐懼而誇張地放大了人生中的危難，總有一天他會克服各種危難，人生也會因此獲得滋養。

孩童不是客觀地看待威脅自己生存的危難，他會在幼稚的幻想中，基於恐懼誇大這些危難，例如將危難擬人化為吃小孩的巫婆。〈漢賽爾和葛麗特〉卻能夠鼓勵孩童自行探索因焦慮而產生的虛構幻想，因為故事賦予孩童信心，讓孩童相信，他不但能克服父母跟他說過的那些真正的危難，甚至是那些他害怕會存在、而且過度誇大的危難。

孩童在焦慮幻想中創造出的巫婆，會在他腦海中縈繞不去，但是能被小孩推進烤爐裡燒死的巫婆，卻是孩童有自信可以擺脫的。在孩童長大到不再被迫將無形的憂慮擬人化之前，他會一直相信世界上有巫婆，從以前到現在甚至以後的孩子都不例外。只要孩童還相信有巫婆，他們就需要聽故事，聽那些講述孩子如何靠機智擺脫想像中迫害他們的角色的故事，而且他們必須做到這點，才能像漢賽爾和葛麗特一樣，從經驗中獲益良多。

〈小紅帽〉

"Little Red Riding Hood"

人人都愛小紅帽，既因為純潔的她受了誘惑，
我們也因此明白，相信所有人都立意良善看似美好，
其實讓自己很容易掉入陷阱。

聽到「『天真無邪』的可愛女孩被大野狼一口吞下」，任誰腦海裡都會留下難以抹滅的景象。〈漢賽爾和葛麗特〉裡的巫婆只是盤算要吃掉小孩，〈小紅帽〉裡的大野狼卻真的將老奶奶和小女孩都吞進肚裡。〈小紅帽〉和多則童話一樣有不同版本，現今大家最耳熟能詳的是格林兄弟的版本，故事結局是小紅帽和奶奶死裡逃生，而大野狼受到應得的懲罰。格林版的標題（"Little Red Cap"）比較適切，但英語文化圈最熟悉的故事名稱「Little Red Riding Hood」（直譯為「小紅斗篷」），實際上源自法國夏爾．貝侯的版本，也是貝侯讓這則故事真正成為「文學童話」。[52]

博學敏銳的童話研究者安德魯．蘭格曾指出，假如〈小紅帽〉其他版本的結尾都和貝侯版的一樣，那我們大可忽略不看。*[53] 小紅帽的故事本來很可能會像蘭格所說，落得乏人問津，但拜格林兄弟的版本所賜，成為世界上最家喻戶曉的一則童話。既然這則童話的歷史可以追溯到貝侯版，不妨先來討論這個版本。

❖ 貝侯版的不當修改與闡述

*有趣的是，蘭格在《藍色童話》中收錄的是貝侯重述的版本。貝侯版的結局是大野狼獲勝，因此缺乏逃脫、復原和撫慰的元素，而貝侯本來就不打算寫一則童話，他的版本也不是童話故事，而是結局刻意引起孩童焦慮、並且語帶威脅的警世故事。耐人尋味的是，蘭格儘管嚴詞批判貝侯，卻還是選擇收錄這個版本。看來似乎很多成人認為，寧可嚇唬小孩讓他們乖乖聽話，也不打算像真正的童話那樣幫助他們擺脫焦慮。

貝侯版的開頭和其他有名的版本類似，都講述老奶奶為孫女做了一頂小紅斗篷（小紅帽），而大家也開始這麼稱呼小女孩。有一天小紅帽的母親要她送東西去給生病的奶奶，小紅帽穿越森林途中遇見大野狼。狼顧忌森林裡還有樵夫，不敢當場吃掉小紅帽，就問她要去哪裡，她也如實回答。狼又細問了奶奶住在哪裡，小紅帽也一五一十告知。狼聽了之後就說他也要拜訪奶奶，然後飛快離開，而小紅帽卻在往奶奶家的路上拖延許久。

大野狼假冒小紅帽進了奶奶家，一下子就把奶奶吞進肚子裡。貝侯版的大野狼並沒有扮成奶奶的樣子，只是躺在奶奶的床上。等小紅帽進屋之後，大野狼要她一起到床上來。小紅帽脫掉外衣進被窩時，發現奶奶看起來光溜溜的，她驚訝地問：「奶奶，您的手怎麼那麼大！」狼回答：「這樣才能抱妳抱得更緊啊！」小紅帽又問：「奶奶，您的腳怎麼那麼大！」狼回答：「這樣才能跑得更快啊！」而在格林版裡，並沒有這兩段問答。接下來就是大家最熟悉的，小紅帽問奶奶她的眼睛、耳朵和牙齒怎麼那麼大。對於最後一個問題，狼的回答是：「這樣才更方便把妳吃掉啊！」「邪惡的大野狼說完之後，就撲向小紅帽將她吃進肚子裡。」

蘭格根據貝侯版譯成英文的故事，和很多其他版本一樣在此結束。但貝侯的原始法文版末尾還附上一首短詩，闡明故事帶來的道德教訓：好女孩不應該什麼人的話都聽，如果她們這麼做，也難怪會被狼生吞活剝。至於狼有各種各樣，其中最危險的就是溫文儒雅的那種，尤其是會在街上尾隨年輕女孩，甚至登堂入室的狼。貝侯想做的不只是帶給讀者娛樂，也想讓聽者從每則故事記取特定的道德教訓，所以我們可以理解他為何這樣改編。＊很可惜的是，貝侯這樣做也抹煞了童話中大部分涵義。在貝侯版裡，沒有人警告小紅帽在去奶奶家路上，不要拖延遊蕩或是誤入歧途，而奶奶沒有做錯任何事卻遭吞吃毀滅的下場，同樣毫無道理可言。

由貝侯重述的小紅帽故事幾乎毫無吸引力，因為貝侯將故事講得太過明白；他的大野狼不是貪婪野獸，只是一個比喻，幾乎沒有為聽者留下任何想像空間。一則故事經過簡化、並且直接陳述道德教訓，就不再是童話故事，而是將一切明說的警世故事，聽故事者便無從發揮想像、為故事賦予個人意義。貝侯執著於用理性方式詮釋故事宗旨，盡他所能將一切講得清楚明白，例如，詳加描述小紅帽脫下衣服到床上和狼躺在一起，以及狼回答小紅帽手這麼大是為了抱她抱得

＊貝侯的童話故事集於一六九七年出版，當時早已存在〈小紅帽〉這個歷史悠久的故事，其中一些元素可以追溯至許久之前。希臘神話中的泰坦神克羅納斯吞食子女，不過他的子女後來又奇蹟般地被父神吐出來，克羅納斯的妻子則曾在他肚裡放進一顆沉重大石混充他們的孩子。一〇二三年的一篇拉丁文長詩（篇名意為「滿載之舟」，作者是列日的埃格伯〔Egbert of Liéges〕）中，提及人們發現一個生活在狼群中的小女孩，她身上披著一塊對她無比重要的紅布，學者認為那是一頂紅兜帽。是故，早在貝侯版問世的六百年前、甚至更久之前，就已經出現〈小紅帽〉故事裡的幾個基本元素：戴紅色兜帽、生活在狼群中的小女孩，被生吞入肚的孩子毫髮無傷地回返，和放進肚子裡混充小孩的石頭。

〈小紅帽〉還有其他法文版本，但我們並不清楚貝侯的重述，是否受到任何既有法文版本的影響。在其中幾個版本裡，狼強迫小紅帽吃奶奶的肉和喝她的血，小紅帽雖然聽見警告的話聲，但還是屈服了。[54] 如果貝侯參考過上述版本，那麼我們就能充分理解他為何要刪去這些他認為粗野不當的內容，畢竟他的作品是準備送到凡爾賽宮供法國皇室審閱的。貝侯不僅將童話故事美化，也運用一些手段來包裝，例如他偽稱這些故事是他的十歲兒子寫的，要獻給一位公主。從旁述文字和每則故事末尾所附的道德教訓，可以看出貝侯的語氣彷彿同時在向兒童讀者身後的大人使眼色。

更緊，絲毫沒有留給讀者想像的空間。面對這麼直接明顯的誘惑，小紅帽既不逃跑，也未反抗，表示她要不是很愚蠢，就是自己也想受狼誘惑。無論哪種情況，小紅帽都不會是適合聽故事者認同的角色。小紅帽的形象原本是天真可愛的女孩，只是在狼慫恿之下忘記媽媽的提醒，沉浸在她自認為良善無害的活動中，但在加上這些細節的版本裡，小紅帽不過是一個墮落的女人。

如果將童話故事的意義一五一十講述給孩童聽，是摧毀童話的價值，那麼貝侯的作法更糟——他闡述過頭。好的童話都具有多個不同層次的意義，只有孩童自己知道，哪些意義當下對他來說最為重要。隨著年齡漸長，孩童會在熟悉的故事中發現新的層面，領悟同一則故事原來還有這麼多切身相關的意義，讓他相信自己的理解確實更臻成熟。然而，要讓孩童獲得這樣的體悟，前提就是：絕不能以說教方式將故事裡的教訓講給他聽。孩童只有直覺地發現隱藏在故事裡的意義，這則童話對他而言，才算是具有完整涵義，成為有一部分是他為自己創造的故事，不再只是從別人那裡接受的故事。

❖〈漢賽爾和葛麗特〉與〈小紅帽〉的不同心理課題

《格林童話》中有兩個不同版本的〈小紅帽〉，是罕見的特例。＊兩個版本的標題和主角都叫

＊由格林兄弟編撰、包含〈小紅帽〉故事的童話選集，最早於一八一二年出版，比貝侯的童話選集晚了一百餘年。

小紅帽，因為「紅色天鵝絨做的小帽子非常適合她，從此她每天都戴著同一頂帽子。」

〈小紅帽〉的中心課題與〈漢賽爾和葛麗特〉相同，處理的都是遭到吞噬的威脅。我們在人格發展過程中，都會重複出現同樣的基本情結組合，但各人發展出的人格和命運卻大相逕庭，完全取決於個人有哪些其他經驗，以及他如何解讀這些經驗。同樣的，基本課題即使數量有限，在故事中卻能依據不同的事件背景和鋪陳方式，呈現出不同層面的人生經驗。〈漢賽爾和葛麗特〉處理的，是孩童被迫放棄對母親的依賴並擺脫口腔固著時，面臨的難題和焦慮。〈小紅帽〉則處理學齡女童必須解決的一些重大課題，例如伊底帕斯情感仍在無意識縈繞不去的話，女孩將會承受無法抗拒誘惑的可怕風險。

在兩則故事中，森林裡的小屋和原生家屋其實是同一個地方，但主角由於心理狀況改變，經驗到的也就大不相同。小紅帽在家備受雙親呵護，是無憂無慮、有能力處理問題的青春期孩童；但進到虛弱無力的奶奶住的屋子裡，小紅帽就因為遇到大野狼而軟弱無助。

漢賽爾和葛麗特都屈從於口腔固著，他們滿不在乎地啃吃象徵遺棄他們（強迫他們離家）的壞母親的糖果屋，而且毫不猶豫地將巫婆推進烤爐裡燒死，好像巫婆就是要煮來吃的食物。至於小紅帽，她已經成長到脫離口腔固著，不再有任何毀滅性的吞吃欲望。以象徵手法轉化成食人的口腔固著（即〈漢賽爾和葛麗特〉的中心課題），與小紅帽對大野狼的懲罰之間，在心理層面上有著非常大的差異。〈小紅帽〉裡的狼雖然是誘惑者，但只看故事的顯性內容的話，狼並沒有做出任何違反自然的行為，換言之，牠捕食是為了活命。故事中殺死大野狼的方法並不尋常，但人類屠狼卻是司空見慣的事。

小紅帽家過著飲食豐足的生活，而小紅帽既然早就脫離口欲無法滿足的挨餓焦慮期，她也很樂於送食物去和奶奶分享。對於小紅帽而言，原生家屋以外的世界，並不是孩童一進去就迷路、危機四伏的荒野。在小紅帽家外面有一條她很熟悉的大路，她母親提醒她說絕對不可以走離這條路。

相對於漢賽爾和葛麗特是被迫離家進入外面的世界，小紅帽是自願離開家門的。她不害怕外面的世界，反而認知到世界的美麗，但這樣的認知卻暗藏危機。我們假設，小紅帽已經在父母教導之下摒棄快感原則，轉而遵循現實原則，但家門外的世界和母親交代的任務如果太過迷人，就會促使她回復到像以前一樣，依循快感原則行事，接著就可能發生足以毀滅人生的際遇。

狼對小紅帽所說的話中，明顯呈現了在現實原則和快感原則之間的搖擺不定：「妳看周圍的花多漂亮啊。妳為什麼不到處看看呢？我敢說妳甚至沒聽見那些小鳥的歌聲有多麼悅耳。看妳一路走來這麼專心，好像要去上學似的，卻沒發現森林裡的一切都那麼歡欣快活。」這段話和故事一開始，母親在小紅帽離家之前提出的警告，同樣呈現了喜歡做和應該做之間的衝突。母親對小紅帽耳提面命：「在路上要好好走，不要走離大路……到了奶奶家以後，別忘了說『奶奶早安』，進門之後不要東張西望。」由此可知，母親很清楚小紅帽容易走離熟悉的大路，而且習慣探頭探腦窺伺大人的祕密。

小紅帽走離大路之後不停地摘花，「直到手裡的花已經多到再也拿不動了」才停下，這時她

「再次想起奶奶，回頭往奶奶家的方向走去」。從這段情節可知〈小紅帽〉故事處理的，是孩童在快感原則還是現實原則之間搖擺不定。只有在摘花不再好玩，追求快感的「本我」才會退下，小紅帽也意識到自己該完成的任務。＊

小紅帽這樣的孩童，可說是已經在和青春期課題奮戰、情感上卻還未準備好，因為她還無法解決伊底帕斯情結帶來的衝突。從小紅帽對外界事物的質疑，可知她比漢賽爾和葛麗特更為成熟。漢賽爾兄妹並沒有在糖果屋周圍走動張望，也不曾探究巫婆是做什麼的，但小紅帽卻想追根究柢，所以她的母親會提醒她不要東張西望。當小紅帽發現奶奶「看起來很奇怪」，她觀察發現很不對勁，但卻被喬裝成老婦人的狼給迷惑住。小紅帽試圖理解，於是她問起奶奶的大耳，觀察她的大眼，打量她的大手和血盆大口。這裡列舉了四種感官：聽覺、視覺、觸覺和味覺，而青春期孩童正是運用所有感官來理解世界。

〈小紅帽〉以象徵形式，呈現青春期女孩身陷伊底帕斯衝突帶來的危機，之後又救她脫險，讓她在沒有衝突的狀況下長大。在〈漢賽爾和葛麗特〉，最重要的母性角色，不管是繼母或巫婆，

＊從與貝侯版相去甚遠的兩個法文版本可以更明顯地看出，儘管完成任務之途就在眼前，但小紅帽選擇走上追求快感之途，或至少是比較輕鬆容易的路途。在這些故事版本中，小紅帽是在岔路遇見大野狼，也就是必須做出重大抉擇的地方：該走哪條路。狼問：一條是縫針路，一條是別針路，妳會選哪條路呢？小紅帽選了別針路，因為如其中一個版本解釋，用別針固定東西比較容易，但用縫針將東西縫起比較辛苦。[55] 考慮到這是所有年輕女孩都應該學做針線活的時代，我們很容易就能將選別針棄縫針的決定，理解為儘管情勢上需要遵循現實原則，但小紅帽還是選擇依循快感原則行事。

到了小紅帽的故事裡都變得無足輕重，母親和祖母既無法構成威脅，也無力提供保護。反觀男性卻扮演要角，而且分成兩個對立的形象：一個是危險的誘惑者，向他屈服的話，女孩和好奶奶都會遭到毀滅；另一個是獵人，強壯、負責任並伸出援手的父親角色。

小紅帽就像在試圖理解男性互相矛盾的特質，而且是透過體驗男性人格的所有層面：殘暴自私、自我中心、傾向毀滅一切的「本我」（狼），和體貼無私、融入社會、傾向保護他人的「自我」（獵人）。

❖ 小紅帽為什麼無法抗拒大野狼？

人人都愛小紅帽，既因為純潔的她受了誘惑，也因為她的命運告訴我們，相信所有人都立意良善看似美好，其實讓自己很容易掉入陷阱。如果我們內心對大壞狼完全不抱一絲好感，那麼牠根本沒有機會宰制我們。是故，了解大野狼的本性固然重要，但更重要的是釐清大野狼為什麼吸引我們。天真無知很迷人，但是一輩子都保持天真無知卻很危險。

但狼不只是男性誘惑者，牠也代表我們心中所有動物性的自私傾向。小紅帽沒有做到媽媽交代的、像好學生一樣「專心走路」，於是又退回伊底帕斯時期依循快感原則行事的階段。她受到狼的言語蠱惑，因此給了狼吃掉奶奶的機會。故事在此指涉的，是女孩心中尚未解決的伊底帕斯衝突，而小紅帽被狼吃掉，則是小紅帽應得的懲罰，因為是她指點方向，狼才能夠除掉奶奶這

個母親角色。當狼問起奶奶住在哪裡，小紅帽詳細指點牠要怎樣抵達奶奶家，聽到這裡就連四歲孩童都會忍不住猜想，小紅帽到底想做什麼。孩童會暗自懷疑，如果不是要確保大野狼不會迷路，為什麼要提供這麼詳細的資訊呢？只有堅信童話完全沒道理的大人，才會忽略小紅帽的無意識正不遺餘力地出賣奶奶。

而奶奶也不是全然無辜。年輕女孩需要堅強的母親角色來保護她，並成為她效法的榜樣。但比起真正為孩子好的事，小紅帽的奶奶卻更重視自己的需求，故事告訴我們：「孩子想要什麼，她都會答應。」這絕不是第一個受祖母溺愛的孫兒在現實生活中闖禍的案例，也不會是最後一個。不管是母親或上一輩的祖母，對於年輕女孩來說，女性長輩放棄自己對異性的吸引力，藉由贈送迷人的紅帽子，將這樣的魅力轉移到她身上，不啻致命的危機。

整篇故事從標題到主角的名字，都在強調女孩外出時穿在身上的紅色。紅色象徵激烈的情感，特別是與性有關的情感。因此奶奶送的天鵝絨紅帽子可視為一種象徵，代表過早轉移的性魅力，而奶奶老邁病弱到甚至沒辦法開門更凸顯這一點。「小紅帽」之名彰顯主角的這個特質最為關鍵：小的不只是紅帽，還有女孩。她還太小，不是太小沒辦法戴這頂帽子，而是太小沒辦法駕馭紅帽子背後所象徵的事物，以及戴這頂紅帽子將招來的後果。

小紅帽的危機在於她的性欲開始萌發，但她在相對應的情感上卻還不夠成熟。在心理上準備好體驗性事的人能夠主宰這樣的經驗，也能因此成長，但還未成熟就過早體驗的性事，卻是一種退行經驗，將喚醒內在仍舊原始、並威脅要將我們吞噬的一切。一個未成熟的人如果還沒準備好接觸性，卻太早經歷能夠激起強烈性欲的相關經驗，將會退行到伊底帕斯時期處理性的方式。這樣的人相信，要在性事上獲勝，就只有除掉更有經驗的競爭者一途，因此小紅帽詳細指示大野狼如何抵達奶奶家。但她這麼做的時候也表現出矛盾的情感，在指點大野狼的時候，好像也在告訴他：「放過我，去找我奶奶，她是成熟的女人，她應該有辦法應付你代表的一切，我沒辦法。」

我們會覺得小紅帽如此可親，如此充滿人性，正因為她在有意識想做對的事和無意識想勝過母親（祖母）之間掙扎。小紅帽和很多人小時候一樣，深陷於內心的矛盾情感，儘管使出全力卻還是無法掌控全局，於是她將問題推到其他人身上：某個比她年長的人，父母親或是代理親職的角色。小紅帽這麼做，是在設法閃躲對她造成威脅的情況，但幾乎因此招致毀滅。

如前所述，《格林童話》中收錄了〈小紅帽〉的另一個重要的變形版本，基本上是主要故事的續篇。在這個版本裡，小紅帽在過了一陣子之後，再次帶著蛋糕去探望奶奶，途中碰到另一隻狼想引誘她走離直達奶奶家的正途。這次小紅帽趕到奶奶家通風報信，她們合力將門鎖好，讓狼進不了屋子，這隻狼最後從屋頂滑到注滿水的槽道裡淹死了。故事如此結尾：「而小紅帽開心地回到家，沒有任何人傷害她。」

這個變形版裡進一步闡述發揮的部分，正是聽故事者所相信的：在上次不好的經驗之後，小紅帽明白她還沒有成熟到能夠和大野狼（誘惑者）周旋，所以她做好心理準備，接受和母親角色結盟合作。故事中則以小紅帽一發現威脅就飛奔到奶奶家報訊，不像第一次遇到狼時那樣毫不在意的安排來象徵。小紅帽與祖母合作並聽從她的建議：奶奶教小紅帽在槽道裡裝滿之前用來煮香腸的水，狼就會受香腸味引誘掉進水裡，祖孫合力之下，輕鬆打敗大野狼。這意味著孩童需要和雙親中同性別的一方合作，結成強而有力的聯盟，藉由認同對方、並有意識地向其學習，方能順利長大成人。

❖孩童對性的焦慮與著迷

童話同時對我們的意識和無意識發話，即使有自相矛盾的地方也無須迴避，因為無意識中本來就會有相互矛盾的內容共存。在另一個截然不同的意義層面上，可以用完全不同的角度來看待祖母在故事中的角色，和發生在她身上的事。聽故事者理所當然會揣想，為什麼大野狼不把握機會，在一開始遇見小紅帽時就吃了她。貝侯依照他的一貫作風，提出乍看合理的解釋：狼沒有這麼做，是因為牠害怕附近的樵夫。在貝侯的故事裡，狼一直都是男性誘惑者，所以這麼解釋也很合理，年長的男人可能會害怕被其他人看見、或聽見他在引誘小女孩。

在格林版裡就完全不是這麼回事，故事說明大野狼是因為太過貪婪，才沒有馬上吃掉小紅帽：「狼心想：『小姑娘細皮嫩肉，一口咬下肯定肥美，比老的美味多了：我得巧施計謀，將兩個都吃掉。』」但這個解釋並不合理，因為狼也可以當下就抓住小紅帽，之後照樣冒充小紅帽騙過奶奶。

假設只要祖母在的一天，小紅帽就不會落在狼的手中，而狼必須先除掉祖母才抓得住小紅帽，那格林版故事裡狼的行為就會比較合理。＊只要母親（祖母）還在，欲望就必須受到抑制，而一旦除掉祖母，順應欲望行事之路似乎就會大開。故事在這個層面上處理的，是女兒無意識中想要受到父親（狼）引誘的欲望。

隨著早年的伊底帕斯情結在青春期重新勃發，女孩想得到父親的欲望、想引誘父親的企圖，和想受父親誘惑的欲望也都重新啟動。女孩接著會因為自己想從母親身邊搶走父親，而覺得自己即使沒有被父親懲罰，至少應該受母親嚴厲懲罰。先前蟄伏沉眠、到了青春期復甦的幼年情感，並不限於伊底帕斯情結，還包括更早期的焦慮和欲望。

若從另一個層面來解讀，或許也可以說，狼沒有一見到小紅帽就馬上吃掉她，是因為牠想要先將她引誘到床上，意即狼在「吃光」小紅帽之前，必須先和她發生性關係。大多數孩童並不知道，有些動物在交配過程中會有一方喪命，但在孩童的意識和無意識中，這些具毀滅性的涵義卻相當鮮明，以至於大多數孩童都認為，性行為主要是一方對另一方施加暴力的行為。我相信當杜娜・邦恩斯（Djuna Barnes）寫道：「孩子知道一些他們無法說出口的事，他們喜歡看到小紅帽和大野狼同床共枕！」[56]她指涉的正是孩童在無意識中，將性興奮、暴力與焦慮劃上等號的連結。孩童性知識的特徵是相互矛盾的情感，而〈小紅帽〉具象呈現對立卻奇異地共存的情感，因此這則故事不僅對孩童的無意識有著莫大的吸引力，大人聽了也會依稀聯想到自己童蒙時期對性的著迷。

＊在距今不久之前，還有一些農業社會仍留有長女在喪母之後在各方面替代母親的風俗。

藝術家古斯塔夫．多磊（Gustave Doré）則以創作呈現同樣的潛藏情感。他為童話故事繪製的版畫插圖廣為流傳，其中一幅就描繪小紅帽和大野狼同床共枕。[57] 畫中的狼看來相當平靜，但女孩望著躺在身邊的狼，似乎困擾於強烈的曖昧情感。她並不打算離開，對於自身處境非常惶惑，因為她既受到吸引、又感覺驚愕。綜觀她的臉部表情和肢體動作，最貼切的解讀就是著迷。而孩童的心理，也同樣因著迷於性，和與性有關的一切而受宰制。這又呼應了邦恩斯的描述，孩童對於小紅帽和大野狼以及他們倆的關係，心有所感但無法說出口的，正是對性的著迷，也是〈小紅帽〉故事的迷人之處。

在孩童的經驗中，對於性的「致命」著迷，同時是最大的興奮和最大的焦慮，而與其相連結的，是小女孩對於父親的伊底帕斯情結，以及在青春期時以不同形式重啟的同樣情感。無論這些情感於何時再次浮現，都會喚起小女孩企圖引誘父親的記憶，以及隨之而來，其他與想要父親引誘自己的欲望有關的記憶。

貝侯版強調性的誘惑，但格林版剛好相反。格林版中並未直接或間接提到性，僅有一些細微的暗示，但基本上聽者必須自己聯想，才有辦法從這個角度理解故事。對孩童來說，與性有關的暗示只停留在前意識，也應該到前意識為止。孩童意識中的認知是，摘花不是錯事，錯的是在必須執行重要任務、為（祖）父母的正當利益效勞時，沒有聽媽媽的話。主要的衝突在於，孩童想得到乍看屬於他的正當利益，但就無法兼顧雙親想要他做到的事。故事暗示，孩童不知道順從自以為無害的欲望是多麼危險的事，所以他必須學到教訓，或者如故事所警告，人生會教他這一課，但他也要付出代價。

❖獵人的角色與狼的下場

格林版〈小紅帽〉將青春期孩童的心理活動外化：狼是孩童覺得自己違背雙親提醒，容許自己在性方面引誘他人或受到引誘，所感覺到的「壞」（badness）的外化形象。當他走離雙親為他規畫的正途，就遇上了「壞」，他害怕不只自己，連信任自己卻被辜負的父母都會被它吞噬。但故事接著告訴我們，變成壞孩子之後，仍有機會獲得救贖。

小紅帽屈服於「本我」的誘惑，並且在誘惑之下背叛母親和祖母，而獵人和她完全不同，獵人不允許自己的情感失控。當他發現睡在老祖母床上的狼，他的第一反應是：「這下可找到你了吧，你這老淫棍？我已經找你很久了」——而他當下就想射殺大野狼。儘管他的「本我」（對狼的怒氣）不斷催他動手，但他的「自我」（或理性）占了上風，獵人明白更重要的，是試著救出老祖母，而不是在盛怒之下將狼當場擊斃。獵人克制住怒氣，沒有直接殺死大野狼，而是用剪刀小心翼翼地剪開狼的肚子，救出小紅帽和老祖母。

不管對男孩或女孩來說，獵人都是最有魅力的角色，因為他拯救好人、懲罰壞人。所有孩童試圖遵從現實原則時都會遇到難關，他們很容易就能辨認出狼和獵人是相對的角色，代表人格中「本我」和「自我－超我」之間的衝突。獵人的行為中有暴力舉動（剪開狼肚），但他這麼做，是為了達到社會上最崇高的目標（拯救兩名女性）。孩童覺得暴力傾向對自己是有幫助的，大家卻不表贊同，故事則告訴他，暴力行為也有可能受到贊同。

小紅帽必須像剖腹生產一般，從切開的狼肚裡重生，此處隱含懷胎和生產之意，而在孩童的無意識中，也可能喚起與性關係有關的聯想。孩童會揣測：胚胎是怎麼進到母親的子宮裡？他會判定是因為母親跟狼一樣吞下了什麼東西。

獵人為什麼稱狼為「老淫棍」（old sinner），還說他已經找狼找了很久？故事裡將誘惑者稱為狼，而從過去以來，我們喜歡把誘惑者叫做「老淫棍」，尤其是那些專門誘惑年輕女孩的人。在不同的層次上，狼也代表獵人心中無法見容於世的意圖。我們也都會不時提到心中的獸性，用來比喻為達目的不惜暴力相向、或不擇手段的企圖。

獵人在故事結局中扮演要角，但我們不知道他從哪裡來，他和小紅帽也沒什麼互動，就只是救了她。故事中從未提到父親，就這類童話來說很不尋常，這暗示父親在場，只是隱而未顯。女孩肯定期待父親救她脫離所有難關，尤其是那些因為她想要引誘父親和被他引誘，所造成的情感上的難關。這裡的「誘惑」，指的是女孩想讓父親愛她勝過愛任何人的欲望和努力，以及她想要父親也不遺餘力誘使她愛父親勝過愛任何人的欲望。於是我們可以看到，父親確實以兩種對立的形象出現在〈小紅帽〉故事裡：一是臣服於伊底帕斯情感，招致的危險外化而成的狼，一是發揮保護和拯救功能的獵人。

儘管獵人當下就想射死大野狼，但他沒有這麼做。在獵人救出小紅帽之後，是小紅帽自己提議要在狼的肚子裡裝滿石頭，「等到狼醒來，牠跳起來想逃走，但是肚裡的石頭太重，狼就跌倒在地摔死了。」策畫如何對付大野狼、並且付諸實行的主謀必須是小紅帽，如果她以後想平安度日，就必須能夠擺脫誘惑者、並且將他除掉。如果是父親形象的獵人出手幫忙，小紅帽會覺得永遠克服不了自己的弱點，因為她並沒有親自將狼除掉。

狼死於自己的所作所為，牠的罪行就是口腹貪欲，這是童話的正義。既然狼凶殘地想將什麼都吞進肚子裡，那麼最後的下場也是自作自受。*

還有另外一個理由，充分說明了為什麼應該安排狼死於剖腹開腸、讓他吞下的人逃出來。童話旨在保護孩童，避免他們受到不必要的焦慮困擾，如果狼是因為肚子像剖腹生產的孕婦被剖開而死，孩童聽了故事之後，可能會害怕從媽媽肚子裡跑出來的嬰兒會害死媽媽。但是狼如果肚子被剖開之後還活著，只是因為裝進肚裡的石頭太重才跌死，那孩童對於生產這件事就不必感到焦慮。

❖童話中的死亡是某種重生

＊在有些版本裡，小紅帽的父親在最後登場，將大野狼的頭砍掉並救出兩位女性。[58] 或許故事將剖腹改成砍頭，是因為下手的是小紅帽的父親。畢竟父親對女兒曾短暫待過的肚腹動手，很容易讓人聯想到父親參與了一場女兒也涉入的性行為。

小紅帽和奶奶並沒有真的死亡，但她們卻實實在在地重生了。不同故事如果有一個共同的核心主題，那一定是在更高的境界重生。孩童（還有成人）必須相信，只要他們充分掌握必經的發展步驟，就有可能達到人生的更高境界。如果講述這個目標不只有可能達到，而且是很有希望實現，這樣的故事對孩童就有無比的吸引力，因為孩童總是害怕自己無法成功地進一步發展，或者在過程中會失去太多，而這樣的故事能幫助他們對抗無所不在的恐懼。這就是為什麼〈小弟弟和小姊姊〉裡的姊弟，在蛻變重生之後並未失去彼此，反而一起過著更好的生活，小紅帽獲救之後過得更快樂，還有漢賽爾和葛麗特在回家之後，也過著比以前更幸福的生活。

現今很多成人往往從字面意義去理解童話，然而故事傳達的訊息，其實應視為象徵著重大的人生經驗。孩童沒辦法明白「知道」故事的意義，卻能直覺地理解。如果有大人向孩子保證，小紅帽被大野狼吃掉不是「真的」死掉，孩子只會覺得是大人在小看他，這就好像有人聽到別人特地說明，聖經故事裡的約拿被大魚吞進肚子裡不是「真的」喪身魚腹。聽過這個故事的人都會直覺理解，約拿待在魚腹裡是有原因的，如此他才能重生並成為更好的人。

孩童能夠直覺理解，小紅帽被狼吞進肚子裡，就跟其他童話主角的死亡經驗一樣，絕不是故事的結局，而是不可或缺的橋段。孩童也能理解，真正「死掉」的，是那個允許自己受狼誘惑的小紅帽，而當故事說到「小女孩從狼肚裡跳了出來」，重生的小紅帽就是一個不同的人了。這種手法有其必要，因為孩童雖然很容易理解一樣東西會被另一樣取代（例如好母親被壞繼母取代），但還無法理解內在的轉變。所以童話的最大優點之一，就是讓孩童聽了故事之後，相信這種轉變是有可能發生的。

當孩童的無意識和意識都深受故事吸引，就會理解祖母和女孩會被狼吞下，是因為之前發生了一些事，因此她們暫時從世界上消失了——無法與外界連結，也無法發揮任何作用，所以外面必須有人伸出援手。如果等待救援的是母親和孩子，那麼除了父親又還會有誰呢？

當小紅帽受狼誘惑，依循快感原則而非現實原則行事，暗示她退回早前更原始的生存狀態。依照典型的童話手法，回到人生較原始的階段，就以回到出生前待在子宮的狀態來誇張呈現，呼應孩童趨於極端的想法。

但為什麼祖母也必須遭逢和女孩相同的命運？為什麼祖母也「死掉」，並且退回較低的生存狀態？這個細節呼應孩童對於死亡的理解：死掉就是不在了，不再有任何用處。祖父母對孩童來說一定要有用處，他們必須要能保護他、教導他、餵養他；如果他們做不到，那他們就會退回到較低的生存狀態。故事裡的奶奶既然跟小紅帽一樣沒辦法應付狼，那麼自然落得和小紅帽一樣的命運。*

故事明白呈現，祖孫兩人雖然被吞噬但是並沒有死，小紅帽獲救時的言行表現得很清楚：「小女孩跳出來時大喊：『哦，我真的好害怕，狼的肚子裡好黑啊！』」感覺害怕表示小紅帽還活

* 格林兄弟收錄的第二個版本可作為如此解讀的佐證，此版本講述第二隻大野狼出現的時候，奶奶挺身保護小紅帽，並且成功策畫除掉大野狼。這就是（祖）父母應該要有的作為，如果祖母能夠做到，那麼不管大野狼再怎麼狡猾，祖母或孫女都不用怕牠。

得好好的，與死後不再思考或感覺的狀態截然不同。小紅帽害怕的是黑暗，她因為先前行為而失去更高境界的意識，她的世界也就此失去光明。對於自知犯錯或覺得自己不再備受父母保護的孩童而言，夜晚的黑暗最為可怕。

不只是〈小紅帽〉，在所有童話故事中，主角如果不是功成名就之後壽終正寢，而是年少橫死，其實象徵著他的失敗。例如在〈睡美人〉故事中，在時機還未成熟的時候就想要接近睡美人，最後失敗死於荊棘叢中者，皆是在象徵這個人還不夠成熟，無法完成自己因愚蠢（不成熟）而貿然挑戰的高難度任務。這樣的人必須先累積更多的成長經驗，才有可能達到成功。所以說，故事裡那些在主角出現之前打前鋒卻犧牲的角色，只不過是主角還不成熟的早期化身。

小紅帽在被投入內在黑暗（黑暗的狼肚）之後，準備好接受新的體悟，對於必須掌控的情感經驗，以及其他當下無力抗拒、必須迴避的情感，都達到更好的理解。透過像〈小紅帽〉這樣的故事，孩童至少在前意識會開始理解，只有這些令人無力抗拒的經驗，才會在心中激起無法處理的相應情感。但是等我們能夠主宰這些情感，就再也不用害怕遇見大野狼了。

而故事末尾的敘述更強調了這一點：小紅帽並沒有說她再也不會單獨進入森林，或去任何有可能遇到狼的地方。結局反而不著痕跡地警告孩童：逃避所有麻煩不是正確的解決之道。故事是這麼結束的：「但是小紅帽心想：『在我有生之年，絕不再不聽媽媽的話，獨自在森林裡走離大路。』」有了這段內心獨白，加上最挫敗的經驗，等小紅帽做好準備，下次面對自己的性欲時，將會有很不一樣的發展——到時候她的母親就會首肯了。

年輕女孩必須暫時違抗母親和「超我」，離開正途走上岔路，人格才能發展到更高的境界。經驗會讓她相信，屈服於伊底帕斯欲望有多麼危險，也會讓她學到男人的許多層面對她來說還很危險，還是聽從母親的警告，既不試圖誘惑男人、也不讓男人誘惑自己比較好。女孩也會學到，儘管對父親懷有愛恨交雜的欲望，但父親並未成為誘惑者的時候，最好再接受父親保護一陣子。她也學到最好更成熟深入地認同父母和他們的價值觀，內化形成「超我」的一部分，如此自己才有能力處理人生中的危難。

❖ 現代故事矯正行為，意義卻相對膚淺

現代有許多故事處理的課題和〈小紅帽〉相同，但比較一下就會發現，童話的涵義很明顯比大部分現代兒童故事更為深刻。例如大衛．黎士曼（David Riesman）曾將〈小紅帽〉與一則現代「小金書」系列中的〈小火車不聽話〉相比較，後者是大約二十年前的暢銷童書，銷量高達數百萬。[59] 這則故事以擬人化方式描述小火車嘟嘟去火車學校上學，學習如何成為高速大火車頭。嘟嘟跟小紅帽一樣，聽大人告誡說千萬不可以離開軌道，但因為喜歡在原野的花叢中玩耍，所以受到誘惑開出軌道。為了不讓嘟嘟開出軌道，鎮民們聚在一起，想出一個由全鎮合力進行的聰明方法。等嘟嘟再次出軌開到原野上遊玩，每次它想轉彎，鎮民就舉紅旗攔住它，直到它發誓再也不會開出軌道。

現今我們可以將這則故事看成行為矯正的例子，而矯正利用的是紅旗的負向刺激。小火車

嘟嘟改過自新，故事最後它知錯能改，真的長大成了高速大火車頭。〈小火車不聽話〉本質上似乎是警世故事，告誡孩子一定要待在美德的窄路上，但和童話相比，卻顯得相當膚淺。〈小紅帽〉處理了激烈情感、口腹貪欲、暴力行為和青春期性欲，將成熟中孩童經過馴化的口欲（帶給奶奶的美味食物），與較早期形式的食人欲望（狼吞下奶奶和小女孩）相對比。故事並未過度樂觀正面地呈現世界，其中也有暴力，不管是為了救人而將狼的肚子剖開，或是將石頭放進狼的肚子裡、致狼於死的行為都屬於暴力。所有角色，包括小紅帽、母親、奶奶、獵人和大野狼，在故事最後「各行其是」——狼想逃跑卻跌跤摔死，之後獵人剝下狼皮帶回家；奶奶吃了小紅帽帶來的食物；小紅帽學到教訓。故事中的大人並未合謀強迫主角按照社會的要求改過自新，這樣安排只會將內在力量引導人心的價值一概抹煞。小紅帽的改變，絕不是因為受到別人強迫，而是受到自己的經驗驅策，正如同她在故事最後對自己的承諾：「在我有生之年，絕不再……獨自在森林裡走離大路。」

小火車的故事場景運用了寫實的元素：火車必須開在軌道上，看到紅旗就必須停下；相比之下，童話無疑更符合人生現實和內心經驗。小火車故事裡的陷阱很符合現實，但其他重要情節都與現實不符，例如全鎮居民不會只為了幫助孩童改過自新，就放下各自的事全力投入。再者，小火車嘟嘟的生存也從未真正遭遇威脅，它的確是在鎮民幫助之下改過自新，但一切都只是長大成為高速大火車的經驗的一部分，也就是長大成為外在更為成功有用的大人。故事中並未呈現成長過程中的內心焦慮，或是足以威脅到根本生存的危險誘惑。如黎士曼所言：「其中完全沒有〈小紅帽〉故事裡的嚴酷」，取而代之的是「鎮民們為了嘟嘟好而擺出的虛假場面。」在〈小火車不聽話〉的角色身上，完全看不到關於成長的心理活動和情感課題的外化投射，孩童也就沒機會學習面對初次遭遇的危難，並在再次遭遇時加以解決。

〈小火車不聽話〉故事最後告訴我們，嘟嘟已經忘記曾經多麼喜歡野花，我們聽了也會這麼相信。但就算想像力再怎麼豐富，恐怕都沒辦法相信小紅帽會忘記她遇見過大野狼，或者她會不再欣賞美麗的花朵和世界。小火車的故事既然無法在聽者心中建立任何信念，就必須將教訓強加灌輸並且明確預言：小火車再也不會開出軌道，並且長成高速大火車。這裡沒有動機，也無自由。

童話本身極具說服力，也就不需要限制主角的人生發展。童話不需要講述小紅帽之後會怎麼做，或是她會有什麼樣的未來，因為小紅帽完全能夠依據經驗自己做出決定。而所有聽故事者也都跟小紅帽一樣，獲得了人生智慧，以及知曉欲望可能帶來什麼樣的危險。

小紅帽在遭遇自己心中和外在世界裡的危機時，失去了童真無知，換得的是只有「重生」之人才能擁有的智慧：既能解決生存危機，也能意識到是本性讓自己陷入危機。當大野狼露出真面目，將她一口吞進肚裡，小紅帽的童真無知也就死去了。當小紅帽從剖開的狼肚裡跳出來，她就在人生的更高境界重生了：她和父親及母親的關係變得更為正面，從此不再是孩子，而是重生為初長成的少女。

〈傑克與魔豆〉

"Jack and the Beanstalk"

不論男孩、女孩都會喜歡〈傑克與魔豆〉。
當孩童放棄一切滿足的孩提美夢，
不惜反抗父母也要全心全意肯定自己，兒童期也就到了終點。

童話以文學手法呈現人生的基本課題，特別是在努力達到成熟的過程中，那些無可避免的課題。童話警告讀者，如果無法邁向獨立自主、發展出更成熟的自我，將有毀滅性的後果，並提供具體案例，例如〈三根羽毛〉裡的兩個哥哥、〈灰姑娘〉裡的兩個繼姊和〈小紅帽〉裡的大野狼。這些故事巧妙暗示孩童，為什麼要努力達到更高境界的統合，並且指引了達到統合的過程會是什麼樣子。

這幾則故事也提醒父母，應該了解孩子人格發展上將遭遇哪些危機，以便隨時警覺，於必要時保護孩子避免釀成災難，並在適當的時機和場合，支持和鼓勵孩子在人格和性方面的發展。

以傑克為主角的系列故事起源於英國，之後廣泛流傳整個英語世界，【60】而系列中迄今最著名、也最有趣的故事當屬〈傑克與魔豆〉。這則故事中有許多重要元素也出現在世界各地的故事中，包括：看似不划算的交易，卻換來具有魔力的物品，可以長成參天大樹的神奇種子，食人巨怪被打敗並遭到洗劫，會下金蛋的母雞或金鵝，和會講話的樂器。結合了上述元素，〈傑克與魔豆〉成了一則意義深遠的童話；一方面呈現青春期男孩想要在社會和性方面肯定自己，另一方面指出母親小看兒子的努力是多麼愚昧。

❖ 兒子和父親之間的主控權之爭

傑克系列故事中，歷史最悠久的是〈傑克與他的划算交易〉，其中探討的原始衝突，不是發

生在兒子和把兒子當傻瓜的母親之間，而是一場兒子和父親之間的主控權之爭。這則故事清楚地呈現男性在社會發展和性成熟方面會遇到的課題，比〈傑克與魔豆〉更簡明易懂。以下我們先探討前者，將能更容易理解後者隱藏的訊息。

〈傑克與他的划算交易〉講述傑克是個野孩子，完全幫不上父親的忙，更糟的是，父親還因為傑克而衰運連連以致債務纏身。傑克家有七頭母牛，父親要傑克牽一頭到市集去，能賣多高價就賣多高價。傑克去市集的路上遇到一個人，對方問他要去哪裡，傑克如實回答。這個人提議用一根神奇木棍跟他交換母牛：只要主人說「棍子站起來打」，棍子就會毫不留情痛打敵人。傑克同意了。傑克回到家，父親原本期待能用母牛換到很多錢，得知傑克的交易之後勃然大怒，拿起一根棍子想痛打傑克。傑克為了自衛便呼喚**他的**棍子，神奇木棍打得父親大喊饒命，於是神奇木棍讓傑克在家中確立比父親更優越的地位。但是家裡依舊缺錢，於是下次市集時，父親又派傑克牽另一頭母牛前去。傑克又遇上了同一個人，這次他用母牛換得一隻會唱美妙歌曲的蜜蜂。但家裡更需要錢了，傑克又帶著第三頭母牛前往市集，他碰到同一個人，用母牛和他交換一把會演奏優美曲調的小提琴。

接著場景換到王宮：統治這個區域的國王有一個女兒鬱鬱寡歡，他承諾只要有人能讓公主開心起來，就將公主嫁給他。很多王子和富翁都來嘗試逗她笑，但是徒勞無功。衣衫襤褸的傑克卻勝過其他出身高貴的對手；他帶來蜜蜂、小提琴和木棍，公主聽到蜜蜂的歌聲和小提琴演奏的曲調如此優美就露出微笑，看到棍子痛打所有不可一世的追求者更是哈哈大笑。於是傑克準備迎娶公主。

在舉行婚禮之前，傑克必須和公主同床一晚，當晚傑克一動也不動地躺平，對身邊的公主不理不睬。公主為此大感委曲，國王得知也相當震怒，但國王安慰女兒說，或許傑克是因為面對她，加上身處前所未有的情境而嚇壞了。第二天晚上傑克再次接受和公主同床的考驗，但傑克的反應和前一夜完全相同。到了第三天晚上，傑克還是不理會枕邊的公主，國王一怒之下，派人將傑克扔進滿是獅子和老虎的獸坑。傑克用他的棍子將這些野獸打到全都溫馴聽話，公主看了非常驚奇：「多麼稱職的丈夫人選啊。」於是他們結婚，「生了好幾籮筐的小孩。」

這則故事有一些不完整的地方。首先，故事中反覆強調數字三：傑克三次遇到同一人，三次用母牛交換魔法物品，和公主同床三個晚上但是完全不碰她，然而故事一開始提到有七頭母牛，我們卻無從得知，換出三頭之後，剩下的四頭後來下落如何。再者，許多童話故事都出現過，一個人連續三天或三晚不回應愛侶的情節，但通常會以某種方式解釋；* 然而故事卻未對傑克的類似舉動提供任何說明，我們也只能發揮想像力解讀其中涵義。

「棍子站起來打」的神奇咒語暗示與陽具有關，而傑克只有獲得神奇木棍，才能和原本宰制

---

*例如，在《格林童話》收錄的〈烏鴉〉故事中，皇后的女兒被施法變成一隻烏鴉，主角必須保持清醒等到隔天下午，才能解除她中的魔咒。烏鴉警告主角，會有一個老婦人給他食物和飲料，但為了保持清醒，絕不能吃或喝下任何東西。主角答應了，但連續三天都忍不住受到誘惑，吃或喝下一些東西，在烏鴉公主約定好要來見他的時間睡著了。這裡說明了，主角會在該清醒等待愛侶的時候睡著，是因為老婦人的嫉妒心和年輕人的自私貪欲作祟。

他的父親一較高下，這個情節也同樣與陽具有關。以迎娶公主作為獎賞的競賽，正是一場性的競賽，傑克因為擁有這根棍子，得以打敗其他競爭者。也因為這根棍子，傑克能讓野獸屈服，進而在性上擁有公主。公主聽到蜜蜂的美妙歌聲和小提琴的優美曲調後露出微笑，看到裝腔作勢展現男性特質的追求者挨打後大大出醜卻大笑起來。＊但一則故事裡如果僅僅只有這些與性有關的暗示，就不會是一則童話，或至少不是具有意義的童話。要發掘更深層的涵義，我們必須探討其他的魔法物品，以及傑克與公主同床，卻如槁木般一動也不動的那三個晚上。

故事情節暗示，只有性能力還不夠，性能力本身不會帶來更好或更高境界的事物，也不等於性成熟。故事中的蜜蜂帶來蜂蜜和美妙歌聲，象徵辛勤工作和甜蜜，代表著工作和隨之而來的樂趣。蜜蜂象徵會有甜美收穫的辛勞付出，與傑克原本的遊手好閒形成強烈對比。男孩在進入青春期之後，必須找到能夠有所收穫的目標和工作，才能成為社會上有用的一員。這就是為什麼傑克先獲得一根棍子，然後才獲得蜜蜂和小提琴。最後換到的小提琴象徵藝術上的成就，以及隨之而來最高境界的人類成就。光是贏得公主、獲得棍子的力量，和它在性方面象徵的一切，仍然不

＊很多童話故事中都有成天板著臉的公主嫁給能將她逗笑的男人，意即能在情感上將她解放。主角將公主逗笑的方法，多半是讓平常正經八百的人們大出洋相。例如《格林童話》中的〈金鵝〉裡，三兄弟裡最年幼的傻瓜，因為仁慈對待年老矮人，獲贈一隻長滿金色羽毛的鵝。由於貪心使然，很多人爭先恐後想從鵝身上拔下一根金羽毛，結果一個接一個，手全都黏在鵝或前面的人身上，最後連教區牧師和教堂司事的手也黏住了，不得不跟在傻瓜和他的金鵝後頭到處跑。黏在一起的整串人龍實在滑稽，公主看到忍不住哈哈大笑。

夠，主角還必須能夠控制棍子的力量（旺盛性欲），即傑克與公主同床、但動也不動的三個晚上所暗示。傑克藉由這樣的行為展現了自制，因為能夠自制，他不再需要依賴藉由陽具象徵展現的男性特質來證明自己，也不想要以權力威逼公主就範。傑克能夠馴服野獸，表示他能利用自己的力量控制較低等的傾向：如獅似虎的凶暴，以及讓父親負債累累的不馴野性和不負責任，因此證明自己有資格迎娶公主和繼承王國，而公主也明白了這一點。傑克一開始只是逗公主大笑，但最後卻證明，自己不僅（在性上）能力過人，也能（在性上）有所自制，於是獲得公主認可是能帶給她幸福，並和她一起生養眾多兒女的稱職丈夫人選。*

〈傑克與他的划算交易〉以青春期藉由陽具象徵肯定自己（「棍子站起來打」）開場，最後達到個人和社會發展成熟、展現自制，並重視人生中更高境界的事物。傑克系列故事中更為人所熟知的〈傑克與魔豆〉，其開頭和結尾，卻都在男孩性發展相當初期的階段。需要賣掉母牛，代表的是失去嬰兒期快感，在〈傑克與他的划算交易〉裡只有點到為止，卻是〈傑克與魔豆〉故事的中心課題。故事告訴我們，傑克家裡叫做乳白的好母牛，本來一直產乳養活傑克母子，有一天卻忽然停止產乳，於是傑克正式被逐出嬰兒期的天堂，接著傑克因為相信換來的豆子具有魔力，遭

＊以三次展現自制、不受本能欲望影響來表現性成熟，而無法自制則表示還未達到性成熟，因而無法有情人終成眷屬的概念，或許可與《格林童話》中〈烏鴉〉的故事相比較，並以之作為佐證。〈烏鴉〉裡的主角與能夠自制的傑克不同，他並未控制自己想吃喝和睡著的欲望，三次都抵受不住誘惑，屈服於老婦人「一次不算數」的說詞，表示他在道德上未臻成熟。主角因此失去公主，必須經過多次歷練，有所成長之後才能重新和她團聚。

受母親嘲笑。藉由象徵陽具的豆莖，傑克陷入與食人巨怪之間的伊底帕斯衝突，由於伊底帕斯情結中的母親角色，選擇幫助傑克而非自己的丈夫，傑克活了下來並且打敗巨怪。傑克將豆莖砍斷，代表他放棄相信和依賴藉由陽具象徵肯定自己的魔力，邁向發展成熟男性特質的路途。因此，將兩個版本的傑克故事合起來，我們就看到完整的男性發展過程。

❖離家外出闖蕩，告別兒童期

當孩童發現，原以為自己能夠無止境獲得愛和營養，只是不切實際的幻想，嬰兒期也就告終。兒童期也是以同樣不切現實的想法開始：孩童相信自己的身體，特別是新發現的性器官，什麼都能幫自己做到。正如同嬰兒期時，母親的胸脯就象徵著孩童這輩子最想要的一切，以及看似從母親那裡接收到的一切，在兒童期時，孩童也認為自己的身體包括性器官，將會滿足自己的一切需求，或者是他一廂情願想這麼相信。男孩和女孩都會面臨同樣的情況，這也是為什麼不論男孩、女孩都會喜歡〈傑克與魔豆〉。如前所述，當孩童放棄一切滿足的孩提美夢，不惜反抗父母也要全心全意肯定自己，兒童期也就到了終點。

當原本供養全家的好母牛突然停止產乳，任何孩童在無意識中都能輕易獲悉這件慘劇的意義：孩童想到母乳不再源源不絕、自己被迫斷奶那段悲慘時期的模糊記憶。就在同一時期，母親開始要求孩童必須學習將就，試著適應外在世界提供的東西，而故事中是以母親派傑克離家外出，去做一件能養活全家的事（賣掉母牛換錢）來呈現，然而傑克相信物品帶有魔法，以至於沒辦法做好準備以符合現實的方式面對世界。

如果到目前為止，一直任孩子予取予求的母親（童話中用母牛來比喻）不再為孩童供應一切，孩童自然會轉而找父親（故事中以傑克在路上遇見的男人來代表），期待父親會神奇地供應自己所需的一切。傑克既然失去了一直以來源源不斷供養自己，而且在他心目中無疑歸他「所有」的「神奇」來源，自然迫不及待想要用母牛換取任何可能的神奇解方，以便脫離當下所處的困境。

傑克想賣掉母牛，不只是因為母親要他將不再產奶的母牛賣掉，也是因為他自己想擺脫這隻沒有用處、讓他失望的母牛。如果以母牛形象呈現的母親不再讓他滿足，而且讓他不得不改變，那麼傑克就會把母牛拿去交換，但是會換成看似對自己更有利的東西，而不是母親想要的東西。

母親派傑克出去世界闖蕩，意味著嬰兒期告終：孩童接著必須展開漫長而艱困的成長過程，最終才能長大成人。成長之路的第一步，是面對人生任何難關，都不再依賴口腔期的解決方法，改以自立自強、主動出擊取代。〈傑克與他的划算交易〉裡，主角必須獲得三件為他辦到所有事情的魔法物品，才能達到獨立自主。他唯一的貢獻是展現自制，但相當被動：即和公主同床時什麼都不做。當他被扔進滿是野獸的獸坑裡，他不是靠勇氣或機智自救，而是靠著棍子的魔力得救。

〈傑克與魔豆〉裡的情節發展卻大不相同。故事告訴孩童，相信魔法雖然能幫他勇敢獨自面對世界，但就像前面分析的，他還是必須採取主動，並且願意承擔主宰自己人生會有的風險。傑克雖然獲贈魔豆，但他是主動爬上豆莖，而非聽從旁人建議。傑克巧妙善用體力爬上豆莖，三度冒著生命危險取得魔法物品。在故事最後，他將豆莖砍斷，藉此確保自己擁有那些靠巧智取得的魔法物品。

❖ 相信自己身體的力量

如果要孩童願意放棄口腔依賴，就必須讓他能從符合現實（更有可能是幻想誇大）的信念中獲得安全感；也就是讓他相信，自己的身體和性器官就能為自己做到一切。但孩童眼中的性，並不是奠基於男人和女人之間的關係，而是他靠自己就能做到的事。小男孩因為對母親感到失望，不會願意接受必須有女人才能成就他的男性特質，只有保持這樣（不符現實）的信念，他才能面對外在世界。故事告訴我們傑克找過工作，但是徒勞無功；這意味著他還沒辦法以符合現實的方式面對世界，給他魔豆的男人明白這一點，但傑克的母親卻不明白。孩童必須相信自己的身體（或更確切地說，是萌發的性欲）能為自己做到的一切，才有可能放棄對於口腔滿足的依賴；這也是傑克願意用母牛交換魔豆的另一個理由。

如果母親能夠接受傑克的想法，認同魔豆最後可能長成的東西，會跟牛奶對以前的他們來說一樣珍貴，那麼傑克就比較不需要轉而從幻想求得滿足，例如相信巨大豆莖所象徵的陽具魔力。然而，母親非但不認同傑克第一次獨立自主的舉動（用母牛交換魔豆），反而抱以嘲笑、大發脾氣、毆打他，更糟的是，又回頭施行剝奪口欲滿足的權力：為了懲罰傑克自作主張，她要傑克餓著肚子上床睡覺。

躺在床上的傑克認清了現實世界如此令人失望，於是從幻想獲得的滿足再次坐大。在此可以再次看到，童話藉由心理層面上的巧妙精細，讓人感覺恍若真實：魔豆是在夜裡長成巨大豆莖。如果是在白天，正常男孩絕對沒辦法這麼誇張地去幻想，新發現的男性特質引發的新希望；但是到了晚上，男性特質以無比誇張的意象出現在他的夢中，例如能讓他爬到天界大門的參天豆莖。故事描述當傑克醒來時，房間裡有一半漆黑無光，因為豆莖遮住了外面的光線。這裡再次暗示接下來發生的一切，包括傑克沿豆莖爬到天上、遇見巨怪等等，都只是夢，是帶給男孩希望，讓他相信自己總有一天會完成偉大事業的夢。

孩童聽到不起眼的魔豆一夜之間神奇地拔地沖天，會理解是象徵神奇力量和傑克的性發展帶來的滿足：性器期（phallic stage）取代了口腔期；豆莖取代了母牛。藉由這根豆莖，傑克能爬到天上、達到人生的更高境界。

但故事同時警告，這麼做也會有極大的危險。在性器期停滯不前，和口腔期固著相比，幾乎不算達到任何進展。要達到真正的人格發展，必須先利用在社會和性方面的新發展所達到的相對獨立，將舊有的伊底帕斯難題加以消解。所以傑克遇到威脅他性命的巨怪，也就是伊底帕斯衝突中的父親；但傑克也因為巨怪太太的幫忙才得以保住小命。〈傑克與魔豆〉中，傑克對於新發現的男性特質抱持的不安全感，從他每次受到威脅時就「退行」至口腔期即可明顯看出：他兩次躲進烤爐裡，最後一次則躲進炊煮用的銅製大鍋。而傑克的不成熟，也以他偷走巨怪擁有的魔法物品來暗示；傑克能夠成功偷走東西是因為巨怪睡著。＊從傑克不耐飢餓向巨怪太太討東西吃，可知他基本上還沒有準備好信任在自己身上新發現的男性特質。

❖成為「自主的男子漢」

這則童話呈現男孩必經的發展階段，儘管過程中危機四伏，最後仍能轉危為安，長成獨立男人，甚至獲得無比樂趣和收穫。面對人生難關時，不再依賴口腔滿足（或因情勢所逼被迫放棄），改以陽具滿足作為解決方法還不足夠：孩童還必須為已達到的成就，逐步賦予更高境界的價值。在成事之前，孩童必須先設法解決伊底帕斯衝突，而這場衝突始於對母親的深刻失望，以及對父親的嫉妒和與父親的激烈競爭。男孩還無法信任父親，沒辦法公開與他站在同一陣線。為了克服這個時期的難關，男孩需要母親的理解和幫助：傑克需要依賴巨怪太太的保護和隱匿，才能獲得巨怪父親的力量。

傑克第一趟去巨怪家偷走了一袋金子，他們母子便有錢購買生活所需，但最後他們將金子

＊反觀〈傑克與他的划算交易〉裡的傑克行事大不相同，這個傑克對自己新取得的力量很有信心，他並未躲躲藏藏或鬼鬼祟祟地竊取東西，而在遭遇危難的時候，不管面對的是自己的父親、求婆公主的競爭者或凶猛野獸，都能大方運用棍子的力量達到目標。

花光了。傑克已經知道再去巨怪家可能送命，但還是再次爬上豆莖。＊

傑克第二趟去巨怪家抱走了會下金蛋的母雞：他學會了如果不事生產或沒有生產工具，終究會將物資消耗殆盡。有了母雞，傑克應該就能心滿意足，因為所有物質需求都能永遠滿足。因此傑克去最後一趟的動機不是為了生計，而是大膽挑戰和尋求冒險，想要找到比單純的物品更好的東西：他拿到了金豎琴，它象徵美、藝術，和人生中更崇高的一切。緊接而來的，便是最後的成長經驗：傑克學會只靠魔法來解決人生難題是行不通的。

在努力取得豎琴及其象徵的一切的過程中，傑克的人格發展達到完熟，但由於險些被巨怪抓住，他不得不意識到，如果繼續依賴魔法解決難題，最終將遭到毀滅。當巨怪為了追他也爬下豆莖，傑克大喊要母親拿斧頭砍斷豆莖。母親拿來斧頭，但一看到巨怪的雙腿從豆莖上踩下就嚇

＊在某個層面上，爬上豆莖象徵的不只是陰莖勃起的「神奇」力量，也象徵男孩對於手淫的感受。手淫的孩童害怕如果被父母發現，將會遭受嚴厲的懲罰，在故事中便以巨怪要是發現傑克的圖謀，就會將他除掉來象徵。但孩童也覺得，自己手淫就好像「偷走」了一部分屬於父母親的力量。無意識層面上理解故事涵義的孩童，會從故事獲得再保證，得知自己對於手淫的焦慮其實毫無根據。經由「陽具」進入屬於巨怪的成人世界，不但不會招致毀滅，反而讓他獲得能夠永久享受的利益。

這個例子再度呈現了，孩童無須在意識上理解故事要處理的是什麼，就能在無意識層面理解、並從中獲得幫助。童話故事以意象再現孩童無意識或前意識中的內容運作：醒覺萌發的性，就好像黑夜或睡夢中發生的奇蹟。爬上豆莖的行為及背後的象徵意義，讓孩童心中產生焦慮，他擔心在冒險的終點，自己將因為膽大魯莽而遭到毀滅。孩童會害怕自己想要在性方面主動的欲望，最終將是要偷取父母親的力量和特權，因此只有在大人看不到的時候，才能偷偷摸摸地做。故事先是具象呈現這些焦慮，進而向孩童再保證最後會是圓滿結局。

到無法動彈，意味著母親無能處理陽物。我們還能從另一個層面解讀這個反應，即母親可以在兒子爭取男性特質、但遇到危險時提供保護〈例如巨怪太太幫忙將傑克藏起來〉，但她沒辦法代替他爭取。傑克只能靠自己抓起斧頭砍斷豆莖，巨怪便隨著斷掉的豆莖跌到地上摔死了。傑克於是擺脫了口腔期所經驗到的父親：妒火中燒、想要吃人的巨怪。

在砍掉豆莖的同時，傑克不只擺脫了將父親視為毀滅吞噬一切的巨怪的念頭，也棄絕了利用陽具魔力來獲得人生中所有好東西的想法。當傑克用斧頭去砍豆莖，也是在宣告不再依賴魔法解決問題，成為「自主的男子漢」。他不再靠他人供養，但也不再懼怕巨怪的致命威脅，或依靠母親將他藏在烤爐（退行至口腔期）。

〈傑克與魔豆〉的故事到此告一段落，傑克準備好放棄陽具幻想和伊底帕斯幻想，嘗試和同齡男孩一樣，盡力活在現實世界。接下來的發展階段，我們或許會看到傑克不再試著趁父親睡覺時偷走他的東西，或幻想母親角色會為了他背叛丈夫，而是準備好公然為了爭取社會和性方面的優越地位而奮鬥。〈傑克與他的划算交易〉就從這裡開始，而這則故事裡的傑克最終也達到成熟。

❖ 伊底帕斯衝突獲得解決

〈傑克與魔豆〉和其他多則童話一樣，啟發父母如何幫助孩童成長。故事提示母親，小男孩需要什麼幫助才能解決伊底帕斯衝突：無論男孩的舉動多麼隱祕鬼祟，母親都必須支持男孩為了展現陽剛而做出的大膽行為，並且在他為了肯定自己的男性特質而遭遇危機時提供保護，特別是在他將矛頭對準父親的時候。

〈傑克與魔豆〉中的母親並未克盡母職，因為她不但不支持兒子發展男性特質，還否定它的效用。雙親應該鼓勵與自己不同性別子女青春期的性發展，特別是在子女於外在世界尋求目標和成就的時候。母親認為傑克用母牛交換魔豆非常愚蠢，但最後卻證明她自己才愚蠢，因為她並未認清，兒子正在經歷由孩童發展成青少年的過程。如果傑克凡事都順著母親，那麼最後可能一直是不成熟的孩子，而他們母子也永遠不可能擺脫貧苦命運。但傑克在萌發的男性特質驅使之下，即使受到母親輕視恥笑也不為所動，最終藉由英勇行為贏得大筆財富。正如同〈三種語言〉和其他的童話，這則故事指出，父母主要犯下的錯誤，是無法敏銳與適切地回應孩子在發展成熟人格、社會化和性成熟過程中遇到的各種問題。

故事中將男孩遭遇的伊底帕斯衝突，恰當地予以外化、並投射成遙遠空中城堡裡的巨怪夫婦。這也是很多孩童絕大部分時間所經驗到的，父親就像常常不在家的巨怪，而孩童和母親就像傑克和巨怪太太，一起度過美好的時光。接著父親突然回到家，開口就要求吃飯，於是孩童覺得父親搞砸一切，而且一點也不歡迎自己。如果孩童覺得父親回來看到自己並不開心，他就會對自己在父親離家時編織的幻想產生恐懼，因為其中沒有父親的存在。孩童想奪走父親最珍愛的擁有物，自然會害怕遭到父親報復並摧毀。

傑克的故事雖然呈現種種退行到口腔期的危險，卻隱含了另一個訊息：母牛停止產乳未必是不幸。如果母牛沒有停止產奶，傑克就不會換得魔豆。如此一來，口腔期就會延長，在口腔期滯留過久，會妨礙人格的接續發展，甚至會像口腔固著的巨怪一樣帶來毀滅。如果母親認可、並且持續提供保護，孩童就能安全地脫離口腔期，轉而發展男性特質。巨怪太太將傑克藏在一個隱密安全的地方，那裡就像是母親的子宮，能夠抵禦所有的外在威脅。如此短暫退行到前一個發展階段，小男孩就能夠獲得在下一階段獨立自主所需要的安全感和力量，並且充分享受正要展開的性器期帶來的好處。如果最初取得的那袋金子，甚至那隻會下金蛋的母雞，代表的是肛門期占為己有的想法，那麼故事向孩童保證，他不會在發展階段停滯不前：他將明瞭，必須將原始的想法加以昇華，並且不再滿足於這樣的想法，接著就只有金豎琴和它所象徵的才能讓他滿足。*

---

*很可惜的是，〈傑克與魔豆〉的重印版本往往經過大幅增刪修改，而且大多是千方百計找理由說明傑克洗劫巨怪的行為合乎道德。這些改動破壞了故事的文學價值，並且抹滅了故事更深層的心理涵義。在某個刪節版本中，一名仙子告訴傑克，巨怪的城堡和魔法物品原本都屬於他爸爸，是巨怪殺死他爸爸之後搶走的，因此傑克應該要去除掉巨怪，並以原主人的身分拿回那些魔法物品。如此一來，傑克的遭遇就成了為父報仇的道德故事，而非達到男性特質的成長故事。原始版的〈傑克與魔豆〉是一個男孩的冒險歷程，他離開小看他的母親，朝獨立的目標奮鬥，最後成就偉大事業。刪節版裡的傑克做的一切，卻都只是仙子，即另一位力量更強大的年長女性，要他做的。

最後再舉一個例子，說明那些自以為在改良傳統童話故事者如何適得其反。在兩個版本中，都描述了當傑克拿到有魔力的金豎琴，豎琴大喊：「主人！主人！主人！」吵醒巨怪，巨怪於是追著傑克想要殺死他。會說話的豎琴被偷走時叫醒自己的主人，很符合童話的邏輯。但如果這架豎琴不但被巨怪從傑克的父親手上偷走，巨怪還凶殘地將它原本的主人殺害，而在原主人的兒子要來取回它的時候，卻還叫醒小偷兼殺人凶手，孩童會對它有什麼感想呢？改動細節將會抹煞故事的神奇效果，故事中的魔法物品以及各事件，皆是心理過程的外化再現，但經過改動之後，所有象徵意義也不復存焉。

伊底帕斯神話：
溯源妒火中燒的壞皇后

The Jealous Queen in "Snow White" and the Myth of Oedipus

當父母無法接受自己的孩子是什麼樣子，

以及自己最後勢必要被孩子取代，

結果就是最慘烈的悲劇。

童話透過富有想像力的方式，來處理人生中最重要的發展課題，也因此我們毫不意外看到眾多的故事都以伊底帕斯衝突為中心課題。截至目前，我們討論過的童話，多探討的是孩童遇到的課題，而非父母遇到的課題。事實上，正如孩童與父母的關係中會出現許多難題，父母與兒女的關係同樣會出現難題，因此很多童話也觸及雙親會面對的伊底帕斯衝突。童話之於孩童，是鼓勵他相信總有一天能找到方法解決伊底帕斯衝突，但之於父母，卻是警告他們，如果容許自己深陷其中無法自拔，將招致不堪設想的災禍。*

❖從伊底帕斯的神話談起

〈傑克與魔豆〉暗示母親還沒準備好讓兒子邁向獨立，〈白雪公主〉則講述母親（皇后）因為嫉妒孩子長大後會超越她而遭到毀滅。在希臘悲劇中，伊底帕斯本人因為伊底帕斯情結而遭毀滅，他的母親依奧卡絲達也自盡殞命，但最先敗亡的，卻是伊底帕斯的親生父親賴瑤斯，因為他害怕被兒子取代，最終造成全家淪亡的悲劇。伊底帕斯的故事和〈白雪公主〉同樣以受冤的孩子之名為篇名，後者則以皇后害怕公主會超越她為主要課題。我們先簡要探討伊底帕斯的故事，或

＊童話完全理解孩童是身不由己才屈服於伊底帕斯衝突，就好像孩童會忍不住許願一樣，因此即使孩童在伊底帕斯情結驅使之下行事，也不會施加懲罰；但是父母親如果放任自己讓孩子將自己的伊底帕斯情結付諸行動，就將面臨嚴峻的下場。

許能夠有所收穫，因為這則著名神話已經成為精神分析書寫中的一個隱喻，用以指涉家庭中的特定情結組合——這個情結在心理達到成熟與良好統合的過程中造成嚴重阻礙，卻也是讓人格發展更加豐富的養分來源。

一般來說，小時候無法正面積極地消解伊底帕斯衝突的人，等到為人父母之後，就愈有可能再次陷入伊底帕斯情結難以自拔。小男孩在手淫過程中，如果沒有成功統合自己想擁有母親的欲望和對父親的不理性恐懼，等到他成為父親之後，就可能因為擔心兒子與自己競爭而焦慮，甚至因為恐懼而做出毀滅性的舉動，正如神話中國王賴瑤斯的所作所為。如果父母抱有這種情感，並表現在親子關係中，那麼孩童的無意識必然會做出回應。童話讓孩童能夠理解，不僅他自己會嫉妒父母，父母也會抱有相應的情感——這個洞見不但有助於在親子之間搭起橋梁，也讓雙方得以有建設性地處理那些本來應該無解的難題。更重要的是，童話故事向孩童提供再保證，告訴他雖然父母會嫉妒他，但不用害怕，因為伊底帕斯衝突或許一時難解造成困境，他終將安然生還，成為最後贏家。

童話沒有講述**為什麼**父母不樂見子女長大並超越自己，還因此心懷嫉妒。我們不知道，為什麼〈白雪公主〉裡的皇后沒辦法高雅大方地變老，並為了女兒長成美麗少女而感同身受、心滿意足，但過去一定有什麼事，讓她變得如此脆弱，甚至對應該疼愛的孩子心懷怨恨。以伊底帕斯故事為主軸的一系列神話故事，便娓娓鋪敘累積數代的因果，如何讓父母懼怕自己的孩子。[61]

❖ 世代的恩怨因果

這一系列故事始於譚塔洛斯，以《七雄圍攻底比斯》結束。譚塔洛斯與眾神為友，為了試探眾神是不是真的無所不知，他不惜殺害親兒佩羅普斯，將兒子的肉送到眾神的晚餐桌上。（〈白雪公主〉裡的皇后也下令將公主處死，並吃掉她以為是公主身體一部分的動物內臟。）神話講述譚塔洛斯是因虛榮心作祟才犯下惡行，而皇后同樣是因為虛榮才對女兒痛下殺手，她想要永遠是世界上最美麗的人，最後被處以穿上熱燙鐵鞋、不停跳舞到死為止的極刑。譚塔洛斯則因為想要藉由將兒子做成菜餚來愚弄眾神，被判在冥界永遠受苦：他會感受到永無止境的飢渴，而他眼前看似觸手可及的飲水和水果，卻會在他試圖抓取時立即消失。由此可見，不管在神話或童話中，犯罪者都會得到相應的懲罰。

同樣的，在兩個故事裡，死亡未必表示生命終結，一如佩羅普斯獲眾神賜予重生，而白雪公主也在昏死之後復甦。死亡其實更像是在象徵，有人希望這個人消失不見，正如陷入伊底帕斯情結的孩童，不是真的想要雙親中與自己競爭的同性一方死去，只是單純想要將他除去，以免妨礙他完全占據雙親中異性一方的注意力。孩童既期望父親或母親這一刻消失，但也同樣期望他或她下一刻能活得好好地為他效勞，所以童話角色可能這一刻死去或變成石頭，下一刻又起死回生。

譚塔洛斯身為父親，卻不惜犧牲兒子以滿足自己的虛榮，最後不但自取滅亡，也造成兒子喪命。佩羅普斯自己曾經被父親利用，後來為了達到目的，也毫不留情殺害另一名父親。厄利斯國王歐諾瑪斯出於自私，想要獨占美麗的女兒希波達美雅，於是設下計謀，其實是要確保女兒永遠不會離開自己。國王要求所有追求者和他比賽駕戰車，獲勝者可娶希波達美雅為妻，輸了就必須任憑國王處置，而國王對於輸給他的追求者一律處死。佩羅普斯偷偷將國王戰車上防止車輪脫落的黃銅插銷全都換成蠟製的，藉著作弊贏得比賽，國王也在比賽中喪命。

神話故事到此揭示，不管是父親為了一己私心犧牲兒子，或是父親出於戀女的伊底帕斯情結，竟試圖剝奪她的獨立人生與追求者的寶貴性命，結果同樣是悲劇。神話接下來告訴我們，「伊底帕斯式」手足相殘將帶來的殘酷後果。佩羅普斯與正妻育有兩子：阿楚斯和堤也斯，弟弟堤也斯由於嫉妒，從哥哥那裡偷走了一隻渾身長著金羊毛的公羊；阿楚斯殺死弟弟的兩個兒子作為報復，還將他們的肉做成菜餚在宴會上讓弟弟吃下。

佩羅普斯家族中手足相殘的例子還不只這樁，佩羅普斯另有一個私生子克利西波斯。伊底帕斯的親父賴瑤斯，年少時寄居佩羅普斯的宮廷並受其庇護，卻辜負了佩羅普斯的恩情：他誘拐，或者該說誘姦了克利西波斯。我們或許可以假設賴瑤斯這麼做，是因為嫉妒克利西波斯比他更受佩羅普斯寵愛。為了懲罰賴瑤斯因爭寵而犯下的罪行，德爾菲神殿降下神諭，說賴瑤斯將被親兒所弒。譚塔洛斯毀滅了兒子佩羅普斯，或者說試圖毀滅未果，佩羅普斯設計害死了岳父歐諾瑪斯，而伊底帕斯也將殺死父親賴瑤斯。按照事件發展的常軌，兒子會取代父親——所以我們讀到許多故事，全都在講述兒子想要取而代之，而父親千方百計阻撓。但這個神話故事講述的，是父親這一方搶先孩子一步，將伊底帕斯情結付諸行動。

賴瑤斯為防兒子將來殺死自己，在伊底帕斯出生時便下令，將嬰孩的腳踝刺穿、雙腳捆緊，並派牧羊人將嬰孩棄置在荒野等死。但牧羊人就像〈白雪公主〉裡的獵人，心生憐憫，他假裝已在野地拋下伊底帕斯，暗中卻將嬰孩托給另一名牧羊人照顧。接手的牧羊人將嬰孩帶去見自己的國王，這位國王便將嬰孩當成自己的兒子撫養長大。

伊底帕斯長大之後，也到德爾菲神殿請示神諭，得知自己將會弒父娶母。伊底帕斯以為撫養自己的國王夫婦就是親生父母，於是在外流浪不願回國，想要避免這樣的可怕悲劇。流浪途中，他在一個三岔路口殺死了賴瑤斯，卻不知道對方才是自己的親生父親。接著漫遊抵達底比斯，解開人面獅身獸的謎題，拯救了這個城市，而獎賞便是迎娶守寡的皇后依奧卡絲達。於是兒子取代父親作為國王和丈夫的地位，他愛上自己的母親，依奧卡絲達也和他有了夫妻之實。最後一切真相大白，依奧卡絲達自盡，而伊底帕斯戳瞎自己的雙眼，懲罰自己一直未能看清自己在做什麼。

但悲劇尚未畫下句點，伊底帕斯和依奧卡絲達育有一對孿生子：埃堤奧克里斯和波呂奈瑟斯，以及兩個女兒安緹岡妮及伊絲美妮。雙胞胎兄弟在父親遭遇困厄時並未伸出援手，只有安緹岡妮陪在父親身邊不離不棄。光陰匆匆，在七雄圍攻底比斯的戰爭中，埃堤奧克里斯和波呂奈瑟斯在戰鬥中相殘身亡，安緹岡妮不顧國王克里翁的禁令，埋葬了波呂奈瑟斯並因此遭到處死。如雙胞胎兄弟的命運所示，激烈的手足競爭將帶來滅亡，而過度強烈的手足親情也同樣致命，從安緹岡妮的命運就能得證。

以下總結這些神話故事中各種招致淪亡的親緣關係：譚塔洛斯並未疼惜接受兒子，而是基於私心將他當作犧牲品，賴瑤斯也同樣為了自己犧牲伊底帕斯，兩名父親最後都遭到毀滅。歐諾瑪斯為了試圖獨占女兒而死，而依奧卡絲達也因為與兒子的情感連結太過緊密而死；這意味著對於異性子女的愛欲，和恐懼同性子女將取代和超越自己，並因此而付諸行動，皆會招致滅亡。伊底帕斯之所以淪亡，是因為他除掉了父母中同性別的一方，他的兒子們在他受難時棄他而去，也犯了同樣的過錯，而他們最後死於手足相殘。安緹岡妮並未拋棄父親，反而與他共同承擔苦難，但最後卻因為執意為哥哥奉獻而死。

然而，故事到此仍未結束。克里翁不顧深愛安緹岡妮的兒子海依孟苦苦哀求，以國王的身分下令處死安緹岡妮。此舉不僅葬送了安緹岡妮，也毀了海依孟，而克里翁也成了又一名無法放棄操控兒子人生的父親。海依孟在安緹岡妮死後陷入絕望，試圖刺殺父親未果之後自殺身亡，克里翁的妻子也因為痛失愛子而自盡。伊底帕斯家族中唯一倖存的是安緹岡妮的妹妹伊絲美妮，她與父母或手足都沒有太過深厚的情感連結，和近親之間也沒有太深的情感互動。依照神話故事所述，其中的角色似乎沒有任何出路：凡是機緣湊巧，或是因為一己欲望而深陷「伊底帕斯關係」無法自拔者，只有毀滅一途。

❖ 童話裡的艱苦困厄終能克服

在這一系列故事中，可以找到幾乎所有類型的亂倫關係。童話故事裡雖然也影射了各種亂倫關係，但主角的經歷告訴我們，這些嬰兒期關係可能帶來毀滅性的後果，但也可以在人格發展過程中獲得統合，故事並指引我們要如何做到。在神話中，所有伊底帕斯難題輪番化為行動，無論關係是正向或負向的，最後造成全族覆滅。其中傳達的訊息再清楚不過：當父母無法接受自己的孩子是什麼樣子，以及自己最後勢必要被孩子取代，結果就是最慘烈的悲劇。唯有父母接受孩子是孩子，不是競爭者，也不是愛欲對象，親子或手足之間才有可能發展出正向良好的關係。

與經典神話相比，童話呈現伊底帕斯情結和其後果的方式可說大不相同。白雪公主雖然遭到繼母妒恨，她仍然活了下來並且找到幸福；萵苣姑娘也活了下來，儘管她的父母寧可滿足自己的欲望也不想保住她，而她的養母則強迫已經長大的她留在身邊。〈美女與野獸〉裡的美女備受父親鍾愛，她也同樣深愛父親，但他們並未因為對彼此的情感而遭到懲罰，反而是美女將對父親的情感轉移到情人身上，於是拯救了父親和野獸。至於灰姑娘，她不但沒有像伊底帕斯的雙胞胎兒子，被手足的妒火毀滅，反而獲得勝利。

所有童話故事都傳達了同樣的訊息：伊底帕斯情結造成的困境看似無解，但只要勇敢地和這些與家庭成員之間的情感糾葛搏鬥，就能比不曾面對同樣嚴峻困厄的人，過著更好的人生。神話中只有無法克服的困難和挫敗，在童話中也有同樣的艱苦困厄，卻是能夠成功克服的。主角在童話結局得到的，不是死亡或毀滅，而是戰勝敵人或競爭者、從此幸福美滿的獎賞，這象徵的正是達到更高境界的統合。主角為了達到這個境界的成長經驗，呼應孩童必經的發展階段，這樣的故事為孩童帶來勇氣，鼓勵他在努力建立自我認同的過程中，即使遇到困難也絕不失志。

〈白雪公主〉

"Snow White"

潔白如雪、紅潤如血，就是她同時具有無性和情欲的兩個面向。
吃下紅色（情欲）的那一半蘋果，表示白雪公主的「天真」終結，
與她的潛伏期狀態為伴的矮人無法再將她救活。

〈白雪公主〉這則童話故事流傳極廣，數百年來在歐洲各國以不同形式、語言反覆傳述，又由歐洲傳至其他地區。故事往往只以「白雪公主」為名，不過也有許多不同版本。＊現在大家最熟悉的首推〈白雪公主與七矮人〉，但這個版本的名字並不妥當，因為重點放在矮人上面，忽略了這群矮人未能發展出成熟人格，反而永遠滯留在前伊底帕斯時期（矮人沒有父母，也不結婚生子），其功用只是襯托在故事中經歷重要心理發展的白雪公主。

〈白雪公主〉的一些版本如此開場：「伯爵夫婦乘馬車經過三座覆滿白雪的小山丘，伯爵忍不住說：『真希望有一個肌膚潔白如雪的女兒。』過了一會兒，他們經過三個血坑，伯爵看了便說：『真希望有一個臉頰紅潤如血的女兒。』最後三隻黑烏鴉飛過，這時伯爵說想要一個女兒，希望『她的頭髮烏黑如鴉。』他們的馬車繼續前進，在路上遇到一個女孩，她的肌膚潔白如雪，臉頰紅潤如血，頭髮烏黑如鴉，她叫做白雪。伯爵一眼就愛上她，立刻讓她坐上馬車，伯爵夫人很不滿，盤算著要怎麼趕走女孩。於是她故意讓手套掉出車外，要白雪下車去撿，同時下令要車夫駕車快速離開。」

另一個版本情節類似，但有些細節不同，改為國王夫婦乘馬車經過一座森林，白雪聽命下車去林中採一束美麗的玫瑰花，皇后趁她採花的時候，下令要車夫駕車繼續走，白雪就這樣被遺

＊例如其中一個義大利文版本就稱為〈乳與血的女孩〉（La Ragazza di Latte e Sangue），名稱改動是因為義大利大部分地區很少下雪，所以很多義文版本中，皇后刺破手指滴下的三滴血不是落在雪上，而是落在牛奶、白色大理石，甚至白色乳酪上。

棄在森林裡。【62】

❖ 母女之間的伊底帕斯衝突

在這些版本中，不管是伯爵夫婦或國王和皇后，都是略經喬裝的父母，而父親角色無意中撿到、並且十分中意的女孩，則是代理女兒。在較常見的版本中，可以更清楚地看到父女之間的伊底帕斯情感，以及母親如何因此妒火中燒，一心只想除掉女兒。現今廣為大家接受的〈白雪公主〉故事，不再將糾葛的伊底帕斯情結強加於聽眾的意識，而是留給大家自行想像。＊【63】

不管是明白呈現或含蓄影射，難解的伊底帕斯情結以及個人如何加以消解，都將主導人格和人際關係的未來發展。童話以間接方式給予引導，故事中將伊底帕斯衝突喬裝改扮，或者巧妙

＊在巴斯雷蒐集的童話〈年輕奴隸〉中，可以看到〈白雪公主〉這個母題在早期版本的幾個共通元素：主角是遭到類似母親（繼母）角色嫉妒和迫害的年輕女孩，起因不只是她的美貌，而是母親角色（故事中的身分是舅母）臆測或確實發現丈夫愛上女孩。巴斯雷版裡的女孩名叫麗莎，她因梳子卡在髮間，一度死去，然後和白雪公主一樣被放入水晶棺裡，她的身體在棺中仍持續長大，水晶棺也隨著她的身形變大，就這樣在棺中沉眠七年。麗莎的母親其實是吞下一片玫瑰的葉子，才神奇受孕，臨終前將沉眠棺中的麗莎託付給兄長。麗莎的舅父是一位男爵，可視為麗莎的養父，也是她周圍眾人裡唯一類似父親的角色。男爵夫人在男爵出門時發現了水晶棺，她認為丈夫愛上麗莎，嫉妒發狂之下，拽住麗莎的頭髮想將她拉出來，恰巧讓卡在麗莎髮間的梳子掉落，麗莎也清醒過來。妒火中燒的男爵夫人把麗莎當成奴隸使喚，也就是故事名稱的由來。後來男爵回家，因緣際會發現年輕女奴是自己的外甥女麗莎，讓麗莎恢復原本的地位。男爵夫人出於嫉妒麗莎，幾乎毀了麗莎的人生，男爵將她逐回娘家。【64】

暗示牽涉其中的糾結情感，讓我們能夠在適當時機，更加理解這些課題並自行做出結論。在上述版本中，白雪不是伯爵夫婦的女兒，伯爵還是深愛並渴求她，而伯爵夫人也嫉妒她。在大家熟知的〈白雪公主〉故事中，妒火中燒的年長女性是公主的繼母而非親母，但故事並未提到兩人究竟為了誰的愛在競爭，於是引發衝突的伊底帕斯情結，也就只停留在讀者的想像。

雖然是父母生育孩子，但是父母會成為父母，卻是因為孩子來到世間。因此，是孩子先為父母帶來難題，隨之又造成孩子自己的難題。童話開場通常是孩童陷入某種生存困境：〈漢賽爾和葛麗特〉裡兩兄妹的存在讓父母經濟困窘，他們的人生也因此遭遇難關；白雪公主面臨的不是外在的難關（貧困），而是她和父母之間關係所造成的困境。

如果孩童在家中的地位，變成自己或父母的難題，他努力擺脫三人生活的過程也於焉展開。接下來，他往往孤寂絕望地踏上尋找自我的奮鬥之旅，途中遇見的其他人，只是提供幫助或加以阻撓的配角。在一些故事中，主角必須浪跡天涯，尋尋覓覓並受苦受難，孤單熬過許多年之後，最後身心終於做好準備，能夠找到並拯救另一個人，雙方共同發展一段有長久意義的關係。白雪公主住在矮人家的那些年，代表的正是她歷經苦難、解決問題，以及長大成熟的時期。

少有童話像〈白雪公主〉一樣，如此清楚劃分出兒童心理發展的主要階段。絕大多數童話都略去前伊底帕斯時期，也就是幾乎完全依賴父母的那幾年，〈白雪公主〉也不例外。這則故事基本上處理的是母女之間的伊底帕斯衝突，探討良好的兒童期有哪些要素，以及順利長大脫離兒童期、進入青春期的必備要件。

格林版的〈白雪公主〉如此開場：「很久很久以前在某一年的隆冬，雪花像羽毛般從天空輕輕飄落，一位皇后坐在窗口旁，窗框是用黑檀木製作的。她一邊刺繡一邊看雪，不小心讓針扎到手指，在雪地上落下了三滴血。皇后看到落在潔白雪地上的血滴如此紅豔，她心想：『真希望能有一個孩子，潔白如雪、紅潤如血，頭髮就像窗框的木頭那麼烏黑。』之後不久，皇后生下一個女嬰，她潔白如雪、紅潤如血，頭髮就像黑檀木窗框那麼烏黑，所以取名為白雪公主。皇后生下公主之後便去世了，一年之後，國王娶了新的妻子……」

故事以白雪公主的母親不小心刺破手指，在雪地上滴下三滴鮮血開場，暗示故事預備要解決的課題：代表童真的潔白與象徵性欲的鮮血形成對比。童話幫助孩童，去接受在毫無預備之下可能會無比難受的事件：月事來潮，以及之後性交時處女膜破裂造成的出血。聽到〈白雪公主〉一開始的幾句敘述，孩童會得知懷胎的先決條件是流出小量的三滴血（三是無意識中與性最密切關聯的數字[65]），因為皇后是在流血之後才生下女嬰。因此，（與性有關的）流血在這裡和「幸福」事件有著密切關聯；孩童不需要詳細解釋就知道，沒有流血，就不會有小孩（包括他自己）誕生。

❖ 超越自戀

白雪公主的母親生下她之後就去世了，但在她人生中的最初幾年，儘管母親的地位已由繼母取代，但並沒有發生任何壞事。成為新皇后的繼母是在白雪公主滿七歲開始發育成熟**之後**，才變成童話故事裡的「典型」後母：皇后開始嫉妒白雪公主，覺得她對自己造成威脅。而皇后早在公主的美貌令她失色之前，就頻頻向魔鏡尋求肯定，由此可以明顯看出繼母的自戀。

皇后詢問魔鏡以確認自己的價值（即美貌），是重蹈了希臘神話裡少年納西瑟斯的覆轍，納西瑟斯只愛自己，最後甚至遭到對自己的痴戀所吞噬。而自戀的父母最能感受到子女長大帶來的威脅，因為那代表自己勢必邁向衰老。只要孩子還完全依賴父母，他就好像還是父母的一**部分**，不會對父母的自戀構成威脅。但是當孩子逐漸長大並尋求獨立，對於像〈白雪公主〉裡的皇后一樣自戀的父母來說，就成了威脅。

幼童可說天生就是自戀的，而將愛戀完全投注在自己身上會危及人格發展，因此孩童必須慢慢學習如何超脫。白雪公主的故事告誡，不論是父母和孩童的自戀，都將招致可怕的後果。白雪公主出於自戀想讓自己看起來更美，兩次受到喬裝改扮的皇后誘惑，幾乎害死自己，而皇后也因為自戀而自取滅亡。

白雪公主待在皇宮裡的時候不會有任何作為，故事對於她在流落森林之前的人生也隻字未提。我們無從得知白雪公主和父親的關係如何，但可以合理假設，繼母是為了爭奪他的寵愛才會對付女兒。

童話不是以客觀視角看待世界和其中發生的事，而是採取心理正在發展的主角的視角。聽故事者會認同白雪公主，從她的視角去看所有事件，而非皇后的視角。對女兒來說，愛父親是世界上最自然而然的事，父親愛她當然也是。除非父親不夠愛她、轉而偏愛其他人，否則她沒辦法想像愛父親會產生什麼問題。孩童儘管再怎麼想要父親愛她勝過他愛母親，她無法接受這樣會讓母親嫉妒她。但在前意識中，孩童很清楚自己多麼嫉妒雙親中一方對另一方的關注，覺得自己才應該獲得那樣的關注。由於伊底帕斯情結的本質，因此在相關討論中，我們常忽略顯而易見的一點：孩童想要雙親中的兩方都愛自己。要想像雙親中一方對自己的愛會讓另一方嫉妒自己，對孩童來說的威脅實在太大。但這樣的妒意（像〈白雪公主〉中皇后的妒火）不容忽視，孩童就需要找出其他理由來理解，於是故事中將皇后的妒火歸因於公主的美貌。

事情正常發展的情況下，父母間的關係不會因為其中一方愛孩子而受破壞。除非婚姻關係相當惡劣，或其中一方嚴重自戀，否則父母中任一方雖然嫉妒孩子得寵，但妒意不會加深或失控。

對孩子來說，事情就很不一樣。首先，他受妒火攻心之苦，卻無法像雙親一樣在良好的夫妻關係之中尋得撫慰。再者，孩童都善妒，他們嫉妒父母，或者嫉妒父母享有成人才有的特權。在伊底帕斯時期，孩童自然會嫉妒，當父母中同性一方不夠溫柔關愛，無法在孩童心中建立至關重大的正向連結，並進而展開對抗嫉妒的認同過程，那麼嫉妒將支配孩童的情感生活。如果真的有白雪公主這個孩子，碰上自戀繼母這樣不適合建立關係或認同的對象，她也會忍不住對繼母和繼母掌握的優勢和權力懷有強烈妒意。

如果孩童無法容許自己感受到對父親或母親的妒意（會對他的安全造成極度威脅），他就會將這種感受投射在父親或母親身上。於是「我嫉妒母親的所有優勢和特權」，就成了一廂情願的「母親嫉妒我」。孩童為了自衛，便將自卑感轉化成優越感。

未達青春期、或已進入青春期的孩童可能會告訴自己：「我不跟父母競爭，我已經勝過他們了，是他們在和我競爭。」不幸的是，也有父母試著說服青春期的孩子，是父母勝過他們——或許父母確實在某些方面勝過兒女，但是為了讓孩童有安全感，父母應該絕口不提這個事實。更糟的是，也有父母堅持自己在各方面都和青春期兒女一樣優秀：父親試圖保持和兒子同樣的青春活力和旺盛性能力，母親試圖在外貌穿著和舉手投足上，都和女兒一樣年輕迷人。〈白雪公主〉這類的故事可以追溯到久遠之前，表示這種現象同樣歷史悠久。親子之間的競爭，會讓父母和孩子的人生都變得痛苦難堪。孩童在被迫選擇和父母競爭、或束手就縛的情況下，就會想除掉父母尋求解脫。即使客觀來看具有正當理由，想除去父母的念頭還是會讓孩童懷著莫大的罪惡感。所以，為了消除自己的罪惡感，孩童便採取反轉的防禦機制，將除去對方的欲望投射在父母身上。因此在童話中是父母試圖除去孩子，正如同〈白雪公主〉的故事情節。

❖懦弱的父親，邪惡的母親

在〈白雪公主〉和〈小紅帽〉故事中，都出現了一名可視為無意識中父親形象的男性：受命要殺死白雪公主，卻饒她一命的獵人。除了代理父親，還有誰會看似受到繼母支配，卻為了救孩子，膽敢違抗繼母命令呢？這是陷入伊底帕斯情結的青春期女孩想相信的父親樣貌：即使他對母親言聽計從，在能自由抉擇的時候，還是會和女兒站在同一陣線，並使計騙過母親。

為什麼伸出援手的男性角色在童話中，往往以獵人形象出現呢？有人會說，在童話誕生成形的時代，狩獵是男性專屬的活動，但這樣解釋太過簡單。王子和公主在過去就如同今日一樣稀有，童話裡卻有數不清的王子和公主。在童話發源的時空中，打獵是貴族的特權，因此說故事者有充分理由，將獵人視為像父親一樣地位尊崇的角色。

事實上，獵人很常出現在童話故事裡，因為他們很容易成為心理投射的對象。每個孩童都會希望自己是王子或公主，在他的無意識中，他相信自己就是王子或公主，只是因為周遭環境，一時失去尊貴地位。童話中有無數的國王和皇后，他們的地位象徵絕對權力，也就是父母在孩童眼中的形象，因此故事裡的王室只是孩童想像中的投射，獵人也不例外。

相對於〈漢賽爾和葛麗特〉等故事裡軟弱無能的父親角色，我們很容易接受以獵人角色來呈現能提供保護的強壯父親，原因必須追溯到與獵人有關的聯想。獵人在無意識中象徵保護，探究這個連結時必須考量的，是任何孩童都無法完全避免的動物恐懼症。在孩童的夢和白日夢中，他遭到發怒動物威脅和追逐，而牠們是他心中恐懼和罪惡感的化身。因此孩童覺得，只有具備父親形象的獵人能將這些可怕的動物嚇跑，將牠們永遠擋在門外。是故，童話裡的獵人不是殺害友善動物的角色，而是支配、控制和馴服凶猛野生動物的角色。在更深的層次上，獵人代表著收服人性中動物性、暴力、自我中心的傾向。獵人尋索、追蹤並且打敗狼，而狼正是人性中較低的層面，所以獵人擔任保護者，有能力、也確實拯救我們不受到自己和他人激烈情感的危害。

〈白雪公主〉故事中，青春期女孩並未抑制伊底帕斯衝突，而是付諸行動，將母親視為競爭

者。故事中的父親—獵人卻沒有堅持採取明確的立場，他既未負起責任執行皇后的命令，也未盡道德義務確保白雪公主安全無虞。獵人沒有直接殺死公主，而是將她遺棄在森林裡，希望她喪命野生動物爪下。他想要兩邊都安撫，這頭假裝聽從母親的命令，那頭又對女兒網開一面。父親的曖昧兩歧，結果就是造成母親長久難消的妒恨，而在故事中就投射為反覆出現在白雪公主人生中的壞皇后。

懦弱的父親角色對漢賽爾和葛麗特來說毫無用處，對白雪公主也是一樣。童話故事中時常出現這類角色，暗示這種懼內的丈夫在世界上早已存在多時。更切中問題要點的，就是這樣的父親為孩童帶來無法處理的難題，或是無能幫助孩童解決難題，這也是童話帶給父母的又一則重要訊息。

為何童話中的母親總是斷然將孩童拒於千里之外，而父親往往軟弱無能？故事對於邪惡母親（繼母）和軟弱父親的描繪，與孩童對父母的期望有關。在典型的小家庭場景裡，父親的責任是保護孩童免於遭受外在世界，以及源自孩童自我中心傾向的威脅，母親的責任是餵養照顧孩童，滿足孩童生存上即刻的生理需求。因此在童話中，如果是母親背叛孩童，那麼孩童馬上就會有生命危險，就像〈漢賽爾和葛麗特〉的母親堅持要將兩兄妹趕走。如果是父親因為軟弱而無法克盡父職，那麼雖然孩童失去父親保護，必須自求多福，但還不會直接面臨生命危險。因此，白雪公主被獵人遺棄在森林裡之後，必須想辦法自保。

唯有父母這方付出關愛並負起責任，孩童才能夠消解伊底帕斯衝突達到統合。如果他失去雙親中任一方的呵護，就無法對雙親產生認同。以女孩為例，假如無法對母親產生正面認同，她不僅將陷入伊底帕斯衝突，人格發展上甚至會退行，也就是時間上應該進入下一個發展階段，卻未成功進展時，必然會發生的狀況。

再看皇后，她固著於原始的自戀，並停滯於以口吞吃，將對象破壞並體內化的口唇階段（oral incorporative stage），是讓他人無法產生正面關係或認同的人。皇后不但下令要獵人殺死白雪公主，還要他帶回公主的肺和肝當證據。獵人帶回動物的肺和肝向皇后覆命之後，「這個壞皇后命令廚師將內臟加鹽煮熟，然然自己將它們吃下肚，她認為自己吃下了白雪公主的肺和肝。」在遠古的風俗和思維中，吃掉某物就能獲得其力量或特徵；皇后嫉妒白雪公主的美貌，想將公主的魅力納為己有，於是吃下了象徵公主魅力的內臟。

這並不是第一則描繪母親嫉妒女兒萌發性魅力的故事，而女兒在心中控訴母親嫉妒她的情況其實也不罕見。魔鏡所吐露的，似乎既是女兒的心聲，也是母親的心聲。小女孩會認為母親是世界上最美麗的人，魔鏡一開始也是這麼告訴皇后；但隨著女孩年紀漸長，她會覺得自己比母親更為美麗，而魔鏡後來就是這麼說。母親攬鏡自照時，可能會無比沮喪，她暗自將自己的容貌與女兒相比，心想：「我的女兒比我還美麗。」但魔鏡卻說：「她比你美麗一千倍。」——這句話其實更接近青少女為了放大自己的優勢、消弭心中質疑之聲的誇大言詞。

青春期孩童心中想要超越父母中同性那一方的欲望其實曖昧不明，因為他害怕如果真是如此，那麼力量依然強大的父母可能會嚴厲報復。是孩童因為想像或真實的優越感而害怕遭到毀滅，不是想要造成毀滅的父母。父母這一方必須正面認同孩子，才能設身處地為了孩子的成就歡欣雀躍，但是無法成功認同的話就會受到妒火折磨。雙親其中一方必須強烈認同與自己同性別的孩子，孩子也才能成功產生認同。

不論伊底帕斯衝突是在青春期的什麼時候復燃，孩童都會因為愛恨交織的激烈情感，難以忍受與家人共處的人生。為了逃避內心苦痛，他會夢想自己的父母其實另有其人，他們更好，而且和他們相處不會遇上任何心理難題。有些孩童甚至比單純幻想更進一步，真的離家出走去尋找理想的家。然而童話暗示孩童，理想的家只存在於想像國度，找到之後會發現，它其實並不美滿。漢賽爾兄妹得到的教訓如此，白雪公主得到的教訓也是如此。白雪公主棲身新家的經驗，雖然沒有漢賽爾兄妹的那麼可怕，但也並非順利無憂。矮人無法保護她，而皇后依然讓白雪公主不得不屈服於她的權力：儘管矮人們耳提面命要她小心皇后的詭計，不要讓任何人進門，公主還是允許喬裝改扮過的皇后進到屋裡。

❖ 矮人的意義

離家出走看似是一條最容易的出路，但我們即使逃家，也不可能就此擺脫雙親的影響和對雙親的情感。孩童通常會將內心衝突投射在父母身上，但要成功達到獨立，就必須消解衝突。就像白雪公主的故事所呈現，人格統合的過程既艱辛，又充滿各種重大危機，每個孩童一開始都會希望能避開這種苦差事。短期看來要逃避似乎是可行的，白雪公主一度過著平靜的生活，並在矮人引導下，從無法克服外界難關的無助孩童，長成認真工作並樂在其中的女孩。這就是矮人要求她和他們同住必須做到的：她可以住下來過著衣食無缺的生活，只要「幫我們照顧家裡、煮飯鋪床、洗衣打掃、縫補編織，將屋裡的一切整理得乾淨清潔、井然有序。」白雪公主成了好管家，就和很多年輕女孩一樣，在母親不在家的時候照顧好父親、家裡甚至兄弟姊妹。

白雪公主早在遇見矮人之前，就展現了不管口欲再怎麼強烈，她都能夠克制。當她進入矮人的屋子，即使飢腸轆轆，卻只是從七個盤子裡各拿了一點來吃，從七個杯子裡各喝了一滴，這樣就不會有人覺得自己損失慘重。（與漢賽爾和葛麗特可謂天差地遠，這對固著於口欲的兄妹毫不客氣，貪心地想吃掉整間糖果屋！）

白雪公主在填飽肚子之後，試躺了屋裡的所有床鋪，但有的太長，有的又短，直到最後才在第七張床上睡著。公主雖然躺在其中一張床上，但她知道這些全是別人的床，而且每張床的主人都會想睡在自己的床上。試躺每張床暗示她隱約知道這樣的風險，而她試著找到不會有風險的床鋪。她選對了：矮人回到家發現公主，都驚嘆於她的美貌，而第七個矮人發現床鋪被公主占走，卻沒有要回床鋪，他毫無怨言地「在每個同伴床上各睡一小時，直到整夜過去。」

一般都將白雪公主視為天真少女，若認為她或許下意識中曾冒著與男人同床的風險，似乎讓人難以接受。但白雪公主曾讓自己三次受到喬裝的皇后誘惑，表現出她和大多數人（尤其青少年）一樣，她很容易受到誘惑。儘管聽故事者不會意識到這一點，但白雪公主無法抗拒誘惑，反而讓她更親切且富吸引力。另一方面，她在吃喝時克制自己，以及拒絕睡在不適合她的床上，也表示她學會在某種程度上控制「本我」衝動，並且讓它們屈服於「超我」的規範。她認真工作而且表現良好，也願意和他人分享事物，於是我們發現她的「自我」也更加成熟。

身形比人類短小許多的矮人，在不同童話故事中各有不同涵義。[66]矮人像仙子一樣有好有壞，〈白雪公主〉裡的矮人是好心幫忙的那種。我們認識關於七矮人的第一件事，是他們白天的工作是到山裡挖礦。他們和其他矮人一樣（包括那些不討喜的矮人），都很勤奮而且技藝精湛，他們不懂休閒娛樂，工作就是人生的核心。雖然矮人一見到白雪公主就驚為天人，並且對她的不幸遭遇大為同情，但他們馬上挑明了說，和他們住在一起的代價是勤奮工作。七矮人代表一週七天，每天都要努力工作。白雪公主投靠矮人這段經歷的意義很容易理解：如果想順利長大，就必須成為勞動世界的一員。

矮人還有其他歷史上的意義，或許可據以再深入解讀。歐洲的童話和傳奇故事往往是前基督教時期遺留下來的宗教母題轉化而成，是基督教成為主流之後，不容公然存在的異教文化。白雪公主無與倫比的美貌似乎與太陽有關，她的名字暗示強光的潔白純淨。根據古代傳說，太陽周圍環繞著七顆行星，在故事中就成了七矮人。在條頓民族的傳說中，矮人或地精是開採金屬的大地工人，古代只有七種金屬最為人所熟知，因此故事中有七個採礦的矮人。在古代的自然哲學中，七種金屬分別與不同星球有關（金對應太陽，銀對應月亮等等）。

現今的孩童對於這些意涵並不熟悉，但矮人卻能引發他們無意識中的聯想。矮人沒有女性，正如仙子都是女性，巫師全是男性，另外還有男法師和女法師或巫婆。矮人基本上都是男性，卻是身形發展受阻礙的男性。這些「小男人」身形粗短，又以採礦為業，最擅長鑽入幽暗洞穴，皆傳達與陽具有關的意涵。矮人在性的意義上絕對不是男人，他們的生活方式，以及無情無愛只熱衷於物質，都意味著前伊底帕斯時期的生存狀態。＊

矮人既象徵性器期的生存狀態，也代表青春期之前、所有形式的性都相對沉寂的兒童期。說矮人同時代表兩者，乍看似乎很怪異。但矮人不受任何內心衝突所苦，也沒有從性器期生存狀態進展到親密關係的欲望，他們滿足於不斷重複相同活動，人生就是在大地的子宮中周而復始、永不停歇地工作，如同空中的行星依循固定軌道周而復始地運轉。矮人的人生缺乏改變，或完全沒有改變的欲望，因此他們的人生呼應著前青春期，所以矮人也無法理解或同情，白雪公主無法抵抗皇后誘惑是承受著哪些心理壓力。衝突讓我們不再滿足於當下的生活方式，促使我們尋找其他解決方法；沒有衝突，我們就永遠不會冒險朝不同的，而且希望是更崇高的人生境界邁進。

皇后再度現身擾亂之前，白雪公主在矮人家度過一段平靜的前青春期時期，這段時間讓公

＊矮人象徵個體還未發展完成、不成熟的生存形態，是白雪公主必須超脫的，因此童話裡七個矮人都一樣，但像迪士尼電影版裡，幫每個矮人取名並賦予不同個性，會嚴重干擾孩童無意識中對矮人的理解。如此加油添醋有欠考量，乍看好像讓大眾對童話更有興趣，實則幾乎毀了這則故事，因為添加的細節，讓人難以正確掌握故事的深層涵義。與重述故事的電影製作團隊相比，詩人更了解故事角色的涵義：安妮・賽克斯頓（Anne Sexton）重述〈白雪公主〉的詩作中，暗示矮人的本質即是陽具，稱他們為「矮人，那些小熱狗。」[67]

主獲得邁入青春期的力量。於是內心紛擾的時期再次展開，但公主不再是必須被動任由母親折磨的孩童，而是必須參與、並對於發生在自己身上的事負責的人。

❖三次誘惑與衝突

皇后與白雪公主之間的關係，象徵母女之間可能發生的嚴峻難題，但也可能是其中一人將相互矛盾的情感，分別投射形成的不同角色。這些內在矛盾多半源自親子關係，因此童話將內心衝突的其中一面，投射在父親或母親角色上，其實揭露了過往的真相：雙親就是內在衝突的來源。這一點在白雪公主投靠矮人之後過著平靜無事的生活，但因皇后出現而遭擾亂的情節也有所暗示。

白雪公主因為青春期初期的內心衝突以及與繼母的競爭，幾乎遭到毀滅，於是試著遁逃回到沒有衝突的潛伏期，在此時期性欲仍在休眠，因此可以避開青春期的糾結情感。但時間或人格發展都不會保持停滯，而回到潛伏期狀態以逃避青春期的煩擾也不會奏效。當白雪公主進入青春期，開始體驗到性欲，她走出了潛伏期的潛抑與休眠狀態。繼母出現，代表白雪公主的內心衝突中，那些遭到有意識拒認的元素重新登場，完全破壞白雪公主的內心平靜。

儘管矮人不斷告誡，白雪公主仍舊三番兩次受到繼母引誘，公主應拒卻迎的態度，暗示了繼母的誘惑有多麼接近她內心的欲望。矮人告誡千萬不能讓任何人進入屋子（屋子象徵公主的內心），但終究白費唇舌。（矮人可以輕鬆教訓公主要小心青春期的危機，因為他們本身固著於發展階段中的性器期，因此不受青春期的危機影響。）白雪公主兩次受到誘惑、性命垂危，又因為退回先前的潛伏期狀態而獲救，象徵的是青春期衝突中的順逆起伏。公主第三次受到誘惑的經驗，終於讓她不再一面對青春期難題，就試圖回到不成熟的階段。

故事並未告訴我們，白雪公主在矮人家住了多久，繼母才又出現在她的人生中，並偽裝成叫賣雜貨的婦人，進入矮人家以繫緊胸衣的絲帶引誘她。故事清楚表明，白雪公主這時已是發育成熟的青少女，喜歡和需要蕾絲也符合古代的時尚潮流。繼母幫公主將絲帶繫上後拉得死緊，公主便跌倒在地昏死過去。*

情節到此，如果皇后的目的是殺死白雪公主，那麼她大可當下就動手。但她的目的只是讓女兒的美貌無法勝過她，那麼讓她不省人事，也就暫時達到目的。皇后代表著讓孩子的發展停滯，以短暫取勝、保住支配權的父母。在不同層次的意義上，這個情節暗示白雪公主的內心衝突：為了散發性魅力，她有了繫上漂亮絲帶的青春期欲望。公主昏倒在地不省人事，象徵她完全無力抵抗性欲望，和因性欲望而生的焦慮之間的衝突。既然白雪公主是因為虛榮才受到誘惑，讓繼母為她繫上絲帶，那麼她和虛榮的繼母之間也就沒有太大的不同，公主的青春期欲望和衝突，似乎是

＊根據各個時代或地方不同的風俗習慣，吸引白雪公主的可能不是胸衣絲帶，而是其他的衣飾配件。有些版本裡的皇后，是用襯衣或斗篷將公主緊緊裹住讓她昏倒在地。

她自己的過錯。但是童話更為睿智，它接著為孩童上了更有意義的一課：如果沒有經歷、並克服那些伴隨成長而來的危機，白雪公主就永遠無法和她的王子團聚。

好心的矮人下工回家，發現白雪公主昏迷不醒。他們幫她解開身上的絲帶，她才甦醒過來，即暫時回到潛伏期。矮人更嚴肅地再次告誡她，要小心壞皇后的陰險手段，換言之，要慎防性的誘惑。但白雪公主的欲望非常強烈，當偽裝成老婦人的皇后又提議：「讓我幫妳好好地梳一次頭」，公主再次受到誘惑，任憑擺布。雖然意識上傾向拒絕皇后，但完全被想要擁有好看髮型的欲望壓過，而且公主的無意識欲望，就是散發性魅力。在白雪公主還不成熟的青春期初期，這樣的欲望依舊是「有毒」的，因此她再次昏倒失去意識，也再次被矮人救醒。白雪公主第三次屈服於誘惑，是收下打扮成農婦的皇后給她的毒蘋果並咬了一口。這次矮人再也幫不了她，因為對白雪公主來說，由青春期退行到潛伏期狀態無法再解決問題。

在許多神話及童話中，蘋果同時代表愛與性的良善和危險。愛神阿芙羅黛蒂獲得金蘋果，表示她比處女神雅典娜和天后赫拉更勝一籌，但也引發了特洛伊戰爭。《聖經》中的蘋果讓人受到引誘，為了獲得知識和性而棄絕純真。雖然是夏娃受到以蛇為代表的男性特質誘惑，但即使是蛇也沒辦法獨力辦到——牠需要蘋果，而蘋果在宗教聖像中也象徵母親的胸脯。依偎在母親胸脯上的我們，一開始全都受到引誘，想要建立關係並從中獲得滿足。〈白雪公主〉中母親和女兒共享同一顆蘋果，象徵母女表面上嫉妒彼此，但內心深處其實都隱藏著成熟的性欲。

為了取信於白雪公主，皇后將蘋果切成兩半，自己吃下白色的一半，給了白雪公主「有毒」

的紅色那一半。故事中反覆述說白雪公主的雙重本性：潔白如雪、紅潤如血——也就是她同時具有無性和情欲的兩個面向。吃下紅色（情欲）的那一半蘋果，表示白雪公主的「天真」終結，與她的潛伏期狀態為伴的矮人無法再將她救活。白雪公主做出了選擇，既是必要也是命定的抉擇。蘋果的紅引發性的聯想，就像最初帶來白雪公主的三滴血，以及標誌性成熟開始的月事。

當白雪公主吃下紅色的那一半蘋果，她心中的孩子就死去，公主也被埋入透明玻璃棺裡。她在裡面休息了很長一段時間，除了矮人之外，還有三隻鳥會去探望她：先是貓頭鷹，然後是烏鴉，最後是鴿子。貓頭鷹象徵智慧，烏鴉就如條頓神話中沃坦神的烏鴉，很可能代表成熟的意識，而鴿子傳統上代表愛。這三隻鳥暗示白雪公主彷彿死去一般在棺材中長眠，是一段醞釀期，是準備邁向成熟的最後時期。*

❖ 甦醒或重生，代表更高境界的成熟和理解

白雪公主的故事告訴聽者，即使心理上達到成熟，也不表示智識和情感上都準備好進入以

*白雪公主的美貌展現了三種顏色，但名字卻只強調白色，從這段休眠期或許可以窺知原因。白色一般象徵純潔、天真和精神層面，但與雪的連結也代表靜止休眠：當白雪覆蓋大地，世間萬物似乎也陷入沉寂，正如白雪公主躺在棺材時，生命似乎也進入休止。公主吃下紅色的那一半蘋果是不成熟的表現，她太好高騖遠，而故事藉此提出警告：過早的性體驗只會導致惡果。女孩因為不夠成熟就體驗了性而遭毀滅，但之後如能進入漫長的休眠期，女孩仍然能夠完全復原。

婚姻代表的成年期，我們需要一定的時間達到相當的成長，才能統合舊的衝突，讓更成熟的新人格發展成形。只有到了這個時候，才算是準備好接受異性伴侶，以及達到成年期必須具備、與伴侶之間的親密關係。白雪公主的伴侶是王子，他「成功擔下」棺材裡的她——讓白雪公主能夠咳出或吐出毒蘋果並甦醒，準備好進入婚姻。白雪公主的悲劇始於以口吞吃的欲望，也就是皇后想吃掉她的內臟的欲望，而公主吐出害她窒息的蘋果，即體內化的壞對象（bad object），意味著她終於脫離代表不成熟固著的原始口欲。

孩童就像白雪公主，在成長過程中都必須重演人類歷史，無論是真有其事或想像虛構出來的。在原始的嬰兒期天堂，一切欲望似乎無須付出勞力就能獲得滿足，但我們最終全都遭到放逐。獲得知識、學會區辨善惡，似乎讓我們的人格一分為二：「本我」和「超我」，血紅混沌的失控情感和雪白的純潔良知。我們逐漸長大，擺盪於屈從「本我」的混亂，和服膺「超我」的嚴苛之間（束緊的絲帶，以及置身棺中無法動彈）。只有等到這些內心衝突獲得消解，覺醒發展出新的成熟「自我」，紅與白能夠和諧共處，才能邁入成年期。

但在「幸福圓滿」人生開始之前，我們必須先控制住人格中邪惡和具毀滅性的層面。〈漢賽爾和葛麗特〉裡的巫婆，因為食人欲望而受到在烤爐中燒死的懲罰，而〈白雪公主〉裡虛榮、善妒並帶來毀滅的皇后，則被罰穿上熱燙鐵鞋跳舞直到死去。因性欲而生的失控妒意，想要毀滅他人，最後卻自招毀滅；作為象徵的不只是火紅鐵鞋，更是穿著鐵鞋跳舞到死。故事以象徵方式傳達，不受控制的激情必須加以克制，否則將會招致滅亡。也就是說，只有處死妒火中燒的皇后（消除所有外在和內在的煩擾），世界才有可能幸福圓滿。

童話主角常在個體發展的關鍵時刻陷入長眠或重生，每次甦醒或重生，都象徵達到更高境界的成熟和理解。這是童話的手法，要激勵人們渴望人生能獲致更高的意義，也就是深入自己的意識當中，更認識自我，心靈也更為成熟。故事並未形諸文字，卻能讓聽者下意識理解到，甦醒前長時間休眠的意義：兩性都必須休息和專注一陣子，之後才能重生。

改變表示需要放棄先前的享受，例如白雪公主在皇后開始嫉妒她之前的人生，或在矮人家度過的愜意生活，而艱辛痛苦的成長經驗終究無法逃避。這些故事也說服聽者相信，他不需要害怕放棄孩童時的依賴，因為在經歷艱險困厄的過渡期之後，他將會進入更高、更好的境界，獲得更豐富、更圓滿的人生。而那些不敢冒險經歷如此轉變者，像是〈三根羽毛〉裡的兩個哥哥，就永遠無法贏得自己的王國；那些發展還停滯在前伊底帕斯階段者如矮人，就永遠不知道愛和婚姻的幸福滋味；那些像皇后一樣，將妒恨情感付諸行動的父母，不僅幾乎毀滅自己的孩子，最終也必定自取滅亡。

〈金髮女孩和三隻熊〉

"Goldilocks
and the Three Bears"

金髮女孩就是還未進入青春期的孩童，
三隻熊各安其位，每隻各有自己的餐具、椅子和床鋪。
金髮女孩卻完全陷入困惑，不知道三個位置中哪一個適合自己。

〈金髮女孩和三隻熊〉算不上是則真正的童話，因為它缺少了幾個必備的重要特徵：復原或撫慰的元素，解決衝突，和幸福圓滿的結局。但這個故事仍然很有意義，因為它以象徵方式處理了成長過程中最重要的幾個課題：受困於伊底帕斯情結、建立自我認同，以及手足競爭。

這則童話可追溯至一則古老的故事，但現今流傳的版本是近代才成形，並轉變為一則簡短的現代故事。我們從它的演變過程可看出，一則警世故事逐漸融合童話的元素，變得更有意義且廣為流傳，同時見證了童話故事即使已經刊印，也不會定型，之後仍有可能經過增刪改寫。當故事在編印過程受到改寫，就和從前只以口耳相傳的童話不同，反映出的不再是說書人的個人特質。

編寫新版童話的作者，通常是基於文學創作，才會純粹在無意識情感導引之下形塑故事，並在編寫時想著某個孩子，希望為他帶來娛樂和啟蒙，或是幫助他解決某個急迫的課題。但其他背景的編寫者之所以增刪更動，多半根據「一般」讀者想聽到什麼樣的故事，而為了滿足芸芸讀者的欲望或道德標準，這些更動往往讓內容變得迂腐平凡。

當故事只存在於口述傳統，主要由說書人在無意識中決定講述哪則故事，以及他記得故事中的哪些部分。說書人在講述過程中，既受到自己意識和無意識中對故事的情感影響，也受到他與聽故事的孩童之間情感連結的本質所推動。同一則故事經過各個說書人反覆講述，多年下來發展出特定版本，能讓無數聽者的意識和無意識信服，似乎也不須再作任何改動，而成為「經典」。

❖ 經過改寫的細節

〈金髮女孩和三隻熊〉的原始來源，咸認是蘇格蘭的一則古老故事，講述三隻熊的家遭一隻母狐闖入。[68] 熊將侵入者吃掉，因此這是一則警世故事，要我們尊重其他人的財產和隱私。愛蓮娜・繆爾（Eleanor Muir）於一八三一年將這則故事寫成手工書，送給一個小男孩當生日禮物，這本小書直到一九五一年再次引起注意。繆爾重述的版本中，將侵入者說成一名憤怒的老婦，可能誤把原文中的「vixen」看作悍婦，而非母狐。無論是訛誤、「佛洛伊德式」筆誤或刻意為之，這則古老的警世故事就因為這個更動，慢慢轉變成一則童話。另一個口述版本於一八九四年流傳，其歷史也相當久遠：故事裡的熊住在森林中的城堡，而侵入者自動喝了熊的牛奶，坐過熊的椅子，還躺在熊的床上休息。兩個版本裡的熊都嚴懲侵入者，牠們試圖將對方丟進火裡燒死，扔進水裡淹死，跟從教堂尖塔上推下來摔死。

羅伯特・沙賽（Robert Southey）於一八三七年出版的《醫生》收錄了這則故事，是最早問世的印刷版本。我們並不知道沙賽是否熟悉古老的版本，但他把故事做了重大改動，首度描述侵入者跳出窗戶，之後命運便無人知曉。他的故事如此結束：「矮小老婦跳出屋外；或許她跌在地上時摔斷了脖子，或許她跑進森林裡迷了路，或許她找到路走出森林，但被警長當成無業遊民抓了起來，我沒辦法告訴你。三隻熊從此再也沒有看過她。」這個印行版本立刻獲得讀者的正面評價。

接著更動故事細節的是喬瑟夫・昆達爾（Joseph Cundall），他在一八四九年所寫《給孩子的趣味童書寶庫》獻辭（一八五六年出版）中提到，他將故事中的侵入者改成小女孩，並稱她為「小銀髮」(「小銀髮」或「銀髮女孩」於一八八九年成了「小金髮」，最後在一九〇四年改為「金髮女孩」)。這則故事後來又有兩處重大改動，之後便廣為流傳：在一八七八年出版的《鵝媽媽童話故事》中，「大大熊」、「中熊」和「小小熊」改為「熊爸爸」、「熊媽媽」和「熊寶寶」；故事最後只講到主角跳出窗戶之後消失無蹤，並未預期或講述她會遭到任何不幸。

故事明白指出三隻熊是一家三口，便在無意識中與伊底帕斯情結形成更緊密的連結。悲劇最終應該呈現伊底帕斯衝突帶來毀滅，但童話不能如此，反而必須將結局留待聽者自行想像，才能廣為流傳。我們接受這樣的不確定性，是因為認為侵入者干擾了家庭中基本情結組合（basic family constellation）的統合，並因此威脅到全家人情感上的穩定。侵入者從侵犯隱私和竊占財物，變成危害家庭的幸福和安全感，這樣的心理基礎讓這個故事一時大受歡迎。

我們將〈金髮女孩和三隻熊〉這個晚近才發展的童話故事，與經過多次重述的古老民間故事如〈白雪公主〉一起比較，會發現前者是從後者借用了一些元素，將原版故事〈三隻熊〉加以改良，但相對於後者仍有些不足。兩個故事都講述年輕女孩在森林中迷路，發現一間誘人的小房子，而原本的屋主剛好不在家。〈金髮女孩和三隻熊〉並沒有說明女孩如何、或為何在森林裡迷路，為什麼她需要找地方棲身，或她家在哪裡，我們不知道她迷路有什麼表面上的理由，或更重要的背後原因。＊因此，〈金髮女孩和三隻熊〉從一開始就提出問題，但始終沒有解答，但童話針對我們並未意識到、但在無意識中造成煩擾的那些問題，給予乍看不可思議的神奇解答，是其最大的優點。

儘管侵入者的身分歷經變遷，從母狐改成暴躁老婦，再改成年輕可愛的女孩，但她始終是外來者，永遠不會變成家庭裡的一分子。這或許解釋了這則故事為什麼在世紀之交大受歡迎：因為有愈來愈多人覺得自己像外來者。故事要我們同情隱私遭到侵犯的三隻熊，但我們卻憐憫可憐可愛又迷人的金髮女孩，她既無來處，也無去處。雖然熊寶寶的食物被搶走、椅子被坐壞，但故事裡沒有壞人。熊不像矮人，牠們既未拜倒於金髮女孩的美貌，聽了她的淒慘遭遇也無動於衷。畢竟，金髮女孩也沒有故事好說，她的來到就和她的離去一樣成謎。

❖ 數字三是故事主軸

＊在一些經過增刪的現代版本中，金髮女孩是因為母親派她出門跑腿，才會在森林裡迷路。這個改編的細節，讓我們想到小紅帽如何被母親派出門，但小紅帽並非迷路，她是容許自己受到誘惑而走離熟悉的大路，所以小紅帽的遭遇很大的程度上算是自作自受。漢賽爾兄妹和白雪公主迷路則不是他們自己的錯，而應該歸咎於他們的父母。但即使是幼童，也知道人不會無緣無故在森林裡迷路，這就是為什麼所有真正的童話故事都會說明迷路的理由。如前所述，在森林裡迷路的意象由來已久，象徵需要找到自我，如果故事安排成單純機緣湊巧才會迷路，就會大為抹煞這層意義。

〈白雪公主〉以一位很想生下女兒的母親開場，但嬰兒期的理想母親消失無蹤，取而代之的是滿腔妒意的繼母，她不但將白雪公主逐出家門，還數度威脅她的性命。白雪公主為了生存，迫不得已冒險進入森林野地，在森林裡學會獨立開展人生。故事清楚刻畫母女之間的伊底帕斯情結，即使孩童也能直覺理解其中隱含的情感衝突和內在壓力。

〈金髮女孩和三隻熊〉則呈現達到良好統合家庭的熊，與尋找自我的外來者之間的對比。幸福、但天真無知的熊沒有身分認同的問題，牠們清楚知道各自相對於家中其他成員的地位，而三隻熊被稱為熊爸爸、熊媽媽和熊寶寶，又更清楚表明這一點。每隻熊各有身分認同，但在運作上卻是三熊合一。金髮女孩試著釐清自己是誰，適合扮演什麼角色。如果說白雪公主是年紀較大的孩童，正處於特定人生階段，努力處理未消解的伊底帕斯衝突，即與母親之間愛恨交雜的關係，金髮女孩就是還未進入青春期的孩童，試圖處理伊底帕斯情結的所有面向。

這一點在故事中，是以至關緊要的數字「三」來象徵。三隻熊組成幸福家庭，其中一切運作協調統合，不存在任何與性或伊底帕斯情結有關的問題；三隻熊各安其位，每隻各有自己的餐具、椅子和床鋪。金髮女孩卻完全陷入困惑，不知道三個位置中哪一個適合自己。早在金髮女孩分別接觸三次餐具、椅子和床鋪之前，就已經出現「三」——她在進入熊的屋子之前，就做出三個不同的舉動。在沙賽的版本中，老婦「先是從窗戶探頭張望，然後從鑰匙孔偷偷窺看；眼見屋裡沒人，她拉起門栓。」一些後來的版本安排金髮女孩也做同樣的事，另外一些版本，則描述她在進屋之前敲了三次門。

在拉起門栓之前先從窗戶和鑰匙孔偷窺，表示對關起的門後面有什麼極度好奇、但又焦慮難安。哪個孩子不好奇大人關起門來是在做什麼，不會想一探究竟？哪個孩子不會因為父母短時間不在家而歡欣雀躍，迫不及待要把握機會窺探父母的祕密？當故事主角的身分從老婦人改成金髮女孩，她的行為也就讓人更容易聯想到偷偷窺探、想揭開成人生活神祕面紗的孩童。

「三」是一個神祕、甚至神聖的數字，其淵源遠遠早於基督教的聖三位一體。根據《聖經》，屬於凡俗的肉欲知識來自蛇、夏娃和亞當的三角組合。數字三在無意識中代表性，因為兩性各有三個明顯可見的性徵：男性有陰莖和兩顆睪丸，女性則是陰部和雙乳。

數字三在無意識中，也以另一個相當不同的方式代表性，它象徵三個人深陷對彼此的情感糾葛的伊底帕斯情境——這種關係如〈白雪公主〉和其他故事所示，充滿濃厚的性意涵。

在個人一生的所有關係中，與母親的關係最為重要；它不僅主導早期人格發展，也在很大的程度上，影響我們是樂觀或悲觀看待人生和未來。* 但是對嬰孩來說，沒有所謂的選擇：母親和她對嬰孩的態度都是「理所當然」，當然父親和他的手足也是。（還有家庭的社經條件也是，但這些只會透過雙親和他們的態度間接影響孩童。）

當孩童開始與父親建立關係，他也開始覺得自己是人，是人際關係中地位重要而且有意義

---

* 艾瑞克森（E. H. Erikson）指出這些經驗會影響終生，決定我們對一切事物是抱著信任或猜疑——這樣的基本態度無疑決定了事物如何發展，以及對我們造成的影響。[69]

的參與者。人之所以為人，是因為將自己定義為異於另一人。既然母親是人生中第一個出現，而且一段時間以來都是唯一出現的人，對自己的某些最基本定義，就是從定義相對於母親的自己開始。但孩童強烈依賴母親，如果沒有第三人出現讓他依靠，他就無法離開母親去定義自己。在達到獨立之前的必要步驟，就是先學會「我也可以依靠母親以外的其他人」，之後才可能相信自己不靠**某個人**也能存活下來。在孩童與母親之外的另一人建立密切關係之後，他會開始覺得，如果他現在偏好母親勝過這個人，那是他的決定，不再是他覺得無法自由作主的事。

數字三是〈金髮女孩和三隻熊〉故事的主軸：三指涉性，但不是性行為的那種性，而是關於必須早於性成熟之前的事，換言之，也就是找出自己在生理上是誰。三也代表核心家庭裡的關係，以及為了確認自己在家庭中的位置所做的努力。因此，三象徵尋找自己在生理上（或在性上）是誰，以及相對於人生中最重要親人的定位。說得再廣泛一點，三象徵的即是尋找自己的個人和社會身分認同。孩童必須從身上看得到的性徵，以及與雙親和手足之間的關係，學會成長過程中應該對什麼人產生認同，還有什麼人適合成為自己的人生伴侶及性伴侶。

〈金髮女孩和三隻熊〉故事中的三個餐具、椅子和床鋪，清楚指涉對身分認同的追尋，要呈現追尋的需求，最直接的意象就是必須找到遺失的某個東西。如果要追尋的是自己，那麼最有說服力的意象就是迷路。童話裡描述在森林中迷路，象徵的不是要找到路該怎麼走，而是必須找到或發現自己。

金髮女孩從試圖偷窺三隻熊的家開始，就踏上了發現自我之旅。她的舉動引起的聯想，是孩童想要揭開所有成人，尤其是父母親，與性有關祕密的欲望。這樣的好奇心往往和孩童需要獲得知識、知道自己的性欲究竟是什麼的關聯比較大，和弄清楚父母在床上對彼此做什麼，反而比較無關。

進入屋子之後，金髮女孩分別體驗了三組不同的東西——盛麥片粥的碗、椅子和床鋪，試用它們是否適合自己。她每次試用都採取同樣的順序：先試爸爸的，再試媽媽的，最後試孩子的，可視為她在探索父親、母親或孩子之中，哪一個在性方面，以及在家庭中的角色最適合自己。她對自我定位和家庭中角色的尋索從吃開始，就如同所有人最早有意識的經驗就是由人餵食，而和另一人建立關係，也始於由母親餵食。但金髮女孩最先選擇熊爸爸的粥碗，表示她想要和他（男性）一樣，或者她最想和他建立關係，就像她最先選擇嘗試他的椅子和床鋪；即便她應該從先前吃粥和坐椅子的經驗學到，熊爸爸的東西並不適合她。金髮女孩試著和父親角色共享餐食和床鋪，極其貼切地呈現了女孩心中的伊底帕斯欲望。

然而，如故事描述，無論想成為男性或睡在父親的床上，都是行不通的，理由是父親的粥「太燙」而他的椅子「太硬」。男性身分或與父親的親密關係都不是女孩能得到，或是對她來說太具威脅性（可能會燙傷）或太難應付，於是女孩失望之下，就像所有女孩在經歷對父親的伊底帕斯情感受挫之後，轉而回到與母親的原始關係。但這也行不通：曾經溫暖的母女關係如今冷得讓她難受（粥太涼）；而母親的椅子雖然不會太硬，坐起來卻覺得太軟，或許它就像母親一樣將嬰孩完全包覆，而金髮女孩做了正確決定，她不想回到那個狀態。

至於床鋪，女孩覺得熊爸爸的床頭太高，而熊媽媽的床尾太高，表示兩個角色和與他們的親密關係都不是她的能力可以承擔。只有熊寶寶的東西對她來說「剛剛好」。最後看似只有孩子的角色適合她，但其實未必：當金髮女孩坐在熊寶寶的椅子上，故事描述她覺得椅子「既不會太硬，也不會太軟，很剛好，椅座向下凹陷，她一坐下來，肉呼呼的屁股就落在地上。」所以很明顯地，她已經長大到不適合坐幼童的椅子了。她的人生確實沒有底氣、無足輕重，因為不管是最先的父親，或再來的母親，她都無法成功扮演這個角色或與其建立關係。經歷幾次失敗之後，當金髮女孩不情願地試著回到嬰兒期如幼兒的生存狀態，她的人生才失去底氣。對金髮女孩來說，沒有幸福圓滿的結局——她想找到適合自己的卻失敗，好像從噩夢中清醒過來，然後就跑走了。

這則故事刻畫了孩童必須做出的困難抉擇背後的意義：他應該像爸爸、媽媽或孩子？要在人生的基本位置中找到自己的定位，著實是場浩大的心理戰役，是所有人都必須經歷的艱苦考驗。但在孩童還沒準備好接下父親或母親的位置之前，只是接受孩子的位置仍然無法解決問題——這就是為什麼三次考驗還不足夠。成長不但必須理解自己仍是孩子，還必須伴隨另一項認知：人必須成為自己，和父親或母親都不一樣，也不單單是父母的孩子。

❖ 故事的不足之處卻是迷人之處

傳統民間童話就與〈金髮女孩和三隻熊〉這種近代創作的故事不同，在傳統童話中，事情不會在三次考驗之後就結束。〈金髮女孩和三隻熊〉故事末尾呈現的，是身分認同問題並未解決，沒有發現自我，主角也未脫胎換骨成為獨立的個人。不過金髮女孩至少從進入熊的屋子裡的經驗學到：面對成長的難題，退行回到嬰兒期也無濟於事。故事暗示找到自我，是一段始於釐清自己與父母之間關係的過程。

故事裡的三隻熊並未提供幫助，牠們的反應甚至是驚愕不滿，一個小女孩竟然試圖睡爸爸的床，和搶走媽媽的位置。〈白雪公主〉中的情節剛好相反：矮人雖然住家也遭闖入，還發現大家的盤子、玻璃杯甚至床鋪都被動過，但他們沒有怪罪白雪公主，反而很欣賞她。三隻熊不滿地叫醒金髮女孩，矮人卻寧可自己不方便，也要避免吵醒白雪公主。儘管矮人折服於白雪公主的美貌，他們還是一開始就聲明，要和他們住在一起，就必須承擔責任義務：意味著如果想要長大成人，行為舉止就必須成熟。矮人告誡她成長可能會有的危險，但是當白雪公主沒有聽從忠告而惹上麻煩，他們還是屢次向她伸出援手。

金髮女孩在面對成長難題時，沒有獲得熊的幫助，當她被自己的膽大妄為嚇到，努力尋找自我卻受到挫敗，她唯一能做的只有逃跑。這種逃避艱難的成長任務的行為，無法鼓勵孩童勤勉付出心力，將成長過程中出現的所有問題逐一解決。再者，故事最後並未向孩童承諾，如果在兒童期消解伊底帕斯衝突，以及在青春期這些難題重演時，用更成熟的方式來克服，未來會有什麼圓滿結局等著他。只有對未來的遠大希望能讓孩童保持勇氣，讓他能繼續努力直到尋得自我，但很遺憾地，〈金髮女孩和三隻熊〉在這方面相當不足。

〈金髮女孩和三隻熊〉與傳統童話故事相比，固然有些不足，但也有值得稱道的優點，否則不可能廣為流傳。這則故事處理在性方面確立認同的艱難，以及因為伊底帕斯情結、先後想得到父親和母親專一的愛而衍生的問題。

〈金髮女孩和三隻熊〉是個曖昧不明的故事，其意義大半取決於說者如何傳述故事。有些父母基於私心考量，可能覺得應該嚇唬一下孩童，讓他們不敢刺探大人的祕密，在說故事時會特別強調的地方，就不同於那些認為孩子這麼做情有可原的父母。有人會同情金髮女孩接受自己生為女兒身的難處，有人不會。金髮女孩發現必須接受自己還是孩子而深受挫敗，有些人會對這樣的遭遇格外心有戚戚，對於她即使不願，也必須告別童年、長大成人，也能深切同情。

由於故事本身曖昧不明，因此說故事時也能將重點放在另一個主要母題：手足競爭。舉例來說，描述女孩將椅子坐壞一節的方式如果不同，就會有很大的差別。說故事者可以發揮同理心，講述金髮女孩覺得椅子看起來非常適合，經她一坐卻忽然壞掉時的震驚之情，或者反過來，以嘲弄的方式描述金髮女孩一屁股跌坐在地，或熊寶寶的椅子竟然被她坐壞。

從熊寶寶的角度來看，金髮女孩是不知從哪兒忽然冒出來的侵入者，就像是比自己晚出生的弟妹，試圖或確實篡奪了自己在家中的位置，讓自己變成像是完整家庭裡多出來的一個。這個可惡的侵入者搶走他的食物、弄壞他的椅子，甚至意圖占用他的小床，而擴大解讀，就是取代他搶走父母親的愛。所以我們就能理解，為什麼叫醒金髮女孩的聲音不是來自熊爸媽，而是熊寶寶：「又尖銳又刺耳，她一聽到就馬上清醒。她跳了起來……衝到窗戶旁。」想要趕走新來者的是熊寶寶（孩子），他想要她回到她來的地方，希望從此不要看到她。故事於是以想像的方式具體呈現出，孩童對於想像或實際上新來的家庭成員懷有的恐懼和冀望。

如果從金髮女孩的角度來看，熊寶寶就是她的手足，那麼我們就能同理她，為什麼想要取用他的食物、破壞他的玩具（椅子），和占走他的床，讓他在家裡不再有任何地位。但如此解讀的話，這則故事就又成了警世故事，只是變成告誡孩童在手足競爭中沉迷過頭，最後將會毀壞手足擁有的東西，而下場就是淪落野外無處可去。

這則故事能夠風靡大小讀者，部分原因就在於，它在不同面向都有豐富多層的意義。年幼孩童可能對手足競爭的母題有所反應，樂見金髮女孩必須回到她來的地方，就好像許多孩子也希望家中小嬰兒會做的；年紀大一點的孩童會著迷於主角探索不同成人角色的體驗。孩童會喜歡偷窺和進屋的情節，而大人可能會想提醒孩子們主角因此被趕出屋外。

〈金髮女孩和三隻熊〉出現的正是時候，因為故事中將金髮女孩這個外來者刻畫得非常迷人，而且對不同群體都同樣有吸引力，因為最後是身為局內人的熊獲勝。不管一個人覺得自己是外來者或局內人，都會為這則故事著迷。故事篇名長時間以來經歷數次轉變，原本是〈三隻熊〉，演變到現今大多簡稱〈金髮女孩〉，呈現它如何從一則保護局內人（三隻熊）的財產和權利福祉的故事，轉變成一則聚焦在外來者的故事。再者，傳統童話的明確結局，比較符合過去比較幸福、人們相信一切都有明確結局的那個年代，而這個結尾曖昧不明的故事，反而在相當程度上呼應當下的時代氣氛，也解釋了為何故事大受歡迎。

就這方面來看，更重要的是故事最吸引人之處，同時也是它最大的缺點。無論今昔，當我們遇到乍看無法或難以解決的困境，逃避問題（在無意識中表示拒認或抑制）似乎是最容易的出路。而〈金髮女孩和三隻熊〉留給我們的，就是這樣的結局。對於女孩突然闖入牠們的生活、又忽然消失，三隻熊似乎無動於衷，牠們的反應好像什麼都沒發生過，只是生活中一段沒有任何結果的插曲；當女孩跳出窗外，一切就宣告解決。就金髮女孩而言，逃跑暗示沒有必要消解伊底帕斯衝突或手足競爭。故事情節與傳統童話的情節相反，給我們的印象是，金髮女孩在熊的房子裡的經驗，對她的人生幾乎沒有帶來任何改變，就像對三隻熊的生活一樣無足輕重，之後就沒有任何下文。儘管女孩曾認真探索適合自己的位置（暗示探索自己是誰），但故事並未告訴我們，她後來是否因而達到更高境界的自我。

父母會希望女兒永遠只是小女孩，而孩童會想相信自己可以逃避成長必經的苦痛掙扎——這就是為什麼大家聽完〈金髮女孩和三隻熊〉的立即反應是：「多麼迷人的故事」，但也是為什麼這則故事無法幫助孩童在情感上達到成熟。

〈睡美人〉

"The Sleeping Beauty"

〈睡美人〉告訴我們，
在一段漫長的日子裡靜定沉思、將心神完全投注於自我，
才有可能帶來更崇高的成就，最終往往也真的實現。

人生進入青春期之後，充滿劇烈且快速的變化，可能有一段時間完全昏沉被動，接著又有一段時間極度活潑狂放，甚至只為了「證明自己」，或發洩壓力而做出危險行為。一些童話故事將青春期這種忽靜忽動、反覆不定的行為，以主角一下子拚命在外歷險，一下子又忽然因為中了魔法而石化的情節來呈現。更常見的是將順序倒過來，例如〈三根羽毛〉裡的傻瓜進入青春期很久仍一事無成，或〈三種語言〉裡的主角被父親逼著到異國進修，被動學習三年之後才展開屬於他的冒險，而這樣的安排更符合青春期的心理狀態。

❖ 陷入長眠反映青春期的蓄積

很多童話著重主角為了形塑自己，必須完成的偉大成就；但〈睡美人〉著重的，卻是主角必須靜心專注在自身的那一段漫長時期。在初經到來的前幾個月，甚至到初經結束之後一陣子，女孩會覺得倦怠被動，而且變得孤僻內向。男孩在達到性成熟之前，沒有像女孩那麼明顯的徵兆，但很多男孩在進入青春期時會和女孩類似，覺得無精打采，而且變得比較孤僻。因此我們可以理解，為什麼女孩和男孩會有很長一段時間，都喜愛主角在青春期剛開始時陷入長眠的童話。

在青春期這樣人生中的重大轉變，需要兼顧活躍期和休眠期，才有機會順利成長。變得孤僻內向看似被動（或是在睡夢中虛耗人生），但其實是因為有重要的心理活動在運作，以致沒有多餘精力可以投注外向的行動。〈睡美人〉等童話強調沉寂被動的時期，讓初步入青春期的孩童不用擔心自己有一段時間消沉無為，因為他知道事情會持續進展。故事的圓滿結局也向孩童保證，就算沉寂時期當下，感覺好像有一百年那麼長，但他不會永遠停滯在看似一事無成的狀態。

青少年通常在青春期初期消沉無為，之後就會活躍起來，以彌補先前的沉寂。在真實生活或童話故事裡，他們往往藉由刺激的冒險，來證明自己是年輕男人或女人。而童話就以象徵方式，描述他們先前在寂靜中蓄積力量，如今已經完成自我形塑的過程。事實上，這段發展過程確實危機四伏：在危險的森林裡迷路，意味著青少年必須脫離安全感充足的兒童期，而遇見野生動物或惡龍，象徵學習面對自己的暴力傾向和焦慮，遇見陌生的人事物，則代表能夠認識自己。青少年在過程中失去了從前的「天真」，也就是在別人眼中笨拙卑微，被認為是「傻瓜」，或只是某某人的孩子的階段。很明顯的，大膽出外闖蕩會遇到危險，例如傑克就遇到了巨怪。〈白雪公主〉和〈睡美人〉則鼓勵孩童不要害怕沉寂時期的危險。〈睡美人〉雖然是一則古老故事，在很多方面卻比其他故事傳達了更重要的訊息給現今的青少年。很多青少年（和他們的父母）害怕在成長階段中沉靜無聲、似乎什麼事都沒發生，因為大家都相信，只有做事讓別人都看見才能達到目標。但〈睡美人〉告訴我們，在一段漫長的日子裡靜定沉思、將心神完全投注於自我，才有可能帶來更崇高的成就，最終往往也真的實現。

近來有人指出，童話中努力擺脫兒童期依賴、努力形塑自己的描述，呈現上男女有別，而且是基於性別的刻板印象。童話不會呈現單一面向的情景，即使童話描繪一個女孩在努力形塑自己的過程中變得內向，或是一個男孩積極進取應對外在世界，兩者合一就象徵達到成熟自我必須採取的方式：學習理解和主宰內在世界以及外在世界。從這個層面來看，無論主角是男孩或女孩，都只是將**每個人**成長過程中必經的同一過程，加以（人為）區分投射成的角色。只看字面的父母或許不明白，但孩童很清楚，不論主角的性別，故事處理的都是與孩童切身相關的課題。

童話中的男性與女性都會扮演同樣功能的角色：〈睡美人〉裡是王子觀察沉睡的女孩，但在〈丘比德與賽姬〉以及許多衍生故事裡，是賽姬欣賞沉睡的丘比德，並且像王子一樣驚嘆於眼前的美麗容貌。前述只是其中一例，既然童話多達數千則，我們可以合理推測，女性果敢堅毅拯救男性的故事，很可能和男性拯救女性的一樣多。理應如此，因為童話揭示了人生的重要真理。

❖〈太陽、月亮和塔莉雅〉與貝侯的更動

現今大眾最熟悉的〈睡美人〉版本有二：貝侯版和格林兄弟版。[70]在說明兩個版本的差異之前，先簡單探討巴斯雷《五日談》中收錄的故事版本〈太陽、月亮和塔莉雅〉會更有收穫。[71]*

塔莉雅的國王父親在她誕生時，要全國的智者和先知幫她預測未來，他們預言公主將因為

*巴斯雷於十七世紀出版《五日談》時，「睡美人」的母題流傳已久，他可能以十四到十六世紀間的法語和加泰隆語版本為範本，也可能參考了僅在他的時代流傳、我們並不清楚的其他民間故事。[72]

被亞麻碎屑刺到而有生命危險。為了預防各種可能的意外，國王下令不准任何人將亞麻或麻帶進城堡。塔莉雅慢慢長大，有一天她看到一個老婦人邊紡線邊從窗前走過。塔莉雅從來沒有看過這種情景，「看到紡錘好像在跳舞便開心不已。」她滿心好奇，伸手拿了紡錘開始捻線。一片亞麻碎屑「刺進她的指腹，她立刻倒在地上昏死過去。」國王讓陷入長眠的女兒靠坐在皇宮裡一張天鵝絨椅，並將大門鎖上，他為了抹除悲傷的記憶，從此遠離家鄉，再也沒有回來。

一段時間之後，另一位國王在打獵時來到城堡附近，他的獵鷹從窗戶飛進空無一人的城堡之後就沒有出來。國王為了找回獵鷹，進入城堡裡四處遊走，就發現了塔莉雅：她就像是睡著了，但怎麼也叫不醒。國王愛上她美麗的容顏，於是和她同床，之後就離開城堡，將整件事拋諸腦後。九個月之後，塔莉雅生下一對雙胞胎，但她自始至終都保持沉睡，兩個嬰孩就從她的胸脯吸吮母乳。「有一次其中一個嬰兒想吸母奶，卻找不到母親的胸脯，反而將母親被亞麻碎屑刺中的手指含到嘴裡。嬰兒用力一吸，將碎屑吸了出來，一直沉睡的塔莉雅終於醒轉。」

有一天國王記起先前的歷險，於是前去探望塔莉雅。看到她已經甦醒，還生了兩個秀美的孩子，分別取名太陽和月亮。國王非常高興，從此一直惦記著他們母子三人。國王的妻子發現了他的祕密，暗中假國王之名派人將兩個孩子帶到王宮。王后下令將兩個孩子殺死、煮成菜餚送去給國王吃，廚子偷偷將孩子藏在自己家裡，準備了一些小山羊肉讓王后端給國王。過一陣子之後，王后又派人將塔莉雅帶來，打算將這個引誘國王出軌的女人推進火裡燒死。國王在最後一分鐘及時趕到，下令將自己的妻子處以火刑，改娶塔莉雅為妻，也和廚子解救的兩個孩子團聚。故事最

後以詩文作結：

常言道，人若命好，
睡床上也有福報。＊

〈太陽、月亮和塔莉雅〉這則故事並未說明，為何塔莉雅的命運會是如此，而貝侯可能是自行加上一段仙女覺得受辱而下詛咒，或是利用熟悉的童話母題，解釋了女主角為什麼會像死去般陷入長眠，讓故事更為豐富。

巴斯雷版的主角塔莉雅深受父王疼愛，國王因為太愛她，所以在她陷入死亡般的沉眠之後，就無法再留在城堡裡。國王將她安放在「刺繡頂篷下方」彷彿王座的椅子上，之後就離開城堡，從此音訊全無，即使是在塔莉雅醒來、與另一位國王成婚，並和兩個秀美孩子一起過著幸福日子之後，他也不曾出現。在同一個國度裡，一位國王取代了另一位國王；在塔莉雅的人生中，走了

＊塔莉雅的孩子分別叫做太陽和月亮，所以巴斯雷可能參考了麗朵的故事。麗朵是宙斯的眾多愛人之一，為他生下太陽神阿波羅和月亮女神阿特蜜斯。如果是這樣，我們可以假設，正如赫拉嫉妒宙斯愛上的女子，巴斯雷版裡的王后其實是在紀念久遠以前的赫拉和她的妒火。

西方世界大多數童話或多或少融入了基督教元素，牽涉之廣，或許需要另闢專書才能詳述童話中隱藏的基督教意涵。在這則故事中，塔莉雅並不知道自己曾有過性事或已經懷孕，因此她在過程中既未享受歡愉，也未犯下原罪。她在這一點與聖母瑪利亞相同，也以童貞之身成為（諸）神之母。

一位國王，來了另一位國王——父王由夫君所取代。這兩位國王有沒有可能，只是彼此在女孩人生不同階段中的替身，以不同方式喬裝，扮演不同的角色？在此我們再次看到伊底帕斯期孩童的「天真」，她完全不覺得自己對於激發父親情感，或是想要激發父親情感的欲望有任何責任。

文人貝侯筆下的故事與巴斯雷的版本相距又更遠，畢竟他是要講故事給王公貴族聽，而且還偽托故事是由幼子編撰、要獻給一位公主。貝侯版將兩位國王改成一位國王和一位王子，後者明顯未婚且還沒有小孩。王子出現的時間比國王還晚了一百年，於是我們可以確認國王和王子之間毫無關聯。有趣的是，貝侯還是無法成功擺脫關於伊底帕斯情結的指涉：他的故事中並未出現因丈夫外遇而嫉妒發狂的王后，而是改成困於伊底帕斯情結的王后，她對兒子愛上的女孩無比嫉妒，所以試圖摧毀女孩。巴斯雷版的王后相當具有說服力，貝侯版的王后則不然。貝侯版故事中的兩個部分相互扞格：第一部分以王子喚醒睡美人並和她結婚作結；第二部分突然告訴我們，王子的母親其實是吃小孩的女巨怪，想要吃掉自己的孫子女。

巴斯雷版裡的王后想要讓自己的丈夫誤食親兒的肉——這是為了報復丈夫變心愛上睡美人，她所能想到最可怕的懲罰；貝侯版裡的王后想要自己吃掉小孩。巴斯雷版的王后嫉妒，是因為丈夫的心思和愛全都被塔莉雅母子給奪走了，她妒恨到想要將塔莉雅燒死——國王對塔莉雅「熾烈」的愛，燃起了王后對塔莉雅「熾烈」的恨。

貝侯版對於王后欲食其肉的恨意，唯一的解釋是她是食人的女巨怪，「只要看到小孩子經過……就怎麼也無法克制撲到他們身上的衝動。」另外，王子將娶了睡美人的事保密，直到兩年後

他的父王駕崩才公開。他一直等到這時候，才將睡美人和分別取名「早晨」和「白日」的兩個孩子帶回城堡。繼位為國王的王子明知道母親是食人巨怪，還是在上戰場前，將王國跟妻小都託付給母親。貝侯版最後，國王在太后正要讓人將睡美人推進全是毒蛇的坑裡返回，太后看到他回來，知道自己陰謀敗露，就自己縱身跳進坑裡。

巴斯雷版中，已婚國王侵犯熟睡少女讓她懷孕，然後完全忘掉這件事，過了一陣子之後才偶然想起少女——我們不難理解，貝侯為何覺得不宜在法國宮廷講述這樣的故事。但在貝侯版中，堂堂一位王子，卻不敢讓父王知道自己已經娶妻生子（我們是否可以假設，這是因為他畏懼父親出於伊底帕斯情結，而對自己也為人父感到妒恨）。或許王子這麼做，是因為母親和父親對兒子的伊底帕斯情感都極度激烈，但這樣安排就算在童話裡也顯得太過，只能說這個情節的說服力終究不足。王子既知母親是食人巨怪，沒有趁好父王還能發揮約束力時將妻女帶回宮中，而是在父王過世、無能再提供保護之後才這麼做。一切安排並不是因為貝侯文采不足，而是因為他並沒有認真看待童話，反而將心思放在他於每則故事末尾所附加，或引人發噱、或充滿道德教訓的韻文。*

---

*貝侯預設的目標讀者是王公貴族，編寫童話故事時語帶嘲諷。例如他特別指出，成為太后的食人女巨怪要求廚子，將兩個小孩做成菜餚送上桌時要「搭配羅勃醬汁」（譯註：加入芥末的褐醬），於是加上了讓讀者理解故事時分心的細節。另一例是他描述睡美人醒來時，王子注意到她的打扮很老氣：「她穿得跟我的曾祖母一樣，衣領很高，脖子上還戴了用金屬頭繫帶固定的寬幅蕾絲飾帶，但一點也不減損她的美麗迷人。」貝侯如此描述，好像童話主角會活在時尚潮流與時

❖ 迎接性的滿足與結合

故事的前後兩部分既然相互扞格，我們也就能理解為什麼口述流傳的版本，通常只到睡美人與王子有情人終成眷屬就結束，甚至印行的版本也多半如此。格林兄弟聽到和記錄下來的就是這個版本，也是現今最廣為人知的故事樣貌。儘管如此，還是有些貝侯版中的元素從此失落。一名仙女只因為未受邀參加洗禮儀式，或是分到比較次等的銀製餐具，就詛咒新生兒橫死，表示她是邪惡的仙女。因此，不管是貝侯版或格林版，我們都在故事一開始就發現仙女（神仙教母）被分成好的面向和壞的面向。要達到圓滿結局，邪惡必須受到適切懲罰和消滅，只有這樣，善良以及隨之而來的幸福圓滿才能獲勝。在貝侯版及巴斯雷版中，邪惡力量遭到消滅，童話的正義得以伸張；但接下來將討論的格林版在這方面卻有所不足，因為故事裡邪惡的仙女並未受到懲罰。

無論細節差異有多大，所有〈睡美人〉版本的中心課題都相同：儘管父母親千方百計阻止，孩童終究會經歷性覺醒。再者，父母的粗糙手段反而可能造成妨礙，讓孩童無法在適當的時間達

俱進的世界裡似的。

貝侯的這類評述，將小家子氣的思維和童話的幻想世界混在一起，嚴重擾亂讀者的注意力。例如對於服裝細節的描述，就將原本以沉睡百年暗示出的神話、寓言和心理時間，局限在某個特定的現實時間。一切也就變得瑣碎虛浮，不再像描述聖人沉睡百年後醒轉，發現世界已經完全不同的那一瞬間，整個人便化為塵土的傳說故事。貝侯為了娛樂讀者而加上這類細節，破壞了童話達到效果的重要元素之一，即超脫時間、歷久彌新的感覺。

到成熟；故事中就以睡美人性覺醒之後，又沉睡百年才得以和愛人團聚來象徵。還有另一個母題也與此密切相關：即使必須等待很長的一段時間才能獲得性滿足，也絲毫不減損其美麗迷人。

貝侯版和格林版一開始皆暗示，必須經過長時間等待，才能達到性的滿足，在故事中即以懷孕生子來代表。故事中的國王和皇后一直想要有小孩，卻總是希望落空。貝侯版中國王夫婦的行為和同時代的人們如出一轍：「他們訪遍世界各地的靈泉聖水，四處朝聖許願，什麼都試過但仍舊徒勞無功。不過，皇后終於懷孕了。」格林版的開場比較像童話：「從前從前有一個國王和一個皇后，他們每天都說：『啊，要是能有個孩子就好了！』但他們一直沒有生小孩。有一次當皇后坐在浴盆中，一隻青蛙忽然從水裡爬到地上，牠告訴皇后：『妳的願望將會實現；一年之內，妳將會誕下一個女嬰。』」青蛙預言皇后一年內會生女兒，因此等待的時間很接近九個月的懷胎時間。加上皇后當時正在沐浴，所以我們有理由相信皇后是在青蛙來訪時受孕。（至於童話故事中的青蛙為何多半象徵性的滿足，將在本書稍後與〈青蛙國王〉一併討論。）

夫婦經過漫長等待終於盼來孩子，傳達了無須急著接觸性，即使必須經過長久等待，帶來的獎賞也不會絲毫減少。幾位善良的仙女和她們在女嬰受洗時給予的祝福，除了和自覺受辱的仙女和她的惡毒詛咒形成對比之外，其實和情節沒有太大的關係。仙女總數並不固定這點，或可作為印證：在各國版本裡，從三、八到十三都有。* 好仙女贈給女嬰的祝福也有不同的版本，但邪

* 於十四世紀成書、於一五二八年首次在法國付印出版的《佩塞福雷傳奇》（*Anciennes Chroniques de Perceforest*）中，講

惡的詛咒始終不變：女孩（格林版中是說到她十五歲的時候）將會因為被紡錘扎到手指而死去。最後一位好仙女只能將死亡詛咒改為沉睡百年，要傳達的訊息與〈白雪公主〉類似：兒童期最後那段看似死寂的被動時期，只是一段在寧靜中成長和預作準備的時間，當事人甦醒時將達到成熟，準備好迎接性的結合。在此必須強調，童話故事中，性的結合既是伴侶雙方心理、性靈的結合，也是性的滿足。

古代女性的初經年齡多為十五歲。格林版的十三位仙女，讓人聯想到古人曾將一陰曆年分成十三個月。不太熟悉陰曆的聽者可能無法體會這些象徵意義，但一般人大多熟知，月經週期通常與陰曆月份二十八日的週期吻合，而非平常習慣的陽曆月份。因此仙女總共有十二位善良的加上一位邪惡的，是以象徵手法暗示命定的「詛咒」是月事。

故事中對國王的描述相當切中要點，身為男性的他並不了解月事的必要性，試圖防範女兒經歷命中註定的流血事件。而不管是哪個版本的皇后，似乎都不太關心仙女大怒之下的預言。無論如何，她知道試圖防範絕非上策。詛咒的重點在於「紡錘」(distaff)，這個字詞在英文中已成為一群女人的代稱。雖然「紡錘」一詞在法文（貝侯版）或德文（格林版）中並沒有發展出這樣

述有三位女神受邀前往慶祝澤蘭婷誕生的宴會，路西娜賜予女嬰一生健康，特彌絲因為自己的餐盤旁沒有擺叉子而勃然大怒，詛咒澤蘭婷會在紡紗時從紡錘抽出一根線、然後扎進自己的指頭，直到線被拔出之前都將陷入長眠，而第三位女神維納斯承諾讓女嬰將來能夠獲救。貝侯版中有七位仙女受邀，一位未獲邀請的仙女下了大家熟悉的詛咒；格林版則有十二位好心的仙女和一位壞心的仙女。

的意思，但紡紗織布一直到近代都被認為是「婦女專屬」的差事。

國王千辛萬苦想防止壞心仙女的「詛咒」應驗，終究失敗了。即使搬走全國所有的紡錘，只要女孩到了十五歲、進入青春期，就無法阻止她如邪惡仙女所預言的，經歷命定的流血事件。無論父親再怎麼提高戒備，當女兒長大成熟，就會步入青春期。事發時國王夫婦都不在現場，象徵這是每個人成長都必須經歷的危機，不管父親或母親都無能擋下讓孩子倖免。

女孩長成青少女，開始探索人生中先前無法接觸的區域，即故事裡有老婦人在其中紡紗的密室。故事從這裡開始充滿佛洛伊德式的象徵：女孩慢慢接近命定之地，她沿著螺旋樓梯向上走；這樣的樓梯在夢中通常代表性經驗。她在樓梯最頂端發現一扇小門，門上的鎖孔插著一把鑰匙。當女孩轉動鑰匙，門「彈了開來」，她走進門後的小房間，發現裡面有個老婦人在紡紗。上鎖的小房間在夢中代表的往往是女性的性器官；轉動鑰匙多半象徵性交。

女孩看到老婦人在紡紗，於是問：「那個跳來跳去很滑稽的東西是什麼啊？」不需要太多想像力，就能看出紡錘可能隱含的性意涵。女孩一碰到紡錘就扎傷了手指，接著便陷入沉眠。

這則故事讓孩童的無意識聯想到的，是月經而非性交。月經在一般用語中常被稱為「詛咒」，其根源可追溯到《聖經》，而且女孩流血是因為受到另一名女性（仙女）的詛咒。再者，詛咒生效的年齡，和古代大多數少女初經的年齡約略相當。最後，流血是因為接觸了一個老婦人，並非男性；而根據《聖經》，月經的「詛咒」是由女性傳給女性。

如果女孩在情感上還未準備好，月經來時流血會是令她難以招架的經驗（流血對年輕男子來說也是，但情況不同）。女孩因為突然流血而震驚無比，於是陷入長眠，一道無法穿破的荊棘牆保護著她，將所有追求者（代表未成熟就接觸性）隔絕開來。大眾最熟悉的故事版本以「睡美人」為名，強調主角長眠的那段時期，而其他版本的名稱則凸顯了那道護牆，例如英文版即以「多刺薔薇」（Briar Rose）作為故事名稱。＊

在睡美人達到成熟的時間點之前，就有許多王子試圖找到她，這些操之過急的追求者全都在荊棘叢中送命。這是對於孩童和父母的警告：在身心準備好之前就激起的性衝動，具有極大的毀滅性。但是當睡美人終於在身體和情感上都達到成熟，準備好迎接愛，和伴隨而來的性及婚姻，那原本看似無法穿破的障礙就消除了。圍繞成牆的荊棘叢突然成了綻放大朵鮮花的花牆，並且自動分開讓王子進入。隱含的訊息就和其他多則童話相同：不要擔心，著急也沒有用——等到時機成熟，原本不可能解決的問題自然迎刃而解。

❖走出自戀式的退縮

美麗少女的長眠還有其他涵義。不管是躺在玻璃棺裡的白雪公主，或是床上沉眠的睡美人，

＊德文版故事和主角的名字則為「荊棘薔薇」（Dornröschen），同時強調圍繞成牆的荊棘和薔薇。其中「röschen」指「小薔薇」，強調女孩尚未成熟，必須以荊棘叢圍成的牆來保護。

青少女夢想的青春永駐和永遠完美就只是夢而已。原本威脅生命的死亡詛咒，經過改動之後成了長眠，暗示兩者其實相差不大。如果我們不想改變和發展，那麼就跟彷彿死去的長眠不醒沒有兩樣。沉睡中的主角的美是僵硬的，因自戀而與外界隔絕。在這樣排除外界、將愛戀完全投注於自我的狀態下，不會受苦，但也不會獲得知識或體驗情感。

任何進展到下一階段的過渡期都危機四伏，而青春期的危機，是以碰到紡錘之後扎傷流血來象徵。面對成長過程中隱藏的威脅，青少年的自然反應，是將自己從帶來難關的世界和人生抽離開來。青少年承受壓力，難免以自戀式的退縮抽離來回應，但故事也警告，如果以這種反應作為逃避起伏變動人生的出口，結果將是死亡般的危險狀態。對當事者而言，整個世界就如同死了一般，在故事中以睡美人周圍所有人都像死去一般沉睡來象徵，也是警訊。只有等到當事者自己甦醒，世界才會恢復生機。而要避開將人生一睡了之的危險，就只有與「喚醒」我們的他者建立正面關係一途。王子的吻打破了自戀的咒語，喚醒了還未發展的女性特質。唯有少女長成女人，人生才能繼續。

王子與公主的和諧相聚，他們覺醒並發現彼此，象徵成熟所隱含的意義：不只是個人內在的和諧，也是與其他人之間的和諧。王子在適當的時機到來，究竟是造成性覺醒的事件，或是讓更高境界的「自我」誕生的事件，端看聽者如何解讀，而孩童很可能同時理解這兩種涵義。

對於從長眠中醒來，不同年齡的孩童的理解也會不同。較年幼的孩童看到的，主要是自我的覺醒，內在曾經混沌的意圖達到一致——即「本我」、「自我」和「超我」達到和諧。

孩童在進入青春期前體驗過這樣的意義，之後青春期時再接觸同一則故事，就能理解更多涵義。於是故事也呈現了在與他者的關係中達到和諧的意象，他者以一位異性代表，而兩人就能如〈睡美人〉結尾所描述，幸福相伴直到終老。這個最美好的人生目標，似乎是童話傳遞給較年長孩童最意義重大的訊息，在故事中就以王子和公主找到彼此，「從此一起過著幸福快樂的日子直到老死」。人唯有內心達到和諧，才能在與其他人的關係中找到和諧。而孩童藉由心理發展的經驗，在前意識中理解兩個階段之間的連結。

睡美人的故事讓所有孩童留下深刻的印象：造成內心創傷的事件，例如女孩在青春期開始、之後以及初次性交時流血，確實帶來了最幸福的結果。故事傳達的概念會深植於孩童腦海：這樣的事件必須嚴肅以對，但是不需要害怕，「詛咒」其實是經過偽裝的祝福。

再次檢視距今約六百年前的《佩塞福雷傳奇》，其中有著最早出現的「睡美人」母題，是愛神維納斯一手安排，讓沉睡的澤蘭婷因為嬰兒吸出她指腹裡的尖刺而甦醒，同樣情節也發生在巴斯雷版的塔莉雅身上。女性並不是在初經來潮時，就發展出完全成熟的自我，不管是墜入愛河、性交或產子，都不能讓女性完全達到成熟，因為《佩塞福雷傳奇》和巴斯雷版中的主角，在前述經歷中全都沉睡如常。在最終達到成熟之前還有一些必經階段，只有創造新生命，以及餵養由自己帶來世間的生命，亦即讓嬰孩從自己為人母的身體吸吮養分，才能達到完整成熟的自我，於是，這些故事闡述了僅適用於女性的經驗：女性必須經歷所述一切，其女性特質才能登峰造極。

故事主角會起死回生，是因為嬰孩將母親指腹裡的尖刺吸出來，象徵她的孩子不只是被動接收母親給予的，也主動為母親提供莫大幫助。母親哺餵孩子，讓他有力氣吸吮，但卻是因為孩子的吸吮，才讓母親甦醒——而重生在童話裡象徵的，不外乎心靈達到更高的境界。童話於是告訴父母和孩童，嬰孩不只接受母親的付出，也為母親付出：母親給予他生命，他則為母親的人生增加了新的面向。當母親賦予嬰孩生命，暗喻將愛戀完全投注於自我的長眠結束，而接受母親付出的嬰孩，也讓母親重回人生的更高境界，形成接受生命者也給予生命的相互關係。

貝侯版〈睡美人〉又進一步強調這樣的關係，因為在那個時刻甦醒的不只是她，還有她的整個世界，包括她的雙親和所有城堡裡的人，都在同一時刻甦醒。如果我們對世界麻木無感，那麼世界也會停止為我們運轉。當睡美人沉眠，世界也為她靜止。只有在新生兒來到世界並獲得餵養，世界才會甦醒，因為人性也唯有如此才能繼續存在。

後來的版本只講到睡美人和整個世界起死回生就結束，失去了這層象徵意義。即使流傳到我們這一代的故事是縮減版，只描述睡美人是因為王子的一吻而甦醒，但不需要故事像古老版本一般明白揭示，我們仍感覺得出來，睡美人就是完美女性特質的化身。

〈灰姑娘〉

"Cinderella"

灰姑娘一開始的命運很可能是她應得的，
最後麻雀變鳳凰也是她應得的，
就如孩童也希望自己無論先前有什麼缺點，最後地位都能獲得提升。

所有文獻資料皆顯示，〈灰姑娘〉是最為家喻戶曉的童話，很可能也是最受歡迎的一則。【73】這則故事的淵源相當久遠，最早的版本於九世紀在中國成形時，就已有一段發源史可供追溯。【74】故事中以無出其右的小巧雙足，來代表美、品德和高貴，再加上用珍貴材質製成的舞鞋，在在指向故事的源頭即使不是中國，至少也是東方世界。＊中國古代婦女有纏足的習俗，而中國古人將纖小雙足，與美、性魅力連在一塊，但現代讀者卻不會有這樣的聯想。

一般人印象中的〈灰姑娘〉，講述的是手足競爭中核心的苦痛和希望，以及失去高貴地位的主角，如何勝過欺凌她的手足。大家現在最熟悉的〈灰姑娘〉是貝侯編寫的版本，但這個版本問世的許久之前，「必須住在灰裡」的這個細節，就象徵著與其他手足之間有天壤之別，而且當事人的性別不拘。例如在德國，就流傳著與灰姑娘命運雷同的「灰男孩」後來成為國王的故事。格林兄弟的版本以「灰女孩」（**Aschenputtel**）為名，這個詞語原指地位低下的廚房女僕，她必須清理壁爐裡的灰燼，所以總是全身髒兮兮的。

德文中有很多例子都能說明，被迫住在灰裡不僅象徵社會地位降級，也象徵手足競爭，以及象徵曾經遭到其他兄弟瞧不起的那個兄弟，有朝一日終於揚眉吐氣。馬丁・路德（Martin Luther）在《桌邊談話》（*Table Talks*）裡論及該隱是被神拋棄的為惡者，他的勢力龐大，而虔誠的亞伯被

＊目前發現古埃及人從三世紀開始，就運用珍貴材料打造精巧的宴會鞋。歷史也記載羅馬皇帝戴克里先於西元三〇一年的一道詔令中，規定各種鞋履的最高售價，其中包括用上等巴比倫皮革製成，染成紫色或深紅色，並貼上金箔的女用舞鞋。【75】

迫成為他的「灰兄弟」(Aschebrüdel),是該隱微不足道的附庸;路德另外也在一篇布道辭中提到,以掃被迫扮演雅各的「灰兄弟」。[76]不論是該隱和亞伯,或雅各和以掃,都是《聖經》裡兄弟間一方遭到另一方欺壓或毀滅的例子。

童話中將同胞手足改以繼手足替代——或許是因為人不希望看到真正的手足之間存在敵意,才改成這個說得通、也讓人比較能接受的安排。雖然手足競爭是手足關係中普世共通,而且「自然」會產生的負面後果,但手足關係中也能產生同樣強烈的正面情感,正如〈小弟弟和小姊姊〉等故事所呈現。

❖手足競爭的心路歷程

論及幼童面臨痛苦的手足競爭,〈灰姑娘〉對這個心路歷程的呈現,在童話裡可說是箇中翹楚,將孩童被手足比下去的無望感刻畫得入木三分。灰姑娘遭兩個繼姊打壓淪為下女,她的母親(繼母)為了成全姊姊而犧牲灰姑娘的利益,派她去做最低賤骯髒的工作,雖然她表現良好,卻沒有人認可她的功勞,對她的要求不減反增。孩童因為手足競爭而飽受摧殘打擊,感受到的就是這種慘況。由成人看來,灰姑娘地位一落千丈、還飽受磨難的情節可能太過誇張,但因為手足競爭吃盡苦頭、無法招架的孩童卻會覺得:「我的遭遇就是這樣;他們就是這樣虐待我,或者打算這麼做;他們根本瞧不起我。」有些時候,而且往往是很長的一段時期,即使已經不再實際承受手足的欺壓，但孩童出於心理因素，還是有可能會這麼覺得。

當一則童話能呼應孩童內心深處的感受，對孩童來說，就具備情感上的「真實」特質，這卻是符合現實的故事不太可能做到的。灰姑娘的遭遇為孩童提供鮮明生動的意象，具體呈現那些令他招架不住，但往往模糊難辨、且無從描述的情感，於是這些情節對孩童來說，比他自己的人生經驗更為真實可信。

「手足競爭」一詞指涉的，是滙聚多種情感和不同肇因的複雜情結組合。除了極罕見的例外狀況，一個人因手足競爭而表現出來的激烈情感，在外人看來，往往遠超過他和手足相處時實際受到的對待。孩童總有些時候會覺得，自己因為手足競爭而飽受折磨，但父母很少為了一個孩子就犧牲其他兒女，也不會坐視其他兒女欺凌某個孩子。幼童本來就很難客觀判斷，尤其情緒激動時更不可能做到，但就算在相對理性的時刻，他也「知道」他的遭遇並沒有灰姑娘那麼悽慘。但儘管與「所知」相違背，孩童還是常覺得自己受到虧待，這就是為什麼他相信〈灰姑娘〉蘊含的真實，也進而相信她最終會得救並獲勝。他從灰姑娘的勝利，得到了關於自己未來的誇大希望，他需要保持這個希望，才能抗衡被手足競爭折磨時所經歷的極端悲苦。

如此悲苦激烈的情感名為「手足競爭」，但是和兄弟姊妹的關聯只是次要，真正的來源其實是孩童對父母的情感。當孩童的兄姊比他能力更強，只會激得他一時嫉妒。但是當孩童害怕因為比不上手足，而遭父母輕視或否定，才會覺得父母特別關愛某個手足，就是對自己的汙辱。孩童懷著這樣的焦慮，覺得所有手足或其中一人是他的肉中刺。他害怕與手足相比之下，自己將無法贏得父母的愛和尊重，手足競爭就此引發。故事中對於主角手足的描述也暗示了這一點，兄弟姊妹是否更加傑出，其實無關緊要。《聖經》中講述約瑟是因為深受父母寵愛，才會招致兄弟們的妒火，甚至採取行動想將他毀滅。約瑟的遭遇和灰姑娘不同，他的父母並未合謀貶低他的地位，對他的疼愛更勝過對其他的兒子。但約瑟和灰姑娘一樣淪為奴隸，而且一樣奇蹟般地逃脫，最終贏過自己的手足。

當孩童因為手足競爭大受挫敗，告訴他長大後就會和哥哥姊姊表現得一樣好，完全無法紓解他當下的屈辱感。無論他再怎麼想相信大人的再保證，大多數時候他還是做不到。孩童只會主觀看待事情，再以此為基礎去和手足比較，他對自己毫無信心，不相信自己有一天會和手足表現得一樣好。要是他更有自信，不管兄弟姊妹對他做了什麼，他都不會覺得遭到摧毀，因為他相信總有一天命運會由逆轉順。但孩童無法只靠自己就懷抱信心、冀望未來終將好轉，他只能透過幻想勝過手足來尋求解脫，希望有朝一日幸運降臨、幻想成真。

無論孩童在家庭中的地位是高或低，在人生中某些時候，他都會因為某種形式的手足競爭而感到挫敗。即使是獨生子女，也會覺得其他孩童多了某些優勢，讓他無比嫉妒。更甚者，他可能會因為這樣的念頭而焦慮：如果真的有弟妹，父母將會疼愛弟妹勝過愛他。〈灰姑娘〉童話對男孩的吸引力之大，不下於對女孩。因為不論男孩或女孩，都受到手足競爭所折磨，也都希望獲得拯救，從此擺脫低下地位，並勝過那些看似比他們更優越的人。

❖從〈灰姑娘〉找到投射的孩童

〈灰姑娘〉就和大受歡迎的〈小紅帽〉一樣，故事乍看都單純得足以誤導讀者。〈灰姑娘〉直接了當：講述手足競爭帶來的苦痛、願望成真、卑微者的地位獲得提升、即使衣衫襤褸也掩蓋不住真正的優點、美德獲得獎賞而邪惡受到懲罰。但在顯性內容之下，隱藏著複雜混沌、且大部分屬於無意識的內容，雖然只是藉由故事細節略微指涉，卻足以引發我們的無意識聯想。表面的簡單和潛藏的複雜之間形成對比，激起大眾對故事的濃厚興趣，也解釋了故事為何流傳數世紀，仍能吸引成千上萬人。要理解這些隱藏的意義，就不能只看前述手足競爭表面上的情結起源，而要更深入地探究。

前面提到，要是孩童相信自己落到卑微地位是因為年幼勢弱，他就不需要因手足競爭而受盡苦痛，因為他能冀望未來定將否極泰來。但要是認為自己活該遭貶，他就會陷入無望困境。杜娜·邦恩斯曾對童話提出敏銳洞見，指出孩童知道故事裡有一些他無法言說的事（例如他喜歡小紅帽和大野狼同床的想法）。如果將童話分成兩類，就能將邦恩斯的觀察再加以延伸：一類故事是孩童只有在無意識會予以回應其中蘊含的真實，因此沒辦法開口討論；另一類為數眾多的故事，則是孩童在前意識或意識就能理解其中「真實」的故事，因此雖能開口討論，卻不想承認自己知道故事在講什麼。[77]〈灰姑娘〉的一些層面屬於後者。很多孩童相信，灰姑娘一開始的命運很可能是她應得的，因為他們覺得自己也會遭遇同樣的命運，但是他們不想讓其他人知道這一點。儘管如此，孩童認為灰姑娘最後麻雀變鳳凰也是她應得的，就如孩童也希望自己無論先前有什麼缺點，最後地位都能獲得提升。

孩童在人生中都時常相信，即使並未採取什麼祕密行動，但由於自己祕而不宣的願望，他的地位應該遭到貶降，被放逐至黑暗的塵土世界，不得出現在其他人眼前。無論現實生活中多麼幸運，他都會恐懼將來會變得截然不同。他憎恨並畏懼其他人（例如他的手足），深信他的手足完全不會像他一樣邪惡，而且害怕手足或父母可能會發現自己真正的樣子，然後就會像灰姑娘的家人貶低她一樣貶低自己。因為孩童想要其他人，尤其是父母，相信自己是天真無辜的，所以他會很高興看到「所有人」都相信灰姑娘是天真無辜的，這就是故事最吸引人的原因之一。孩童如此希望：既然大家相信灰姑娘是善良的，那麼大家也會相信他是善良的。〈灰姑娘〉滋養了這樣的希望，也是這則故事為什麼如此討人歡心。

〈灰姑娘〉大為吸引孩童的另一層面，是繼母和繼姊們的惡毒。不管孩童心目中的自己有什麼缺點，與虛偽卑鄙的繼母和繼姊一比較，只是小巫見大巫。再者，兩個繼姊對灰姑娘做出的事，剛好印證了孩童想像得到關於手足的惡劣念頭：兄弟姊妹就是這麼惡毒，所以不管許願希望他們出什麼事，都再正當不過。與繼姊的所作所為相比，灰姑娘確實天真無辜。孩童聽了灰姑娘的故事，就會覺得自己無須為了心懷怨懟而有罪惡感。

在孩童心中，對現實的考量和誇大的幻想要共存並非難事；因此在另一個非常不同的層面上，無論父母或手足對他再怎麼惡劣，也無論孩童自認因此受了多少折磨，和灰姑娘的悲慘遭遇比起來，都不過是小巫見大巫。灰姑娘的故事一方面提醒孩童他有多麼幸運，另一方面也提醒他，事情有可能糟糕到什麼程度。（在童話中一如往常，任何關於後者可能產生的焦慮，都會因為圓滿結局而獲得紓解。）

從一位父親對於五歲半女兒行為的描述，或許可以說明孩童有多麼容易把自己當成「灰姑娘」。小女孩非常嫉妒她的妹妹，她很喜歡〈灰姑娘〉的故事，因為故事提供了讓她將情感付諸行動的材料，而且也因為故事中的意象，她才能更輕易理解和表現那些情感。小女孩以前習慣打扮得乾淨整齊，喜歡穿漂亮的衣服，但她卻變得骯髒邋遢。有一天當母親要她去拿鹽巴來，她邊做邊埋怨：「為什麼把我當灰姑娘？」

母親震驚得幾乎說不出話來，她問女兒：「妳為什麼覺得我把妳當灰姑娘？」

小女孩回答：「因為妳逼我做家裡所有辛苦的工作！」當她以幻想來編派父母之後，她更公開將幻想付諸行動，假裝要掃乾淨地上所有的灰塵等等。她更進一步，假裝自己在幫要去參加舞會的妹妹打扮。她將矛盾的情感揉雜在灰姑娘角色裡，更根據無意識中的理解搬演進階版劇情：她曾對母親和妹妹說：「妳們不應該只因為我是全家最漂亮的人就嫉妒我！」[78]

這顯示了灰姑娘表面上屈辱，內心其實隱藏她認為自己比母親和兩個姊姊更優越的自信。她可能在想：「妳們讓我做所有骯髒卑賤的工作，而我只是假裝自己髒兮兮的，但我心知肚明，妳們這樣對待我，是因為妳們嫉妒我比妳們優秀多了。」這樣的信念在故事最後獲得佐證，故事結局向每位「灰姑娘」保證，她的王子終究會找到她。

❖從原初自戀到骯髒的自卑感

為什麼孩童內心深處相信，灰姑娘的淒慘際遇是應得的？回答這個問題，要回到孩童在伊底帕斯時期末期的心理狀態。在面對伊底帕斯情結之前，如果孩童的家庭關係一切正常，他會深信自己是可愛的，也確實受到疼愛，精神分析中將這個對自己完全滿意的階段稱為「原初自戀」（primary narcissism）。此時，孩童確信自己是世界的中心，沒有理由去嫉妒別人。

但到了心理發展階段末期，因伊底帕斯情結而生的失望，讓孩童的自我價值感蒙上陰影。他猜想自己假如真的像先前以為的值得被愛，那父母絕不會對他不滿或讓他失望。但父母卻開始挑剔他，所以孩童唯一能想到的解釋，就是自己一定有什麼重大缺失，才會遭到否定。如果欲望還是無法滿足，父母也仍舊讓他失望，那麼一定是他本身，或他的欲望，或兩者都出了問題；因為他還沒辦法接受，對自己命運造成如此重大衝擊的，竟然可能是自身以外的因素。在伊底帕斯期，希望擺脫父母中同性的那一方似乎是天經地義，但現在孩童明白自己沒辦法事事如意，或許就是因為這樣的欲望是錯的。他不再無比確信自己是手足中最受疼愛的，開始懷疑這或許是因為兄弟姊妹不像他一樣，**他們**不曾有過任何壞念頭或犯下惡行。

這一切會發生，是因為孩童在社會化過程中，逐漸承受比以前更嚴格的對待。他被要求循規蹈矩，做出違背天生欲望的行為舉止，而他對此深惡痛絕。但他還是必須聽命行事，因此他非常憤怒。怒氣的矛頭指向那些做出要求的人，最有可能是他的父母；這成了另一個讓他希望擺脫父母的理由，但也成了又一個對這種欲望感到罪惡的理由。這就是為什麼孩童也覺得，自己應該為了所懷抱的情感受到懲罰；這是他相信只要被人發現他生氣時在想什麼，就必須接受的懲罰。這時候的孩童既強烈渴求父母的愛，又覺得自己沒資格受父母疼愛，即使在現實世界中並未發生，可能被父母否定的感覺還是讓他恐懼。對於受人否定的恐懼，與對於其他人更受寵、或可能也更值得受寵的焦慮結合，就成了手足競爭的根源。

孩童自卑的感受一發不可收拾，部分源自與如廁訓練有關的經驗，以及與學習維持乾淨整齊有秩序相關的層面。關於孩子如何因為不符合父母期待或要求的那麼乾淨，而覺得自己骯髒又差勁的議題，現今已有許多討論。孩童或許能夠學著保持整潔，但他心知自己寧可放任本性，搞得髒兮兮又亂糟糟的。

伊底帕斯期最後，由於孩童想要取代父母中同性那一方，成為父母中異性那一方所愛的對象，對於想要弄髒弄亂的欲望的罪惡感，於是和伊底帕斯欲望相結合。在伊底帕斯期初期，即使不是要成為性伴侶，單純希望成為父親或母親愛人的欲望，似乎天經地義且「天真無邪」，但到了伊底帕斯期最後，卻被抑制而成為壞的欲望。當這樣的欲望遭到抑制，因欲望以及與性有關的情感而生的罪惡感卻未受抑制，孩童於是覺得自卑又骯髒。

缺乏客觀知識的孩童再次以為，自己是唯一一個在各方面都很壞的人，以為自己是唯一有這種欲望的孩子。所以每個孩童都會認同遭到貶抑、只能待在爐灰堆裡的灰姑娘。由於孩童懷抱如此「骯髒」的欲望，所以髒兮兮的地方就是他的歸屬，也是父母一旦知道他的欲望，他會淪落到的地方。這就是為什麼所有孩童都需要相信，即使地位遭到貶降，最終他還是會從卑下的爐灰堆中獲救，並且體驗最美好神奇、飛上枝頭的經驗——就像灰姑娘一樣。

為了處理這段時期的沮喪消沉和自卑感，孩童迫切需要多多少少掌握造成罪惡感和焦慮的原因。再者，他需要在意識和無意識中尋求保證，確認自己未來能從困境中脫身。〈灰姑娘〉的莫大優點在於，無論主角受到什麼神奇魔力幫忙，孩童了解她根本上是靠自己努力，儘管眼前橫亙著看似無法克服的障礙，自立自強的她還是能擺脫卑下的地位並扶搖直上。孩童於是獲得信心，相信同樣的事情也將發生在自己身上，因為故事情節很吻合他意識和無意識中罪惡感的由來。

表面上看來，〈灰姑娘〉講述手足競爭最極端的形式：兩個繼姊的妒火和敵意，以及灰姑娘因此承受的苦痛折磨。故事中觸及許多其他心理課題，以非常隱晦的方式指涉孩童未能意識到的事情。這些重要細節，指涉那些孩童有意識與之劃清界線，但持續引發重大問題的事情和經驗；儘管如此，孩童仍會在無意識中回應這些細節。

❖ 最早的版本：〈貓姑娘〉

在西方世界最早刊印出版的〈灰姑娘〉故事是巴斯雷的〈貓姑娘〉[79]，故事講述一名喪妻的親王深愛女兒瑟柔拉，「女兒眼中的世界就是他的全世界」。親王娶了一個邪惡的女人，這個女人憎恨瑟柔拉（我們或許可以假設是出於嫉妒），「對她從沒有好臉色，怨毒的神情足以讓她驚跳起來。」瑟柔拉向最親愛的家庭女教師抱怨這件事，說她真希望父親能改娶女教師為妻。女教師聽了大為心動，便向瑟柔拉獻計，要她請繼母從一個大箱裡取出一些衣物，當繼母埋頭在大箱裡翻找，她就可以猛然關上箱蓋，將繼母的脖子夾斷。瑟柔拉聽從建議，殺死了繼母。」[80] 後來她說服父親娶女教師為妻。

女教師與親王婚後不久，就讓先前藏匿起來的六個女兒露面，並且大力提拔她們。在新繼母挑撥之下，瑟柔拉不再受父親疼愛，「她的地位一落千丈，從廳堂退到灶房，從華蓋下淪落到爐柵旁，原本穿金戴銀、綾羅裹身，如今卻衣衫襤褸、擦碗灑掃，從前養尊處優，如今仰人鼻息。改變的不只是她的地位，她的名字也變了，她不再是瑟柔拉，而是『貓姑娘』。」

有一天親王即將出遠門，他問女兒想要他帶什麼回來。六個繼女要了許多昂貴的東西，貓姑娘只有一個要求，她請父親向眾仙女的鴿子稱讚自己，希望仙女為她捎來一件物品。仙女應允了，她們送給貓姑娘一株椰棗樹，以及栽種和照料樹木要用到的東西。貓姑娘很快將樹苗種下並且殷勤照料，當樹長到和女子一樣高時，一名仙女現身，問貓姑娘想要什麼。貓姑娘唯一的願望，是出門卻不被繼姊妹認出來。

在國內舉行盛大宴會的那一天，繼姊妹打扮得花枝招展去參加。一等她們出門，貓姑娘就「跑到椰棗樹旁邊唸出仙女教她的咒語，她馬上搖身一變，雍容華貴有如皇后。」這個國家的國王剛好也來參加盛宴，看到迷人的貓姑娘，對她一見傾心。國王為了得知她是誰，就命令一名僕從尾隨她，但貓姑娘成功躲開他的追蹤。第二場宴會那天，又發生了同樣的事情。到了第三場盛宴，同樣的事情重演，但這次貓姑娘在被僕從追趕的時候，腳上一隻「你想像得到最為富麗華美的木套鞋」掉了下來。（在巴斯雷的時代，那不勒斯的貴族仕女在出門時，會在鞋上再套一雙高跟木套鞋。）為了找出擁有這隻木套鞋的美麗女孩，國王下令要全國女性都來參加舞會。在舞會結束時，國王要所有女子試穿這隻遺落的木套鞋，「當瑟柔拉的腳靠近，木套鞋就咻地飛過去套住她的腳。」於是國王娶瑟柔拉為妻，「而她的繼姊妹又羨慕又憤怒，默默回家去找她們的母親。」

孩子殺死母親或繼母的母題相當罕見。* 將瑟柔拉的暫時落難，當成她謀殺繼母的懲罰並不適當，尤其她淪落為「貓姑娘」並不是因為殺人惡行，至少不是殺人直接造成的後果，所以必須試著解釋。這則故事的另一個獨特安排，是出現了兩任繼母。〈貓姑娘〉故事中對於瑟柔拉的親生母親隻字未提，但大部分的〈灰姑娘〉故事卻都提到了主角的親生母親。而在〈貓姑娘〉裡，幫助落難女孩遇見國王的，並不是象徵親生母親的代表物，而是一名化身椰棗樹的仙女。

〈貓姑娘〉裡的親生母親和第一任繼母可能是同一個人，只是在不同心理發展時期變換了身分，而殺死並取代她其實是伊底帕斯幻想，而非實際發生。如此就能解釋瑟柔拉為何並未受到懲罰，因為弒母罪行只是她想像的。她比不上手足而且地位一落千丈，也可能是她幻想將伊底帕斯欲望付諸行動之後，可能發生在她身上的事。一旦瑟柔拉長大，不再受伊底帕斯情結所困，準備

*有一則屬於「小弟弟和小姊姊」類型的故事叫做〈壞母親〉，故事中的孩子聽從女教師的話將邪惡的母親殺死，之後也勸說父親娶女教師為妻。[81] 這則故事和巴斯雷的故事都來自義大利南部，兩者之間可能有些淵源。

好和母親恢復良好關係，母親就化身椰棗樹中的仙女回歸，幫助女兒成功吸引國王這個不涉及伊底帕斯情結的對象成為配偶。

❖ 遭到抑制的伊底帕斯情結

〈灰姑娘〉的許多版本都暗示，主角的處境是因為伊底帕斯情結所導致。這系列故事在歐、非、亞三洲廣為流傳，例如在歐洲，從義大利、希臘、法國、奧地利、波蘭、愛爾蘭、蘇格蘭、俄羅斯到北部的斯堪地那維亞半島，都能發現灰姑娘逃離想要娶她為妻的父親的故事。在另外幾個流傳很廣的版本裡，灰姑娘是被父親放逐，因為她雖然很愛父親，卻沒辦法達到父親的要求。所以許多〈灰姑娘〉故事裡，不曾出現母親（繼母）和姊妹（繼姊妹）的角色，而灰姑娘的地位一落千丈，是父女陷入伊底帕斯情結的後果。

十九世紀的英國民俗傳說學者瑪麗安・洛爾夫・考克斯（M. R. Cox），曾對三百四十五則〈灰姑娘〉故事做過詳盡研究，並約略分成三大類。[82]第一類只包含兩個至關緊要的元素：備受折磨的主角，以及一隻讓主角身分真相大白的舞鞋。第二類則包括另外兩個重要元素：一是想要娶自己女兒的父親，在考克斯的維多利亞時代語彙中稱為「違背自然的父親」（unnatural father），二是主角因為父親的行為而逃跑，最後成了「灰姑娘」。第三類和第二類的不同點在於，外加的兩個元素替換成考克斯所謂「李爾王的決定」：父親要求女兒說出愛的宣言，但認為她對父親的愛不夠深，於是將她放逐，女兒便被迫淪落成為「灰姑娘」。

只有極少數幾則故事裡「灰姑娘」的下場，完全是咎由自取，是她自己的算計和惡行所導致，巴斯雷版是其中之一。大部分的版本裡，灰姑娘表面上看來完全天真無辜。她並未做出任何事讓父親萌生想娶她的欲望，雖然父親覺得她不夠愛他而將她放逐，但她還是愛她的父親。現今最家喻戶曉的幾個版本裡，灰姑娘沒有做出任何事，卻淪落到比繼姊妹還不如的地位。

除了巴斯雷版之外，大多數版本都強調灰姑娘的天真無辜，她的德行完美無疵。不幸的是，人際關係裡罕見一方是天真化身，而另一方完全承擔罪咎。在童話裡當然有可能，畢竟童話就和神仙教母施展的魔法一樣神奇。但是讀者認同一則故事的主角，是出於某些個人理由，而個人的意識和無意識聯想會滲入其中。一個女孩對〈灰姑娘〉的想法，會受兩種因素強烈影響：她想要相信父親與她的關係是什麼樣子，以及她希冀隱瞞哪些對父親的情感。[83]

很多故事裡的父親，聲稱天真的灰姑娘是他的婚配對象，而灰姑娘只有逃離，才能免於這樣的命運，這類故事可解讀成，符合並呈現了女孩所共有的，希望和父親結婚的童稚幻想，而女孩因為這些幻想產生罪惡感，接著否認曾做出任何激起父親對自己產生欲望的事。但在女孩內心深處，她知道自己確實想要父親愛自己勝過愛母親，因此覺得自己理應受到懲罰——因此主角逃離家園或遭到放逐，地位下滑過著灰姑娘般的卑賤生活。

而其他主角因為對父親的愛不夠深才遭到放逐的故事，可視為小女孩希望父親應該想要她瘋狂愛戀他的欲望所投射。或者父親因為灰姑娘不夠愛自己而將她放逐的情節，也可以視為具體呈現父親對女兒的伊底帕斯情感，並藉由這種方式吸引無意識，也吸引父女雙方到當下仍抑制極深的伊底帕斯情感。

巴斯雷版的主角雖然犯下謀殺第一任繼母的罪行，但在與原本是女教師的繼母和繼姊妹的關係裡，卻是天真無辜的。不管是巴斯雷版，或流傳於中國的更古老版本，都沒有提到灰姑娘遭受繼姊妹欺凌，或在被迫穿著破爛衣裳做些細瑣家事之外，還受到繼母以任何方式羞辱，也沒有描述她們刻意阻撓她參加盛宴。手足競爭母題在最早的幾個版本裡幾乎無足輕重。例如，當巴斯雷版裡的繼姊妹看到灰姑娘成為皇后，她們的羨慕之情，看起來不過是敗下陣來的自然反應。

現今廣為流傳的〈灰姑娘〉就大不相同了，手足競爭的母題占據主宰地位。故事中繼姊妹主動參與欺凌灰姑娘，後來也受到應得的懲罰。即便如此，雖然繼母可說是繼姊妹折磨灰姑娘時的幫凶，繼母本人卻沒有遭逢任何災劫。故事似乎暗示，灰姑娘受母親（繼母）虐待多少算是應得的，但受繼姊妹欺負卻不是。而灰姑娘究竟是做了（或想做）什麼，因此受到母親（繼母）的惡劣對待，我們只能從像是巴斯雷版，或其他灰姑娘讓父親愛她愛到想娶她為妻的故事來推想。

❖ 遭到拒認的手足競爭情結

早期的〈灰姑娘〉版本裡，手足競爭只是小角色，故事重心放在因伊底帕斯情結而生的拒斥：女兒逃離父親，因為父親對她懷有性欲望；父親拒斥女兒，因為她對他的愛還不夠深；母親拒斥女兒，因為丈夫太愛女兒；還有比較罕見的狀況，是女兒想要將父親再娶的妻子換成自己中意的人選。考量上述，我們或許會認為，主角的地位一落千丈，最根本的原因是伊底帕斯欲望遭到抑制。但這些構成系列童話的故事之間，並沒有清楚的先後順序；最有可能的原因，就是在口述傳統中，古老版本和較近代的版本是同時並存的。童話故事是在晚近才終於由人彙編出版，因此在有定本之前，關於版本的先後順序基本上純屬推論。

不同版本在次要情節上有極大差異，主要元素卻很雷同。例如，所有版本的主角一開始都備受寵愛且養尊處優，但她的地位忽然一落千丈，就和結局時她躍升到更高地位一樣突如其來。主角因為只有她穿得下的舞鞋而揭露了身分，故事便宣告結束。（有的版本是以戒指或其他物品取代舞鞋。【84】）前面提到〈灰姑娘〉故事可分成三大類，其中一項至關緊要的差異，是造成主角地位下滑的原因。

在第一類故事中，父親的角色舉足輕重，他是故事裡的頭號反派。第二類裡的母親（繼母）**加**繼姊妹是頭號反派，故事中的她們非常相似，讓人有一種她們本是一體，只是分裂成不同角色的感覺。第一類故事中，由於父親對女兒的愛太過火，才造成灰姑娘的悲慘際遇。在另外兩類故事裡，灰姑娘會面臨悲慘命運，是因為母親（繼母）和陷入手足競爭的繼姊妹對她的憎恨。

如果我們相信巴斯雷版提供的線索，或許可以說父親和女兒對彼此的愛超乎常理在先，造成母親**加**姊妹將主角貶抑為灰姑娘的結果。這個狀況和女孩的伊底帕斯情結發展相符。女孩先是愛母親——最初的好母親，後來在故事中以神仙教母的形象再次現身。但後來，女孩從母親轉向父親，改為愛父親並且想要父親愛她；這時候，母親，以及所有不管是真正或想像的手足，大多是姊妹，就成為她的競爭者。在伊底帕斯時期最後，孩童會感覺自己遭到放逐、孤立無援。接著到了青春期或者更早一點，如果一切發展順利，女孩會再回頭去找母親，這時母親不再是想獨占的愛的對象，而是她發展認同的對象。

壁爐作為家的中心，也象徵著母親。和壁爐住得很近，甚至到了住在爐灰裡的程度，或許也象徵著努力依附或回去找母親，及母親所代表的一切。每個小女孩在父親讓她們失望之後，都會試著回頭找母親，但卻徒勞無功，因為母親不再像嬰兒期時任孩子予取予求，而是會管教要求孩子。從這個角度來看，灰姑娘在故事一開始不只是哀悼失去親生母親，也是哀悼她和父親會建立美好關係的美夢破滅。灰姑娘也必須消解自己因伊底帕斯情結而生的深切失望，才能在故事最後回歸成功圓滿的人生，此時她不再是小孩，而是準備好進入婚姻的少女。

所以，從造成主角不幸的原因來看，不同類型的「灰姑娘」表面上差異極大，但深入來看，它們只是分別處理同一現象的主要層面，即女孩的伊底帕斯欲望和焦慮。

至於現今流行的幾個〈灰姑娘〉版本就複雜許多，也充分說明它們為何能取代如巴斯雷版等較古老的版本。灰姑娘抑制了對父親的伊底帕斯欲望，只期待他為她帶回一份神奇的禮物。例如〈貓姑娘〉裡父親帶給主角的禮物是椰棗樹，讓她有機會遇見親王並贏得他的愛，於是親王取代父親，成為她在世界上最愛的男人。

在現代流行的版本裡，灰姑娘想除掉母親的欲望完全受到抑制，並且經由置換和投射來取

代。在女孩的人生中，明顯扮演重要角色的不是母親，而是繼母；母親被置換成了替代者。而且故事中不是女孩想要貶低母親的地位，讓自己在父親人生中更有分量，而是以投射的方式呈現，是繼母想要讓女孩遭到取代。還有另外一組置換元素，坐實了真正的欲望仍然遭到掩藏：是女孩的手足想要篡奪她的正統地位。

在這些版本裡，遭到抑制的伊底帕斯情結不再是故事重心，由手足競爭取而代之。在現實人生中，手足競爭背後往往隱藏著正面和負面的伊底帕斯關係，以及因這些關係而生的罪惡感。然而，就引起嚴重罪惡感的複雜心理現象而言，常見的狀況是，當事人有意識地感受因罪惡感而生的焦慮，但卻未經驗到罪惡感本身，或造成罪惡感的起因。因此，現代的〈灰姑娘〉只講述地位遭貶降帶來的苦痛。

根據優良的童話傳統，灰姑娘的悲慘人生在讀者心中引發的焦慮，很快就會因為故事的圓滿結局而獲得紓解。透過對灰姑娘的深刻同情，孩童（在沒有意識到的情況下暗地裡）處理了因伊底帕斯情結而生的焦慮和罪惡感，以及潛藏其下的欲望。孩童原本只是希望能擺脫伊底帕斯情結，找到一個愛戀對象，讓她能沒有焦慮或罪惡感地奉獻自己，在聽完故事後就會信心滿滿。因為故事向她保證，人生走入低谷的時期，只是一個人發揮最大潛能之前的必經階段。

在此必須強調，不管接觸的是哪一個常見版本，現代讀者絕不可能意識到，灰姑娘的不幸是因為身陷伊底帕斯情結而造成，還有故事極力強調她最為天真無辜，只是在掩藏她因伊底帕斯情結而生的罪惡感。現今家喻戶曉的〈灰姑娘〉版本，全都隱去伊底帕斯情結不談，而且不留任何讓人對灰姑娘的天真起疑的線索。在意識層面，繼母和繼姊的惡毒，就足以解釋灰姑娘為何會有如此遭遇。現代版本以手足競爭為中心：繼母貶低灰姑娘的目的，不過是提拔自己的女兒，而繼姊態度惡劣，是因為她們嫉妒灰姑娘。

但〈灰姑娘〉必然能激起內心經驗中，與手足競爭有關的情感和無意識想法。孩童從自己的親身經歷，可能非常理解（但並不真的「知道」）那些與灰姑娘有關、一團混沌的內心經驗。如果是女孩，她會回想起遭抑制的那些，想擺脫母親、獨占父親的欲望，並因此對於這些「骯髒」欲望感到罪惡，於是她可能完全「理解」，母親為何將女兒趕去住在爐灰堆眼不見為淨，並且偏愛其他孩子。哪個孩子不曾在某個時候希冀能趕走父母中的一方，而且不覺得自己惡有惡報？又有哪個孩子不曾希冀能隨心所欲在沙土或泥巴裡打滾，結果被父母訓斥才覺得自己骯髒，從此深信自己只配瑟縮在骯髒角落？

如上述在「灰姑娘」的伊底帕斯情結上大作文章，是要說明故事讓讀者更深刻理解隱藏在手足競爭之下的情感。如果讀者容許自己的無意識理解，隨著意識接收到的內容「大幅改變」，就能更深刻地理解，手足為何激起自己的複雜情感。即使在心理成熟許久之後，外顯表現及遭到拒認的手足競爭情結，在人生中依舊頗具分量，而與其相抗衡的，是同等重要、與手足間的正向情感連結。但後者鮮少造成情緒障礙，前者卻會，因此深入理解手足競爭牽涉的心理層面，有助於處理這個艱難重大的人生課題。

❖ 貝侯版與格林版的差異

〈灰姑娘〉和〈小紅帽〉一樣，現今主要有兩個家喻戶曉的版本，一是貝侯版，一是格林兄弟版，兩種版本之間的差異甚大。[85]

貝侯版〈灰姑娘〉的問題和其他故事相同；貝侯參考了巴斯雷版、他熟悉的口傳文學，與不同來源的版本，作為編寫時的素材。他去除他認為粗鄙的內容，予以美化並加上其他細節，成為適合在宮廷上講述的作品。貝侯的文筆和品味一流，他增添和改動細節，讓故事符合當時的美學概念。例如，玻璃舞鞋就是貝侯獨創，其他版本裡的舞鞋都不是玻璃製的。

關於這個細節也有不小的爭議。法文裡的「斑紋毛皮」（vair）和「玻璃」（verre）兩字有時候發音相同，因此有一說是貝侯記錄故事時，將「vair」誤寫成「verre」，於是皮舞鞋就成了玻璃舞鞋。雖然常有人重提這番解釋，貝侯刻意獨創玻璃舞鞋這點似乎無庸置疑。而且因為這個獨創細節，貝侯必須刪去許多早先版本都有的一個重要情節，即繼姊們為了將腳擠進舞鞋裡而「削足適履」。王子差點遭到矇騙，直到小鳥們鳴唱提醒，他才發現鞋子裡有血跡。如果舞鞋是玻璃做的，那麼王子應該立刻就會發現鞋裡有血。在蘇格蘭流傳、名為〈藺草衣〉的版本裡，繼母為了讓女兒穿上舞鞋，不惜削掉她的腳跟和腳趾。在去教堂的路上，小鳥唱著：

剁過才適合，硬擠才適合
在國王身旁騎著馬，
纖細又適合，美麗又適合
卻躲在廚房角落哪。【86】

王子聽到小鳥唱的歌，終於注意到繼姊不是他要找的新娘。但貝侯想要文雅地重述故事，削掉腳跟腳趾這麼粗糙的手法就顯得太過突兀。

貝侯版和那些據此重寫的版本所描述的主角個性，和其他版本呈現的有很大的不同。貝侯的灰姑娘無比甜美，而且善良到無趣的程度，完全缺乏動機（很可能就是因為這樣，迪士尼才選擇根據貝侯版來改編故事）。大部分其他版本裡的灰姑娘都更有人味。在此僅舉幾處差異為例，比如貝侯版裡，是灰姑娘自己選擇要睡在爐灰裡：「當她做完工作，她走到壁爐的一角，在爐灰堆中坐下」，「灰姑娘」之名也由此而來。格林版的灰姑娘就未如此貶低自己，她是**被迫**睡在爐灰堆裡的。

再比較幫忙要參加舞會的繼姊打扮這段情節，貝侯的灰姑娘自動自發「提供如何打扮得最為出色動人的建議，並且自告奮勇幫她們梳整髮型」，但在格林版裡，是繼姊命令灰姑娘幫她們梳頭髮和刷鞋子，灰姑娘聽命行事，但邊做邊默默流淚。至於想辦法前往舞會這一段，貝侯版灰姑娘並未採取任何行動，是神仙教母幫她說出想參加舞會的希望。而格林版灰姑娘請求繼母讓她去參加舞會，雖然遭到拒絕還是堅持要去，並且完成了繼母為了刁難她交代的艱困任務。舞會最後，她自己決定要離開，並且避開從後追來的王子。貝侯的灰姑娘在舞會最後離開，不是因為她覺得是時候離開了，只是單純遵守神仙教母的指令：到了午夜就絕不能再多停留一刻，否則馬車會變回南瓜云云。

到了試穿舞鞋這一段，貝侯版的王子並未親自外出尋人，而是派一名隨從去尋找能穿上舞鞋的女孩。在灰姑娘見到王子之前，她的神仙教母現身，幫她換上華麗的衣裳。因此貝侯版少了一項格林版和大部分版本都有的細節：王子沒有因為灰姑娘穿得破破爛爛而大失所望，他能夠不受外表影響，看出她的內在特質。因此，追求物質和依賴外表的繼姊，與不在意物質表象的灰姑娘之間的明顯對比，在貝侯版中就減弱了。

在貝侯版裡，一個人心地惡毒或良善，結果並沒有太大的不同。在他的故事裡，繼姊對灰姑娘的惡意欺凌更甚格林版；儘管如此，灰姑娘最後還是接納了貶低她的繼姊，並且告訴她們她全心愛她們，真心盼望她們也能一直愛她。然而光看故事，很難理解灰姑娘為什麼要在意繼姊是否愛她，或者她們在發生了那些事之後如何還能愛她。貝侯的灰姑娘甚至在和王子結婚之後，「讓兩個繼姊搬進王宮居住，並安排她們在同一天分別和兩名顯赫的貴族成婚。」

格林版〈灰姑娘〉結尾就和很多其他版本一樣，與貝侯版的大相徑庭。首先，繼姊為了穿得下舞鞋而削砍自己的雙腳。再者，在灰姑娘的婚禮上，她們不請自來，想從時來運轉的灰姑娘身上分到好處。但在她們走向教堂途中，有幾隻鴿子飛來（很可能就是先前幫助灰姑娘完成艱困任務的鴿子），牠們先啄走了兩個繼姊的各一隻眼珠，在她們從教堂出來途中，又啄走了另一隻眼珠。故事如此結束：「繼姊們因為作惡多端、造假欺騙而遭懲罰，後半輩子只能瞎眼度日。」

貝侯版和格林版還有許多其他差異，以下只再列舉兩項。貝侯版的父親毫無發話權，我們只知道他再婚之後，灰姑娘「不敢向父親抱怨，因為父親只會責罵她，而他自己完全聽命於妻子。」另外，故事一開始也未提到任何關於神仙教母的事，她就忽然不知打哪兒冒出來，幫助灰姑娘準備馬車、馬匹和禮服。

既然〈灰姑娘〉是最受歡迎的童話，而且在世界各地廣為流傳，那就很適合探討故事中幾個重大母題如何在結合之後，對於意識和無意識造成莫大吸引力，並蘊含深刻的意義。司蒂斯・湯普森（Stith Thompson）曾針對民間故事母題做過最完整的分析，他將格林版〈灰姑娘〉中的母題列出如下：飽受虐待的女性主角；她必須住在壁爐旁；她向父親要一項禮物；她在母親墳上種下的榛樹枝；她被要求完成的任務；幫助她完成任務的動物；亡母化身由種在墳上的樹枝長成的樹，為她提供華麗的衣服；在舞會與王子相遇；灰姑娘三次從舞會逃走；她第一次躲進鴿舍，第二次躲到梨樹上，它們後來都被她父親砍倒；瀝青陷阱和遺失一隻舞鞋；試穿舞鞋的測驗；繼姊們將腳削小通過測驗成為（偽）新娘；拆穿騙局的小動物；幸福的婚禮；惡人受到應得的懲罰。【87】接下來除了討論這些元素，也會連帶評論貝侯版裡一些大家較熟悉，但未出現在格林版裡的細節。

先前已經探討過，現代流傳的版本以手足競爭為故事的主要母題，將灰姑娘飽受虐待視為手足競爭的結果。對於聽故事的人來說，這個母題造成最直接的衝擊，激發他的同情，進而引導

他認同主角，並為之後的情節發展鋪路。

❖ 爐灰的意涵

灰姑娘住在爐灰裡（並因而得名）的細節牽涉的極為複雜。*表面上，這個細節象徵受虐，以及原本享有的尊貴地位一落千丈。但貝侯讓她選擇住在灰堆裡有其道理。一般常認為像地位低下的奴僕一樣，住在壁爐的灰堆裡是極端屈辱的狀況，因此完全忽略了，換一個角度來看，這樣的狀態也可以代表非常優渥、甚至尊榮的地位。在古代，成為爐火的守護者，是女子能獲得最崇隆尊貴的地位之一，例如侍奉古羅馬女灶神的維斯塔女祭司就負責看顧聖火。成為處女祭司在古羅馬是非常令人欽羨的事，獲選的女孩年齡一般在六到十歲之間——和我們想像中灰姑娘服侍繼母和繼姊的年紀約略相當。格林版的灰姑娘種下一根樹枝，並用眼淚和禱告為它澆灌滋養。只有等樹枝長成樹之後，它才能為灰姑娘提供去舞會所需的物品，因此從種下樹枝到參加舞會，其間

＊很可惜的是，現在大家最熟悉的「灰姑娘」之名是英文版的「Cinderella」，但此一詞語卻是法文「Cendrillon」偷懶且不正確的譯法。主角在法文裡的名字「Cendrillon」和在德文裡的名字「Aschenputtel」都強調她住在灰堆（ashes）裡，而且是英文中的「ashes」（灰），而非「cinders」（爐灰、灰渣）。由於法文的「cendre」源自拉丁文中意指「灰」（ashes）的*cinerem*，因此「ashes」才是「cendres」的止確英譯；《牛津英語詞典》更特別指出「cinders」在字源上和法文的「cendres」並無關聯。此差異的重要性在於與「Cinderella」一名所承載的涵義密切相關，因為「ashes」是完全燃燒之後留下的乾淨粉末狀物質，而「cinders」則相反，是不完全燃燒之後剩下的骯髒殘餘物。

必定經過了好幾年。孩童也是在六到十歲的時候，對這則故事的印象最為深刻，而且他們會將故事牢牢記住，在之後的人生都會繼續從中獲得支持的力量。

再看灰姑娘伺候母姊的那幾年：維斯塔女祭司是到後來，才有了必須服聖職，並守貞滿三十年才能卸任並成婚的規定，原本只需要擔任祭司五年，也就是一直到適婚年齡，而想像中灰姑娘飽受折磨的時間也差不多這麼長。成為維斯塔女祭司，意味著必須守護爐灶和堅守貞潔，扮演好這個角色並表現優良之後，就像灰姑娘一樣風風光光地成婚。是故在古代，天真、純潔和守護爐灶的涵義是密不可分的。*然而隨著基督教時代來臨，非基督教信仰遭到摒棄，原本備受尊崇的角色有可能被貶抑成卑賤低下。維斯塔女祭司守護聖火、並侍奉女神赫拉，但隨著父神崛起，舊時代的母系神祇遭到貶損降級，連帶爐灶旁的位置也失去高貴地位。就這個意義而言，灰姑娘也可視為遭貶降的母神，在故事最後又像神鳥鳳凰一般自灰燼中重生。但這些連結具有歷史意義，不是一般人讀完故事就能很快建立的。

不過對孩童來說，住在爐火旁還可以引發其他同樣正面的聯想。孩童喜歡賴在廚房裡，看

---

*守護聖火的祭司必須保持貞潔，而火本身淨化的功效，也能讓人聯想到與灰相關的涵義。很多社會中會將灰用於洗禮，當作淨化自身的方法；這也是灰的涵義之一，只是時至今日已經不再普遍。

灰的另一個涵義是哀悼。從古至今，將灰灑在頭上一直是悼念的象徵，例如基督教徒在聖灰星期三（聖灰日）以灰抹額。在《奧德賽》中也提到，很多民族都會以坐在灰堆中來象徵哀悼及守喪。[88]不管是在義大利文版（據目前所知是早於貝侯版）、法文版或德文版，灰姑娘原本的名字都帶有與純潔和深切哀悼有關的涵義，但是翻譯成英文之後，卻將灰姑娘改為坐在「cinders」裡，並讓她以「Cinderella」為名，其中的涵義就完全相反，變成與黑暗及骯髒有關。

大人烹煮食物甚至親身參與。在發明中央暖氣系統之前，靠近爐火的位子是屋子裡最溫暖，往往也是最舒適的。爐火能讓許多孩童憶起和母親待在一起的快樂時光。

孩童也喜歡讓自己健康又骯髒，能夠做到這點對他們來說，象徵本能上的自由。因此，一個人在灰堆裡攪和，也就是「Aschenbrödel」一詞原本的意思，對孩童而言具有非常正向的涵義。即使是現代，讓自己「健康又骯髒」也和從前一樣，讓人既感到愉悅又心生罪惡。

最後，灰姑娘悼念她的亡母。「灰歸於灰」（ashes to ashes）不只是一句在亡者和灰土之間建立密切連結的俗語。全身塗灰象徵哀悼，而成天穿著破爛衣衫是一種抑鬱的症狀。因此，住在灰堆中，可能既象徵與母親在爐火旁共度的親密時光，也象徵我們因成長而失去與母親之間的親密連結，因而處於深切哀悼，在故事中則以母親「死亡」來象徵這樣的失落。爐火結合了不同意象，能夠激發強烈的共鳴，讓所有人憶起曾居住的天堂，以及被迫放棄幼童單純快樂的人生，從此經歷無比劇烈的改變，必須應付青春期和成年期的各種愛恨兩歧。

當孩童年紀還小的時候，在父母保護下，他不會受到手足交織的愛恨，或外在世界的要求所影響。之後回想，這段時期彷彿置身天堂。之後情況卻忽然一變，兄姊看到孩童比較沒有人保護，似乎就開始占他的便宜：他們對孩童提出各種要求，他們和母親開始對孩童的行為百般挑剔。他們挑剔的即使不是不衛生的習慣，只是不守規矩，都會讓孩童覺得自己屈辱又骯髒，同時兄姊卻光采照人。但是孩童相信，兄姊的良好行為是假的，是偽裝的，只是個幌子，這就是灰姑娘的繼姊的形象。幼童的人生很極端：這一刻，他覺得自己惡毒骯髒、充滿恨意，下一刻，他覺得自己天真無邪，其他人都是邪惡生物。

無論外在狀況如何，在手足競爭延燒的幾年間，孩童內心經歷了一段苦痛、遭剝奪甚至匱乏的時期，而且屢屢感受到誤會甚至敵意。灰姑娘住在灰堆中的那幾年告訴孩童，沒有人能夠免於這樣的際遇。有些時候，世界上看似只存在惡意的力量，四周沒有任何援助的力量。如果孩童聽了灰姑娘的故事，卻沒有體會到自己必須忍耐相當長的一段悲苦日子，援助的力量最後將會擊敗惡意的力量，她的解脫就會是不完整的。孩童在一些時刻感受到的悲慘刻骨銘心，會延續很久；所以灰姑娘的悲慘遭遇如果一下就結束，根本就不足以相提並論。灰姑娘承受的苦難之多、之久，必須和孩童認為自己受苦的程度相同，如此她的救贖才有公信力，足以讓孩童確信自己也會有同樣的際遇。

❖ 好母親的傳承與內化

在灰姑娘的悲苦引起我們感同身受之後，她的人生中出現第一次的正面發展。「有一次父親想去一趟市集，於是他問兩個繼女，想要他帶什麼回來給她們。『漂亮的衣服，』一個說。『珍珠和寶石，』另一個說。『灰姑娘，那妳呢？』他說，『妳想要什麼？』『父親，在你回程途中，第一根抵住你的帽子的樹枝，請將它折斷帶回來給我吧。』」父親照做了：他回程途中最先碰上的榛樹枝不但抵住他的帽子，還將他的帽子打落在地，他將榛樹枝帶回家給灰姑娘。「她謝過父親，將樹枝帶到母親墳前插上。她在墳前不停流淚，落下的淚水全都澆灌在樹枝上。樹枝慢慢長大，成了一棵漂亮的樹。灰姑娘每天會去母親墳前三次，在那裡流淚祈禱；每次都會有一隻白色的鳥停在樹上，當她說出一個願望，白鳥就會拋下她許願想得到的東西。」

灰姑娘向父親要來一根打算種在母親墳上的樹枝，而父親滿足了她的願望，這是父女之間第一次有意重新建立正面關係。根據故事可以假設，灰姑娘之前即使並未因為父親娶了悍婦而憤怒，她對父親一定也非常失望。但是對幼童而言，父母的力量無比強大。如果灰姑娘想主宰自己的命運，父母的權威就必須遭到削弱。力量的削弱和轉移，是以樹枝將父親的帽子打落來象徵，而且是同一根樹枝長成的樹，提供神奇力量幫助灰姑娘。因此，灰姑娘利用削弱父親之物（榛樹枝），來增加遠古（死去）母親的力量和聲譽。由於是父親將能增強對母親記憶的樹枝交給灰姑娘，代表父親認可灰姑娘從與父親的深切連結，回到原本與母親之間、並無愛恨兩歧的關係。在灰姑娘的人生中，父親在情感上的重要性減弱，鋪陳了她之後的轉變：將對父親童稚的愛，轉為對王子成熟的愛。

灰姑娘種在母親墳上、用淚水澆灌的樹，是故事中最為優美動人，且具有重要心理意義的細節之一。它象徵著只要讓嬰兒期對母親的記憶，存活在內心經驗中成為重要的部分，就能夠也確實可以在身處最困厄的逆境時給予支持。

另有一些版本的好母親不是化身成樹，而是提供幫助的動物，就更加清楚明白。例如中國版〈灰姑娘〉，這是最早寫成文字的「灰姑娘」故事，主角有一條溫馴的金魚，在她的殷勤呵護之下從兩吋長到十呎長。邪惡的繼母發現了魚的重要性，就狡詐地將魚殺了吃掉。主角陷入悲悽絕望，直到一名智者告訴她魚骨埋在何處，並指點她搜集魚骨帶回房間收藏。智者也告訴她，如果向魚骨禱告許願，就能獲得任何想要的東西。在許多流傳於歐洲和東方世界的版本裡，死去的母親會化身成為小牛、母牛、山羊或其他動物，並且施展魔力幫助主角。

蘇格蘭版本的〈蘭草衣〉，比巴斯雷版或貝侯的〈灰姑娘〉都更久遠，早在一五四〇年就有相關文獻。[89]故事講述母親在臨終前留給女兒「蘭草衣」一隻紅色小牛，小牛對女兒有求必應。繼母發現之後，命令蘭草衣將小牛宰了。蘭草衣感到悲傷絕望，但死掉的小牛要她將牠的骨頭撿起來，埋在一塊灰色的石頭下面。蘭草衣照做了，從此她只要到石頭前向小牛的遺骨許願，願望就能實現。到了耶誕季節，所有人都穿上最好的衣服上教堂，蘭草衣的繼母卻告訴她，她身上太髒了，不能跟她們一起上教堂。故事接下來講述死去的小牛幫蘭草衣變出美麗的衣裳，蘭草衣上教堂時有位王子對她一見鍾情，而她第三次和王子見面遺失了一隻禮鞋等等。

在許多其他的〈灰姑娘〉故事中，提供幫助的動物也滋養了主角。例如在埃及版故事裡，繼母和繼手足欺凌兩個孩子，他們於是懇求母牛：「母牛啊請發好心，就像我們的母親。」母牛供兩個孩子吃飽喝足，但繼母發現之後，就讓人宰了母牛。兩個孩子將母牛的遺骨燒掉，將骨灰埋在黏土盆中。盆裡長出的樹結果實給孩子吃，讓他們過得很快樂。[90]所以說，有些〈灰姑娘〉故事裡，代表母親的動物和樹是結合在一起的，表示兩者可以互為代表。這些故事也呈現供應乳汁的動物如母牛，或地中海地區常見的山羊，象徵性地替代了最初哺乳的母親。這個細節反映了幼年受哺餵的經驗，如何建立情感及心理連結，並為後來的人生提供安全感。

艾瑞克森論及「一種**基本信任感**」，稱其為「源自人生第一年經驗的一種對自己和世界的態度。」[91] 孩童在人生最早期經驗到的關愛呵護，在他心中注入了基本信任。如果之後一切進展順利，孩童就會對自己和這個世界抱持信心。幫助主角的動物和有魔力的樹，就是代表這份基本信任的意象、化身和外在再現。基本信任是好母親傳承給孩子的遺產，將會一直陪伴他，在他身處最嚴峻的危難時，讓他存活下去並給予支持。

這些故事中的繼母殺死幫助主角的動物，但卻無法剝奪能為灰姑娘提供內在力量的各種來源，意味著處理或應對人生時，內心的運作，比現實中發生的事更為重要。即使身處最惡劣的環境，支撐孩童繼續活下去的，是已經內化的好母親意象，因此即使外在的象徵物消失也不影響。[92]

不同的「灰姑娘」故事明顯傳達了一個重要訊息：如果以為必須抓住外在世界的事物，才能在人生中達到成功，那就錯了。繼姊為了達到目標，於外在物質層面做的一切努力，不管是精心挑選置備的華美衣裳，或是試圖將腳塞進鞋裡而耍的心機手段——最後全都徒勞無功。只有像灰姑娘那樣，真誠面對自己，最後才能獲得成功。而最後不需要母親或幫忙她的動物在場，也傳達了同樣的概念。如此安排在心理上是正確的，因為一個人只要發展出基本信任，毋需外物，也會有安全感並認可自己的價值；否則，再多外物也無法彌補。若在人生一開始，就無法發展應達到的基本信任，唯一彌補的機會，就是藉由改變心靈和發展更成熟的人格，而不是透過華而不實的外在物質。

由樹枝或小牛骨頭、骨灰長出的樹，傳達的意象與原初的母親，或受母親哺餵的經驗，很不一樣。樹木（貓姑娘的椰棗樹、灰姑娘的榛樹枝）的意象尤其貼切，因為樹木與生長有關。這表示只是保留過去內化的母親形象還不夠，隨著孩童長大，內化的母親也必須和孩童一樣，經歷某種改變。這種去物質化的過程，與孩童將真實的好母親昇華為內心基本的信任與安全感類似。

格林版〈灰姑娘〉又更精細地呈現上述過程。灰姑娘的心理活動從她絕望地哀悼亡母開始，以置身灰堆的生存狀態來象徵。但灰姑娘如果停滯不前，內心就不會有任何發展。失去至親至愛卻要繼續活下去，以哀悼作為暫時過渡是必要的，但為了生存，必須將哀悼轉化成正面有益的，也就是在內心為現實中已失去的建立再現意象。如此一來，無論現實發生什麼事，在內心的對象都將完整無損。灰姑娘的淚水落在種下的樹枝上，表示對亡母的記憶永保鮮活；但隨著樹枝逐漸生長，她心中內化的母親也跟著成長。

灰姑娘對樹說出的禱告，代表她心中孕育的希望。禱告時祈求的是我們相信將發生的事：在逆境帶來的震驚消退之後，基本信任再次發揮作用，讓我們心中重燃希望，相信一切終會恢復平安順利，就像從前一樣。那隻回應灰姑娘禱告的白色小鳥，就是聖經《傳道書》中的使者：「因為空中的鳥必傳揚這聲音，有翅膀的也必述說這事。」白鳥可視為母親藉由呵護孩子所傳達的母愛精神，也是最初深植孩子心中形成基本信任的精神。這股精神本身就形成孩子自己的精神，在他經歷種種難關時提供支持，讓他對未來抱持希望，並賦予他開創美好人生的力量。

對於灰姑娘要求父親帶回樹枝、將樹枝種下，並以淚水和禱告澆灌，無論是否意識到這一意象的完整意義，這個細節都讓所有人感動，並至少在前意識中回應其意義。這個意象優美而且效果十足，對於剛開始內化父母對自己的意義的孩童而言，又更加富有意義及教育功能。其意義對男孩和女孩來說一樣重大，因為內化的母親（或基本信任），對男性或女性來說都是最重要的心理現象。貝侯版卻以不知從哪兒冒出來的神仙教母取代長出的樹，抹煞掉一部分故事最深刻的意義。

格林版無比巧妙地向孩童傳達，他當下或許會因為手足競爭或其他緣故，而覺得悲慘無望，但只要像灰姑娘一樣種下樹枝並悉心照料，就能將苦痛和悲傷昇華，日後將能靠自己的力量處理一切，也會過著大好人生。

❖不可能完成的任務

在格林版的榛樹和白色小鳥實現灰姑娘的願望之後，國王下令舉行三天的盛大舞會，讓王子從全國的未婚少女中選出新娘。灰姑娘不斷懇求繼母讓她參加舞會，但屢屢遭拒。灰姑娘不死心地一再哀求，最後繼母將一盤扁豆撒在灰堆裡，告訴她只要能在兩小時內將豆子全部挑出來，就讓她去舞會。

童話主角常常必須執行一些看似不可能完成的任務，這就是其中一例。幾個東方版本的〈灰姑娘〉主角要做的是紡紗，西方的版本裡則是篩揀穀物。[93] 表面上看來，這只是另一個灰姑娘遭到虐待的例子。但就在這個命運轉變的時刻，出現一隻白色小鳥施展魔法幫忙，灰姑娘終於能實現願望參加舞會。繼母提出的這個要求，無疑暗示她必須妥善完成艱困任務，才能證明自己有資格得到圓滿結局。在召喚出的小鳥幫忙之下，灰姑娘得以順利分揀豆子，但只換來繼母再次提出難度加倍的要求：第二個任務是將撒在灰堆裡的兩盤扁豆分類，而且限一小時內完成。灰姑娘再次在鳥兒幫助之下完成，但儘管繼母兩次承諾完成任務就能參加舞會，卻沒有遵守諾言。

灰姑娘被要求完成的任務看似毫無意義：為什麼要將扁豆撒在灰堆裡，就只是為了再將它們挑出來呢？繼母相信這是不可能完成的任務，既作踐他人又毫無意義。但灰姑娘知道，不管做什麼，只要能賦予意義，就算只是在灰堆裡翻攪挑豆子，也能從中獲益。這個細節鼓勵孩童，讓他相信，即使只能灰頭土臉地玩沙，只要知道如何找出意義，再卑下的地位也可能具有重大的價值。灰姑娘召喚小鳥來幫忙，要牠們挑出好豆子放進壺裡，吃掉要除去的壞豆子。

繼母虛偽地兩次背信，與灰姑娘認清要如何區辨善惡，兩種行為相互對立。灰姑娘自發地將任務轉變成分辨好壞的道德議題，並且除去壞的之後，她來到母親墳前，問榛樹能不能在她身上「撒下一襲金銀」。鳥兒拋下一件金銀色的禮服，而第一和第二次的舞鞋是用絲緞和銀材裝飾，第三次則是黃金打造的舞鞋。

貝侯版灰姑娘在前往舞會之前，也必須完成一項任務。神仙教母告訴灰姑娘她可以參加舞會，但要她先去花園裡幫忙摘一顆南瓜；灰姑娘不明白這麼做的意義，但還是照做。是神仙教母

將南瓜挖空並變成馬車，不是灰姑娘。也是神仙教母要灰姑娘打開捕鼠籠，她將籠裡的六隻小老鼠變成馬匹，又將一隻田鼠變成馬車夫。最後灰姑娘聽從吩咐抓來六隻蜥蜴，牠們被施法變成侍從。灰姑娘身上的破爛衣裳變成華美禮服，她穿上神仙教母送的玻璃舞鞋，打扮妥當準備前往舞會。但她出發之前，神仙教母叮囑她一定要在午夜之前回來，因為到了那時候，一切都會恢復原狀。

玻璃舞鞋和南瓜馬車都是貝侯新創，除了貝侯版及其他據此衍生的版本，在任何其他版本都找不到類似細節。馬可・索亞諾（Marc Soriano）指出，這些細節既是貝侯對於太認真看待故事者的嘲諷，也是對於自己處理主角手法的反諷：如果灰姑娘能搖身一變成為最美麗的公主，那小老鼠和田鼠也可以變成馬匹和車夫。*

反諷有一部分是無意識想法所造成：貝侯版的細節大受歡迎，唯一的解釋是因為它們觸動了讀者敏感的心弦。〈灰姑娘〉的故事明顯傳達如下的教訓：有責任抓住過去最美好的，必須培養道德感，儘管身處逆境還是要忠於自己的價值觀，不讓自己被其他人的惡意或卑劣行為擊敗。貝侯不可能對以上無動於衷，那麼他必定是刻意不受故事的訊息影響。故事原本要求人透過心理活動改變自己的想法，鼓勵人們努力達到崇高目標就能超脫低下不堪的環境，在貝侯的反諷之

* 至於蜥蜴，索亞諾提醒我們法文裡有一句諺語：「跟蜥蜴一樣懶惰。」解釋了貝侯可能選擇讓蜥蜴變侍從的原因，懶惰的侍從常常成為大眾的笑柄。[94]

下，一切作為不是失效就是遭到嘲弄。[95]〈灰姑娘〉於是被刪減成了漂亮光鮮、不再隱含意義的幻想，這迎合了大眾想要看待故事的眼光，也解釋了貝侯的版本為何廣為流傳。

這樣雖然解釋了貝侯如何重述這則古老故事，但我們還是不明白，貝侯如何根據自己對故事有意識和無意識的理解去編造特殊細節，以及讀者如何基於同樣的理解而接受這些細節。所有版本的灰姑娘都是被迫住在灰堆裡，只有貝侯版的不同，貝侯版灰姑娘是自己**選擇**這麼做的。這樣的安排讓她成為前青春期孩童，還未抑制想把自己弄得健康又骯髒的欲望，也還沒有開始厭憎田鼠、小老鼠和蜥蜴等藏頭露尾的小動物，她也能挖空南瓜並想像它變成漂亮馬車。老鼠和田鼠住在陰暗骯髒的角落、會偷吃東西，都是孩童也喜歡做的事。牠們也會引起無意識中與陰莖有關的聯想，暗示性興趣和性成熟的來臨。先不論鼠類與陽具的關聯為何，將這些不說是噁心、至少非常低賤的動物變成馬匹、車夫和侍從，代表一種昇華。是故，這個細節在至少兩個層次上算是正確的：它即使不指涉灰姑娘對陽具的興趣，至少也代表灰姑娘在地位低下時住在灰堆裡的同伴；再者，隨著灰姑娘長大成熟，準備好成為王子的新娘，必須將這樣的興趣昇華也很適切。

經過貝侯處理，讀者更能接受在意識和無意識中對故事的理解。讀者在意識中樂意接受故事在反諷之下，淪為沒有嚴肅內容的光鮮幻想，因為如此就能獲得解脫，不用面對故事中隱含克服手足競爭難題的義務，以及將好母親的價值觀內化達到其要求的課題。就無意識而言，根據讀者深埋心中的童年經驗，貝侯增添的細節乍看令人信服，因為它們意味著要達到成熟，就必須改變並昇華幼年對本能行為的著迷，包括受灰土或受與陽具有關的對象吸引。

❖ 達到真正自我的關鍵

貝侯的灰姑娘乘著由六名侍從隨侍、六匹馬拉動的馬車前往舞會，彷彿要前往法王路易十四在凡爾賽宮舉行的舞會。她必須在午夜前離開，因為到了午夜她就會恢復原本的襤褸模樣。然而到了第三天晚上，她沒注意到時限將至，等到魔法將要失效才匆忙離去，慌亂中掉了一隻玻璃舞鞋。「皇宮大門的守衛被問到，有沒有看到一位公主離開，他們說沒看到什麼公主，只看到一個穿得破破爛爛的少女離開，她看起來比較像是鄉下村姑，不像是什麼貴族仕女。」

格林版的灰姑娘在舞會裡想待多久都隨她高興。她離開舞會不是因為必須這麼做，而是有理由的。灰姑娘要離開舞會時，王子想一路陪伴，但她溜走了，在第一天晚上就刻意避開他。「國王的兒子一直等到灰姑娘的父親前來，他告訴對方有個奇怪的女孩跳進鴿舍裡了。老人想著，『會是灰姑娘嗎？』於是他要人取來斧頭和鋤頭，親自將鴿舍劈成兩半，但是裡面空無一人。」同時灰姑娘已經順利逃走，換回原本髒兮兮的衣服。第二天，同樣的事情再次發生，不過這次灰姑娘躲到一棵梨樹上。第三天，王子派人在階梯塗上瀝青，所以當灰姑娘又想悄悄溜走，她腳上的一隻舞鞋就黏住了。

也有其他變形版本的灰姑娘並未被動等待，而是採取主動，讓王子可以認出她。其中一個版本裡，王子給了她一枚戒指，她後來就將戒指放進自己烤的蛋糕裡獻給王子，而王子也宣誓將迎娶能戴上戒指的女孩為妻。

為什麼灰姑娘要三次前往舞會與王子見面，卻又一再從王子身旁逃離，回到原本的卑下地位呢？重複三次的行為，反映了孩童在父、母、孩子的三人關係中的位置，以及他為了達到真正的自我，努力消除幼年時堅信自己在三人關係裡最為重要的念頭，以及消解後來他在三人關係之中最不重要的恐懼。真正的自我不是藉由三次重複來達到，而是經由三次重複的鋪陳所促成的事件——試穿舞鞋。

在顯性層面上，灰姑娘避開王子傳達的是，她希望王子選擇她是因為她真正的面貌，而不是因為光鮮亮麗的外表。她要確認王子看過她淒慘落魄的樣子卻還是愛她，才會成為他的伴侶。但考量到這點，只在第一晚出現一次並遺失舞鞋是無法達到的。而在更深的層面，重複出現在舞會中，象徵少女矛盾雙重的情感，她想在個人和性方面奉獻自己，同時又害怕這麼做。矛盾雙重的情感也反映在父親的行為上，他懷疑那個美麗少女就是自己的女兒，卻不相信自己的感覺。而王子就好像認清了，只要灰姑娘在情感上還停留在與父親相互連結的伊底帕斯式關係，他就沒辦法贏得佳人芳心，於是他並沒有親自尋找灰姑娘，而是請灰姑娘的父親代勞。只有等到父親先表態，準備好將女兒從與自己的連結加以解放，她才能自在地將她對異性的愛戀，從不成熟的對象（父親）轉移到成熟的對象（未來的丈夫）身上。父親毀壞灰姑娘的藏身之處，包括將鴿舍和梨樹砍倒，表示他準備好將女兒交給王子，不過父親的努力並未達到他想要的結果。

在另一個相當不同的層面，鴿舍和梨樹代表一直以來幫助灰姑娘的魔法物品。鴿舍是幫忙灰姑娘分揀扁豆的鳥兒的住所，灰姑娘的華美衣裳以及最關鍵的舞鞋，都由一隻樹上的白色小鳥

提供，這些鳥兒就是牠的替身。梨樹則讓我們聯想到母親墳上長出的那棵樹。如果灰姑娘想在現實世界順利過活，她就必須放棄對魔法物品的信任和依賴。父親似乎明白這點，所以毀去她的藏身處：灰姑娘不再躲在灰堆裡，但也不再躲進魔法之境逃避現實。從現在開始，灰姑娘的人生會和她的真實地位相符，既不卑賤低下，也不光鮮浮誇。

繼雅各．格林之後，考克斯指出在古代日耳曼民族風俗中，新郎會交給新娘一隻鞋作為互許終身的信物。[96]但這並無法解釋為什麼在中國古代的故事裡，是以誰穿得下金鞋，或在貝侯版裡是穿得下玻璃舞鞋，來決定誰是真正的新娘。這樣的考驗要成立，這隻舞鞋必須是無法擴撐的，否則其他女孩如繼姊也可以穿得下。貝侯的匠心便展露在他對舞鞋是玻璃製成的描述，這種材質不能擴撐，而且極度脆弱易碎。

一個可供身體一部分滑入、並緊嵌其中的小巧容器，可視為陰道的象徵；很脆弱而且一擴撐就會破裂之物，會讓人聯想到處女膜。而女子在舞會最後被愛人試圖留下時容易失落的物品，似乎也很適合作為代表童貞的意象，尤其是當男性為了攔住她還設下陷阱（在階梯上塗瀝青）。灰姑娘逃離這樣的局面，可視為她在努力守護自己的貞操。

貝侯版裡神仙教母告誡灰姑娘，如果不能在午夜之前趕回家就大事不妙，很類似父親害怕女兒在外待太晚會出事而設的門禁。許多〈灰姑娘〉的主角逃家，都是為了避免遭到「違反自然」的父親染指，可以佐證灰姑娘逃離舞會，是希望保護自己免於遭到侵犯，或是不讓自己被欲望牽著走。灰姑娘的作法逼得王子到她父親家裡尋人，類似新郎前去新娘家向其父提親。貝侯版裡是由宮廷侍從請女孩試穿鞋子，而在格林版裡，王子只是將鞋子交給灰姑娘，由她自己穿上，另外許多版本則是由王子幫灰姑娘穿上舞鞋。這個細節可以連結到，婚禮中新郎為新娘套上戒指、象徵永結連理的重要儀式。

這些全都很容易理解：穿上舞鞋就是訂下婚約，而灰姑娘是處子新娘。孩童都知道婚姻與性有關，古時候的小孩在生活中就能看到動物交配，知道性與男性將性器官放進女性體內有關，而現代父母告訴小孩的也頂多是這樣。然而，考慮到故事的主要課題是手足競爭，大小最適合的腳穿上珍貴舞鞋可能還有其他意義。

❖ 男孩女孩共有的「閹割焦慮」

手足競爭不只是〈灰姑娘〉的主題，也是許多其他童話的主題。其他故事裡的手足競爭，幾乎只存在於同性手足之間；但在真實生活中，家庭裡最激烈的手足競爭常常發生在兄妹或姊弟之間。男尊女卑固然是老生常談，在現代卻屢遭挑戰。差別待遇想當然會在異性手足之間造成妒羨，在精神分析文獻中，關於女孩羨慕男孩性器官的案例俯拾即是，女性的「陰莖羨嫉」(penis envy)早已是大家相當熟悉的概念。比較少為人知的是，這樣的羨妒情感絕不是單方面的，男孩也很嫉妒女孩所擁有的：乳房，以及懷孕生子的能力。[97]

不論男性或女性，儘管喜歡、並自豪屬於自身性別的地位、社會角色或性器官，都還是會

嫉妒異性擁有自己缺乏的。這一點雖然很容易觀察到，也無疑是關於此議題的正確看法，但很遺憾地大眾還未廣為認可。（某種程度上是因為早期精神分析過於偏重女孩的陰莖羨嫉，很可能是因為當時絕大多數論文都由男性作者撰寫，而他們並未檢視自己本身對女性的羨妒。這和今日驕傲好戰的女性作者論述的情況，多少有些雷同。）

〈灰姑娘〉是專門處理手足競爭的童話，如果沒有表現出男孩與女孩間由於生理差異而展開的競爭，這樣的不足就太怪異了。在性的羨妒背後，隱藏著性的恐懼，即所謂「閹割焦慮」（castration anxiety），害怕自己身體的某部分會消失不見。〈灰姑娘〉的**顯性**內容只講述姊妹間的競爭，但或許故事中也有些**隱性**指涉，是關於內心更深處、受到更強烈抑制的情感？

男孩和女孩同樣深受「閹割焦慮」所苦，但承受著不同的情感煎熬。「陰莖羨嫉」和「閹割焦慮」兩個詞語都是關於同樣的現象，但只強調了這個現象眾多複雜心理層面中的一個層面。根據佛洛伊德的理論，女孩的閹割焦慮著重的，是她想像原本所有孩子都有陰莖，而女孩不知為何失去了她們的陰莖（可能是因為做錯事被懲罰），於是希望它可以長回來。男孩相對應的焦慮，是既然女孩都沒有陰莖，唯一的解釋就是她們失去了陰莖，而他恐懼同樣的事情可能會發生在自己身上。受閹割焦慮所苦的女孩，會採取許多不同的防衛方法，來維護自尊不受想像中的匱乏侵害，其中一種方法，就是想像自己也有同樣器官的無意識幻想。

要了解無意識想法和情感之間究竟有什麼樣的連結，才讓灰姑娘的故事採用美麗小巧的舞鞋作為重要元素，以及更重要的，讀者在無意識中認為這個象徵極具說服力，使〈灰姑娘〉成為最受歡迎的童話之一，我們必須先接受一點：以鞋子作為象徵，可能牽涉到許多不同、甚至相互矛盾的心理態度。

在大多數版本的〈灰姑娘〉裡，都發生了一件很怪異的事：繼姊為了穿上那隻小巧的舞鞋，不惜削砍自己的腳。雖然貝侯版略去了這段情節，但根據考克斯的研究，除了根據貝侯版衍生的故事和某些其他版本，削足適履一段在多數版本都出現過。這個事件可視為象徵著女性閹割情節的部分層面。

繼姊削足使詐一節，發生在王子找到灰姑娘之前，是圓滿結局的最後阻礙。這是繼姊在繼母主動幫助之下，最後一次試圖奪走理當屬於灰姑娘的地位，她們為了將腳穿進鞋裡，不惜毀傷自身。格林版裡年紀較大的繼姊腳趾太大塞不進舞鞋，她的母親遞給她一把刀，叫她削掉腳趾，還說等她當上皇后，就再也不需要走路了。大女兒照做了，她將腳擠進鞋裡之後去找王子，王子騎著馬和她一起離開。當他們行經灰姑娘母親的墳墓那棵榛樹，樹上的兩隻白鴿鳴唱著：「看哪，鞋裡還有血：鞋子太小了，真新娘還在屋裡坐。」王子看著舞鞋，發現鮮血從鞋裡汩汩流出，便將繼姊送回家。另一個繼姊也試著穿上舞鞋，但是她的腳跟太大了。她的母親再次教她削去腳跟，同樣的事情再次發生。在其他只有一名假新娘的版本裡，則是削去腳趾或腳跟，或是腳趾和腳跟都削掉；在〈蘭草衣〉裡，是由母親動手。

這個情節強化了繼姊先前令人厭憎的印象，證明她們為了跟灰姑娘爭奪和達到目標，簡直無所不用其極。表面上看來，繼姊的行為和灰姑娘形成鮮明對比，灰姑娘只希望透過真正的自我

來獲得幸福。她不要王子看到魔法賦予的外表才選擇她，反而巧妙安排，讓王子必須看見她衣衫襤褸的模樣。繼姊只能靠欺騙，她們造假作偽的結果是毀傷身體——這個主題在故事最後白色鳥兒啄瞎她們的雙眼時再次出現。但這個細節格外粗俗殘酷，必定是基於某個很可能源自無意識的特定原因而設計。身體遭到毀傷在童話中並不稀奇，最常見的是作為懲罰，但自殘在童話中卻相當罕見。

在灰姑娘的故事成形的時代，一般的刻板印象是將男性的大與女性的小相互對立，而灰姑娘的小腳讓她顯得格外陰柔。兩個繼姊由於腳大到穿不下舞鞋，顯得比灰姑娘更加陽剛，也比較不迷人。她們為了得到王子，不擇手段想將自己改造成嬌巧女性。

她們自殘身體意圖矇騙王子，卻因為流血而被揭穿。她們藉由削去身體的一部分，試著讓自己更女性化，最後導致受傷流血。也可以說她們為了證明自己的女性特質，進行了象徵性的自我閹割；經過自我閹割的地方流血，是另一種展現女性特質的方式，因為流血代表月經。

我們先不論自殘或遭母親毀傷身體，在無意識中是否象徵閹割及除去想像的陰莖，也不論流血是否象徵月經，故事中的繼姊費盡心力，但全都失敗。鳥兒揭穿了鞋子有血，證明兩個繼姊都不是真正的新娘。灰姑娘才是處子新娘：在無意識中，還未來月經的女孩很明顯比月經已來的女孩更貞潔無瑕。而一個讓其他人，尤其是男人，看到她流血的女孩，例如不得不以滿是鮮血的腳試穿舞鞋的兩個繼姊，不僅粗鄙，也絕對比不上沒有流血的女孩來得貞潔。因此在無意識的另一個層次，這段情節似乎將灰姑娘的貞潔，與繼姊的不貞潔相互對比。

❖ 小巧舞鞋的多重涵義

「灰姑娘」故事中的舞鞋是決定主角命運的重要元素，其象徵意義最為複雜。情節安排的緣起，很可能是一些多少相互矛盾的無意識想法，也因此能在讀者的無意識引起各種不同的回應。

像舞鞋這樣一件物品，在意識中就只是舞鞋——但在對故事的無意識理解中，它可能象徵陰道或相關的念頭。童話同時在意識和無意識中進展，富有藝術性、說服力及吸引力，所以童話裡的關鍵物品在顯性、意識層次上必須適當，又要能喚起與其顯性意義迥然不同的聯想。小巧舞鞋和能夠穿上它的小腳，以及另一隻穿不進鞋裡而且遭到毀傷的腳，對意識而言都是完全合理的意象。

〈灰姑娘〉裡的小巧玉足散發一股無意識的性魅力，但必須和剛好裹覆玉足、美麗珍貴的舞鞋（例如金鞋）相互連結。「灰姑娘」故事裡的這個元素，本身就曾以一則完整童話的形式存在，古希臘史地學者斯特拉波，就記載過這則遠比中國版〈灰姑娘〉更古老的故事。故事講述一隻老鷹將絕色名妓羅多蓓的涼鞋叼走，飛遁途中將涼鞋掉在法老王身上。法老被這隻涼鞋迷得神魂顛倒，派人尋遍全埃及，要找出涼鞋的主人並娶她為妻。[98] 這則故事暗示在古埃及與現今，女子鞋履在特定狀況下象徵女子最迷人的特質，並因為一些確切、但深藏於無意識的理由，能夠激起男性的愛意。

由斯特拉波的記載可知，兩千多年來在世界各地廣受歡迎的故事中，女子鞋履依舊是童話中找出真正新娘的關鍵，那麼背後想必有很充分的理由。但要分析舞鞋作為陰道的象徵，及其在無意識中的意義的困難在於，雖然男性和女性都會回應這個象徵涵義，但方式並不相同。＊正是因為這個象徵無比細微、複雜且曖昧，也解釋了為什麼它對兩性都具有強烈的情感魅力，但男性和女性受吸引的理由卻各不相同。這一點不足為奇，畢竟陰道和其在無意識中所代表的，對於男性和女性來說並不相同，尤其等男女在個人和性上達到完全成熟時更是如此，而這時已進入人生中相當晚的時期。

在故事中，王子是根據那隻鞋選擇灰姑娘當他的新娘。如果他是根據灰姑娘的容貌、個性或其他特質來選擇，那他就絕對不會被繼姊矇騙。但是她們的奸計幾乎得逞，王子甚至先騎馬帶走一人，之後又回來帶走另一人，還得靠鳥兒告訴他兩個都不是真新娘，因為有血從鞋裡冒出來。所以說，並不是以舞鞋很合腳這點來決定誰是真新娘，而是以穿上鞋的腳會流血來辨認錯誤的人選。我們會認為鞋裡有血應該顯而易見，但王子似乎無法靠自己觀察發現，他是在注意力被鳥叫聲吸引之後才看出來的。

＊各種來源的民俗研究資料都支持以舞鞋象徵陰道的說法。瑞典民俗學者盧斯（Anna Birgitta Rooth）引用詹姆森（Jameson）的研究指出，滿族新娘會以鞋履為禮獻給丈夫的兄弟，由於部族中實行群婚制，因此弟弟們在兄長死後有權迎娶寡嫂。這些鞋履上飾有蓮花，而蓮花是女陰的俚俗代稱。[99]詹姆森列舉了數個在中國將鞋視為具有性意涵的例子，鄉土史研究者艾格蒙（Aigremont）則提供了來自歐洲和中東的類似例子。[100]

王子沒辦法看出鞋中有血，暗示了閹割焦慮與經期流血有關的另一部分。從舞鞋中汩汩流出的鮮血，不過是另一個將鞋和陰道劃上等號的象徵連結，只是改成連結到經期流血的陰道。王子對此始終無知無覺，暗示他需要保護自己，避免引發心中焦慮。

灰姑娘能讓王子免於受到這些焦慮所苦，所以她才是正確的新娘人選。她的腳很容易就能滑入精美舞鞋，表示鞋裡可以藏入小巧玲瓏之物。她不需要自殘，身體也沒有任何部位淌血。她在舞會上數次抽身而退，意味著她和繼姊不同，她的性欲不具侵略性，而是會耐心等待獲選。一旦她中選，也絕非不情不願。她沒有等待王子，而是自己穿上舞鞋，表現她的積極以及掌控自己命運的能力。王子在與兩個繼姊打交道時有著莫大焦慮，甚至無法看清情勢，但和灰姑娘相處時卻有極大的安全感。灰姑娘能為他提供安全感，因此她才是他的真命天女。

那灰姑娘呢？畢竟她才是故事主角。王子珍視她的舞鞋，就象徵他鍾愛她的女性特質，亦即以陰道的象徵來代表。無論灰姑娘住在灰堆裡的感受如何，她知道這樣的人在其他人眼裡是骯髒粗野的。有些女性就是這樣看待自己的性欲，也有些女性恐懼男性是這麼認為。這就是為什麼灰姑娘要確保王子在選擇她之前，先看到她灰頭土臉的模樣。王子將舞鞋交給灰姑娘讓她穿上，象徵性地表達了他接受她骯髒卑下的樣子。

在此不可忽略，向鳥兒借來的金鞋代表死去母親的精神，經過灰姑娘內化，並支持她度過考驗和磨難。而王子將舞鞋獻給灰姑娘，讓舞鞋和他的王國真正成為她的。王子藉由獻上代表陰道的金鞋，象徵性地獻給灰姑娘女性特質：男性要接納女人的女性特質迷人可欲，最極致的就是愛她並接受她的陰道。但沒有人能夠給予灰姑娘這樣的接納，即使是童話裡的王子、甚至他對她的愛，都沒辦法做到。雖然有王子的愛幫助灰姑娘，但只有她自己，能夠最終開心接納自己的女性特質。當故事講到「她將腳從沉重木鞋抽出來，伸進舞鞋裡，舞鞋完全合腳」，這就是其中的深層涵義。

在這個時刻，原本借來參加舞會的美麗外表，成為灰姑娘真正的自我；是她換下屬於從前住在灰堆中人生的木鞋，穿上了金鞋。

❖試鞋儀式呼應性與婚姻的課題

試鞋儀式象徵灰姑娘和王子締結婚約。王子在儀式中選擇灰姑娘，因為她在象徵的層面上是未受閹割的女性，能夠讓他擺脫未來將影響美滿婚姻的閹割焦慮。灰姑娘選擇王子，因為他欣賞她在性上「骯髒」的面向，滿懷愛意地接受她的舞鞋及其象徵的陰道，並且認可她將小腳放入代表陰道的舞鞋所象徵、她想要陰莖的欲望。這就是為什麼王子將精巧舞鞋帶到灰姑娘面前，也是為什麼灰姑娘要將她的小腳放入鞋中——她唯有這麼做，才能被認可是真正的新娘。但當她將腳滑入舞鞋裡，她也宣告了她在性關係中將會採取主動，表明她同樣能有所作為。而她也做出保證，她並沒有、也絕不會有所匱乏，因為她所有的一切都剛好適合，就如同她穿上舞鞋之後完全合腳。

回想婚禮儀式中世界各地都通行的一部分，或許可以佐證上述想法。新娘伸出一隻手指，讓新郎套上戒指。有一種表示性交的粗俗手勢，是將一根手指戳進另一手拇指和食指圈成的空隙，但戴婚戒儀式象徵的卻完全不同。象徵陰道的戒指是由新郎呈給新娘，而新娘的回應是伸直手指，讓新郎完成儀式。

這場儀式表現了許多無意識中的想法。透過交換戒指的儀式，男性一方面表達他對陰道的欲望和接納，這是女性可能會擔憂的，另一方面也表達他接納女方可能也希望擁有自己的陰莖。透過讓新郎將戒指套在手指上，新娘承認從當下開始，她的丈夫在某種程度上將擁有她的陰道，而她擁有他的陰莖。於是，她將不再因為沒有陰莖而有遭剝奪的感覺，這象徵她的閹割焦慮結束；而隨著新郎戴上自己的婚戒，他的閹割焦慮也從此結束。王子將**金鞋**交給灰姑娘讓她伸腳穿上，或許可以視為交換戒指儀式的另一種形式。雖然新郎是以互戴婚戒表示娶新娘為妻，但我們對這個儀式習以為常，才會很少思考其象徵意義。

〈灰姑娘〉這則故事是關於手足競爭和嫉妒，以及如何克服這兩道難關。一個人最強烈的羨妒，就是由一方擁有某些性徵，但另一方卻缺乏所激發。在故事末尾，主角統合和超脫的不只是手足競爭，也是兩性競爭。一開始由於嫉妒造成的徹底剝奪，最後以圓滿結局收場，因為有愛來理解妒意的源頭，並且透過接納將它們消解。

灰姑娘從王子那裡接收了她以為自己缺乏的，而王子也以象徵方式向她保證，她在各方面都完好無缺，而她將會獲得她曾希望擁有的。王子也從灰姑娘那裡得到他最需要的保證：雖然灰姑娘一直以來都希望擁有陰莖，但她接受只有王子能滿足這個願望。這個舉動象徵她並未因為欲望而遭閹割，也沒有想閹割任何人的欲望，所以王子無須恐懼自己也可能遭到閹割。灰姑娘和王子各自從彼此那裡，獲得為了自己好、最迫切需要的。舞鞋母題的功用，在於安撫男性的無意識焦慮，並滿足女性的無意識欲望，讓雙方都能享受最圓滿的婚姻和性關係。故事藉由這個母題，啟蒙了無意識對性與婚姻課題的理解。

當孩童的無意識回應故事的隱藏意義，他會更加理解，自己對於可能受到剝奪的焦慮以及妒意之下，究竟潛伏著什麼。他也會接收到一些暗示，是關於可能阻礙他獲得美滿性關係的不理性焦慮，以及要達到這樣的關係有何要件。但故事也向孩童保證，他能像主角一樣控制焦慮，而且儘管要面對重重考驗，最後終將有個圓滿結局。

要有幸福圓滿的結局，惡人就必須受到懲罰。但施加懲罰的既不是灰姑娘，也不是王子，而是幫忙灰姑娘分揀扁豆區辨好壞的鳥兒，牠們前來促成兩個繼姊自己起頭的傷害：啄去她們的眼珠。雙眼失明象徵繼姊的盲目，以為能夠藉由貶低別人來自抬身價，將命運全都押在外表上，還有最重要的，相信可以藉由（自我）閹割達到「性」福美滿。

要探究這則最受歡迎的童話裡，一些情節在無意識層面的涵義，必須考慮其中與性有關的暗示。筆者恐怕在討論過程中，已踰越了詩人建議的分際：「腳步請放輕，因為你踩著我的夢。」[101] 但只有當佛洛伊德大膽深入，穿透看似天真無邪的表面，探究潛藏其後與性有關、層次多重且往往粗野可鄙的無意識想法，夢才開始顯露其意義和重要性。在佛洛伊德影響之下，夢變得更加困擾難解、更加惱人而且難以處理。但夢也是通往無意識的康莊大道，而且讓人得以對自己及人性的本質，形塑出嶄新且更豐富的觀點。

喜歡〈灰姑娘〉的孩童，大多時候只回應其中一種表面上的意義。但在試圖理解自己的心理過程中，孩童的無意識會在不同時間點，依據當下令他困擾的課題，從某個重要細節透露的涵義獲得啟發。【102】

故事的顯性層面幫助孩童接受手足競爭是人生常事，向他保證不需要害怕會被手足競爭摧毀，反而需要擔心，要是手足對他沒那麼惡劣，他可能永遠沒有機會像灰姑娘一樣成功。故事也告訴孩童，或許他在別人眼裡曾是骯髒粗野的，但只是暫時的，不會對未來造成什麼負面影響。其中也包含明顯的道德教訓：一個人的外表與內在價值無關；如果能忠於自己，最後終能勝過那些虛偽作假的人：善有善報，惡有惡報。

故事中還有一些明白陳述，但讀者不會很快領悟的教訓：例如要讓人格充分發展，就必須勤苦工作，而且要能區辨善惡，比如分揀出好扁豆和壞扁豆；又如灰堆即使最為低微，但只要知道怎麼做，還是能從中找到無比珍貴之物。

字面之下還有孩童的意識很容易接收到的訊息：要持續相信過去人生中的良善，以及一定要維繫從與好母親的關係獲得的基本信任，這樣的信念將幫助孩童在人生中獲得傑出成就。如果孩童能找回好母親的價值觀，這些價值觀也會幫助他獲得勝利。

❖為親子雙方提供重要洞見

許多家喻戶曉的童話都為親子雙方提供了重要洞見，不只是關於孩童與母親之間的關係，更是關於孩童與父母的整體關係，而〈灰姑娘〉的呈現方式更勝過其他故事。這些洞見極為重要，將留到本章最後討論。故事中清楚蘊含這些洞見，它們必然會在讀者腦海中留下印象，甚至正因為讀者並未有意識地向自己坦承它們究竟是什麼，而造成更深遠的影響。就在「不知不覺」間，當讀者讓童話成為自己的一部分，也將這些洞見融入自己對人生的理解。

在所有知名童話裡，唯有〈灰姑娘〉清楚地將好母親和壞母親並置。即使是〈白雪公主〉裡堪稱世界最壞心的繼母，也沒有要求女兒做苦工，或完成不可能成功的任務；繼母最後也沒有以最初的好母親形象再次出現，或安排女兒獲得幸福。但灰姑娘的繼母卻要她做苦工和完成艱鉅任務。故事在顯性層面上，講述**儘管**灰姑娘遭到繼母百般刁難，她還是找到她的王子。但在無意識（尤其幼童的無意識）中，「儘管」往往等同「因為」。

故事清楚表明：如果主角一開始沒有被迫成為「灰姑娘」，那她絕對沒有機會成為王子的新娘。要建立個人認同，以及達到最高境界的自我實現，以下兩者缺一不可：最初的好父母，以及之後似乎「冷酷」而且「麻木無感」的「繼父母」。「灰姑娘」故事就是由兩者合而形成。如果好母親沒有一度變成壞母親，主角就沒有動力去發展獨立的自我，去發現善惡間的差異，以及培養自動自發和自主決定。由繼姊的情況可知，繼母自始至終都是她們的好母親，而她們一直都是空殼，從未達成上述的任何發展。兩個繼姊穿不下舞鞋時，不是自己採取行動應對，而是聽從母親指揮。這一切又以結局中兩個繼姊下半輩子失明（即盲目無感）來凸顯，瞎眼是象徵，也是無能發展人格的合理結果。

「基本信任」是個體化發展不可或缺的穩固基礎，而這只能從嬰孩與好父母之間的關係中獲得。個體化發展苦痛不已但是必須實現，因此孩童會到無可避免時才展開這個過程。為了讓孩童成為獨立個體，最初的好父母有一段時間，必須以迫害孩子的壞父母形象現身，他們將孩子放逐，讓他在他的個人荒漠浪遊數年，看似「無休無止」地做出各種要求，毫不顧慮他是否安穩舒適。但孩童如果能以獨立發展自我的方式應對這些難關，那麼好父母又會奇蹟般地再次現身。這種狀況很類似青春期孩童眼中的父母根本不可理喻，但他們卻在孩童成熟後又回復理性。

〈灰姑娘〉以童話形式鋪排呈現，個人達到成熟自我之前必經的發展階段，讓每個人理解發展成健全個人的必要條件。這一點不足為奇，畢竟如本書一再闡述，童話以絕妙方式呈現心靈運作：有哪些不同的心理課題，以及如何處理最為妥善。艾瑞克森提出「生命週期」模型，認為理想的人類如果在各心理社會階段連續達到理想目標，就會透過經歷「階段特有的心理社會危機」有所發展。這些危機依序是：一、基本信任——藉由灰姑娘所經驗到最初的好母親，並深植內心的意象來再現；二、自主——以灰姑娘接受她的獨特角色並且善加利用來代表；三、主動——灰姑娘藉由種下樹枝，以及用淚水和禱告表達自身情感讓樹成長，培養主動積極的精神；四、勤勉——以灰姑娘要做分揀扁豆等苦工代表；五、自我認同——灰姑娘溜出舞會，躲在鴿舍和梨樹上，堅持讓王子看到、並接納自己是「灰姑娘」的負面身分，因為任何真正的身分認同，都同時包含正面和負面。根據艾瑞克森的理論，當一個人成功發展上列人格特質，就能妥善解決這些心理社會危機，並準備好與另一人建立真正的親密關係。[103]

繼姊始終保持與「好父母」的連結，沒有任何心理發展，而灰姑娘在最初的好父母遭到「後父、晚娘」取代之後，必須經歷困厄和重大發展，兩者際遇的差異讓親子雙方都能理解，為了孩童的最佳利益著想，即使是最棒的父母，也需要有一段時間化身凡事否定、百般刁難的「後父、晚娘」。如果〈灰姑娘〉在父母腦海中留下印象，就能幫助他們接受自己有一段時期必須變成壞父母，因為這是孩童邁向成熟過程裡無可避免的階段。故事也講述當孩童建立成熟的自我認同，好父母會在他的心中起死回生，不僅力量更強大，也會永遠取代壞父母的意象。

是故，〈灰姑娘〉提供了父母亟需的安慰，告訴他們孩子是為什麼、又是基於什麼正面目的，會暫時以負面眼光看待他們。孩童從故事學到，要得到自己的王國，他必須先準備好經歷一段「灰姑娘」的人生，隨之而來的不只是困厄磨難，還有他必須自己主動完成的艱辛任務。灰姑娘贏得什麼王國，取決於孩童當下的心理發展階段，可能是無限滿足構成的王國，或是由獨立個體和個人成就構成的王國。

孩童和成人也會在無意識中回應故事提供的其他保證：儘管灰姑娘因為看似摧毀一切的伊底帕斯衝突而地位一落千丈，對父親失望，好母親又成了繼母，灰姑娘最後還是會過著幸福的生活，甚至比父母還要幸福。再者，故事揭示了閹割焦慮其實也是孩童焦慮想像的產物：在幸福婚姻裡，雙方所懷抱看似最不可能實現的夢想，都會獲得性的滿足：他將獲得金色的陰道，她則擁有暫時的陰莖。

不論是伊底帕斯情結造成的幻滅、閹割焦慮，或是因為想像中他人的貶損而貶抑自己，在在都讓孩童大為失望，而〈灰姑娘〉引導孩童從失望邁向自主勤勉，並發展出對自己的正面認同。在故事最後，灰姑娘確實準備好走入幸福婚姻。但是她愛王子嗎？故事從未提起。故事只講到王子交給灰姑娘那隻金鞋或金戒（某些版本裡是戒指），與她締結婚約的那一刻。【104】但還有什麼是灰姑娘必須學習的？還需要教給孩童什麼經驗，他才知道如何算是真正陷入愛河？這個問題的答案，就在本書最後要探討的動物新郎系列故事。

動物新郎系列童話

The Animal-Groom Cycle of Fairy Tales

如果童話無法讓孩童做好心理準備，
去面對沉浸愛河必須經歷、及隨之而來的轉變，
那麼為了發展成熟意識和人際連結所打下的基礎也就功虧一簣。

❖努力達到成熟

在諸多童話中，英雄現身救美，以某種方式展現對未來新娘的愛：王子將沉眠的白雪公主連人帶棺運走，公主在途中湊巧將卡在喉嚨裡那塊毒蘋果咳了出來，便甦醒過來；睡美人因為深情一吻而醒來；當灰姑娘試穿那隻完全合腳的舞鞋，她淪為下女的時期便告終。然而，我們從格林兄弟的敘述中，仍舊不清楚女主角的情感為何。灰姑娘三次前往舞會去見王子，由此似乎能看出一些眉目，但無法確定灰姑娘是否墜入愛河；至於睡美人，我們只知道她「很親切地」望著幫她解除魔咒的男人；同樣地，我們也只知道白雪公主覺得救她起死回生的男人「很親切」。這些故事似乎刻意避免敘述主角沉浸愛河，給人的印象是，即使童話也不看好一見鍾情。童話暗示，愛牽涉的更多更廣，絕不只是被某個王子喚醒或選上。

來救美的英雄因為女主角的美貌而墜入愛河，美貌象徵主角的完美。沉浸愛河的救美英雄必須主動積極，證明他們配得上所愛的女人，與被動接受愛情的主角非常不同。〈白雪公主〉裡的王子聲稱他沒有白雪公主就活不下去，願意用任何矮人想要的東西來交換，最後徵得矮人允許帶走公主。睡美人的眾多追求者為了找到她，不惜冒著生命危險穿越荊棘高牆。〈灰姑娘〉裡的王子巧妙設下陷阱想攔住灰姑娘，當他發現沒能困住她，只留下她的一隻鞋，為了找她而尋遍天涯海角。這些故事似乎暗示，「墜入愛河」就這麼發生了，但「沉浸愛河」要做到的卻更多。由於救美的英雄在故事裡只扮演配角，我們也就無從得知，對某個人的愛戀牽涉什麼心理發展，或是伴隨「沉浸愛河」而來的承諾本質究竟為何等等。

目前探討過的所有故事都傳達，如果希望建立成熟自我、達到統合，並且確立自我認同，就必須經歷艱苦的發展過程：承受磨難和災厄，最終獲得勝利。人唯有這樣才能主宰自己的命運，贏得自己的王國。童話主角的遭遇很類似、也被比擬為成年禮：天真尚未定型的新手經歷成年禮的洗禮，展開一趟神聖旅程，在途中獲得獎賞或救贖，最後達到一開始從未夢想過的更高人生境界。於是主角真正成為自己，也有了被愛的資格。

這樣的自我發展儘管益處良多，而且能夠拯救靈魂，卻還不足以保障幸福圓滿。一個人要達到幸福，必須擺脫孤單，和另一個人建立關係。無論人生可能進展到多麼高的境界，如果沒有**你**，**我**只是過著孤寂的人生。童話中主角與人生伴侶結合的圓滿結局只傳達了這麼多，但沒有告訴我們在發展出成熟自我以後，必須怎麼做才能超脫孤單。不管是格林版〈白雪公主〉或〈灰姑娘〉，都沒有講述任何關於主角婚後的人生，也沒有提到任何她們和伴侶之間幸福生活的細節。這些故事雖然將主角帶到獲得真愛的門檻，卻沒有講到個人必須經歷什麼樣的成長，才能和摯愛的另一半圓滿結合。

❖ 將對性的抑制鬆綁

如果童話無法讓孩童做好心理準備，去面對沉浸愛河必須經歷、及隨之而來的轉變，那麼為了發展成熟意識和人際連結所打下的基礎也就功虧一簣。有多則童話就以〈灰姑娘〉或〈白雪公主〉的結局為出發點，要傳達被愛固然迷人，但就算愛上你的人是王子，也不保證會過得幸福。即使像白雪公主或灰姑娘那樣，奮鬥許久才真正成為自己，還是不夠；必須再經歷一次轉變，方能透過愛獲得滿足並且沉浸其中。

一個人要成為充分發揮潛能的健全個人，不但要真正成為自己，同時也必須要能和另一個人幸福快樂地相處。要達到這個狀態，牽涉的是人格中最深的層面，而且就像經歷任何觸動內心最深處的蛻變，必須鼓起勇氣面對危險，並且克服隨之而來的難題。這些故事傳達的訊息是，如果想要與其他人建立親密連結、保證雙方永遠幸福，就必須放棄幼稚心態，培養成熟的態度。

如果孩童被迫意識到上述種種，將會感受到極大困擾，但童話幫孩童做好心理準備，讓他們在前意識就能理解。等到時機成熟，這些植入前意識或無意識中的念頭就能派上用場，成為孩童理解的基礎。由於一切在童話中都是以象徵方式呈現，因此孩童能忽略他還未準備好要回應的，只回應那些他表面上聽到的。但孩童也被賦予能力，在他逐步準備好要掌控象徵語言，並從中獲益的時候，得以一層層抽絲剝繭，發現隱藏在象徵之後的意義。

童話的表現方式符合孩童年齡和心理發展，是孩童學習關於性的一切之理想途徑。相較起來更為直接的性教育，即使採用孩童的語言和他能理解的方式傳達，都會讓孩童除了接受之外別無選擇；但孩童若還沒有準備好，之後就會深受困擾或混淆。或者孩童面對還沒有準備好要去掌控、自己無力抵抗的資訊，就會為了自保而扭曲或抑制他聽到的，以致在當下和未來造成最不堪

設想的後果。

童話暗示終有一天，我們必須得知先前從來不知道的，或者以精神分析的語彙來說，就是將對性的抑制鬆綁。在過去經驗中危險、可憎、必須迴避的，如今必須改頭換面，才能在經驗中成為真正美麗的。是愛，讓這一切得以發生。抑制遭到鬆綁，和性在經驗中改變面貌，在現實世界中是並行的過程，但童話卻分開來處理。抵銷和改變很少忽然發生，往往是一段漫長的變化過程，引導我們去認識，性的樣貌可以和以前看到的截然不同。因此有些故事有助於熟悉認清真正身分的震驚和喜悅，也有些故事傳達了必須經歷漫長奮鬥，才能到達突如其來揭露真相的那一刻。

聰敏的孩童聽了許多大無畏的故事主角斬殺惡龍，力戰巨人、妖怪、巫婆和法師，終究會開始揣想：這些主角究竟想要證明什麼？如果他們不在乎自己的安危，又怎麼能為要拯救的少女帶來安全感呢？他們對自己與生俱來的焦慮做了什麼，又為什麼這麼做？孩童清楚自己會發抖害怕，也知道自己很常試圖否認，於是他做出結論，認為這些主角為了某種理由，需要說服包括自己在內的所有人：他無所畏懼、毫不焦慮。

許多主角英勇屠龍救美的故事，具象呈現了伊底帕斯式的勝利幻想。但這些故事同時也是拒認伊底帕斯情結而生的焦慮，很大程度上也包括與性有關的焦慮。主角藉由抑制所有的焦慮，於是表面上天不怕地不怕，其實是在保護自己，不去正視造成焦慮的源頭。有時候隱藏在無畏勇者幻想之後的是性焦慮：英勇無畏的主角贏得公主之後卻躲著她，就好像他的勇氣只讓他有膽戰鬥，卻沒膽去愛。《格林童話》中一則名為〈烏鴉〉的故事中，主角連續三晚都在公主答應要來找他的時間睡著，還有〈兩位國王的孩子〉、〈鼓手〉兩則故事裡，儘管愛人在臥房門檻不停呼喚，主角卻整晚熟睡，直到第三晚才醒來。〈傑克與他的划算交易〉的主角與新娘同床，卻直挺挺地躺著一動也不動，故事提供了一種解讀，而在另一個層次上，傑克堅持不靠近新娘也象徵他的性焦慮。主角的看似無感，其實是將情感抑制之後留下的空虛，而這樣的抑制必須加以抵銷，才有可能達到「性」福這個幸福婚姻的要件。

〈傻小子離家學恐懼〉

"The Fairy Tale of One Who Went Forth to Learn Fear"

婚姻幸福的要件，是主角必須得到結婚時還沒有的情感，
並且是由女方為男方帶來人性
——能夠感到恐懼的才是人，而無法感到恐懼者不是。

有些童話講述人需要恐懼：一名英雄或許能毫不焦慮地自驚悚冒險生還，但唯有恢復恐懼害怕的能力，他才能在人生中找到滿足。《格林童話》中〈傻小子離家學恐懼〉的主角一開始就認清，無法感到恐懼是種缺陷。當父親要求主角有所成就，他回答：「我想要學顫抖，我一點都不明白顫抖到底是什麼。」為了學會顫抖，主角經歷了許多駭人的冒險，但他還是什麼都感覺不到。憑著超人的毅力，還有對會感到恐懼的人而言是超人的勇氣，主角接著幫一位國王解決城堡鬧鬼的難題。國王告訴他要把女兒嫁給他作為獎賞。「那很好啊，」主角回答，「但我還是不知道顫抖是什麼意思。」這個答案暗示，主角認為只要自己無法感到恐懼，就沒辦法做好準備成婚。接下來的敘述強調了這一點：他雖然很喜歡新婚妻子，但還是不停說著：「要是我會顫抖就好了。」有一天晚上他的妻子掀開被子，將一桶裝滿鮈魚（類似鱂魚的小魚）的冷水倒在他身上——他終於在新房床上學會如何顫抖，是妻子教他的。當小魚在他渾身上下扭來跳去，他大喊：「喔親愛的太太，我顫抖得多厲害啊。太棒了，我現在知道顫抖是什麼啦！」

拜妻子所賜，主角終於在婚床上找到人生中遺失的。孩童會比成人更清楚，想尋回失物，就只能回到最初遺失物品的地方。故事在下意識中暗示，無畏的主角失去顫抖的能力，就不用面對那些在新房床上會讓他無力抵抗、與性有關的情感。但是如他在故事中不斷聲明，沒有這些情感，他就是不完整的人，他甚至不想在還沒學會顫抖之前結婚。

從主角對性的恐懼失而復得，之後就能得到幸福，可知他不會顫抖，是因為抑制了所有與性有關的情感。故事中有些細微的處理，在意識層面很容易忽視，但卻能成功在無意識中留下印象。故事篇名告訴我們主角出發去學恐懼，但整則故事中提到的大多是學顫抖，而主角表明這是一種超出他理解的藝術。性焦慮在一般經驗中最常以厭惡的形式出現，而性行為會讓對性感到焦慮的人顫抖，但是通常不會引發激烈的恐懼。

無論聽故事者是否認知到，主角是因為性焦慮才會無法顫抖，最後主角學會顫抖的情節，指出一些最普遍的焦慮，本質上其實並不理性。故事描述，這是只有主角的妻子夜裡在床上才能幫他治癒的恐懼，也就足以暗示這種焦慮的本質為何了。

夜裡在床上感到極度恐懼的孩童，最終會明白自己的焦慮是如何不理性，而這則故事在顯性層面提供給他一個想法：一個炫耀自己不會焦慮的人，背後可能隱藏著非常不成熟、甚至幼稚，只是遭到拒認才會意識不到的恐懼。

不論聽者對故事的感受如何，故事傳達了婚姻幸福的要件，是主角必須得到結婚時還沒有的情感，並闡述最後是伴侶中的女方為男方帶來人性——能夠感到恐懼的才是人，而無法感到恐懼者不是。童話揭露，在達到成熟人格之前的最終轉變中，先前的抑制必須遭到抵銷。

❖ 動物新郎

還有更多廣為流傳的故事，其中角色並沒有因抑制而對性抱有負面觀感，只是單純講述為了愛，先前對性所抱持的態度必須經過激烈改變。童話一如往常，以令人難忘的意象呈現必須發生之事：野獸搖身一變成為非凡之人。這類故事情節各異，只有一個共通特色：主角的性伴侶最初皆以動物的形貌現身；因此在探討童話的文獻中，就將這系列童話稱為「動物新郎」或「動物郎君」系列。（至於未來的女性伴侶起初是動物的故事，則稱為「動物新娘」系列，但現已少為人知。＊）這類故事中最家喻戶曉的是〈美女與野獸〉【105】，這個母題在各地廣為流傳，很可能是變化版本最多的一個童話主題。【106】

動物新郎系列故事有三項典型特色：第一，儘管大多數故事提供了相關資訊，但我們還是無從得知新郎究竟為何，與如何變成動物；第二，是巫婆施了法，但她並未因為作惡而受到懲罰；第三，主角是為了父親才去找野獸，她這麼做是因為她愛父親或是聽從父命，而母親在顯性

＊在這些故事中，動物新郎因為女方的愛而獲救，和動物新娘所中的魔咒因為男方的誠心而破除，兩類故事數量接近，是同一童話母題對於女性和男性皆適用的又一佐證。在一些結構容許區分詞性的語言中，主角的名字往往難辨雌雄，因此聽故事者可以任意將主角想像成男性或女性。

貝侯版故事主角的名字就是如此曖昧，可視為男性或女性。例如〈藍鬍子〉的法文標題是「La Barbe Bleue」，於是一個明顯陽剛的角色的詞語結構就加上了陰性冠詞。灰姑娘在法文裡的名字「Cendrillon」則具備陽性字尾，這個名字採陰性形式的話可能會是「La Cendrouse」。小紅帽在法文裡是「Le Petit Chaperon Rouge」，法文裡的兜帽（chaperon）不只是男性穿戴的服裝配件，小女孩的名字也因此必須搭配陽性冠詞。睡美人的名字在法文裡是「La Belle au bois dormant」，雖然加上陰性冠詞，但描述沉睡狀態的形容詞「dormant」卻採用男女皆適用的形式（Soriano, *op. cit.*）。至於德文版本裡許多故事主角的名字就如孩童（Das Kind）一詞皆為中性，因此包括白雪公主（Das Schneewitchen）、睡美人（Das Dornröschen）、小紅帽（Das Rotkäppchen）和灰姑娘（Das Aschenputtel）的名字皆加上中性冠詞「Das」。

層面上並未扮演任何重要角色。

從深蘊心理學觀點來探討這三個層面，就會發現一開始看似嚴重的缺失，其實蘊藏微妙的涵義。故事並未講述新郎為何被迫變成一隻醜怪動物，或傷害他的人為何還沒有受到懲罰，暗示原本「天生」或美麗的外貌發生變化的時間，是在幽深難測的過去，即便這些事造成最為深遠的影響，但幼童不知道為什麼一些事會發生在自己身上。該說對性的抑制發生得太早，因此無法回憶嗎？沒有人記得起來，性最早是在人生中哪一個時刻，成為應該害怕、隱藏和迴避的，如同動物般的形象，性通常在太早之前就成為禁忌。大家或許還記得，不久前才有許多中產階級家長告訴孩子，等結婚以後再去了解性是怎麼一回事。既然有這樣的思維，〈美女與野獸〉裡野獸對美女說的這番話也就一點都不令人驚訝：「一個邪惡的仙女對我下了詛咒，除非有美麗的處女願意嫁給我，否則我會一直是這個模樣。」只有婚姻能將性解禁，讓性從動物的衝動，變成由神聖婚約加持的關係。

母親（或保姆）是最早教育我們的人，也可能是她們最早以某種方式將性列為禁忌，所以是一名女性將未來的新郎變成動物。至少一則動物新娘的故事裡的孩童，是因為不聽話才被變成動物，而將她變成動物的是母親。《格林童話》的〈烏鴉〉如此開場：「從前有一位王后，她的女兒年紀還好小，只是抱在懷中的小女娃。有一次孩子不聽話，不管母親說什麼，都沒辦法讓她平靜下來。於是母親失去了耐心，這時有烏鴉飛過城堡周圍，她便打開窗戶說：『我真希望妳變成烏鴉飛走，這樣我就能清靜點了。』話才剛說完，孩子就變成一隻烏鴉……」如果認為孩子不聽話，是不斷做出某種不可告人、無法見容於世，且發自本能的性動作，怎麼都不願停下來，讓母親感到無比困擾，以至於她下意識覺得孩子就像動物，因此孩子也可能真的變成動物，似乎不會太牽強。如果孩子只是吵鬧或大哭，故事或許可以明說，母親可能也不會這麼輕易就放棄孩子。

在動物新郎故事裡，母親表面上似乎不在，其實是以女巫的形象現身，讓孩童將性看成動物的衝動。既然幾乎所有父母都會將性列為禁忌，那麼在對孩童的教育中，就會形成多少難以避免的共識：我們沒有理由要懲罰施法將性變成動物的人——這解釋了為什麼女巫將新郎變成動物，但在故事最後並未受到懲罰。

讓野獸改變的，是主角的深情和奉獻。唯有美女真正愛上野獸，他身上的魔咒才會解除。而一個女孩要全心全意愛上她的男伴，她必須要能將嬰兒期對父親的愛戀轉移到男伴身上。如果父親猶豫但還是同意她這麼做，就如同〈美女與野獸〉裡的父親，雖然一開始不想要女兒為了救自己的命而去找野獸，但還是說服自己相信女兒應該要這麼做，那麼女兒就能順利做到。如果這麼做，看似是讓她對父親的幼稚愛戀得以延遲實現，同時又能實現對於年紀相當伴侶的成熟愛戀，那麼女孩就能以昇華情感的方式，最自在歡欣地將對父親的伊底帕斯情感，轉變並轉移到伴侶身上。

美女去找野獸不只是出於對父親的愛，也是因為她的愛逐漸成熟，主要投注愛戀的對象也隨著改變——不過如故事所述，改變也經歷了一番艱辛。最後，因為她的愛，父親和丈夫都重獲新生。關於故事意義的這番詮釋，如果必須提供旁證，那麼故事中另一細節足可派上用場：美女請父親為她帶回一朵玫瑰，而父親冒著生命危險實現她的願望。許願獲得一朵玫瑰，以及贈送和收受玫瑰，象徵美女繼續愛著父親，父親也繼續愛著她，而這樣的愛是由雙方一起呵護維繫。只有如玫瑰般從未停止綻放的愛，才能輕易轉移到野獸身上。

❖性的動物層面

童話對我們的無意識發話，而且無論故事主角或讀者的性別為何，都能從聆聽與閱讀的經驗中接收到重要訊息。大多數西方童話中有一點值得注意，即野獸都是男性，只有女性的愛才能破除他身上的魔咒。而野獸的本性則因應各地風俗而異，例如在班圖族（舊稱卡菲爾人）流傳一則故事，講述一隻鱷魚在少女舔了他的臉之後恢復人形[107]，其他故事中的野獸可能以豬、獅子、熊、驢、青蛙或蛇的形體出現，在獲得少女的愛之後恢復人形。*我們必須假設，編造這些

---

*許多原始文化中口耳相傳的動物新郎故事都暗示：即使與自然密切共存，仍不能改變將性視為可怕野獸、透過愛才能轉變成人際關係的觀點，也不能改變男性因為在性方面的角色較具攻擊性，在無意識中常成為更接近動物的一方的事實。還有，也不能改變這樣的前意識理解：雖然女性在性交中的角色偏向被動承受，但如果要讓單純的性關係因為愛更加豐富，她同樣必須在性上自動自發，完成艱難甚至粗鄙之事，例如舔鱷魚的臉。

在尚未發展出文字的原始社會，動物新郎和動物新娘的故事不僅類似童話，也具有圖騰崇拜的特質。例如，爪哇的拉朗族流傳一則公主與狗結為連理的傳說，而她和狗夫君生下的兒子就是這個部族的祖先。[108]在非洲約魯巴人的一則童話裡，一隻烏龜娶了一個女孩，將性交引介到這個世界，顯示動物新郎的意象和性交之間關係密切。[109]

故事的人相信幸福結合的要件，是女性必須不再將性視為可憎的毒蛇猛獸。也有一些西方的童話故事，講述女性遭施法變成動物，於是必須要有堅毅勇敢的男子愛上她，才能幫她解除魔咒。但基本上所有動物新娘的動物形象都一點也不危險或可怖，反而相當可愛迷人。先前已經提及〈烏鴉〉，而在《格林童話》另一則故事〈鼓手〉裡，女孩變成了天鵝。是故，雖然童話似乎暗示沒有愛和奉獻精神的性就和動物一樣，但至少在西方傳統裡，性的動物層面並不具威脅性，甚至非常迷人，至少性的女性層面是如此，只有性的男性層面宛如野獸。

〈白雪與紅玫瑰〉

"Snow-White and Rose-Red"

人的本性中同時包含友善可親和討厭可憎的層面，
擺脫了後者，一切就會幸福圓滿。
故事最後再次凸顯主角是合一的。

動物新郎幾乎都是醜怪或凶猛的野獸，但在一些故事裡雖然仍具野性，卻是溫馴的動物。《格林童話》中〈白雪與紅玫瑰〉裡的動物新郎就是一隻友善的熊，一點都不可怕或醜怪。然而故事中還是少不了野獸特質，只是改以一個施法將王子變成熊的粗野矮人來呈現。故事中所有主角都分成雙重組合：有白雪與紅玫瑰這兩位樂於助人的少女，有溫和的熊和暴躁的矮人。兩個女孩在母親的鼓勵下親切地對待熊。儘管矮人很討人厭，她們還是在他有麻煩時伸出援手；為了幫助他脫離險境，她們兩次將他的鬍鬚剪掉一段，第三次也是最後一次，將他的大衣扯破了一塊。故事中女孩們必須先解救矮人三次，之後熊才殺死矮人並破除魔法。所以即使動物新郎很友善溫馴，女孩（們）還是必須驅除以矮人形象呈現、惹人厭的本性，才能將充滿動物衝動的關係轉變成人與人的關係。故事暗示，人的本性中同時包含友善可親和討厭可憎的層面，擺脫了後者，一切就會幸福圓滿。故事最後以白雪與王子結婚，及紅玫瑰和王子的弟弟結婚，再次凸顯主角是合一的。

動物新郎的故事傳達了，需要改變對性的態度、由排斥拒絕轉為擁抱接納，主要是女性這一方，因為只要性在女性眼中還是醜惡的動物衝動，性在男性身上就會一直偏向動物本能，意即男性身上的魔咒無法解除。只要伴侶中有一方還厭憎性，另一方就不能享受性；只要一方認為性和動物一樣，另一方在自己和伴侶眼裡，就有一部分始終是動物。

〈青蛙國王〉

"The Frog King"

性一開始可能看似噁心、是動物的衝動，
但只要適當地接觸，就會發現自醜惡外表之下浮現的美。
童話在心理層面比許多有意識傳達的性教育更健全。

有些童話強調，唯有歷經漫長艱苦的發展過程，才能控制住我們內心中看似動物性的部分，但相對的，也有些故事著重主角面對動物恢復原形、帶來幸福時的震驚之情。《格林童話》中的〈青蛙國王〉就屬於後者。＊

這則故事雖然不像其他動物新郎故事一樣歷史悠久，但是其中一個版本最早出現在十三世紀的文獻中，另有寫於一五四〇年的政治宣傳書冊《蘇格蘭之怨》（*Complaynt of Scotland*）也收錄了一則類似的故事，題為〈世界盡頭的井〉。[111]（譯註：Google Books: The Complaynt of Scotland: Written in 1548. With a Preliminary Dissertation 與牛津大學書目顯示，此書於一五四八年寫成，於一五四九年初版。）格林兄弟於一八一五年印行的〈青蛙國王〉版本開頭講述有三姊妹，兩個姊姊高傲無情，只有最小的妹妹樂意傾聽青蛙的請求。在現今大家熟悉的格林版故事裡，主角仍是姊妹中最小的，但故事並未明講共有幾個姊妹。

故事一開始，年紀最小的公主在一口井附近玩她的金球，她不小心將金球掉到井裡，因為撿不回來而傷心欲絕。這時一隻青蛙出現，問公主有什麼煩惱。牠提議幫公主撿回金球，只要她答應讓牠和她作伴，坐在她旁邊，用她的杯子喝水，從她的餐盤取食，還有和她同睡一床。公主

＊故事的完整標題是〈青蛙國王，或鐵箍亨利〉，但大多數版本中都沒有出現鐵箍亨利（Iron Henry）這一段。在故事最末加上一段敘述僕人亨利對王子極為忠誠，很像是後來才加上，以對照公主一開始的食言背信，對故事的意義並沒有什麼實質助益，因此本書中略過不談。（歐皮夫婦〔Iona and Peter Opie〕著作中收錄的版本，不管是標題或故事內容都未提及「鐵箍亨利」，這樣的作法甚合情理。）[110]

答應了，但是心中暗想：青蛙怎麼可能和人作伴呢。青蛙將金球撿回來交給公主，當青蛙要求公主帶牠回家，公主便落荒而逃，很快就將遇見青蛙的事全拋在腦後。

隔天當全王室的人在吃晚餐，青蛙出現並要求進入王宮，公主當著牠的面關上大門。國王注意到小公主悶悶不樂，就問發生了什麼事，聽說原委之後便堅持公主一定要遵守諾言。於是公主開門讓青蛙進入，但還是不太願意將青蛙拎上餐桌，國王再次要求公主守信用。等青蛙要求和公主同床的時候，公主又想食言，但國王嚴厲地告訴她，絕對不可以輕視那些在她有求之際伸出援手的人。青蛙也爬到床上和公主一起時，公主覺得實在太噁心了，一把抓起青蛙朝牆壁丟去，這時青蛙卻變成了王子。在大多數版本裡，這是在青蛙和公主共度三晚之後才發生。有一原始版本描寫得更加露骨：當青蛙上床躺在公主旁邊，公主必須親吻牠，青蛙在與公主同床三週之後才變成王子。【112】

這則故事將成熟的過程大幅加快。一開始公主只是無憂無慮玩著球的美麗小女孩（即使是太陽，也不曾見過像她一樣美麗的容貌）。一切的起因都是那顆金球，它是雙重的完美象徵：是球體，而材質則是最珍貴的金子。金球代表還沒開始發展的自戀靈魂，其中的所有潛能都尚未實現。當金球掉進漆黑的深井裡，表示天真失落，而潘朵拉的盒子開啟。公主為了失去金球而絕望哭泣，是在哀悼失落的孩提天真。象徵靈魂的金球墮入黑暗，只有醜陋的青蛙能幫她尋回，讓她回復已失去的完美。隨著陰暗面逐漸揭露，人生變得醜陋複雜。

仍舊依循快感原則的女孩為了得到想要的，完全不考慮後果就做出承諾。但就算讓青蛙吃閉門羹來逃避，她終究要面對現實。而以國王形象出現的「超我」發揮了作用：公主愈是極力抗拒青蛙的要求，國王就愈堅持她必須完全信守諾言。一開始只是鬧著玩，慢慢變得嚴肅起來：當公主被迫實現她做出的承諾，也就是她該長大的時候。

❖ 從來往密切進展到愛

故事清楚勾勒邁向與另一人親密相處的階段：女孩一開始玩球時是獨自一人，青蛙開始和她交談，問她有什麼煩惱，將球交還時還和女孩一起玩耍。接著青蛙前來拜訪，坐在她身旁，和她一起吃飯，跟她一起進房，最後與她同床。青蛙的身體和女孩愈靠近，女孩就愈覺得噁心焦慮，尤其是被青蛙碰觸到的時候。性覺醒難免伴隨噁心或焦慮感，甚至夾帶憤怒。焦慮轉為憤怒和憎恨，於是公主將青蛙狠狠摔在牆上。與先前試圖規避以及後來單純只是遵從父命剛好相反，公主藉此表明對自己的肯定，並願意承擔這麼做的風險，於是超脫了焦慮，她的恨變成了愛。

某方面來說，這則故事講述一個人要能愛別人，首先必須有所感受，就算是負面感受也勝過麻木無感。公主剛開始完全以自我為中心，她只在乎她的金球。她打算對青蛙背信的時候完全無感，絲毫不在意這對青蛙來說代表什麼。當青蛙私下和她在身體上愈來愈接近，公主的感受就愈強烈，也隨之更像人。在很長的一段發展時期中，她服從父親的命令，但她的感受益加強烈，最後她終於透過違抗他的命令來確立自己的獨立。於是她真正成為自己，青蛙也是，牠最後變成

了王子。

故事在另一個層次傳達的訊息是，不能期待剛開始接觸情欲就有美好經驗，因為前幾次很艱辛而且充滿焦慮。但如果按捺住偶爾的厭惡感，繼續容許另一人變得更加親密，那麼在某個時刻，當性在完全親近的情況下展現出真正的美，就會因此驚喜交加。在某個版本的〈青蛙國王〉裡，公主在與青蛙同床一夜之後醒來，發現枕邊躺著的是她看過最英俊的男士。【113】主角之所以對婚配對象的觀感產生劇烈轉變，就在於共度的這一夜（我們或可推想出夜裡發生了什麼事）。其他故事裡的轉變時機不論是第一晚或三週之後，都是在建議要有耐心：從來往密切進展到愛，需要時間。

在許多動物新郎系列故事中，是由父親撮合女兒和她未來的夫君，〈青蛙國王〉也不例外，是因為國王堅持才能成就這樁幸福婚姻。「超我」在父母教誨之下形成：就算承諾再怎麼不智，說到就一定要做到，從「超我」進而發展出負責任的良心。這樣的良心是人與人以及性方面能幸福結合的要件，沒有成熟的良心，雙方的結合將會失之輕率且難以維繫。

那青蛙呢？牠也必須成熟，才有可能與公主結合。牠的遭遇傳達了，成為人的前提是與母性角色之間愛戀依賴的關係。青蛙像所有孩童一樣，渴望完全共生的生存狀態。哪個孩子不曾想要坐在母親懷裡，從她的餐盤取食，用她的杯子喝水，還有爬到母親的床上和她一起睡覺呢？但在一段時間之後，母親必須拒絕繼續與孩童維持共生，因為這樣會讓他永遠無法成為獨立個體。不管孩童再怎麼想和母親一起留在床上，她都必須將他「拋」出床外──這樣的經驗很痛苦卻無可避免，否則孩童永遠無法獨立。只有在孩童被迫結束與母親共生之後，他才會開始成為自己，就像被「拋」出床外的青蛙一樣，終於擺脫了不成熟生存狀態的束縛。

孩童知道，自己就跟青蛙一樣，以前和現在都必須從較低往較高的生存狀態邁進。這個過程完全正常，因為孩童的人生境遇就是從比較低下的狀態開始，所以動物新郎故事一開始，並不需要解釋男性主角為何以低等的動物形貌現身。孩童知道自己的處境不是因為做了什麼壞事，或有什麼邪惡力量在作祟，只是這個世界的正常秩序。青蛙自水中誕生，就像孩子出生一樣自然。胚胎學講述人類胚胎在誕生前，如何經歷數個不同的發展階段，就如同青蛙在生命發展過程也經歷形態變化，而從歷史角度來看，童話可說領先了胚胎學數百年。

❖ 性與動物衝動

〈睡美人〉就是以青蛙作為懷孕的預兆，但為什麼在所有動物裡，獨獨選了青蛙（或〈三根羽毛〉裡的蟾蜍）來象徵性關係？與獅子或其他猛獸相比，青蛙（或蟾蜍）是不具威脅性的動物，不會引發恐懼。如果青蛙帶給人的是負面經驗，那麼也會是噁心的感覺，就如〈青蛙國王〉所呈現。要告訴孩童無須害怕性（對他來說）很噁心可憎的層面，或許很難想到比這則故事更巧妙的方式了。故事中關於青蛙的部分，舉凡牠的行為、因為牠而發生在公主身上的事，以及最後青蛙和公主雙方的際遇，在在符合還沒有準備好接受性時理當會有的噁心感，並預告了性在時機成熟時的可親可愛。

雖然根據精神分析理論，人生一開始的行為舉動，就受到性驅力的影響，但這些驅力展現在孩童身上和在成人身上的方式截然不同。青蛙在年幼時是蝌蚪，到了成熟時則呈現完全不同的形態。童話便以青蛙來象徵性，向孩童的無意識發話，幫助他接受以符合他年紀的形式呈現的性欲，同時讓他願意接納這樣的想法：隨著他慢慢長大，他的性欲同樣必須經歷形態轉變，對他才是最好的。

關於性與青蛙之間的無意識聯想，還有其他更直接的。孩童會在前意識中，將青蛙（或蟾蜍）帶給他的那種溼黏、稠膩的感覺，和他對性器官抱持的類似感覺連結在一起。同樣在無意識中，青蛙受刺激時會將身體鼓脹起來，也會引發陰莖勃起的聯想。＊如〈青蛙國王〉所鮮明刻畫，青蛙或許很噁心可憎，但故事向孩童保證，就算是黏答答很噁心的青蛙，只要一切在對的時候以對的方式發生，也會變得無比美麗。

孩童天生就與動物親近，而且常常覺得自己比大人更接近動物，希望能和動物一樣，過著只需依循本能享受自由和樂趣的輕鬆生活。但伴隨親近感而來的是焦慮，孩童擔心自己可能沒有達到應該要像人類的程度。這些故事讓動物般的生存狀態彷彿一顆蛹，預示未來將有最迷人的人

＊安妮．賽克斯頓以詩作〈青蛙王子〉重述《格林童話》中的故事，詩中描述「青蛙輕輕碰一下／金枝玉葉勃然大怒／如觸電蛞蝓」及「青蛙是爸爸的性器」等等，充分展現藝術家特有的詩意自由與對於無意識的洞見。【114】

蛻變而出，化解了孩童的恐懼。

　　如果將自身與性有關的層面視為動物的衝動，將造成極嚴峻的後果，有些人甚至永遠以同樣眼光看待自己或其他人的性經驗，無法擺脫性就是動物衝動的涵義。因此童話必須向孩童傳達，性一開始可能看似噁心、是動物的衝動，但只要適當地接觸，就會發現自醜惡外表之下浮現的美。童話完全不用提及或指涉性經驗，在心理層面卻比許多有意識傳達的性教育更健全。現代性教育試圖教導兒童，性是正常、愉快甚至美好的，也絕對是讓人類繼續生存的要件。但由於現代性教育一開始並未考慮到性在孩童的理解中可能是噁心的，而這個觀點又具有能保護孩童的重要功能，因此無法幫孩童建立信念。童話認同孩童覺得青蛙（也可能是其他動物）很噁心的看法，取得孩童的信任，因此可以讓孩童堅信，就像童話所說，噁心的青蛙會在時機成熟的時候，揭露自己其實是人生中最迷人的伴侶。童話從不直接提到任何與性有關的內容，就能成功傳達這個訊息。

〈丘比德與賽姬〉

"Cupid and Psyche"

新郎白天不在家，只有夜晚才會現身；
傳說新郎白天是動物，夜裡在床上才變回人形；
簡言之，他在白日和在夜間的生存狀態是分開來的。

在〈青蛙國王〉最家喻戶曉的版本裡，因愛而生的轉變，發生在厭憎噁心激起了最深層的情感，主角於是激烈地表明對自己的肯定那一刻。這些情感一旦受強烈擾動，會忽然反轉，由憎恨轉為愛戀。〈青蛙國王〉其他版本中，愛需要三晚或三週才能讓神奇的事發生，而許多動物新郎類型故事中，要達到真愛必須先經歷長達數年的無盡磨難。這些故事與〈青蛙國王〉的立竿見影相反，是警告想在性事和愛戀上趕進度，例如匆忙鬼祟地想弄清楚對方和愛究竟是什麼，將導致不堪設想的後果。

西方傳統中的動物新郎故事，以二世紀阿普留斯所寫丘比德與賽姬的故事首開先河，而阿普留斯則參考了更古老的故事來源。[115] 丘比德與賽姬的故事是長篇著作《阿普留斯變形記》（或譯《金驢記》）中的一部分，而這部著作如標題所示，是關於造成形態轉變的成長啟蒙。雖然〈丘比德與賽姬〉裡的丘比德是神，但這則故事還是有一些與動物新郎童話共通的特色：丘比德在賽姬面前一直隱身，賽姬誤信兩個壞心姊姊的話，以為她的愛人是「一隻盤捲千圈的巨蛇」，認為他和連帶的性事很噁心。丘比德是神，賽姬後來也成為神，而一切都起因於女神阿芙羅黛蒂對賽姬的妒恨。現今人們所知的〈丘比德與賽姬〉是神話而非童話，但由於影響了後來的動物新郎故事，故有必要在此探討。

故事講述國王有三個女兒，最小的女兒賽姬擁有稀世美貌，引來阿芙羅黛蒂的嫉妒。阿芙羅黛蒂命令其子丘比德（在希臘文中稱「愛樂」〔Eros〕）前去懲罰賽姬，讓她愛上世界上最噁心可憎的男人。賽姬的父母擔心女兒找不到對象，便去阿波羅神殿尋求神諭，先知告訴他們，必須將賽姬送到高聳懸崖上給蛇怪當獵物。獻身給蛇怪與死無異，於是賽姬由送葬隊伍帶到指定地點，她準備好面對死亡。但一陣輕風將她溫柔地送下懸崖，將她放在空無一人、但有求必應的宮殿裡。丘比德就這樣違背其母命令，將賽姬當成祕密情人藏了起來。丘比德會在深夜偽裝成神祕者，以丈夫之姿與賽姬同床。

賽姬生活舒適，白天卻寂寞難耐；由於賽姬的懇求，丘比德在心軟之下安排讓她的兩個姊姊來訪。兩個姊姊懷著惡毒妒意，說服妹妹相信與她同居、並讓她懷孕的，是「一隻盤捲千圈的巨蛇」，而這似乎也符合神諭所示。姊姊力勸賽姬用刀割下蛇怪的頭。賽姬信以為真，於是違背了丘比德告誡她絕對不要想看到他真容的話，趁他熟睡時取了油燈和刀子，打算殺死這隻怪物。當燈光照在丘比德的臉上，賽姬才發現竟是一名俊美無雙的男子。她在震驚慌亂之下，提著油燈的手發抖，灑出一滴熱油燙到丘比德的臉，他醒來之後便一去不回。心碎的賽姬想要自殺卻獲救，由於阿芙羅黛蒂妒憤交加、不斷迫害，賽姬不得不經歷一連串的殘酷考驗，包括前往地下冥界。（兩個壞心的姊姊想要取代賽姬贏得丘比德的愛，希望輕風也能送她們一程，但她們往懸崖下一跳就摔死了。）最後丘比德的傷口癒合，他受賽姬的悔悟感動，說服宙斯賜她永生。丘比德和賽姬在奧林帕斯山上成婚，他們的孩子就叫「歡樂」（Pleasure）。

丘比德（或愛樂）射出的箭能激起難以控制的性欲，阿普留斯的故事中採用拉丁文名字丘比德（Cupid），但「Eros」和「Cupid」兩者皆代表性欲。賽姬之名「Psyche」在希臘文中是指靈魂。〈丘比德與賽姬〉原是一則講述美麗女孩嫁給蛇怪的古希臘故事，而根據英國學者羅伯特・格雷夫斯

（Robert Graves），屬新柏拉圖學派的阿普流斯將這則故事改寫成寓言，描述理性靈魂轉向智性愛的過程。[116]格雷夫斯所言有理，但如此解讀無法完整呈現故事的豐富內涵。

首先，賽姬將被可怕蛇怪擄走的預言，具象呈現了未經人事的女孩無形無狀的性焦慮。引領賽姬走向命運的送葬隊伍暗示童貞的終結，而這是女孩無法輕易接受的失落。賽姬很輕易就被姊姊說服，打算手刃與她同居的丘比德，揭示年輕女孩對於奪走童貞者可能懷抱的強烈負面情感。那個殺死女孩內在的天真處子的凶手，其生殖能力理應在某種程度上遭到剝奪，就像女孩一樣被奪走童貞，而在故事中就以賽姬計畫砍下丘比德的頭來象徵。

賽姬被輕風送到一座對她有求必應的宮殿之後，過著安逸但無聊的生活，這意味著她基本上過著自戀的人生；儘管她的名字意指靈魂，但意識尚未出現在她的生存狀態裡。天真地享受性，與奠基於知識、經驗甚至苦難的成熟愛情截然不同。故事告訴我們，輕鬆享樂的人生不會帶來智慧。但當賽姬試著獲取知識，也就是不顧告誡、持燈照亮丘比德的容貌，故事也提出警告：在還不夠成熟的時候試圖經由捷徑獲得意識，將會造成嚴重後果；意識絕非一蹴可幾。人在希冀獲得成熟意識的同時，也讓自己陷入生死一線，就如同在絕望中企圖自盡的賽姬。賽姬必須承受難以想像的苦難，暗示當最高尚的心靈特質（賽姬）要和性欲（愛樂）結合時，人必須面對的難關。要為性欲和智慧的結合做好準備，必須重生的不是肉體的人，而是精神的人，而在故事中就以賽姬必須進入冥界又回返來呈現，意味著人的兩個不同層面要結合，唯有透過重生。

故事中有一細節意義深遠、值得一提。阿芙羅黛蒂不只是命令兒子去做見不得人的事，甚至以性誘惑他這麼做。當她得知兒子不僅違逆她的意思，更可恨的是還愛上賽姬，她滿漲的妒意達到最高點。由故事可知，即使是眾神也免不了受伊底帕斯情結所困，在此可看到母親對兒子的伊底帕斯愛戀和獨占未果的妒恨。但丘比德如果要和賽姬結合，同樣必須成長。在他遇見她之前，他是眾小神之中最難以約束、也最不負責任的。他違抗母親的命令時，是在努力尋求獨立。他只有在遭賽姬傷害，並因她通過重重考驗而感動之後，才能達到意識的更高境界。

❖性、愛和人生的合一

〈丘比德與賽姬〉是神話故事，不是童話，不過其中包含一些類似童話的元素。兩名主角中，一名原本就是神，而另一名後來成為神，是童話主角不曾做到的。故事從頭到尾都有眾神插手干預，包括賽姬企圖自殺但獲救，被迫接受種種考驗，以及在眾神幫助下成功通過考驗。丘比德不像其他動物新郎或動物新娘故事裡的主角，他一直是他自己；只有賽姬因為神諭和壞心姊姊的誤導，或出於她自己的性焦慮，才將他想像成野獸。

然而，這則神話故事卻影響了其後西方世界所有的動物新郎類型故事。在故事中我們首次看到，兩個姊姊因為么妹比她們更美麗善良，嫉妒心作祟之下而行惡的母題。姊姊試圖毀了賽姬，而賽姬雖然最終獲勝，但她必須先經歷莫大苦難。再者，故事會走向悲劇性的發展，是新娘不顧丈夫警告，千萬不要想探求關於他的知識（不准看他，也不准讓燈光照在他身上），違背夫命所造成的後果，以至於必須走遍全世界才能和他團聚。

比這些母題更重要的，是首次出現在動物新郎系列故事裡的重要特色：新郎白天不在家，只有夜晚才會現身；傳說新郎白天是動物，夜裡在床上才變回人形；簡言之，他在白日和在夜間的生存狀態是分開來的。從故事情節不難推想，他希望將自己的性生活與白天在做的事分開。至於女方，儘管享受著輕鬆舒適的日子，卻感到人生空虛：她不願接受生活中只與性有關的層面是完全孤立，與其他部分隔絕開來。她試著強迫它們統一，卻不了解只有透過精神上、身體上都最刻苦堅毅的努力，才有可能達成。但當賽姬開始試著將性、愛和人生等不同層面結合為一，她就不曾退縮，最終獲得勝利。

如果這則故事的歷史不是那麼悠久，或許有人會以為，這系列童話隱含的訊息相當切合時事：無論再怎麼告誡女人，想了解性和人生會有嚴峻後果，女人還是不願對性和人生一無所知。比較天真無知的生存狀態或許舒適，但卻是不該接受的空虛人生。儘管女人必須經歷所有苦難，才能重生獲得完整意識和人性，故事揭示這毫無疑問是她必須做的，否則就不會有故事：不會有任何值得講述的故事，或任何對她的人生有意義的故事。

等到女性擺脫了性是動物衝動的觀感，她就不會滿足於只是被當成性對象，或遷就相對無知的安逸人生。為了雙方的幸福，男女都必須擁有充實完整的人生，而且要能平起平坐。故事傳達了這對雙方來說都最難達成，但如果想要在人生中以及彼此身上找到幸福，卻是無法避免的。這就是隱藏在動物新郎系列故事裡的訊息，而從〈美女與野獸〉以外的故事可以看得更清楚。

〈豬郎君〉

"The Enchanted Pig"

孩童的焦慮大多是聽了別人的話而產生，
當他直接體驗這些事時會發現，
可能和表面上看起來的很不一樣。

〈豬郎君〉是流傳於羅馬尼亞的童話，現今已少為人知。【117】故事裡的國王有三個女兒，有一天國王必須出外打仗，他叮嚀女兒要守規矩並照顧好家裡，還警告她們絕對不可以進入後側的一個房間，否則將會災難臨身。國王剛離開的那陣子一切安好，但最後大女兒提議一起進入那間祕室。小女兒反對，但二女兒支持姊姊，於是大女兒用鑰匙打開了房間的門。她們在房裡只看到一張大桌，桌上放了一本已翻開的書。先是大女兒唸出書上的文字：她將嫁給一位來自東方的王子。二女兒接著翻頁，唸出自己將嫁給一位來自西方的王子。最小的女兒不願違逆父親，她不想得知自己的命運，但是兩個姊姊硬是要她翻頁唸出來；她得知自己將會嫁給來自北方的一隻豬。

國王回到家，後來兩個姊姊如書中所預言分別出嫁。接著一隻大豬從北方前來，要求迎娶國王的小女兒。國王不得不讓豬實現願望，他建議小女兒接受命運的安排，而她也照做了。婚禮結束之後，豬在回家途中跑進泥沼裡，弄得渾身都是泥巴。他要求妻子親吻他，一切遵從父命的女孩照做了，她用手巾擦了擦豬的口鼻之後吻了他。在和新郎共度的夜晚裡，女孩發現丈夫在床上會變成人，但到了白天又會變回豬。

女孩請教剛好經過的一名巫婆，要怎麼讓丈夫不再變回豬。巫婆教她晚上將線綁住丈夫的腿，就可以讓他不再變豬。女孩照著巫婆的話做了，但她的丈夫卻醒來，告訴她因為她太心急，所以他必須離開她了，而且他們不會再見面，「除非你在找我的途中穿破三雙鐵鞋、磨鈍一根鋼杖」，豬丈夫說完就消失了。女孩為了尋夫四處流浪，接連拜訪過月亮、太陽和風，她在三個地方分別獲得一隻給她吃的雞，並被告誡一定要留下雞骨頭，也獲指點接下來該怎麼走。最後當她

終於穿破第三雙鐵鞋，用的鋼杖也磨鈍了，她來到一個地方。她聽說丈夫就住在最高處，但孤立無援的她爬不上去，她靈機一動，想到一直聽從建議帶在身上的雞骨頭可能派得上用場。她將雞骨頭一根根排好，它們相互黏結在一起，變成兩根長柱子。她搭出梯子，開始爬向最高處，但缺了一根骨頭，於是她拿刀切斷自己的小指，當成最後一階。她終於爬上去找到丈夫，同時讓丈夫變成豬的魔咒也解除了。他們一起繼承她父親的王國，而他們治理國家的方式是「只有曾經吃苦受難的國王才懂的。」

故事中女孩為了強迫丈夫放棄動物本性，就用一根線將他的人性樣貌綁住，這個細節相當罕見，較常見的的母題是男性禁止女性拿燈照他或窺探其祕密，例如〈丘比德與賽姬〉中的禁忌是拿油燈照亮丈夫的容貌。而挪威童話〈太陽之東，月亮之西〉裡的妻子是用燭光一照，才發現丈夫夜裡不再是白天的白熊模樣，而是俊美的王子，但王子發現之後就必須離開她。[118] 故事標題則揭示妻子必須走多遠，才能和丈夫團聚。這類故事清楚表明，其實丈夫原本再過不久就能恢復人形（〈太陽之東，月亮之西〉裡的白熊是一年內，而豬郎君只要再三天），但前提是妻子要能按捺住好奇心。

❖ 對性感到的恐懼

這麼多故事中年輕妻子犯的致命錯誤，都是想照亮看清丈夫的模樣，於是揭露了妻子想一探究竟的，是丈夫的動物本性。敘事中並未明說，而是藉由某個角色來慫恿妻子違逆丈夫的警告。〈丘比德與賽姬〉裡的神諭和兩個姊姊告訴賽姬，說丘比德是可怕的蛇怪，〈太陽之東，月亮之西〉裡女孩的母親告訴她，熊很可能是會吃人的山怪，明示她最好查清真相。〈豬郎君〉裡建議女孩用線綁住丈夫的腿的巫婆是一名年長女性。亦即，童話巧妙暗示了，是年長女性讓年輕女孩認為男性是野獸，而女孩性焦慮的由來不是她們自己的經驗，而是別人告訴她們的話。故事也暗示如果女孩信以為真，她們的婚姻幸福就岌岌可危。新郎會變成動物通常也是由年長女性施法：阿芙羅黛蒂原本想讓賽姬慘遭最可憎的禽獸毒手，繼母下咒讓王子變白熊，巫婆讓男子變成豬——全都重述著同一母題：是年長女性讓男性成為年輕女孩眼中的野獸。

儘管如此，如果「動物新郎」象徵女孩的性焦慮，那麼無論這些焦慮是發自女孩本身，或是因為聽了年長女性的話而產生，我們會預期動物新郎應該是在夜裡變成動物，而非白天。但故事裡的動物新郎卻是白天變動物，夜裡才在妻子面前恢復俊美人形，是在暗示什麼呢？

筆者認為這些故事揭露了深刻的心理學觀點。很多女性或有意識、或無意識，在經驗中將性當成「動物的衝動」，並憎恨男性奪走她們的童貞，但她們與心愛男子共度春宵時的感覺卻大不相同。然而到了亮晃晃的白天，一旦男人離開她們身邊，她們舊有的焦慮和憎恨又捲土重來，其中也包括對異性的妒意。特別是當這個世界對於享受性愛的批判（母親警告女兒對方可能是山怪）重新得勢，夜裡看似迷人的，白天看起來就不同了。同樣地，有很多男性在行為當下對性經驗是一種感覺，等隔天舊有的焦慮和憎恨，因快感消退而湧上心頭時，對性的感覺又截然不同。

動物新郎故事向孩童保證，不是只有他們對性感到恐懼，認為性就像危險的野獸，還有很多人也有同樣的感覺。但隨著主角儘管焦慮，卻還是發現性伴侶不是醜惡怪物，而是美好的人，孩童也會這麼發現。故事向孩童的前意識傳達，他的焦慮大多是聽了別人的話而產生，當他直接體驗這些事時會發現，可能和表面上看起來的很不一樣。

在另一個層次上，這些故事也講述讓這些事攤在亮光下，雖然能呈現一個人的焦慮只是空穴來風，卻解決不了問題。解決問題需要時間，不成熟的處理方式只會讓一切延宕，還有最重要的，需要下苦功。要克服性焦慮，必須先脫離動物般的生存狀態、成長為人，而不幸的是，達到的唯一途徑是透過苦難。

這些故事中還隱含容易理解的寓意，但在今天看來，或許已不像在過去那麼重要，因為過去的模式是男性必須追求女性，例如豬大老遠前來求娶公主，大白熊必須做出許多承諾才能娶到新娘。而故事聲明這些還不足以構成幸福的婚姻，雙方要幸福，女性也必須和男性一樣努力，她必須主動追求他一如他追她，甚至要比男性更加積極。

故事中還蘊含一些心理層面的微妙細節，或許聽者未曾意識到，但可能在下意識留下印象，讓他對一些典型難題格外敏感，而這些難題如果未經理解，可能造成人際關係上的困難。例如豬故意在泥巴裡打滾然後要新娘親吻他，這是害怕自己不被接受的典型行為，他為了測試對方，故意讓自己看起來比實際上更糟糕，因為他只有在看起來最糟糕的時候被人接受，才覺得有安全感。於是，動物新郎故事將男性對自己可能因為粗野而遭女性拒絕的焦慮，與女性對於性的本質就如野獸一般的焦慮並置。

〈豬郎君〉中讓女孩得以和丈夫團聚的細節相當特別：女孩為了完成最後一步，必須切下自己的小指，這是她最終、最個人的犧牲，是開啟幸福的「鑰匙」。由於故事中其他地方皆未提到她流血或手從此殘缺，所以此處明顯是象徵性的犧牲，暗示在幸福美滿的婚姻裡，雙方之間的關係比身體健全更重要。[119]

那麼還未討論到的，就只剩下進入將會帶來災難的祕室的意義，而連同其他也發生類似踰越行為、後果卻悲慘許多的故事一併討論會最為理想。

〈藍鬍子〉

"Bluebeard"

一個人無比渴望永遠留住摯愛之人，
寧可毀滅他們，也不讓他們移情別戀；
而與性有關的情感可能極度魅惑動人，但也非常危險。

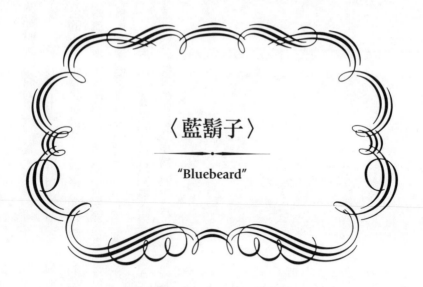

在所有童話裡的丈夫角色中，藍鬍子是最可怕、也最像野獸的一個。事實上這則故事不是童話，因為故事中沒有出現任何魔法或超自然力量，只有鑰匙上的血跡怎麼也除不去，洩露新娘曾進入禁室這一點例外。更重要的是，故事中所有角色都沒有任何發展，雖然邪惡最後遭到懲罰，但懲惡本身並未帶來任何修復或撫慰。根據目前考證，〈藍鬍子〉是貝侯獨創的故事，在民間故事中並未發現任何直接出處。[120]

❖ 祕室母題

有不少故事都以祕室為中心母題，在絕對禁止進入的祕室裡，保存著先前遇害的女人遺體。在一些流傳於俄羅斯和斯堪地那維亞半島的這類故事中，禁止他人進入祕室的是動物新郎，暗示動物新郎故事和「藍鬍子」類型故事之間有所關聯，其中最知名的包括英國的〈狐狸先生〉和《格林童話》裡的〈飛切爾的鳥〉。[121]

〈飛切爾的鳥〉講述一名法師先是扛走了一家三個女兒中年紀最大的，告訴她可以進出屋裡所有房間，只有一間例外，而這個房間的門只能用最小的鑰匙開啟。他警告她如果進了這個房間，就等著被痛苦地處死。法師又交給大女兒一顆蛋要她保管，要她一定要隨身帶著，如果遺失就會遭遇極大的不幸。大女兒還是進了那個房間，發現房裡全是血跡和屍體，她驚慌之下將蛋掉在地上，沾上的血跡怎麼也擦不掉。法師回來之後看到蛋，就知道她進過房間，於是像殺害其他人一

樣將她殺死。接著法師又拐走了二女兒，她也遭逢同樣的命運。

最後法師將小女兒帶回自己的屋子。但小女兒很機靈，在開始探險之前將蛋小心翼翼地收在別處。她將兩個姊姊的四肢湊成原狀，讓她們起死回生。法師回家之後，相信小女兒對自己很忠實，於是告訴她要娶她作為獎賞。小女兒又再次巧施計策，騙得法師將兩個姊姊和很多黃金揹回她們家。接著她在全身上下黏滿羽毛，讓自己看起來像隻怪鳥（即故事標題的由來），並以這樣的偽裝逃過一劫。故事結局是巫師和他所有的朋友都被燒死。在這類故事中，受害者能夠完全復原，而反派不是普通人類。

在此討論〈藍鬍子〉和〈飛切爾的鳥〉兩則故事，是因為它們以最極端的形式呈現，男性藉由禁止女性刺探其祕密來考驗她是否忠實可靠的母題。儘管男性明言禁止，但按捺不住好奇心的女性還是打破禁忌，以致大禍臨頭。〈豬郎君〉裡的三姊妹則在闖入禁室之後，發現了一本記載她們未來命運的書。由於〈豬郎君〉和「藍鬍子」類型故事都有這個共通的細節，因此以下將一併討論，以釐清禁室母題的意義。

在〈豬郎君〉裡，國王告誡女兒不可進入的房間中，放了一本關於婚姻大事的書。關於婚姻的知識被列為禁忌，暗示父親禁示她們獲得的，其實是與性欲有關的知識——甚至到今天，一些包含性知識的書籍也被列為限制級。

不管是藍鬍子或〈飛切爾的鳥〉裡的法師，當男方交給女方可以開啟房間的鑰匙，又不准她進入，很明顯是在測試她是否忠實遵照命令，或更廣義地服從於他。這些男性接著假裝離開，或確實離開了一段時間，目的就是為了測試伴侶的忠誠。他們會突如其來返家，發現女方辜負了他們的信任。從處死這樣的懲罰或許可以猜出背叛的本質。古時候在一些地方，女方只有在以某種方式欺騙丈夫時才會遭丈夫處以死刑：外遇偷情。

考慮到這點，讓我們接著檢視女方為何會形跡敗露。在〈飛切爾的鳥〉裡是因為一顆蛋，在〈藍鬍子〉裡是一把鑰匙：兩個都算是魔法物品，因為它們沾到血之後，無論如何都沒辦法洗乾淨。洗不去的血跡這個母題歷史悠久，每次出現時，代表有人犯下了某種邪惡之舉，通常是謀殺。*蛋象徵女性的性欲，所以看起來是〈飛切爾的鳥〉裡的三姊妹必須保護周全的東西。開啟祕室的鑰匙暗示與男子陰莖之間的關聯，特別是第一次性交時當處女膜破裂，陰莖也會沾上血跡。如果這就是故事隱涵的意義，那麼洗不掉的血跡就有了合理解釋：一旦落紅就無法回復如初。

〈飛切爾的鳥〉裡的女孩是在結婚之前接受測試，法師打算娶最小的女兒為妻，因為他被她用計騙過，誤以為她並未背叛。貝侯的〈藍鬍子〉告訴我們，藍鬍子一假裝離開家門，妻子就舉行盛大的宴會，不敢在主人在家時進門的賓客紛紛前來。藍鬍子不在的時候，妻子和賓客之間發生的事留待想像，但故事明確表示所有人都玩得很盡興。蛋和鑰匙上的血可說象徵妻子曾與人發生性關係，如此就能理解她的焦慮幻想，其中出現了和她一樣不貞、然後遇害的女人屍體。

---

*在一三〇〇年前後成書的傳奇軼聞合集《羅馬人事蹟》（*Gesta Romanorum*）裡，記載了一個母親殺死親兒之後，無論如何也洗不去手上血跡。在莎士比亞筆下，雖然其他人都看不出馬克白夫人手上有血，但她心知自己滿手血腥。

這些故事明顯呈現出，禁忌之事對於女性的強烈誘惑。「我要出門了。我不在的時候，妳可以進出所有房間，只有一個房間例外。這是開啟那間禁室的鑰匙，但是妳絕對不能用。」——很難想像比這段話更有效的引誘方式。〈藍鬍子〉裡的殘酷細節很容易模糊焦點，但它其實是一則關於性誘惑的故事。

在另一個比較明顯的層次上，〈藍鬍子〉講述性能夠造成毀滅。但如果停下來細想故事情節，就會發現其中明顯有些古怪。例如在貝侯的故事裡，藍鬍子的妻子在發現禁室的駭人真相之後，並沒有向任何賓客求助，而根據故事，賓客當時必然還未離開。她並沒有向妹妹安妮吐實，或是請她幫忙，只叫妹妹去找她們預備當天來訪的兄弟。總之，藍鬍子的妻子並沒有採取看似最顯而易為的行動：逃到安全的地方，躲起來，或是想辦法偽裝。但〈飛切爾的鳥〉裡的妻子就是這麼做，而在《格林童話》裡另一個類似的故事〈強盜未婚夫〉裡，女孩先是躲起來，接著逃跑，最後騙過殺人如麻的強盜，讓他們全都沒有蒙面就來參加婚禮。藍鬍子的妻子的行為暗示了兩種可能性：她在禁室裡看到的，其實源自她自己的焦慮幻想，或者她背叛了丈夫並且希望他不會發現。

無論這些解讀是否合情理，〈藍鬍子〉無疑具體呈現了兩種未必相關、但孩童絕不陌生的情感：一是滿懷妒意的愛，一個人無比渴望永遠留住摯愛之人，寧可毀滅他們，也不讓他們移情別戀；二是與性有關的情感，它們可能極度魅惑動人，但也非常危險。

❖ 性與犯罪的誘惑

〈藍鬍子〉能夠廣為流傳，可以很輕易歸因是結合了犯罪與性，或是性犯罪帶有的魅力。故事對孩童的部分吸引力在於，它坐實了大人藏著與性有關的可怕祕密的念頭。故事也陳述孩童自己的經驗中再熟悉不過的事：揭發與性有關的祕密如此誘人，就連大人也情願冒著想像得到的最大風險。還有，如此引誘其他人的人，應該受到適切的懲罰。

筆者也相信孩童在前意識中，能從鑰匙上洗不去的血跡及其他細節，理解藍鬍子的妻子是對丈夫不忠。妒火中燒的丈夫或許認為，出軌的妻子理當受到嚴懲甚至處死，但要是丈夫真的這麼想，就大錯特錯了。故事明示，受到誘惑是最符合人性的事。醋勁大發的丈夫如果以為自己可以獨斷獨行，那麼理應遭受被殺的懲罰。沾在蛋或鑰匙上的血跡象徵不貞，但仍可求得寬恕，遭背叛的一方如果無法理解這點，就將自食惡果。

以上分析意在指出，即使這則殘酷血腥的故事嚴格來說不算童話，但就跟所有童話一樣，其深刻涵義是在傳達更高境界的道德或人性。在婚姻中遭到背叛就殘酷報復，和只經驗到造成毀滅的性，下場就是自取滅亡。故事中意義最重大的層面，是更有人性、能夠理解和寬恕外遇出軌的道德觀，曾一度出現在貝侯附於故事後的第二個「道德教訓」。貝侯寫道：「我們很快就能看出這則故事發生在過去；現在再沒有丈夫這麼可怖，或要求完成不可能的任務，就算他們吃醋或不甚滿意，對待太太還是溫柔又和氣。」

無論如何解讀，〈藍鬍子〉都是一則警世故事，告誡女人不要屈服於對性的好奇心，告誡男人遭到妻子背叛時不要怒極失控。故事中沒有任何隱微巧妙之處，最重要的是，並未呈現出朝人生的更高境界發展。身為主角的藍鬍子和其妻的為人，在故事結束時跟故事開始時都完全相同。儘管故事裡發生了驚天動地的大事，但沒有人因此變得更好，唯一例外的也許是故事裡的世界，因為不再有藍鬍子而變得更好。

許多傳統童話故事都示範了，童話如何演繹無視警告進入禁室的母題，《格林童話》中〈聖母的孩子〉就是一例。故事中的女孩在十四歲（達到性成熟的年紀）時，得到用來開啟各個房門的鑰匙串，但被告知有一間房間禁止進入。她在好奇之下忍不住打開房門，之後在聖母盤問時，卻一再否認自己曾進過房間。聖母懲罰她不能言語，因為她錯用說話的能力來說謊。女孩經歷了許多嚴苛考驗，最後承認自己說謊。於是聖母讓她恢復說話能力，從此過得幸福安好，因為「懺悔其罪並告解者將獲寬恕。」

〈美女與野獸〉

"Beauty and Beast"

〈美女與野獸〉始於將人視為
既是動物、又具有心靈的雙重狀態。
唯有統合這些人為區隔的層面，才能獲致完整成熟的人性。

〈藍鬍子〉是關於性的危險特質、古怪祕密，以及與能帶來毀滅的激烈情感之間的密切關係；簡言之，是關於性的黑暗面，它們可能隱藏在一道永遠上鎖的門後面，受到嚴密控管。〈藍鬍子〉裡發生的事和愛沒有任何關係：藍鬍子我行我素，把伴侶當成自己的擁有物，他沒辦法愛任何人，也沒有人能夠愛他。

反觀〈美女與野獸〉這則童話，雖然標題有野獸，但內容一點都不粗野殘酷。美女的父親雖然遭到野獸恫嚇，但從一開始就可以看出來，野獸的威脅很空洞，只是想要先讓美女來陪伴他，最後贏得她的愛，從此擺脫動物般的外形。故事裡的三個主要角色，美女、她的父親和野獸，都溫柔專注、滿懷愛意地對待彼此。動物新郎系列故事以一則神話首開先河，其中阿芙羅黛蒂對兒子的伊底帕斯愛戀殘酷又具毀滅性，而在系列中最終達致崇高神聖的故事裡，美女對父親的伊底帕斯愛戀，轉移到未來丈夫身上時，將能帶來神奇療癒。

❖ 父親對女兒的愛戀

現今大家最熟悉的〈美女與野獸〉出自法國的勒龐絲・德波蒙夫人（Madame Leprince de Beaumont）手筆，於一七五六年首度出版（譯註：原文寫一七五七，經查證應為一七五六），德波蒙夫人的版本改編自維勒弗夫人（Madame de Villeneuve）以法文寫成、母題相同但年代更早的故事；

以下故事大綱則根據德波蒙夫人的版本。＊【122】

德波蒙夫人的版本與其他版本不太一樣，故事中的富有商人除了三個女兒之外，還有三個兒子，不過兒子在故事中幾乎沒有戲份可言。三個女兒都貌美如花，尤其是最小的女兒，人們喚她「小美女」，這個暱稱讓兩個姊姊十分嫉妒。兩個姊姊虛榮自私，美女和她們不一樣，她甜美謙遜，對所有人都很體貼。商人父親忽然失去所有財產，全家陷入貧困潦倒，兩個姊姊很難接受，但美女在這樣艱困的環境中卻展現出種種美德。

有一天商人必須出遠門一趟，他問女兒們想要他帶什麼回來。兩個姊姊巴望著父親這趟出門能夠取回一些原本的財產，就要他帶昂貴的衣裳回來；美女沒有開口要任何東西，禁不起父親催問，美女請他帶一朵玫瑰給她。討回財產的希望終究落空，商人不得不跟出發時一樣一文不名地回家。他在一片廣大的森林裡迷路，幾乎絕望放棄時忽然來到一座宮殿，他進入空無一人的宮殿棲身，並找到食物果腹。隔天早上商人準備要離開時，看到美麗的玫瑰花，他記起美女的請求，

＊貝侯的〈鬈髮里克〉比這兩個故事更早問世，而他對於古老母題的創新處理手法，目前可說是前無古人。他將野獸的角色改成一個面醜但聰慧的男人「醜八怪里克」，一名蠢笨的公主因為他的人品和聰明才智而愛上他，不再看到他的身體缺陷，對他全身上下的缺點都視而不見了。而公主也因為里克對她的愛，而變得充滿智慧，不再蠢笨。這就是愛造成的神奇蛻變：成熟的愛和坦然接受性，可以讓先前噁心可憎或看似愚笨的，變得好看而且聰明慧黠。如貝侯在故事的道德教訓中所述：不論外表或內在，在有情人眼裡一切皆美。但由於貝侯講述了一個具有明確道德教訓的故事，這個故事就不再是童話了。雖然愛改變了一切，但故事嚴格來說卻沒有任何發展——沒有任何內心衝突需要解決，也不見任何努力掙扎能讓主角將人性提升到更高的境界。

就採了幾朵要帶給她。在商人採花的時候，一隻駭人的野獸出現了，野獸咆哮痛斥他在宮殿裡接受了殷勤招待竟還偷採玫瑰，為了懲罰他要將他處死。商人拚命求饒，說他採玫瑰是為了送給女兒。於是野獸答應放他走，條件是他要讓其中一個女兒替代他，前來接受野獸安排好的命運，但是如果沒有一個女兒願意替他前來，那麼商人就必須在三個月內回來受死，另外也允諾讓商人帶走滿滿一箱黃金。商人其實不願犧牲女兒，他接受野獸的條件，只是為了在人生的最後三個月，將黃金帶回家給女兒。

商人回家後將玫瑰遞給美女，忍不住告訴她來龍去脈。兒子們提議去殺了野獸，但父親不允許，認為他們去了只會送命。美女堅持替代父親，無論父親好說歹說都無法動搖她的決心，她堅持無論如何都要和父親一起去找野獸。商人帶回的黃金讓兩個姊姊能夠風光出嫁，三個月的期限到了，父親百般無奈地讓美女陪他前往宮殿。野獸見到他們，就問美女是否出於自願前來，聽到她回答「是的」之後就要求父親離開。父親抱著極為沉重的心情離去。美女在宮殿裡享受王室般的尊貴待遇，所有的願望都好像有魔法般一一實現。每到晚餐時間，野獸會現身和她談天說地。久而久之，美女開始期待野獸出現，因為野獸讓她不再孤單。唯一困擾她的是每晚結束談話時，野獸都會向她求婚，而她每次委婉拒絕，野獸都會悲痛離去。三個月就這麼過去了，有一次美女再次拒絕成為野獸的妻子，野獸問她能不能答應永遠不會離開他。美女答應了，但請求野獸讓她回家探望父親，因為她從一面可以看到遠方之事的鏡子裡，看到父親為了她而日漸虛弱。野獸給她一週回家探親，但也警告她如果沒有及時回來，他就會死去。

隔天早上美女醒來，發現自己人在家裡，父親歡欣不已。美女的兄弟已經離家從軍，而兩個姊姊由於婚姻不睦而嫉妒美女，她們盤算要將美女留到超過時限，認為這樣野獸就會來殺死美女。她們成功說服美女多待一週，但到了第十天夜裡，美女夢見垂死的野獸有氣無力地責備她。她恨不得立刻回到野獸身邊，便照著野獸先前的指示，在睡前脫下戒指放在桌上，隔天醒來就已回到宮殿。美女發現野獸是因為她不遵守諾言，才幾乎心碎死去。美女待在家期間發現自己對野獸有了深厚的感情，看到他如此無助，她明白自己已經愛上他。她告訴野獸說不能失去他，想要和他結婚，才剛說完，野獸就搖身一變成了王子。最後，開心的父親和其他家人都來和他們團聚，而兩個壞心姊姊成了雕像，只有誠心悔過才能恢復人形。

故事中野獸的形貌究竟如何，留待我們想像。一些流傳於歐洲的童話承襲了〈丘比德與賽姬〉，描述野獸具有蛇的形體。除此之外，這些故事裡的其他事件和前述故事大致雷同，只有一個細節例外：當王子恢復人形，他說出自己之所以會被變成蛇形，是因為誘惑一名孤兒而受到懲罰。他過去利用無助的受害者來滿足自己的性欲，只有得到願意為了對方而做出犧牲的無私愛情，才能獲得救贖。王子會變成蛇，是因為蛇這種代表陽具的動物，象徵只想尋求滿足、卻忽視人與人之間關係的色欲，也因為他純粹為了一己之私而利用受害者，就像是伊甸園裡的蛇。人正是因為屈從蛇的誘惑，才失去純真。

〈美女與野獸〉裡引發重大事件的關鍵，是父親為了最疼愛的小女兒偷採玫瑰花。此舉象徵對女兒的愛，也象徵他預期女兒將失去童貞，因為「殘花」，尤其是凋殘的玫瑰，象徵的即是失去童貞。採花對父親和女兒來說，都像是女兒即將經歷「野蠻獸性」的辣手摧花。但故事告訴我們，父女倆的焦慮都毫無根據。他們原先害怕可能要面對的將是「野蠻獸性」的經驗，到頭來是深刻人性和真摯愛戀。

❖確保永遠的幸福圓滿

將〈藍鬍子〉和〈美女與野獸〉一併考量，可以說前者呈現性的原始、自私、具攻擊和破壞性的層面，必須克服它們，愛才能盛綻發展；後者則刻畫究竟什麼才是真愛。藍鬍子的行為與他駭人的外表一致；而野獸外表可怕，內在卻是和美女一樣美好的人。〈美女與野獸〉並未呼應孩童可能的恐懼，而是向聽者保證，雖然女方和男方看起來很不一樣，但只要人格特質上是最適合彼此的伴侶，而且有愛互相連結，就是天作之合。〈藍鬍子〉符合孩童對性最深沉可怕的恐懼，而〈美女與野獸〉給予孩童力量，讓他明白他的恐懼是對性的焦慮幻想造成。性雖然一開始和野獸一樣，事實上男女間的情愛是最令人滿足、且唯一能確保永遠幸福圓滿的情感。

本書反覆討論童話幫助孩童理解伊底帕斯難題的本質，並為他帶來有朝一日將克服難題的希望。〈灰姑娘〉巧妙呈現父母因為伊底帕斯情結，無法消解對孩童的嫉恨，進而付出行動造成毀滅。〈美女與野獸〉清楚刻畫孩童對父母的伊底帕斯愛戀，如果在成熟過程中順利轉移和蛻變，轉而投注在愛侶身上，就會是自然有益的，而且會帶來最正面的結果。伊底帕斯情結絕非僅只是最大情緒困擾的來源（除非在成長過程中並未經歷適當發展），而是能夠滋養永久幸福的土壤，前提是這些情感經歷了適當的演變和消解。

〈美女與野獸〉中指涉美女對父親的伊底帕斯愛戀的情節，不只是她向父親要一朵玫瑰，還有姊姊外出參加宴會尋歡作樂、談情說愛，她卻一直待在家裡，甚至告訴追求者她還不到適婚年齡，想要「再多陪父親幾年」。美女是出於對父親的愛才去找野獸，只希望和野獸建立無性的關係。

在野獸的宮殿裡，所有願望都能立刻實現，這個母題在討論〈丘比德與賽姬〉時曾述及，是孩童通常會陷入的自戀幻想：想活在無拘無束，任何欲望只要表達就能立刻實現的人生。其實這樣的人生不僅不會帶來滿足，反而很快就變得空虛無趣——美女就是如此，以至於開始期待本來很害怕的野獸每晚出現。

如果自戀式的夢幻人生沒有受到任何事件干擾，就不會有故事。童話揭示自戀看似吸引人，但不僅不是圓滿人生，甚至根本談不上是人生。美女在得知父親需要她之後，才又恢復活力。在一些版本裡，父親生了重病；還有一些版本裡的父親是因為過度思念小女兒，或為了其他原因而抑鬱將終。這個消息粉碎了美女談不上是人生的自戀狀態，她開始行動，而她和故事也再次活了起來。

面臨對父親的愛和對野獸的掛念之間的衝突，美女為了照顧父親而拋下野獸，但她接著明白自己有多愛野獸——象徵她與父親的連結不再那麼緊密，以及對父親的愛戀轉移到野獸身上。只有等到美女決定離開父親去和野獸團聚，亦即消解了對父親的伊底帕斯愛戀之後，原本噁心可

憎的性才會變得美好。

這則故事可說提早幾百年為佛洛伊德的理論埋下伏筆：佛洛伊德認為，只要孩童的性欲對象還是父母，性就必須是噁心可憎的，因為只有孩童對性維持負面態度，才能確保亂倫禁忌及家庭組成的穩定。在正常心理發展過程中，性欲對象一旦不再是父母，而是轉為年齡相當的伴侶，性就不再看起來如野獸一般，反而會成為美好經驗。

〈美女與野獸〉刻畫伊底帕斯情結的正向層面，揭露伊底帕斯情結在孩童長大時必須經歷什麼發展——這則故事絕對當得起兒童文學及文化研究權威歐皮夫婦的讚譽，他們在《經典童話故事》（*The Classic Fairy Tales*）中稱〈美女與野獸〉為：「繼〈灰姑娘〉之後最具象徵意義，也帶來最大滿足的童話。」

〈美女與野獸〉始於一種不成熟的狀態，將人視為既是動物、又具有心靈（以美女象徵）的雙重狀態。唯有統合這些人為區隔的層面，才能獲致完整成熟的人性。不同於一些故事隱藏與性有關的祕密，必須經歷漫長艱辛的自我發現旅程才能揭露，進而獲得幸福圓滿的結局，〈美女與野獸〉並未隱藏任何祕密，而發現野獸的本性是正面有益的事。美女反而必須發現野獸真正的模樣，亦即他其實是善良又充滿愛的人，才能獲得幸福。故事的核心不只是美女對野獸的愛逐漸滋長，或她將對父親的愛轉移到野獸身上，而是她自己在過程中的成長。美女從認為自己必須抉擇要愛父親或愛野獸，進展到欣然發現：將兩種愛視為相對互斥，只是不成熟的看法。美女將原本的伊底帕斯愛戀對象由父親轉為未來的丈夫，其實是給了父親最有益的愛，讓日漸衰弱的父親恢復健康，在離愛女不遠處過著幸福生活；同時也讓野獸恢復人性，與他一起展開幸福和樂的婚姻生活。

美女與曾是野獸的王子結婚，象徵人的動物性與更高層面分裂，所造成的重大傷害獲得療癒。這樣的分裂被刻畫成疾病：在與象徵更高層面的美女分開之後，先是父親重病，接著是野獸瀕死。野獸與美女分開而垂死，因為美女是他心愛的女子，就像是他的賽姬，即靈魂：野獸與美女結合，意味著不成熟、以自我為中心（帶有性器期的攻擊和毀滅特質）的性，終於演變為在衷心奉獻的人與人關係中實現的性；原始的自私且具攻擊性的性欲，演變為能自由投入愛的關係，作為關係中的一部分來獲得實現的性。這就是為什麼野獸要等到美女保證她是自願的，才接受美女替代她的父親，也是他為什麼反覆向美女求婚，每次遭到拒絕都毫無怨言，而且在她主動示愛之前，沒有對她採取任何行動。

如果將童話故事的詩意語言，翻譯成精神分析的平乏用語，美女和野獸的結合，就是「本我」受「超我」影響而人性化和社會化。所以說〈丘比德與賽姬〉裡，丘比德與賽姬結合生下的後代之名可說恰如其分：歡樂，或喜樂，正是為幸福人生提供滿足感的「自我」。童話不是神話，不需要明說兩名主角結合帶來的利益，而是提供更令人印象深刻的意象：一個好人過得幸福圓滿的世界，而壞人（兩個姊姊）也仍有獲得救贖的機會。

❖尾聲

每則童話都是一面魔鏡，反映內心世界的某些層面，以及由不成熟進展到成熟必經的階段。對於沉浸於探索童話所傳達訊息的人來說，它就成了一池幽靜深潭，一開始似乎只映照出我們自己的模樣，但深入之後，我們很快就發現靈魂的內在擾攘——而靈魂的深層內涵，以及在自己內心和外在世界找到平靜的方法，就是我們努力奮鬥的獎賞。

筆者在討論中對故事的取捨，主要依照故事是否廣為流傳，但結果其實相當武斷。每則童話都反映了心理發展的某個片段，本書第二部便從孩童努力尋求獨立的故事開始：漢賽爾和葛麗特只有在父母逼迫時，才不情不願地試圖獨立，而用母牛換得魔豆的傑克比較自動自發。被狼吞進肚裡的小紅帽，以及在城堡裡被紡錘扎到手的睡美人，都過早讓自己經歷了還沒能力面對的情況；她們必須學會等待，等到自己成熟。白雪公主和灰姑娘唯有勝過父母才能成為真正的自己。如果本書以〈白雪公主〉或〈灰姑娘〉任一則作結，那麼如這些童話所示，自有人類以來，親子衝突就未曾止息，而且看起來似乎不會有幸福圓滿的結局。但故事也講述親子之間會發生這種衝突，完全是父母的自我中心，和對孩童的正當需求無感使然。

筆者身為人父，偏好以一則講述父母對孩子的愛，就和孩子對父母的愛一樣亙古久遠的故事收尾。就是在這樣溫柔的愛戀之中，衍生出另一種不同的愛，只待孩子長大，就能將他和他所愛的人連結在一起。無論現實世界中實情為何，孩童聽了童話後會想像和相信，父母出於對他的

愛，願意冒著生命危險為他帶來他最想要的禮物；而相應的，孩童也會相信自己值得父母如此奉獻，因為他同樣願意為了對父母的愛犧牲自己的生命。孩童將會長大，即使對於身心飽受折磨以至看起來像野獸的人，他也願意為他們帶來和平與幸福。當孩童這麼做，他將為自己和人生伴侶贏得幸福，以及伴隨而來，讓父母也獲得幸福。他將會在自己心中和這個世界找到和平。

這就是童話揭露的諸多真實層面之一，這個真理能夠引導我們的人生，而且從很久很久以前，一直到今天都真確有效。

原書註釋

1 關於狄更斯對〈小紅帽〉的評論及對童話的看法，參見Angus Wilson, *The World of Charles Dickens* (London: Secker and Warburg, 1970)及Michael C. Kotzin, *Dickens and the Fairy Tale* (Bowling Green: Bowling Green University Press, 1972)。

2 Louis MacNeice, *Varieties of Parable* (New York: Cambridge University Press, 1965).

3 語出柴斯特頓（G. K. Chesterton）所著《回到正統》(*Orthodoxy*〔London: John Lane, 1909〕，中譯本由校園書房出版)。C. S. Lewis, *The Allegory of Love* (Oxford: Oxford University Press, 1936).

4 〈巨人殺手傑克〉及其他多篇以傑克為主角的故事，見Katherine M. Briggs, *A Dictionary of British Folk Tales*, 4 volumes (Bloomington: Indiana University Press, 1970)，本書中提及的其他英國民間故事亦可參見此書。其他重要的英國童話故事集包含Joseph Jacobs: *English Fairy Tales* (London: David Nutt, 1890)及*More English Fairy Tales* (London: David Nutt, 1895)。

5 原文為"The mighty hopes that make us men"，語出丁尼生（A. Tennyson）詩集《悼念A. H. H.》(*In Memoriam A. H. H.*)第八十五首。

6 〈漁夫與精靈〉的討論係根據十九世紀中葉英國探險家理查・伯頓（Richard Burton）所譯*The Arabian Nights' Entertainments*中的故事版本。

〈瓶中精靈〉則收錄在由格林兄弟編纂的童話故事集*Kinder- und Hausmärchen*，此書已有多個譯本，但僅有一些完全忠於原文，其中尚可接受者包括：*Grimm's Fairy Tales*, New York: Pantheon Books, 1944，及*The Grimm's German Folk Tales*, Carbondale: South Illinois University Press, 1960。

關於各則格林童話的來源、世界各地的不同版本，以及與其他傳說和童話故事的關係等，完整討論參見Johannes Bolte and Georg Polivka, *Anmerkungen zu den Kinder- und Hausmärchen der Brüder Grimm*, 5 vols., Hildesheim: Olms,

1963。

〈瓶中精靈〉描繪了父母的態度如何影響孩子，誘使他幻想自己獲得勝過父親的強大力量。故事裡的主角家境貧困，不得不輟學，他提議幫忙貧窮的樵夫父親砍柴，但是父親認為兒子能力不足，還告訴他：「這對你來說太辛苦了，你不適合這種吃重的勞力活，你會受不了的。」他們工作了一上午之後，父親提議休息一下吃午餐。兒子說他比較想到森林裡到處走走，看能不能找到鳥巢，父親聽到之後便喊著：「你這搗蛋鬼，為什麼想要亂跑？到時候又累到連手臂都抬不起來。」父親接連兩次小看兒子的能力：第一次是懷疑他做勞力工作的能力；即使兒子展現自己的無窮精力，還是對於兒子利用休息時間的主意嗤之以鼻。有了這樣的遭遇，每個正常的青春期男孩，一定都會幻想總有一天能證明父親是錯的，自己其實比父親想的更優秀。

童話故事讓這樣的幻想成真。當兒子在森林裡四處尋找鳥巢，他聽到一個聲音說：「讓我出去！」於是他找到了關在瓶子裡的精靈，但對方一開始威脅要殺了他，因為自己已經被囚禁太久。機智的男孩跟《天方夜譚》那則故事裡的漁夫一樣，成功引誘精靈回到瓶子裡，而且等到精靈承諾要送他一條神奇毯布才放精靈出來。毯布其中一端可以治癒所有傷口，另一端可以將擦過的所有東西都變成銀製品。男孩於是變出很多銀器，從此和父親一起過著優渥的生活。由於「能夠治癒所有傷口，他也成為全世界最有名的神醫。」

禁錮於瓶中邪靈的母題，可以追溯到非常古老的猶大地－波斯（Judean-Persian）傳說，傳說所羅門王常將桀驁不馴或屬於異端的精怪，囚禁在鐵櫃、銅壺或皮革酒囊裡，然後丟進大海。〈漁夫與精靈〉故事中的精靈就告訴漁夫，它因為反抗所羅門王而被罰關入壺罐後丟進海裡，可知故事有一部分是由此傳說衍生而來。

從〈瓶中精靈〉的故事可看到，古老的母題與兩種不同的傳統相結合。其中一種傳統雖然最遠可以追溯到所羅門王的傳說，但其實是與魔鬼有關的中世紀記述，其中的魔鬼同樣遭到某位聖人囚禁，或者是被聖人釋放，並且被迫要侍奉對方。另一種傳統，源自與十六世紀歷史人物帕拉塞爾蘇斯（Paracelsus）有關的故事，這位日耳曼裔醫生來自瑞士，他神乎奇技的醫術，數百年來在歐洲激發了無數想像。

根據其中一則故事，帕拉塞爾蘇斯聽見一棵冷杉樹傳出聲音，喊著他的名字，他發現原來是一個幻化成蜘蛛形狀的惡魔，它被困在樹上的一個小洞裡。帕拉塞爾蘇斯向惡魔提議，如果它能給他治療一切病痛的萬靈藥，和能將任何事物變成黃金的藥液，他就放它出來。惡魔同意了，但是它一獲得自由就想殺死將它禁錮的聖人，帕拉塞爾蘇斯為了攔阻惡魔，便大聲質疑像惡魔這樣的龐然大物，有沒有可能變得像蜘蛛一樣小。惡魔為了顯現自己的能耐，就變回蜘蛛，而帕拉塞爾蘇斯就又將它關進小洞裡。而這個故事又能追溯到另一個年代更久遠、關於魔法師維吉爾（Virgilius）的故事（Bolte and Polivka, *op. cit.*）。

7 目前蒐羅整理瓶中巨人或精靈等童話故事母題最為詳盡者，當屬阿爾奈（Antti A. Aarne）所編之*The Types of the Folktale* (Helsinki: Suomalainen Tiedeakatemia, 1961)及司蒂斯・湯普森（Stith Thompson）彙編之*Motif Index of Folk Literature*, 6 volumes (Bloomington: Indiana University Press, 1955)。在湯普森的《民間文學母題索引》中，精靈因中計而變小回到瓶中屬於D1240、D2177.1、R181、K717和K722等母題類型。若列出本書提及的所有童話母題的分類，無疑將太過冗贅，讀者只需查閱上述兩部參考資料，即可得知特定母題的所屬類型。

8 討論海克力斯神話及其他希臘神話故事時，依據的版本為古斯塔夫・史瓦布（Gustav Schwab）所著之《希臘神話故事》(*Gods and Heroes: Myths and Epics of Ancient Greece*〔New York: Pantheon Books, 1946〕；中譯本由好讀出版）。

9 埃里亞德著，*Birth and Rebirth* (New York: Harper and Brothers, 1958)及*Myth and Reality* (New York: Harper & Row, 1963)；另見Paul〔Pierre〕Saintyves, *Les Contes de Perrault et les récits parallèles* (Paris, 1923)及Jan de Vries, *Betrachtungen zum Märchen, besonders in seinem Verhältnis zu Heldensage und Mythos* (Helsinki: Folklore Fellows Communications No. 150, 1954)。

10 Wilhelm Laiblin, *Märchenforschung und Tiefenpsychologie* (Darmstadt: Wissenschaftliche Buchgesellschaft, 1969)中收錄一系列由深蘊心理學出發討論童話的文章，其優點為將不同學派具代表性的論述適切並陳，書中的參考書目亦頗為完整。

11 到目前為止，還未出現有系統地從精神分析觀點剖析童話的論著。佛洛伊德曾於一九一三年發表兩篇討論童話的文章，分別是〈在夢中出現來自童話的素材〉和〈三個匣子的主題〉，而在另一名篇《狼人：孩童期精神官能症案例的病史》(中譯本由心靈工坊出版）裡，格林童話的兩則故事〈小紅帽〉和〈狼與七隻小羊〉皆扮演了重要角色。參佛洛伊德著，*The Standard Edition of the Complete Psychological Works* (London: Hogarth Press, 1953, ff.), volumes 12, 17。

其他曾提及童話的精神分析論著篇章繁多不及備載，但幾乎皆僅粗略帶過，例如Anna Freud, *The Ego and the Mechanisms of Defense* (New York: International Universities Press, 1946)。在多篇特別從佛洛伊德學派觀點討論童話的論著中，筆者特別舉出下述兩者：Otto Rank, *Psychoanalytische Beiträge zur Mythenforschung* (Vienna: Deuticke, 1919)，及Alfred Winterstein, "Die Pubertätsriten der Mädchen und ihre Spuren im Märchen," *Imago*, Vol. 14 (1928)。

此外有些文章從精神分析觀點討論單篇童話，例如：Steff Bornstein, "The Sleeping Beauty," *Imago*, Vol. 19 (1933)；J. F. Grant Duff, "Snow White," *ibid.*, vol. 20 (1934)；Lilla Veszy-Wagner, "Little Red Riding Hood on the Couch," *The Psychoanalytic Forum*, vol. 1 (1966)；Beryl Sandford, "Cinderella," *ibid.*, vol. 2 (1967)。另外，Erich Fromm也在*The Forgotten Language* (New York: Rinehart, 1951)中論及〈小紅帽〉等童話故事。

12 榮格和榮格學派精神分析學者在著作中對於童話的探討較為全面，遺憾的是大部分論著皆未譯成英文；榮格學派關於童話的論述中，最具代表性者為瑪麗－路薏絲．馮．法蘭茲（Marie-Louise von Franz）所著之《解讀童話》（*The Interpretation of Fairy Tales*；中譯本由心靈工坊出版）。

以榮格學派觀點分析童話故事的篇章中，最著名的例子當屬艾瑞旭．諾伊曼（Erich Neumann）所著之《丘比德與賽姬：陰性心靈的發展》（*Amor and Psyche*〔New York: Pantheon, 1956〕；中譯修訂版由獨立作家出版）。

而榮格派學者關於童話最完整的討論，參見Hedwig von Beit, *Symbolik des Märchens*及*Gegensatz und Erneuerung im Märchen* (Bern: A. Francke, 1952 and 1956)。

另有走中間路線、兼及佛洛伊德和榮格兩派論述者：Julius E. Heuscher, *A Psychiatric Study of Fairy Tales* (Springfield: Charles Thomas, 1963)。

13 關於〈三隻小豬〉的不同版本，見Briggs, *op. cit.*。本書中的討論係根據最早印行的版本，參J. O. Halliwell, *Nursery Rhymes and Nursery Tales* (London, c. 1843)。

在年代較晚的版本中，存活下來的成了兩隻年紀比較小的小豬，反而讓故事失去大部分的影響力。還有一些版本中的小豬有名字，反而對孩童造成干擾，讓他們難以將小豬視為人格發展的三個階段。另一方面，有些版本裡最小的小豬用泥巴蓋房子，因為在泥巴裡滾來滾去很快活，第二隻小豬用包心菜蓋房子，因為牠很愛吃包心菜，故事中明白指出牠們都是為了追求快感，所以沒辦法建造更牢固安全的房子。

14 描述泛靈思想的引言出自Ruth Benedict著，〈泛靈論〉，收於*Encyclopedia of the Social Sciences* (New York: Macmillan, 1948)。

15 關於兒童的泛靈想法的不同階段，以及此想法在兒童十二歲之前占有的主宰地位，見皮亞傑（Jean Piaget）著，*The Child's Concept of the World* (New York: Harcourt, Brace, 1929)。

16 〈太陽之東，月亮之西〉為挪威的童話故事，收於安德魯．藍格著，《藍色童話》（〔London: Longmans, Green, c1889〕中譯本由商周出版）。

17 〈美女與野獸〉的故事流傳許久，有多個不同版本，最家喻戶曉者首推勒龐絲・德波蒙夫人（Madame Leprince de Beaumont）的版本，收於Iona and Peter Opie, *The Classic Fairy Tales* (London: Oxford University Press, 1974)。〈青蛙國王〉為《格林童話》中的故事。

18 皮亞傑的理論概述，可參J. H. Flavell, *The Developmental Psychology of Jean Piaget* (Princeton: Van Nostrand, 1963)。

19 關於天空女神努特的討論，見艾瑞旭・諾伊曼著，*The Great Mother* (Princeton: Princeton University Press, 1955)。諾伊曼如此描繪女神努特：「她如蒼天之穹般蒙覆地上眾生，如同母雞庇護小雞。」其形象正如古埃及第三十王朝時期女祭司烏蕾什－諾芙（Uresh-Nofer）的石棺棺蓋上所繪（藏於紐約大都會美術館）。

20 出自邁可・博藍尼（Michael Polanyi）著，《個人知識》（*Personal Knowledge*〔Chicago: University of Chicago Press, 1958〕；中譯本由商周出版）。

21 見註11引佛洛伊德，《狼人：孩童期精神官能症案例的病史》。

22 筆者並未讀到任何關於附插圖童話故事書令讀者分心程度的研究，但關於其他讀物的研究已經充分顯示此點，例如S. J. Samuels, "Attention Process in Reading: The Effect of Pictures on the Acquisition of Reading Responses," *Journal of Educational Psychology*, vol. 58 (1967)；針對插圖令讀者分心的研究，前篇作者進行了相關文獻回顧："Effects of Pictures on Learning to Read, Comprehension, and Attitude," *Review of Educational Research*, vol. 40 (1970)。

23 J. R. R. Tolkien, *Tree and Leaf* (Boston: Houghton Mifflin, 1965).

24 已有相當多的文獻探討無法作夢的後果，例如：Charles Fisher, "Psychoanalytic Implications of Recent Research on Sleep and Dreaming," *Journal of the American Psychoanalytic Association*, vol. 13 (1965)；及Louis J. West, Herbert H. Janszen, Boyd K. Lester, and Floyd S. Cornelison, Jr., "The Psychosis of Sleep Deprivation," *Annals of the New York Academy of Science*, vol. 96 (1962)。

25 同註3引柴斯特頓。

26 Sigmund Freud, "The Family Romance of the Neurotic," *op. cit.* vol. 10。這些故事中蘊藏的心理智慧值得注意：無法控制情緒的父母，將生出不正常的怪嬰。在童話和夢裡，形體上的變異往往代表不正常的心理發展。在這些故事中，孩子的腰部以上到頭通常是獸形，而腰部以下則和常人無異。這意味著有問題的是頭腦，或是說心靈，而非身體。故事也講述如果父母親保持足夠的耐心和毅力，能夠讓孩子完全沉浸在正面情緒裡，就有可能彌補孩子因為父母的負面情緒失控所受的傷害。憤怒的父母生下的孩子，行為往往很像刺蝟或豪豬，彷彿全身是刺，所以孩子半人半刺蝟的形象再貼切不過。也有其他則警世故事提出如下警告：不要在怒火中燒時懷孕；不要以憤怒不耐迎接剛誕生的嬰孩。但就像所有優良的童話，這些故事也指示了彌補傷害的解方，而所用方法與今日最出色的心理學見解異曲同工。

27 〈三個願望〉原是蘇格蘭童話，收入註4引書Briggs。如前所述，在世界各地皆可找到此母題的變形版本。例如在印度就流傳著一則一個家庭可以許三個願望的故事，妻子希望獲得絕世美貌，用掉了第一個願望，願望實現之後，她就和一名王子私奔了。憤怒的丈夫許願將妻子變成一隻豬，最後兒子不得不許願讓母親恢復原本的模樣，於是用掉了最後一個願望。

28 同樣的情節也可以用另一種方式解讀：喝泉水可能變成的動物，其凶猛程度從猛虎、惡狼逐漸消減為溫馴的鹿，象徵的是屈從「本我」壓力的危機逐漸緩和，而發出警告的「自我」和「超我」對「本我」的控制力也減弱了。但從故事中弟弟在經過第三座泉水時，堅決地告訴姊姊：「我實在難耐口渴，無論妳說什麼，我必須取水來喝」的細節來看，正文中的解讀似乎比上述更接近故事涵義。

29 〈水手辛巴達與搬運工辛巴達〉的討論，係根據伯頓翻譯的英文版本。

30 關於數字「一千零一」的意義及《天方夜譚》的相關歷史，參von der Leyen, *Die Welt des Märchens*, 2 volumes (Düsseldorf: Eugen Diedrich, 1953)。

31 關於包含一千零一則故事的框架故事，參Emmanuel Cosquin, "Le Prologue-Cadre des Mille et Une Nuits," *Études Folkloriques* (Paris: Champion, 1922)。至於《一千零一夜》框架故事相關討論中所用版本係John Payne的英譯本，見*The Book of the Thousand Nights and One Night* (London: Printed for Subscribers Only, 1914)。（依據阿拉伯文「官方訂正本」翻譯的故事體「分夜全譯本」由遠流出版。）

32 這則古埃及故事的討論見Emanuel de Rougé, "Notice sur un manuscrit égyptien," *Revue archéologique*, vol. 8 (1852); W. F. Petrie, *Egyptian Tales*, vol. 2 (1895); and Bolte and Polivka, *op. cit.*

33 〈兩兄弟〉故事的多個版本討論見Kurt Ranke, "Die zwei Brüder," *Folk Lore Fellow Communications*, vol. 114 (1934)。

34 特別指出地名的童話故事相當罕見，學者研究後得出的結論是：如果一則故事特別提到某個地名，表示故事很可能和曾發生的真實事件相關。例如在德國的哈美倫（Hameln）曾有一群小孩遭到綁架，於是衍生出吹笛人到來造成全鎮孩童消失無蹤的故事。這則道德故事嚴格說來不算是童話，因為故事既未提出解決方法，也沒有圓滿結局。

這類指涉史實的故事，基本上只有一種形式。然而，與〈三種語言〉故事具有同樣母題的變形版本流傳很廣，和作為故事核心的歷史細節相違背。另一方面，如果是以瑞士為場景的故事，強調學習三種不同語言的重要性，以及將三種語言融會貫通、達到更高境界統合的必要性又很合情理，因為瑞士人口由德語、法語、義大利語和羅曼什語四個不同語言族群組成。其中一種語言（很可能是德語）是主角的母語，所以主角被送到三個不同的地方學習其他三種語言也很合理。瑞士人聽到這則故事後，在顯性的層面上會理解到，人們必須學會不同的語言才能達到更高境界的統合，也就是瑞士；另外在隱性的層面則會理解，自己內心中差異懸殊的傾向，也必須達到統合。

35 關於將羽毛吹到空中來決定前進方向的風俗，見Bolte and Polivka, *op. cit.*, vol. 2。

36 Tolkien, *op. cit.*

37 類似的例子參見拙作*The Empty Fortress* (New York: Free Press, 1967)中喬伊（Joey）的案例。

38 Jean Piaget, *The Origins of Intelligence in Children* (New York: International Universities Press, 1952) and *The Construction of Reality in the Child* (New York: Basic Books, 1954).

39 華提．派普爾（Watty Piper），《小火車做到了！》（*The Little Engine That Could*〔Eau Claire,Wisconsin: E. M. Hale, 1954〕；中譯改版由小天下出版）。

40 米恩（A. A. Milne）的原詩"Disobedience"收錄於*When We Were Very Young* (New York: E. P. Dutton, 1924)。

41 由馬的名字「法拉達」可知，這則故事由來既久，此名源自中世紀英雄史詩《羅蘭之歌》（*Chanson de Roland*）中，騎士羅蘭的座騎之名瓦隆達（Valantin）、瓦隆騠（Valantis）和瓦拉達（Valatin）等。會說話的馬則是更為古老的母題，古羅馬史學家塔西圖斯（Tacitus）指出，日耳曼人相信馬能預言未來並奉馬為先知，另外斯堪地那維亞半島上各民族中也流傳類似的信仰。

42 〈羅斯瓦和莉莉安〉的故事見Briggs, *op. cit.*。真假新娘的母題在世界各地廣泛流傳，通常是真新娘遭到壞心篡奪者冒充，而篡奪者最後被拆穿並遭到懲罰，在此之前，真新娘必須先經歷數關嚴苛的人格考驗。（見P. Arfert, *Das Motiv von der unterschobenen Braut in der internationalen Erzählungsliteratur*〔Rostock: Dissertation, 1897〕。）就如所有的童話故事，基本母題不變，但會帶入各地的地方特色和風俗，因此在不同甚至同一地區文化中流傳的故事細節都會有所不同。

43 再看同篇中的其他詩行，就能再次佐證童話故事形塑詩人靈感的影響力之深。海涅思及童話故事時如此描述：

奶娘娓娓訴說故事，悅耳動聽啟我靈思！
及：
每當憶起此首詩歌，追思奶娘亦無止歇。
深黝容顏宛在眼前，皺紋如溝縱橫刻切。
奶娘故鄉在明斯特，鄉野奇聞耳熟能詳，
幻異故事口耳相傳，詩歌名篇恆久頌唱。
The Poems of Heine (London: G. Bell and Sons, 1916).

44 關於〈放鵝女孩〉其他版本及《格林童話》其他故事的深入討論，見Bolte and Polivka, *op. cit.*。

45 Tolkien, *op. cit.*

46 Mary J. Collier and Eugene L. Gaier, "Adult Reactions to Preferred Childhood Stories," *Child Development*, vol. 29 (1958).

47 Chesterton, *op. cit.*
莫里斯・梅特林克，《青鳥》（*The Blue Brid*, New York: Dodd, Mead, 1911）。

48 關於土耳其的童話故事，特別是伊斯坎德的故事，見August Nitschke, *Die Bedrohung* (Stuttgart, Ernst Klett, 1972)。此書討論童話的許多其他層面，尤其是威脅的元素如何在達到自我實現以及後續獲得自由的努力過程中占有重要地位，另外也論及友善幫助者的角色。

49 Vom Vater hab' ich die Statur,
Des Lebens ernstes Führen,
Vom Mütterchen die Frohnatur
Und Lust zu fabulieren.
Goethe, *Zahme Xenien*, VI.

50 關於歌德母親說故事給他聽的情景，見Bettina von Arnim, *Goethe's Briefwechsel mit einem Kinde* (Jena: Diederichs, 1906)。

51 "Wer vieles bringt, wird manchem etwas bringen"—Goethe, *Faust*.

52 夏爾・貝侯（Charles Perrault），*Histoires ou Contes du temps passé, avec des Moralitez* (Paris, 1697)，最早出版的英譯本為Robert Samber, *Histories or Tales of Past Times* (London, 1729)。貝侯作品中最著名的幾則故事皆收錄於Iona

and Peter Opie, *op. cit.*，也見於安德魯・蘭格編選的《童話故事集》，其中〈小紅帽〉收於《藍色童話》。

53 現今已有大量探討貝侯及其故事集的文獻，其中貢獻堪比Bolte and Polivka探討《格林童話》的重量級鉅作，當屬Marc Soriano, *Les Contes de Perrault* (Paris: Gallimard, 1968)。

蘭格在*Perrault's Popular Tales* (Oxford: At the Clarendon Press, 1888) 一書中寫道：「如果〈小紅帽〉的所有變形版本都和貝侯的版本一樣，以聲明故事運作的機制源自當野獸『仍會說話』或據信仍能言語的時代一句作結，那我們大可忽略不看。但大家都熟知，德文版的〈小紅帽〉(格林兄弟二六) 最後的結局絕不是什麼大野狼獲勝。小紅帽和奶奶從狼腹中逃出生天，『送命的則是那隻狼』——這個原始結局遭貝侯刪改，或許是因為這個結局對法王路易十四年代的孩童來說太不可思議，也或許是因為孩童堅持故事最後要『一切圓滿』。無論如何，這則德文版的童話，傳述了世界上流傳最廣的神祕事件——遭怪物吞噬的人們平安現身。」

54 其中兩個法文版本刊載於*Mélusine*, vol. 3 (1886-7) and vol. 6 (1892-3)。(譯註：Mélusine為法國民俗學期刊，發行於十九世紀末至二十世紀初，期刊名稱原指歐洲傳說中形似雙尾人魚的水妖。)

55 同前註。

56 Djuna Barnes, *Nightwood* (New York: New Directions, 1937). T. S. Eliot, Introduction to *Nightwood, ibid.*

57 *Fairy Tales Told Again*, illustrated by Gustave Doré (London: Cassel, Petter and Galpin, 1872). 多磊的版畫插圖亦收錄於Opie and Opie, *op. cit.*。

58 關於〈小紅帽〉故事的其他版本，見Bolte and Polivka, *op. cit.*。

59 Gertrude Crampton, *Tootle the Engine* (New York: Simon and Schuster, 1946), a Little Golden Book.

60 傑克系列的其他故事及〈傑克與魔豆〉的其他版本，見Briggs, *op. cit.*。

61 這一系列神話故事始於譚塔洛斯，以伊底帕斯的故事為主軸，終於《七雄圍攻底比斯》和安緹岡妮之死，系列中的其他故事參見史瓦布，《希臘神話故事》。〔譯註：本篇人名中譯根據《希臘羅馬神話》(漫遊者文化出版)。〕

62 〈白雪公主〉故事的其他版本，見Bolte and Polivka, *op. cit.*。

63 關於〈白雪公主〉的討論係根據格林兄弟的版本。

64 〈年輕奴隸〉出自巴斯雷編著、一六三六年首次付印出版的童話故事集《五日談》(*The Pentamerone of Giambattissta Basile*〔London: John Lane the Bodley Head, 1932〕)，是第二天的第八則故事。

65 關於數字三為何在無意識中通常代表性的討論，見本書二二九頁及其後。

66 矮人及其在民間故事中的意義討論，見"Zwerge und Riesen"(「矮人與巨人」之意）以及同樣收錄在Hans Bächtold-Stäubli, *Handwörterbuch des deutschen Aberglaubens* (Berlin: de Gruyter, 1927-42) 一書中的多篇文章，此書中另有多篇討論童話故事和童話母題的文章也很有意思。

67 Anne Sexton, *Transformations* (Boston: Houghton Mifflin, 1971).

68 〈三隻熊〉故事的第一個印行版本見Briggs, *op. cit.*。

69 Erik H. Erikson, *Identity, Youth and Crisis* (New York: W. W. Norton, 1968).

70 貝侯版〈睡美人〉的完整名稱為〈森林中的睡美人〉，見Perrault, *op. cit.*，英譯版本參見蘭格的《藍色童話》及Opie and Opie, *op. cit.*。格林兄弟版的「睡美人」故事（〈荊棘薔薇〉）見Brothers Grimm, *op. cit.*。

71 Basile, *op. cit.*〈太陽、月亮和塔莉雅〉是《五日談》裡第五天的第五則故事。

72 關於〈睡美人〉故事的前身，見Bolte and Polivka, *op. cit.*, and Soriano, *op. cit.*。

73 關於〈灰姑娘〉是所有童話故事最知名的一則，見*Funk and Wagnalls Dictionary of Folklore* (New York: Funk and Wagnalls, 1950)，另見Opie and Opie, *op. cit.*。

至於〈灰姑娘〉是最受歡迎的童話故事一事，見Collier and Gaier, *op. cit.*。

74 關於「灰姑娘」類型故事中最早的中國版本，見Arthur Waley, "Chinese Cinderella Story," *Folk-Lore*, vol. 58 (1947)。（譯註：即唐代筆記小說《酉陽雜俎》中葉限姑娘的故事。）

75 涼鞋、舞鞋等鞋履的歷史，見R. T. Wilcox, *The Mode of Footwear* (New York, 1948)。

關於戴克里先的詔令及鞋履歷史更深入的討論，見E. Jäfvert, *Skomod och skotillverkning från medeltiden till våra dagar* (Stockholm, 1938)。

76 「灰兄弟」的來源和意義，以及該故事中許多其他細節的討論，見Bolte and Polivka, *op. cit.*及Anna B. Rooth, *The Cinderella Cycle* (Lund: Gleerup, 1951)。

77 Barnes, *op. cit.*

78 B. Rubenstein, "The Meaning of the Cinderella Story in the Development of a Little Girl," *American Imago*, vol.12 (1955).

79 〈貓姑娘〉("La Gatta Cenerentola"）是巴斯雷所編《五日談》第一天的第六則故事。

80 關上箱蓋夾斷脖子的殺人手法非常罕見，但也曾出現在《格林童話》中的〈杜松樹的故事〉，該則故事講述邪惡的繼母以此法殺死繼子。這種手段很可能源於史實，六世紀的主教暨歷史學家圖爾的格列高利（Gregory〔St.

Gregorius〕of Tours）在《法蘭克人史》（*History of the Franks*〔New York: Columbia University Press, 1916〕）一書中記載，法蘭克國王希爾佩里克一世（Chilperic I）的王后弗蕾德貢（Fredegund，五九七年逝）意欲用這種手法謀殺親女黎琨絲（Rigundis），但女兒因為僕從奔來救援而倖免於難。皇后會動念要殺死女兒，是因為黎琨絲認為自己比母親「更高一等」，應該取代母親的地位——因為她是國王之女，而母親從前是侍女出身。女兒展現了伊底帕斯式傲慢：「我比母親更適合她現在的位子」，於是導致母親的伊底帕斯式報復，試圖剷除想要取代自己的女兒。

81 "La mala matrè" in A. de Nino, *Usi e costumi abruzzesi*, vol. 3: *Fiabe* (Florence, 1883-7).

82 以「灰姑娘」母題為中心的眾多故事討論見Marian R. Cox, *Cinderella: Three Hundred and Forty-five Variants* (London: David Nutt, 1893)。

83 這一點可用精神分析發展早期一個很著名的錯誤來說明。佛洛伊德根據幾位女病患在進行精神分析過程中所說的，包括她們的夢、自由聯想和回憶，做出結論，認為她們小時候都曾受到父親引誘，而這也是造成她們罹患精神官能症的病因。一直到有幾位佛洛伊德很熟悉其早年生活史，而且確知過去並未受到引誘的病患也表示自己有類似回憶，他才發現受父親引誘的發生頻率，不可能像他之前被誤導後以為的那麼高。於是他瞭然於心，而且從此在無數案例上獲得驗證：他的女病患回憶的不是曾經發生的事，而是她們希望曾發生的事。她們還年幼時因為伊底帕斯情結，而想要父親深愛她們到希望娶她們為妻，或至少成為愛侶。她們的冀望無比強烈，以至於她們在想像中刻畫得生動鮮明。之後，當她們回憶這些幻想的內容，因為其中蘊含非常強烈的情感，因此她們深信這只可能是因為這些事真的發生過。她們是這麼相信也宣稱，一切都是父親的作為，她們自己沒有做任何事去撩撥父親來誘惑她們。簡言之，她們和灰姑娘一樣天真無邪。

在佛洛伊德明白了這些受父親誘惑的回憶指涉的，不是現實世界中發生過的事，只是幻想，並進而幫助病患更深入地探索無意識，一切就很清楚了：有一個欲望遭誤認曾經實現，而這些病患幼小時也絕非天真無邪。她們不僅想要受到誘惑，並且如此想像，甚至曾試圖以她們的幼稚手法引誘父親——例如刻意表現自己，或以很多不同方式向父親求愛。(Sigmund, Freud, "An Autobiographical Study," *New Introductory Lectures to Psychoanalysis*, etc., *op. cit*., vol. 20, 22.)

84 例如〈藺草帽〉（Cap o' Rushes），見Briggs, *op. cit.*。

85 貝侯版〈灰姑娘〉收於Opie and Opie, *op. cit.*；可惜這裡收錄的英譯版就和幾乎所有其他英譯版一樣，皆未將故事開頭鋪述道德教訓的韻文完整譯出。

格林版〈灰姑娘〉見Grimm, *op. cit.*。（譯註：本書中的「格林版」主要指年代最晚的一八五七年版，實際上格林兄弟的〈灰姑娘〉內容在不同年代的印行版中有些許差異，例如一八一二年初版中並未提到兩個繼姊遭到鴿子啄瞎雙眼，對繼姊的懲罰是在一八一九年修訂版中才加上，後來再修訂的版本也保留此段。）

86 "Rashin Coatie," Briggs, *op. cit.*

87 Stith Thompson, *Motif Index..., op. cit.*, and *The Folk Tale* (New York: Dryden Press, 1946).

88 關於灰在儀式上的意義，以及灰在淨化和哀悼中扮演的角色，見"Ashes" in James Hastings, *Encyclopedia of Religion and Ethics* (New York: Scribner, 1910)。灰在民間故事中的意義和用途，以及在童話故事裡的角色，則參見"Asche" in Bächtold-Stäubli, *op. cit.*。

89 "Rashin Coatie"（或另一則很類似的故事）曾收入*Complaynt of Scotland* (1540), edited by Murray (1872)。

90 這則埃及故事收錄於René Basset, *Contes populaires d'Afrique* (Paris, Guilmoto, 1903)。

91 Erik H. Erikson, *Identity and the Life Cycle, Psychological Issues*, vol. 1 (1959) (New York: International Universities Press, 1959).〔譯註：另可參見艾瑞克森著，《生命週期完成式》（*The Life Cycle Completed (Extended Version)*：張老師文化出版）。〕

92 在冰島版〈灰姑娘〉裡，死去的母親在飽受欺凌的主角夢中顯靈，送給她一個魔法物品支撐她繼續活下去，直到王子撿到她的鞋。Jon Arnason, *Folk Tales of Iceland* (Leipzig, 1862-4) and *Icelandic Folktales and Legends* (Berkeley: University of California Press, 1972).

93 繼母要求灰姑娘完成的各種工作見Rooth, *op. cit.*。

94 Soriano, *op. cit.*

95 索亞諾（Marc Soriano）指出貝侯附在故事之後的第二個道德教訓，展現出「辛辣反諷」（the bitter irony），進一步凸顯貝侯對故事的嘲弄之情。貝侯在第二個教訓說道，擁有智識、勇氣和其他優秀特質固然有利，但一個人如果沒有教父或教母來讓這些特質發揮用處，也只是一場空（ce seront choses vaines）。

96 Cox, *op. cit.*

97 Bruno Bettelheim, *Symbolic Wounds* (Glencoe: The Free Press, 1954).

98 羅多蓓（Rhodope）的故事見*The Geography of Strabo, Loeb Classical Library* (London: Heinemann, 1932)。

99 Rooth, *op. cit.*

100 Raymond de Loy Jameson, *Three Lectures on Chinese Folklore* (Peiping: Publications of the College of Chinese Studies, 1932).
Aigremont, "Fuss- und Schuh-Symbolik und Erotik," *Anthropopyteia*, vol. 5 (Leipzig, 1909).

101 原文為"Tread softly because you tread on my dreams"，語出葉慈詩作〈他想要天國的錦緞〉："He Wishes for the Cloths of Heaven," in William Butler Yeats, *The Collected Poems* (New York: Macmillan, 1956)。

102 我們可以合理擔心，孩童有沒有可能意識到金鞋象徵陰道，就如有人會關心孩童是否理解這首知名童謠的性涵義：

公雞咯咯喔喔叫！
夫人掉了一隻鞋；
老爺掉了把琴弓；
該怎辦事不知道！

現在就連小孩子也很清楚第一個字的俚俗涵義，而鞋在童謠裡的意義就跟在〈灰姑娘〉裡的一樣。假如孩童知道這首童謠在講什麼，他就真的「該怎辦事不知道！」如果他真的理解〈灰姑娘〉裡所有涵義，情況也相同，但其實沒有孩童能做到；而我闡明的涵義只是其中一部分，討論也只到一定程度而已。

103 Erikson, *Identity and the Life Cycle, op. cit.; Identity, Youth, and Crisis, op. cit.*

104 有些「灰姑娘」故事的主角是因為戒指才被認出身分，其中包括〈木片衣瑪莉亞〉（Maria Intaulata）和〈壁板衣瑪莉亞〉（Maria Intauradda），皆收於*Archivio per lo Studio delle Tradizioni Populari*, vol. 2 (Palermo, 1882)，以及〈鞋〉（Les Souliers），收於Auguste Dozon, *Contes albanais* (Paris, 1881)。

105 現今大家耳熟能詳的〈美女與野獸〉故事是勒龐絲・德波蒙夫人的版本，最早於一七六一年由法文譯成英文，刊於《少女雜誌》（*The Young Misses Magazine*），收錄於Opie and Opie, *op. cit.*。

106 關於動物新郎母題廣泛流傳的討論，見Lutz Röhrich, *Märchen und Wirklichkeit* (Wiesbaden: Steiner, 1974)。

107 班圖族的這則故事見*Dictionary of Folklore, op. cit.*及G. M. Theal, *Kaffir Folk-lore* (London: Folk Society, 1886)。

108 *Die Märchen der Weltliteratur, Malaiische Märchen*, Paul Hambruch, editor (Jena: Diederichs, 1922).

109 Leo Frobenius, *Atlantis: Volksmärchen und Volksdichtungen aus Afrika* (Jena: Diederichs, 1921-8), vol. 10.

110 Opie and Opie, *op. cit.*

111 "The Well of the World's End" in Briggs, *op. cit.*

112 關於格林兄弟並未印行的原版〈青蛙國王〉故事，見Joseph Lefftz, *Märchen der Brüder Grimm: Urfassung* (Heidelberg: C. Winter, 1927)。

113 Briggs, *op. cit.*

114 Sexton, *op. cit.*

115 關於〈丘比德與賽姬〉，見艾瑞旭．諾伊曼著，《丘比德與賽姬：陰性心靈的發展》。關於故事的多個不同版本，見Ernst Tegethoff, *Studien zum Märchentypus von Amor und Psyche* (Bonn: Schroeder, 1922)。另外在Bolte and Polivka著作中關於《格林童話》裡〈又唱又跳的雲雀〉（The Singing, Hopping Lark）的討論中，詳細列舉了呈現此母題的童話故事。

116 Robert Graves, *Apuleius Madaurensis: The Transformations of Lucius* (New York: Farrar, Straus & Young, 1951).

117 〈豬郎君〉收於安德魯．蘭格編，《紅色童話》（〔London: Longmans, Green, 1890〕中譯本由商周出版），另見Mite Kremnitz, *Rumänische Märchen* (Leipzig, 1882)。

118 〈太陽之東，月亮之西〉收於安德魯．蘭格編，《藍色童話》。

119 此處可以再次認出是影射處女膜破裂，亦即女人在初次性經驗中犧牲了身體的一小部分。雞骨頭不太可能是具有魔法的物品，作為爬高的工具也相當牽強，因此它們似乎更像是倒反過來投射放棄小指的必要性，或作為一種手段，只是要讓必須造出梯子最後一階的情節更具說服力。但就如討論〈灰姑娘〉及婚禮中換戒儀式的象徵意義時所述及，為了在婚姻中達到完整結合，女人必須放棄擁有屬於自己的陰莖的欲望，並滿足於暫借丈夫的陰莖。切斷自己的小指代表的，絕不是象徵性的自我閹割，更可能是女性要滿足於自己當下的樣子就必須放棄的幻想，如此她才能對丈夫當下的樣子感到滿足。

120 "Bluebeard," Perrault, *op. cit.* 最早的英譯本重刊於Opie and Opie, *op. cit.*。早在貝侯版〈藍鬍子〉問世之前許久，就已流傳著進入禁室造成嚴重後果的故事，例如《天方夜譚》中〈第三個遊方教士的故事〉（Tale of the Third Calender），及《五日談》中第四天的第六則故事裡都曾出現這個母題。

121 "Mr. Fox" in Briggs, *op. cit.*

122 關於〈美女與野獸〉，見Opie and Opie, *op. cit.*。

參考書目

書中提到的各則童話故事及相關文獻出處已列於註釋，在此便不再贅述。

童話天地無限廣闊，再怎麼努力都不可能將所有童話故事完整蒐羅。現有的英文童話故事集中最令人滿意也最易取得者，首推由安德魯．蘭格編纂的世界童話全集，共有十二冊：《藍色童話》、《棕色童話》、《玫瑰童話》、《綠色童話》、《銀色童話》、《紫羅蘭童話》、《橘色童話》、《橄欖綠童話》、《橘色童話》、《粉紅色童話》、《紅色童話》、《紫色童話》和《金色童話》。最早於一八八九年由Longmans, Green, and Co., London出版，一九六五年由Dover Publications, New York重新出版（譯註：中譯本由商周出版；其中「玫瑰」、「銀色」、「紫羅蘭」、「金色」的書名原文分別為Crimson、Grey、Lilac、Yellow。）

在這個領域中目標最為宏大的世界級童話大全，當屬德文的*Die Märchen der Weltliteratur*，由馮德萊恩（Friedrich von der Leyen）和曹納特（Paul Zaunert）兩位學者負責編輯，最早於一九一二年由位在耶拿（Jena）的Diederichs出版社出版，截至本書寫成時已出版七十餘冊（譯註：至二〇〇三年時不含重出新版已達一百五十餘冊）。除了極少數例外，各冊分別收錄專屬某一語言或文化的童話故事，因此各個文化的童話故事都只有極小一部分選錄其中；在此僅舉一例，由弗羅貝尼烏斯（Leo Frobenius）編選的《亞特蘭提斯：非洲童話及民間歌謠》（*Atlantis: Volksmärchen und Volksdichtungen aus Afrika* (Munich: Forschungsinstitut für Kulturmorphologie, 1921-8)）儘管有十二冊之多，但收錄的非洲童話故事數量還是相當有限。

關於童話的文獻幾乎和童話故事集本身一樣卷帙浩繁，以下列舉一些大眾比較會有興趣的書籍，也有一些是對於本書撰寫過程幫助甚大，但未列於註腳內的參考書目。

AARNE, ANTTI A., *The Types of the Folktale*. Helsinki: Suomalainen Tiedeakatemia, 1961.
Archivio per lo Studio delle Tradizioni Populari. 28 vols. Palermo, 1890-1912.

ARNASON, JON, *Icelandic Folktales and Legends*. Berkeley: University of California Press, 1972.

BÄCHTOLD-STÄUBLI, HANS, ed., *Handwörterbuch des deutschen Aberglaubens*. 10 vols. Berlin: de Gruyter, 1927-42.

BASILE, GIAMBATTISTA, *The Pentamerone*. 2 vols. London: John Lane the Bodley Head, 1932.

BASSET, RENÉ, *Contes Populaires Berbères*. 2vols. Paris: Guilmoto, 1887.

BEDIERS, JOSEPH, *Les Fabliaux*. Paris: Bouillou, 1893.

BOLTE, JOHANNES, and GEORG POLIVKA, *Anmerkungen zu den Kinder-und Hausmärchen der Brüder Grimm*. 5 vols. Hildesheim: Olms, 1963.

BRIGGS, KATHERINE M., *A Dictionary of British Folk Tales*. 4 vols. Bloomington: Indiana University Press, 1970.

BURTON, RICHARD, *The Arabian Nights' Entertainments*. 13 vols. London: H.S. Nichols, 1894-7.

COX, MARIAN ROALFE, *Cinderella: Three Hundred and Forty-Five Variants*. London: The Folk-Lore Society, David Nutt, 1893.

Folklore Fellows Communications. Ed. For the Folklore Fellow, Academia Scientiarum Fennica, 1910ff.

Funk and Wagnalls Dictionary of Folklore. 2 vols. New York: Funk and Wagnalls, 1950.

GRIMM, THE BROTHER, *Grimm's Fairy Tales*. New York: Pantheon Books, 1944.

———, *The Grimm's German Tales*. Carbondale, Ill.: Southern Illinios University Press, 1960.

HASTINGS, JAMES, *Encyclopedia of Religion and Ethics*. 13 vols. New York: Scribner' s, 1910.

JACOBS, JOSEPH, *English Fairy Tales*. London: David Nutt, 1890.

———, *More English Fairy Tales*. London: David Nutt, 1895.

Journal of American Folklore. American Folklore Society, Boston, 1888ff.

LANG, ANDREW, ed., *The Fairy Books*. 12 vols. London: Longmans, Green, 1889ff.

———, *Perrault's Popular Tales*. Oxford: At the Calrendon Press, 1888.

LEFFTZ, J., *Märchen der Brüder Grimm: Urfassung*. Heidlberg, C. Winter, 1927.

LEYEN, FRIDERICH VON DER, and PAUL ZAUNERT, eds., *Die Märchen der Weltliteratur*. 70 vols. Jena:Diederichs, 1912ff.

MACKENSEN, LUTZ, de., *Handwörterbuch des deutschen Märchens*. 2vols. Berlin: de Gruyter, 1930-40.

Mélusine. 10 vols. Paris, 1878-1901.

OPIE, IONA and PETER, *The Classic Fairy Tales*. London: Oxford University Press, 1974.
PERRAULT, CHARLES, *Histoires ou Contes du temps passé*. Paris, 1697.
SAINTYVES, PAUL, *Les Contes de Perrault et les recits parallèles*. Paris: E. Nourry, 1923.
SCHWAB, GUSTAV, *Gods and Heroes: Myths and Epics of Ancient Greece*. New York: Pantheon Books, 1946.
SORIANO, MARC, *Les Contes de Perrault*. Paris: Gallimard, 1968.
STRAPAROLA, GIOVANNI FRANCESCO, *The Facetious Nights of Straparola*. 4 vols. London: Society of Bibliophiles, 1901.
THOMPSON, STITH, *Motif Index of Folk Literature*. 6 vols. Bloomington: Indiana University Press, 1955.
——.*The Folk Tale*. New York: Dryden Press,1946.

INTERPRETATIONS
BAUSINGER, HERMANN, " Aschenputtel: Zum Problem der Märchen-Symbolik, " *Zeitschrift für Volkskunde*, vol. 52(1995).
BEIT, HEDWIG VON, *Symbolik des Märchens and Gegensatz und Erneuerung im Märchen*. Bern: A. Fracke, 1952 and 1956.
BILZ, JOSEPHINE, "Märchengeschehen und Reifungsvorgänge unter tiefen-psychologischem Gesichtspunkt," in Bühler and Bilz, *Das Märchen und die Phantasie des Kindes*. München: Barth, 1958.
BITTNE, GUENTHER, "Über die Symbolik weiblicher Reifung im Volksmärchen," *Praxis der Kinderpsychologie und Kinderpsychiatrie*, vol. 12(1963).
BORNSTEIN, STEFF, "Das Märchen vom Dornröschen in psychoanalytischer Darstellung, " *Imago*, vol.19(1933).
BUHLER, CHARLOTTE, *Das Märchen und die Phantasie des Kindes. Beihefte zur Zeitschrift für angewandte Psychologie*, vol. 17 (1918).
COOK, ELIZABETH, *The Oridnary and the Fabulous: An Introduction to Myths, Legends, and Fairy Tales for Teachers and Storytellers*. New York: Cambridge University Press, 1969.
DIECKMANN, HANNS, *Märchen und Träume als Helfer des Menschen*. Stuttgart: Adolf Bonz, 1966.
——, "Wert des Märchens für die seelische Entwicklung des Kindes, " *Praxis der Kinderpsychologie und Kinderpsychiatrie*, vol. 15 (1966).
HANDSCHIN-NINCK, MARIANNE, "Ältester und Jüngster im Märchen, "*Praxis der Kinderpsychologie und*

Kinderpsychiatrie, vol. 5 (1956).

JOLLES, ANDRE, *Einfache Formen*. Darmstadt: Wissenschaftliche Buchgesellschaft, 1969.

KIENLE, G., "Das Märchen in der Psychotherapie, " *Zeitschrift für Psychotherapie und medizinische Psychologie*, 1959.

LAIBLIN, WILHELM, "Die Symbolik der Erlösung und Wiedergeburt im deutschen VolksMärchen", *Zentralblatt für Psychotherapie und ihre Grenzgebiete*, 1943.

LEBER, GABRIELE, "Über tiefenpsychologische Aspekte von Märchenmotiven, "*Praxis der Kinderpsychologie und Kinderpsychiatrie*, vol. 4 (1955).

LEYEN, FRIEDRICH VON DER, *Das Märchen*. Leipzig: quelle und Meyer, 1925.

LOEFFLER-DELACHAUX, M., *Le Symbolisme des contes de fées*. Paris, 1949.

LÜTHI, MAX, Es war einmal—*Vom Wesen des Volksmärchens*. Göttingen: Vandenhoeck & Rprecht, 1962.

———, *Märchen*. Stuttgart: Metzler, 1962.

———, *VolksMärchen und Volkssage*. Bern: Francke, 1961.

MALLET, CARL-HEINZ, "Die zqeite und dritte nacht im 'Märchen Das Gruseln, '" *Praxis der Kinderpsychologie und Kinderpsychiatrie*, vol. 14 (1965).

MENDELSOHN, J., " Das Tiermärchen und seine Bedeutung als Ausdruckseelischer Entwicklungsstruktur, " *Praxis der Kinderpsychologie und Kinderpsychiatrie*, vol. 10 (1961).

———, "Die Bedeutung des Volsmärchens für das seelische Wachstum des Kindes, " *Praxis der Kinderpsychologie und Kinderpsychiatrie*, vol. 17 (1958).

OBENAUER, KARL JUSTUS, *Das Märchen, Dichtung und Deutung*. Frankfürt: Kostermann, 1959.

SANTUCCI, LUIGI, *Das Kind—Sein Mythos und sein Märchen*. Hanover: Schroedel, 1964.

TEGETHOFF, ERNST, *Studien zum Märchentypus von Amor und Psyche*. Bonn: Schroeder, 1922.

ZILLINGER, G. "Zur Frage der Angst und der Darstellung psychosexueller Reifungsstufen im Märchen vom Gruseln, " *Praxis der Kinderpsychologie und Kinderpsychiatrie*, vol. 12 (1963).

童話的魅力：我們為什麼愛上童話？

從小紅帽到美女與野獸，第一本以精神分析探索童話的經典研究

作　　者　布魯諾・貝特罕（Bruno Bettelheim）
譯　　者　王翎
審　　定　古佳艷
美術設計　蕭佑任
內頁版型　黃暐鵬
校　　對　簡淑媛
內頁構成　高巧怡
行銷企畫　林芳如、王淳眉
行銷統籌　駱漢琦
業務發行　邱紹溢
業務統籌　郭其彬
責任編輯　張貝雯
副總編輯　何維民
總 編 輯　李亞南

國家圖書館出版品預行編目資料

童話的魅力：我們為什麼愛上童話？從小紅帽到美女與野獸，第一本以精神分析探索童話的經典研究／布魯諾・貝特罕（Bruno Bettelheim）著；王翎譯. --初版. --台北市：漫遊者文化出版：大雁文化發行, 2017.7
480面；15×21公分
譯自 The Uses of Enchantment: The Meaning and Importance of Fairy Tales
ISBN 978-986-489-079-8（平裝）
1.童話 2.文學評論
815.92　106008623

發 行 人　蘇拾平
出　　版　漫遊者文化事業股份有限公司
地　　址　台北市松山區復興北路三三一號四樓
電　　話　（02）27152022
傳　　真　（02）27152021
讀者服務信箱　service@azothbooks.com
漫遊者臉書　www.facebook.com/azothbooks.read
劃撥帳號　50022001
戶　　名　漫遊者文化事業股份有限公司
發　　行　大雁文化事業股份有限公司
地　　址　台北市松山區復興北路三三三號十一樓之四

初版一刷　2017年7月
初版四刷(1)　2019年3月
定　　價　台幣 550元
I S B N　978-986-489-079-8